文庫
32-511-5

ブリタニキュス
ベレニス

ラシーヌ作
渡辺守章訳

岩波書店

Jean Racine

BRITANNICUS

1669

BÉRÉNICE

1670

まえがき

一　底本について

本書はジャン・ラシーヌ（一六三九―九九）のローマ物悲劇『ブリタニキュス（*Britannicus*）』（一六六九）と『ベレニス（*Bérénice*）』（一六七〇）の全訳である。

過去半世紀にわたり、ラシーヌ戯曲の信頼できる底本とされてきたのは、ポール・メナール校注『ラシーヌ全集』（フランス大作家叢書、改訂版、一八八六）と、それを全面的に見直したレーモン・ピカールによるプレイヤード叢書『ラシーヌ全集I』（一九五〇）であった。いずれも、十九世紀文献批判学の大前提である「作家生前の、作家が目を通した最後の版」を底本とするものであった。二十世紀後半に刊行されたラシーヌ戯曲のテクストは、事実上レーモン・ピカール版を踏襲していた。

この慣行を覆す大胆な企画は、パリ第四大学（ソルボンヌ）教授ジョルジュ・フォレスティエ氏によって、一九九九年、つまりラシーヌ没後三百年を期して実現された。しかしフォレスティエ教授の選択は、初版のテクストを採用するというものであり、その理由は、ラシーヌが現役の劇作家として活躍している時期に、舞台で上演され読者に読まれた版は、初版であったということにある。その上でフォレスティエ教授は、初版の活字の組み方を近代的な綴り字法とする点を除けば、綴り字や句読点をも初版の形に戻すことで、創作時のラシーヌ言説の、身体的でもあり物質的でもある特徴を取り返そうとしている。

しかし、ラシーヌ戯曲は、舞台においても読書に際しても、生前の決定稿(あるいはそれに準じるもの)が三世紀にわたって流布してきたという受容の歴史があり、現在でもフランスにおける演出の多くは、それに従っている。したがって、文庫版として収録する日本語訳もまた、決定稿によるのが妥当であろうと考えた。ただし、「台詞の息」などの「譜面」と読める綴り字や句読点については、初版のそれを参考にし、決定稿と初版の間の主要な異本《ヴァリアント》については、訳注で触れた。

二　表記について

従来訳者は、戯曲に登場する人名・地名などの固有名詞は、原則としてフランス語読みにし、そこで語られる人名・地名などは、典拠となる言語の読み方に従うことにしてきた。たとえば、登場人物としては「アンドロマック」(アンドロマケーではなく)、劇中で話題となる人物は「ヘクトール」(エクトールではなく)と表記した。もっとも、「アテネ」や「ローマ」のように日本語として定着しているものは、ギリシア語読みのアテーナイ、フランス語読みのロームとはしなかった。

しかし、本書に収録する二篇の「ローマ物悲劇」では、登場する人物・地名も、そこで語られる人物・地名も、原則としてすべてフランス語読みにした。ラテン語表記をそのまま日本語に移してもそれほど耳近だとは思われなかったし、字面としても長くなりすぎるものが多いので、フランス語の音を選んだのである。たとえばネロではなくネロン、ベレニーケーではなくベレニスである。原綴への参照が必要な場合には、訳注で示した。なお、日本語の表記として、「私」は「わたくし」と読むこととし、「わたし」と読む場合は平仮名によった。

目　次

ブリタニキュス　悲劇

シュヴルーズ公爵[1]殿に〔献辞〕

殿

殿には、この作品の巻頭に、殿のお名をご覧じて、さぞ驚かれておられましょう。それにまた、この作品を殿に献じますためのお許しを願い出ましたといたしましても、お聞き入れいただけましたかどうか、心もとのう存じます。しかし、殿よりつねづね賜わりましたご好意の数々、その身に余ります光栄を、これ以上、世人に隠しておきますことは、いわば、忘恩の業《わざ》ともなりましょう。ひたすら栄誉をのみ心掛ける者といたしましては、殿より庇護を賜わります栄誉を、語らずにいるということがありえましょうか。ありえぬことでございます、殿、いかにも殿が、私の友人どもにまでお目をかけられ、私の作品のすべてに関心を示され、またさらには、殿のお蔭をもちまして、寸暇も惜しまれる御方様[2]の御前《ごぜん》で、この作品をお読み申し上げる光栄に与《あずか》りました事実を、世人に知らしめますことは、私にとりまして、あまりといえば有難き幸せなのでございます。あの方がいかに鋭い洞察力をもって、この戯曲の仕組みを判断されましたか、また、あのお方が、優れた悲劇というものにつき抱かれておりますそのお考えが、私のこれまで考ええましたことのすべてよりも、どれほど彼方にあるか、ということにつきましては、殿がご証人でございます。しかし、ご心配はご無用でございます、殿、これ以上申し上げますことは差し控えましょうし、また、あのお方をその御前で讃えますのを憚るのあまり、殿に申し上げるのならばよかろうと、慎しみを忘れてあのお方への讃辞を連ねることもいたしますまい。称讃の言葉によってあのお方をお悩まし申すのは恐れありと、よく心得ております私でございます。ただ、あえて申し上げますことには、この謙譲の御徳こそ、殿にもあのお方にも等しく具わる御徳であり、お二方を結ぶ最も強い絆の一つと拝します。謙譲の美徳も、尋常の長所とともにあるに過ぎませぬ場合は、尋常の美徳に過ぎますまい。しかしながら、心情と知性とのあまねき長所、長い歳月にわたるご経験の賜物と拝します判断のお力、親しいご友人の方々には、殿も隠しおおせられぬ数限りない優れた知識を具えられながらも、なお、世の人すべての称讃の的たる、賢者のあの慎しみをお持ち続けになられるとは、世にもつまらぬことをさえ鼻にかけて憚らぬ当代におきましては、まことに類い稀なる御徳と申さねばなりますまい。しかし、いつの間にやら、私は、殿のことを語らずにはおられませぬ誘惑に負けてしまったようでございます。それはよほど激しい誘惑に違いなく、と申しますのも、その誘惑にかくのごとく抗うことができなかったからでございますが、そもそもこの一文を草しましたいわれは、ただ次の一条を申し上げるためばかり、この身は、殿に対し奉り、尊敬の念おくあたわざる、

殿の、いとも慎ましく、恭順無比なる下僕《しもべ》、

ラシーヌ、と。

（第一の）序文[1]

私がこれまで世間に発表したすべての作品のうちで、この作品ほど、多くの喝采と、多くの非難[2]とを惹《ひ》きおこしたものはない。この悲劇を書くのに私が払った配慮にもかかわらず、それをよいものにしようと努力すればするほど、ある種の人々は、ひたすらそれをこきおろすことに努めたごとくである。およそ、彼らが徒党を組んで企てなかった陰謀はなく、彼らが思いつかなかった悪口はない。なかには、ネロンの肩をもって、私に食ってかかる者さえいた。彼らの言い分では、私がネロンをあまりにも残酷に仕立てたというのだ[3]。私としては、ネロンの名を聞いただけでも、残酷以上のものを人が想像するものと信じていた。しかしながら、あるいは彼らは、ネロンの物語を詮索して、彼が、治世の始めの数年は、立派な人間だったと言いたいのかも知れぬ。彼が、しばらくの間よい皇帝であったにしても、はじめから変わらずに極悪人であったことを知るには、タキトゥス[4]を読みさえすればよい。私の悲劇では公の出来事が問題になっているのではない。ここでは、ネロンは、私的な人間関係と、家族のなかにいる。したがって、私がネロンに謝罪しなければならぬことは何もないことを容易に証明してくれる数々の文章を、いちいち引用することは、この人々といえども容赦してくれるものと思う。

他の人々は、逆に、私がネロンをあまりにも善良に作りすぎたと言った。正直なところ、私としては、ネロンという人物について、善良な男という観念など抱いてはいなかった。私はつねに、ネロンを一個の怪物《モンストル》と見なしてきた。しかし、この作品では、生まれ始めの怪物[5]である。彼はまだローマに火を放ってはいない。己れの母親を、妻を、後見役たちを殺してはいない。これらの点を除けば、彼にはすでに充分な残酷さがうかがわれて、何人もその人物を見損うことはないと思われる。

ある人々は、ナルシスの肩をもって、私が彼を極悪人に、またネロンの腹心にしたことに不満を抱いた。彼らに答えるには、次の一節を引くだけで充分だ。すなわち、タキトゥスは言っている、「ネロンは、ナルシスの死に非常な苦痛を感じていた、なぜなら、この解放奴隷は、この君主の、まだ隠されていた悪徳の数々と驚くほど合致していたからである（Cujus abditis adhuc vitiis mire congruebat）[6]」。

他の人々は、私が悲劇の主人公にブリタニキュスのように若い人物を選んだことに憤慨した。彼らに対しては、すでに『アンドロマック』[7]の序文のなかで、悲劇の主人公に関するアリストテレスの意見を明記しておいた。つまり、主人公は完璧であるどころか、つねに何らかの不完全さを具えていなければならないのだ。しかし、ここでさらに言っておきたいことは、十七歳の皇子が、気高い心をもち、恋に燃え、率直さにあふれ、信じやすく、つまり、若者に共通の長所を具えていれば、共感を呼ぶ力が大いにあると私には思われたことだ。私はこれ以上のことを望んではいない。

しかし、と彼らは言う、この皇子は死んだ時十五歳にしかなっていない。彼とナルシスとは、実際の生涯よりも二年長生きさせられている[8]ではないかと。この異論については、それが、八年しか統治しなかった皇帝を、自分の都合で勝手に二十年間も統治せしめた[9]人によって熱烈になされた反論でなかったならば、私も問題にしなかっただろう。皇帝の治世の年数によって年号を数えていた年代記にとっては、この改竄《かいざん》のほうが、遥かに重要なはずではないか。

ジュニーもまた非難する者にこと欠かない。彼らは、ユーニア・シーラーナという名の年老いた浮かれ女《め》を、私が極めて貞淑な乙女に仕立て上げたと言う。私が彼らに、ジュニーは、『シンナ』のエミリーや『オラース』のサビーヌと[10]同様、虚構の人物だと言ったなら、彼らは何と答えるだろうか。しかし、彼らに言っておかねばならぬのは、もし彼らが歴史を丹念に読んでいたなら、オーギュスト帝の家系で、クローディユス帝がかつてオクタヴィーを与えると約束したシラニュスの妹の、ユーニア・カルウィーナという女性を見つけることができたに違いない。このジュニーは若く、美しく、セネカも言っているように「世ニモ快活ナ少女(festivissima omnium puellarum)」であった。(11)彼女は兄を優しく愛していた。そして、タキトゥスも言っているように「彼らの敵は、二人を近親相姦だといって非難したが、二人はいささか無遠慮だったという他に罪はなかったのである」。(12)私が、彼女を実際よりも慎ましやかな女性として描いているにしても、登場人物の性格を、特にその人物がよく知られていない場合には、修正することが禁じられているという話は聞いたことがない。

彼女がブリタニキュスの死後に舞台に現れるのはおかしいと言う人がある。たった四行の、かなり感動的な詩句で、彼女がオクタヴィーのもとへ行くと述べるのを望まぬとは、まことに気難しい仰せではないか。しかし、と彼らは言う、何もわざわざ彼女に戻って来させる必要はなかった。誰か他の者が、彼女の代わりに語ることができたはずだ、と。舞台の法則の一つは、物語《レシ》にするのは舞台上に行動として表しえないことに限る、ということを、この人々は知らないのだ。そしてまた、古代の作家は誰でも、ある場所から来て他の場所へ向かうという以外に言うことがない人物を、しばしば舞台に登場させていることもご存じない。(13)

そんなことはすべて無駄だ、と私を非難する人々は言う。戯曲はブリタニキュスの死の語り《レシ》で終わっているので、後は聞かずもがなだ、と。しかしながら、人々はその後を聞いていた、しかも、他の悲劇の結末と同じように、注意深く。私としては、悲劇とは何人もの人間がともに行う一つの完全な劇行為《アクシオン》〔筋＝事件〕の模倣であるから、この劇行為は、登場する人間たちのすべてがその結果どのような立場に置かれたかを人々が知るまでは、決して終わってはいないと、つねづね理解してきた。ソポクレースもほとんどあらゆる作品でこのような態度を取っている。『アンティゴネー』のなかで、この王女の死後にハイモーンの怒りと、クレオンの断罪とにあれほどの詩句を費やしているのもそのためであり、私もそれと同じくらいの詩句を、ブリタニキュスの死後、アグリピーヌによる呪詛の言葉と、ジュニーの隠遁と、ナルシスの断罪と、ネロンの絶望とに費やしたのである。

これほど気難しい審判官方のご満足をいただくには、一体どうしたらよいのだろうか。いささかでも良識を裏切るつもりになれば、ことは容易であろう。自然なものから離れて、異常さのなかに身を投じるだけでよいだろう。わずかな材料で作られている単純な筋立て《アクシオン》、つまり一日のうちに生起し、終局に向かって段階を踏んで進行し、登場人物たちの利害、感情、情念によってのみ支えられているような劇の筋立て《アクシオン》(14)のとるべき形の代わりに、その同じ筋立て《アクシオン》を、一月もかからなければ起こりえないような多くの事件だとか、俳優本当らしさに欠けるだけに、耳目をそばだたしめるような数多くの見せ場だとか、に、彼が言わねばならぬこととはまるで反対のことを言わせるような、無数の大袈裟な台詞だとかによって満たせばよいのだろう。たとえば、自ら進んで情婦に自分を嫌わせようとしている酔払いの英雄(15)だとか、はなはだお喋りのラケダイモーン人(16)だとか、口を開けば恋の格言ばかりという征服者(17)だとか、征服者に向かって誇りに関するお説教をする女(18)だとかを舞台にのせなければならないらしい。これこそ、かの皆様方を感嘆させること間違いなしの代物《しろもの》だ。だがしかし、それでは一体、私が喜んでいただこうと心にかけている少数の賢明な方々は何と言われるだろうか。私が手本とした古代の大作家たちの、いわば目の前に、どの顔をして出られるというのだ。というのも、ある古人の考え(19)を借りれば、我々が真の観客と見なすべきは、まさにこのような古代の大家たちであり、また、絶えず心に問うてみなければならぬのは、「もしホメーロスやウェルギリウスがこの詩を読んだならば、何と言おうか、ソポクレースがこの場面の上演されるのを見たならば、何と言おうか」ということだからである。それはそれとして、私は人が私の作品の悪口を言うことを、いささかも妨げようとは思わぬ。それは望んでも無駄なことだ。キケロも言っている。「汝ニツキ如何ニ語ルカハ、他人ノ考エルベキ事柄。サレド、所詮、彼ラハ語ルデアロウ（Quid de te alii loquantur ipsi videant, sed loquentur tamen）(20)」。

ただ、私としては、自作の悲劇を正当化するためにこの序文を書いたことを、読者にお許しいただきたいと思う。不当な攻撃を加えられた時に身を護ることほど、自然なことはあるまい。テレンティウスほどの人でも、プロローグを書いたのは、悪意に満ちたある老詩人の(21)(malevoli veteris poetæ)非難に答えるためにすぎなかったらしいので、その男はテレンティウスの喜劇が上演されている最中でさえ、彼に対する悪口を、口を揃えて言わせに来たのだと言う。

上演ガ始マッタ。

(Occepta est agi:

彼ハワメキ散ラシテ、云々

Exclamat, etc.)(22)

私に対しても文句をつけるべきところは一つあったが、それについては何も言われなかった。しかし、観客の目は逃れうることも、読者諸氏は気付かれるかも知れない。その点とは、私がジュニーをヴェスタ(23)の神殿の斎女《いつきめ》に加えたことである。そこには、アウルス・ゲリウス(24)によれば、六歳以下の者も、十歳以上の者も決して受け入れなかったとある。しかし、劇中では、市民たちがジュニーを庇っている。したがって、彼女の生まれや徳や不幸を考えて、彼らが法によって定められた年齢を大目に見たと私は考えたのである。ちょうど、その特権に値する多くの偉人たちには、彼らが執政官の年齢制限をゆるめたのと同じように。

もちろん、この他にも多くの批判が加えられるであろうことは充分承知している。それらの批判については、ただ、将来のために役立てたいと願うばかりである。しかし私は大いに訴えておきたい、観客のために働く人間の不幸というものを。我々の欠点を最もよく見抜いている人々は、それらを進んで目立たぬようにしてくれる人々だ。楽しむことのできた箇所に免じて、気に入らなかった箇所は許してくれる。それにひきかえ、無智な人間ほど不公平なものはない。賞めるのは、何も知らない連中のすることだと思いこんでいる。自分の気に入らない場面が一つでもあれば、作品全体を非難する。それどころか、最も評判のいい箇所にまで攻撃を加えて、自分の才智をひけらかそうとする。しかも、我々がその男の言い分に少しでも逆らおうものなら、たちまち我々を、他人の言葉を信じようとしない思い上がりだと決めつけて、我々がかなりましな戯曲を自慢する以上に、ひどく拙劣な批評を並べて得意満面となっているのだ。

物ヲ知ラヌ奴ホド、不公平ナ者ハアリハセヌ。
(Homine imperito nunquam quidquam injustius.)(25)

(第二の)序文(1)

これは私の悲劇のうちで、最も念を入れた作品と言える。しかしながら、実を言えば、その成功は、始めのうちは私の期待したほどではなかった。舞台にかけられるや否や、数多くの批判を受け、それらはこの作品を破滅させようとしているかに思われた。私自身も、この作品の命運が、将来、私の他の悲劇ほど幸運なものではないだろうと思った。しかし、結局は、何らかの美点を具えた作品には必ず起きることが、この戯曲についても起こった。批判は消え失せ、戯曲が残った。今や宮廷でも劇場でも(2)、私の作品のうちで人々の最も見たがるものが、これである。そして、もし私がこれまでに、何か堅固なもの、何らかの称讃に値するものを書いたとしたら、それがまさにこの『ブリタニキュス』であるという点については、大部分の識者の意見は一致している。

事実、私は、アグリピーヌとネロンの宮廷の描写を試みるに際して、大いに私を助けてくれた模範《モデル》に従って仕事をした。私は、古代を描いては右に出る者のない巨匠、すなわちタキトゥスにならって私の登場人物を写したのである。当時私はこの優れた歴史家の書物で頭がいっぱいだったため、私の悲劇のなかの優れた点で、タキトゥスに想を得なかった箇所は一つもないほどである。この戯曲集にも、私が模倣しようと試みた最も美しい箇所の抜萃を加えたいと思った。(3) しかし、それが悲劇そのものとほとんど同じ紙数を取ることに私は気付いた。したがって、読者も、私がこの作家を参照されたしと断わるだけで充分だと考えられるだろう。タキトゥスの書物は、誰の手にも入るものである以上、なおさらである。ただここでは、私が舞台にのせた登場人物の各々について、タキトゥスの章句をいくつか転記するに止めようと思う。

まずネロンから始めると、この作品では、彼の治世の最初の数年のことであり、それが、人も知るとおり、めでたいものであった事実を思い起こす必要がある。したがって、その後のネロンのように悪人として描き出すことは許されなかった。私はまた、彼を徳の高い人物としても表さなかった、というのも、彼はついぞそのような男ではなかったからだ。彼はまだ、母を、妻を、後見役たちを殺してはいない。だが、彼のなかには、これらすべての罪の種子をすでに宿している。彼は軛《くびき》を振りほどきたいと思い始めている。彼は彼らを憎んでいるが、その憎しみを偽りの愛撫の下に隠している。「偽リノ愛撫ノ下ニ、自ラノ憎シミヲ蔽イ隠ス術《スベ》ニ生マレナガラ長《タ》ケタル (Factus natura velare odium fallacibus blanditiis)(4)」である。一言で言えば、ここでは生まれ始めた怪物(5)であるが、この怪物はまだあえてその本性を現しえず、己れの悪行を偽るための外見・口実を探し求めている。「ソノ時マデハ、ネロン、己レノ乱行、悪行ヲ蔽イ隠サント努メタ(Hactenus Nero flagitiis et sceleribus velamenta quæ sivit)(6)」。彼は心の優しい、貞女の鑑《かがみ》とも言うべきオクタヴィーに耐えかねたが、それは「宿命カラカ、禁ジラレタ快楽ノ誘惑カラカ。彼ガ、ツイニハ高貴ノ生マレノ婦人タチヲ凌辱スルノデハナイカト、人々ハ恐レテイタ(Fato quodam, an quia prævalent illicita; metuebaturque ne in stupra feminarum illustrium prorumperet)(7)」。

私は、ネロンの腹心としてナルシスを与えた。この点で私はタキトゥスに従ったのだ。すなわちタキトゥスによれば、ネロンはナルシスの死に非常な苦痛を感じていた、なぜなら、この解放奴隷は、この君主の、まだ隠されていた悪徳の数々と驚くほど合致していたからである(Cujus abditis adhuc vitiis mire congruebat)(8)。このくだりは二つのことを証明している。一つはネロンがすでに悪徳を具えた男だったが、その悪徳をなお も隠していたことであり、他の一つは、ナルシスが、ネロンの邪悪な傾向を育んでいたということである。

宮廷の疫病とも言うべきこの極悪人に一人の義人を対比させるべく、私はビュリュスを選んだ。いかにも、セネカではなくて彼を選んだのだ。その理由はこうである。二人とも、一方は武芸、他方は文芸に関して、若いネロンの後見役であった。また、二人はともに名高かった。ビュリュスは武芸における経験とその性格の厳しさによって(militaribus curis et severitate morum)[9]、セネカは、その雄弁と、才智の快いひらめきによって(Seneca præceptis eloquentiæ et comitate honesta)[10]。ビュリュスは、死後、その徳のゆえに非常に惜しまれた。「彼ノ死ヲ、市民ハ深ク、長ク悲シンダ、ソノ徳ヲ心ニ刻ミツケテイタカラデアル (Civitati grande desiderium ejus mansit per memoriam virtutis)[11]」。

　彼らの努力のすべては、アグリピーヌの傲慢と残忍さに抵抗することだった。「彼女ハ邪悪ナ権力ヘノ烈《ハゲ》シイ欲望ニ燃エテ、パラースヲ味方ニツケテイタ (quæ cunctis malæ dominationis cupidinibus flagrans, habebat in partibus Pallantem)[12]」。アグリピーヌについては、この一語にとどめよう、なぜなら、あまりにも言うべきことが多すぎるからである。私がなかんずくうまく表現しようと努めたのも彼女であり、この悲劇は、ブリタニキュスの死と同じくらい、アグリピーヌの失寵[13]が主題である。ブリタニキュスの死は彼女にとって雷の一撃であって、タキトゥスも述べているように、その恐怖と驚愕から見て、彼女は、この死についてはオクタヴィーと同じくらい潔白であったようだ。アグリピーヌは、これによって彼女の最後の希望を失ったのであり、同時に、この残忍な罪は、彼女にさらに大きい罪を恐れさせた。「彼女ハ、己レノ最後ノ頼ミノ綱ガ奪ワレタコト、カツマタ、コレコソハ親殺シノ前触レデアルコトヲ理解シタ(Sibi supremum auxilium ereptum, et parricidii exemplum intelligebat)[14]」。

ブリタニキュスの年齢は極めてよく知られているので、彼を気高く、愛情に満ち、率直さにあふれ、つまり若者に共通の長所を具えた若い皇子として以外、表現することは許されなかった。彼は十五歳だった。人々の語るところでは、彼は才智に優れていたというが、それが真実であったか、あるいは、彼としてそのしるしを示すことはできなかったが、彼の不幸が人々にそう信じさせたのかは、詳らかではない(Neque segnem ei fuisse indolem ferunt; sive verum, seu periculis commendatus retinuit famam sine experimento)[15]。

彼が側近に、ナルシスのような悪人しかもたなかったことについて、驚いてはならぬ。というのも、すでに久しい以前より、ブリタニキュスの側近には、信義も名誉もない人間のみを配すべしとの命令が出されていたのだから(Nam ut proximus quisque Britannico neque fas neque fidem pensi haberet olim provisum erat)[16]。

最後にジュニーについて言っておかねばならぬ。彼女を、ユーニア・シーラーナと呼ばれた年老いた浮かれ女と混同してはならない。この作品で問題になっているのは、もう一人のジュニーであり、タキトゥスが、ユーニア・カルウィーナと呼んだ人、オーギュスト帝の家系で、クローディユス帝がオクタヴィーを与えると約束したシラニュスの妹である。このジュニーは若く、美しく、セネカも言っているように、「世ニモ快活ナ乙女(festivissima omnium puellarum)」であった。彼女の兄と彼女は、優しく愛し合っていた。彼らの敵は、タキトゥスも言うとおり、二人を近親相姦だといって非難したが、二人はいささか無遠慮だったという他に罪はなかったのである。彼女はウェスパシアヌス皇帝の治世まで生きていた。

私は、彼女をヴェスタの神殿の斎女の中に加えた。アウルス・ゲリウスによれば、そこには六歳以下の者も、十歳以上の者も決して受け入れられなかったとある。しかし劇中では、市民がジュニーを庇っている。したがって、彼女の生まれや徳や不幸を考えて、彼らが法によって定められた年齢を大目に見たと私は考えたのである。ちょうど、その特権に値する多くの偉人たちには、彼らが執政官の年齢制限をゆるめたのと同じように。

登場人物(1)

ネロン　ローマ皇帝、アグリピーヌの子
ブリタニキュス　クローディユス帝の子
アグリピーヌ　ネロンの父ドミシユス・エノバルビュスの未亡人、後、クローディユス帝と再婚し、再び未亡人となる
ジュニー　ブリタニキュスと相愛の恋人
ビュリュス　ネロンの後見役
ナルシス　ブリタニキュスの後見役
アルビーヌ　アグリピーヌの腹心の侍女
衛兵たち

舞台はローマ、ネロンの宮殿の一室

①②…は帝位の順序、（　）内の数字は在位期間。**太字**はこの悲劇の登場人物。なお、メッサリーヌは、オーギュスト帝の妹オクタヴィーの初婚の曾孫、ドミシユス・エノバルビュスは同じくオクタヴィー再婚後の孫に当たる。

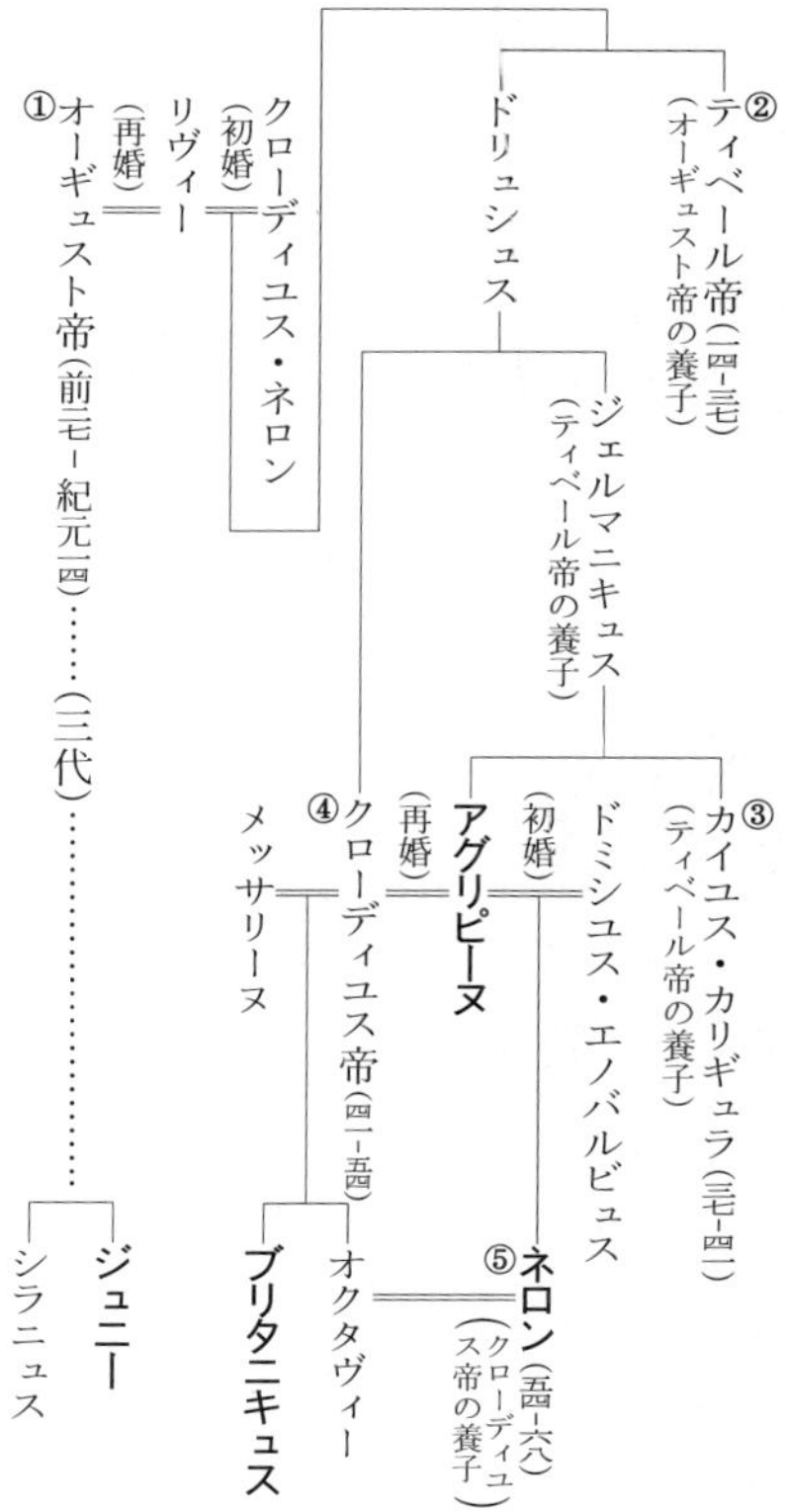

第一幕

第一場

アグリピーヌ(1)、アルビーヌ

アルビーヌ　まあ、これは。ネロン様、まだおやすみのうちから、
あなた様がお出ましになり、陛下のお目覚めをお待ち遊ばす。
お付きも衛兵もなく、宮殿のうちを行きつ戻りつ、
皇帝の母宮様がただお一人、戸口で番をなさるとは？
大后様《おおきさき》、なにとぞ、お部屋までお戻り遊ばされますように。

アグリピーヌ　アルビーヌよ、寸時も目を離すことはできぬ。
わたしはここで待たせてもらう。あれがこの胸に惹《ひ》き起こした不安は、
あれが休んでいる限り、この身を捉えて放すまい。
あまりと言えば何もかも、わたしの予言どおり。
ブリタニキュスに向かって、ネロンは牙をむいた(2)。

もはや我慢は無用とばかり、ネロンは自分を抑えることをやめて、
愛されるのにはもう飽きた、今は恐怖の的になりたいと。(3)
ブリタニキュスの存在が、あれには我慢がならないのだ、アルビーヌ、
そればかりか、このわたしまで、日一日、邪魔者にされていく。

アルビーヌ　何と仰せられます？　ネロン様の生みの親、しかも、
あれほど遠くから、今の御位《みくらい》に陛下をお即《つ》けになられたあなた様が？
先帝クローディユス様のお世継を退けられて、皇帝の名を
ご運の強いドミシユス様(4)に授けられた、あなた様では？
何事につけ、アグリピーヌ様大切と、
母君へのご情愛は、陛下のお務め。

アグリピーヌ　　そのとおりだよ、アルビーヌ。
あれが気高い心の持主なら、何につけ思い知らされているはずだ、この掟は。
だがもし、恩知らずの心なら、すべてがわたしに刃向かう種《たね》になる。

アルビーヌ　恩知らずの心ですと？　まあ、大后様《おおきさき》！　陛下のご所為《しょい》、何をとりましょうと、
ご自分のお務めを、心得すぎるほど心得たお心の証《あか》し。

三年この方、仰せられること、なされますこと、何もかも、
ローマに、非の打ち所のない皇帝陛下を約束されてあまりあるものばかり。
ローマは、二年以前より、陛下のご仁政のもと、(5)
執政官の時代に立ち戻ったかとさえ思われます。
陛下は国家の父として君臨なさる。つまり生まれたばかりのネロン様は、(6)
神君オーギュスト帝晩年のご高徳を、あまねく備えておられますのに。

アグリピーヌ　いいや違う、己が利害に目が眩み、不公平なことを言うわたしではない。
あれの始まりは、お前も言うとおり、オーギュスト帝の終わりにも等しい。(7)
だが、今までのことを、未来の時が覆して、
あの子の末が、オーギュスト帝の始まりのようになったらどうする。
うわべをつくろうても無駄なこと。わたしにはあれの顔にまざまざと、
人を恐れぬドミシユス家の陰惨、凶暴な気性が読みとれる。(8)
その血を継いだ傲慢に、わたしの胎《はら》から汲み取った
ネロン一族の人を恐れぬ気位とを、二つながらに併せもつあの子だ。(9)
それに、いつの世にも、暴政はきまって幸せな始まりをもつ。
あのカイユスさえも、一時《いっとき》は、ローマの歓びの源であった。(10)

しかし、その偽りの仁徳が、ひとたび凶暴な怒りに変われば、
ローマの歓びはたちまちに、恐怖の的となり果てたではないか。
それに第一、ネロンが自分の徳にいつまでも忠実で、いつの日か、
長い善政の鑑《かがみ》を残すとして、それがわたしにとって何になる。
一体わたしがあれの手に、国家の梶《かじ》をゆだねたのは、
人民だの元老院の言いなりに、その梶を動かしてもらうためか。
ええ！　国家の父親に、なりたいというのなら、なるがよい。(11)
だが、少しは考えてほしい、アグリピーヌが己れの母親ということも。
それにしても、朝になってようやくわたしたちの耳に入った(12)
あの理不尽な振舞いは、一体なんと呼べばいいのか。
ジュニーが、ブリタニキュスに想いをかけられていることぐらい、
あれは承知の上です、二人の恋を知らぬ者はいるはずがない。
それがどうだろう、徳行の誉れ高いというそのネロン様が、
夜陰に乗じてジュニーをかどわかす。
どういう心か。憎しみか、恋にかられてのことなのか。
ただ、二人を傷つけて、慰みものにしようという魂胆なのか。

いや、ひょっとすると、わたしがあの二人の味方になったことを、
あれの性悪な心が恨みに思い、仕返しをしようというのかも知れぬ。

アルビーヌ　お二人のお味方に、あなた様が？
アグリピーヌ
(13)分かっています、アルビーヌ。
二人を破滅に追い込んだのはこのわたし、わたしだけがしたこと。
血筋からいえば当然に登るべきであった高御座《たかみくら》から、
ブリタニキュスは、このわたしの手によって突き落とされた。
クローディユス様が目をかけていて、しかもその上に、
オーギュスト様を先祖と仰ぐ、シラニュス(14)、
あのジュニーの兄だとて、このわたしの指金一つで、
オクタヴィーとの婚姻から遠ざけられて、命《いのち》を捨てた。
ネロンは何もかも手に入れた。ところがこのわたしは、その埋め合わせに、
あの二人とネロンの間に、力の均衡《つりあい》を計らねばならぬとは、
それさえ、いつの日にか、同じ理屈に従って、
ブリタニキュスが、わが子とわたしの間の均衡を保ってもくれようかと思えばこそ。(15)

アルビーヌ　何というご計画を！

アグリピーヌ　嵐の中にも安全な港を、わたしは手に入れておく。
この手綱が緩もうものなら、ネロンはたちまちに逃げ去る。

アルビーヌ　それにしてもご子息に、無用なご心配をこれほどまでに！

アグリピーヌ　あれがわたしを恐れなくなったら、すぐにもわたしが恐れる番だ。

アルビーヌ　お心を悩ますご心配は、おそらく筋違いかと存じます。
ただ、ネロン様が、あなた様のお望みどおりのお方でなくなったといたしましても、
所詮そのお変わりようは、私どものあずかり知らぬところ、
皇帝陛下とあなた様の内緒事でございますもの。
現にローマが、どのような新しい称号を陛下に奉りましょうとも、
母君ともどもでなくては、決してお受けにはなりません。
尽きるところなきご孝心は、何物も独り占めにはなさいませず、
大后様のお名はこのローマで、陛下のお名と等しく神聖犯すべからざるもの。
お気の毒なオクタヴィー様のことを口にする者もまずない有様。
ご先祖のオーギュスト様ですら、お妃リヴィー(16)様にこれほどの栄誉は。
大后様の御前《ごぜん》には、月桂樹の冠戴く束桿《そっかん》を捧げもつべし(17)と、
真っ先に仰せられたのは、他ならぬネロン様ご自身でございますよ。

一体、ご孝心を、どのような形で表せと仰せられるのでございます。

アグリピーヌ　敬うのはほどほどに、そして、もっと信頼を。
お前の言う贈物は、アルビーヌ、どれもこれもわたしの不満を掻き立てるばかり。
名誉は増す、しかしその分だけ、わたしの権威は堕ちてゆく。(18)
いいえ、もうあの頃とはまるで違う、あの頃なら、ネロンはまだ幼く、
己が身に寄せられる宮廷の誓いをも、わたしのもとへと捧げさせた。
あの頃は政治《まつりごと》の万端、このわたしに任せきりで、
このわたしの命令が、元老院を宮中に召集していたのだ。
帷《とばり》の蔭に身をかくし、席上に姿は見せぬが、わたしの存在は誰の目にも明らか、
こうしてわたしは、この偉大な集会の、全能の魂となっていた。(19)
ローマのおもわくがはっきりとつかめずにいた当時のネロンは、
己が権力にいささかも酔いしれてはいなかったもの。
あの日だ、あの忌まわしい日のことは、今も記憶に新しい、
ネロン自身が、己れの栄華に目も眩んだあの日のことだ。
あまたの国の王たちの使者がこぞって参内し、
全世界の名において皇帝ネロンに服従を誓った時のことです。

あれとともども、わたしは玉座に着くつもりでいた。
いかなる佞臣《ねいしん》が口添えして、この身の没落をはかったのか、わたしは知らぬ。
とにかく、ネロンは、わたしの姿を遥かに見るや、
その面《おもて》に、不快の色をあからさまに現した。
わたしの心も、たちまちに、不吉な予感に襲われた。
恩知らずのあの子は、偽りの尊敬で、己が邪《よこしま》な企てを隠しながら、
こちらの着くより先に立ち上がり、いそいそと駆けよってわたしに接吻するや、
わたしが坐るつもりの玉座からは、まんまとわたしを遠ざけたのだ。(20)
あの宿命の痛手を受けてから、アグリピーヌの権力は、
日に夜をついで、ただひたすら、破滅の道を堕ちてゆく。
残されたものは失われた権力の影ばかり、今、人々の頼むのは、
ただセネカ(21)の名、ビュリュス(22)の力ばかり。

アルビーヌ　まあ、そのようなお疑いがご心痛の種でございますならば、
なぜ、死ぬほどにつらいその毒を、胸にためておかれます。
せめて、お願いでございます、陛下と、お話し合いをなさいませ。

アグリピーヌ　陛下はね、もう二人きりでは会ってはくれません。

公の席で、わたしに定められた刻限に、拝謁を賜わるのだからね。(23)

あれの答えは前もって決まっている、いいえ、あれの沈黙さえも。

いつでも監視人が二人、あれの師であるばかりかわたしの師だとばかり、
代わる代わる、わたしたちの話に聞き耳を立てている。

でも、あれがわたしを避ければ避けるほど、わたしのほうでは追い廻してやる。(24)

あれの動揺につけこんでやるのだ、アルビーヌ。

物音がする。扉が開いた。さあ、早く、
きっと問いただしてやろう、この誘拐の理由を。

この際、心の秘密をも、できれば、つかまえてしまうこと。

何ということ！　ビュリュスが今時、あれの部屋から？(25)

第二場

アグリピーヌ、ビュリュス、アルビーヌ

ビュリュス　　　　　　　　　　　　　大后様、
皇帝陛下の御名《みな》におきまして、お知らせに参上いたすところでございました、

このたびのご処置、まずはご心痛の種ともなりましょうが、
実は、ご賢慮のしからしむるところに他ならず、
この点、母后様《ははきさき》にもとくとご承知おきいただきたいとの仰せでございます。

アグリピーヌ　あれが望む以上、通してもらいます。あれの口から直接聞くほうがよい。

ビュリュス　陛下はしばし、私どもの前から姿を隠されておいでです。
すでに内密の扉により、執政官(1)両名、
お先に、参上いたしております。しかし、
お許しを賜われば、その由お伝えに、再度参上いたし……

アグリピーヌ　それには及ばぬ、あれの恐れ多い秘密とやらの邪魔はすまい。
しかしそれにしても、少しは遠慮を捨てて、一度でもよい、
わたしたち二人、その歯に布《きぬ》着せた言い方をやめて話し合うことはできないものか？

ビュリュス　嘘偽りはこのビュリュス、最も忌み嫌いますところ……

アグリピーヌ　このわたしには永久に、皇帝を隠しておくおつもりなのか。
今後はもう、邪魔者としてしか、あれには会えぬと言うのですか。
一体あなたの身分を、これほどまでに引き上げたのも、
わたしとあの子の間に、分け距ての垣を作ってもらうためだったとでも。

あの子のことはあの子に任せておく、それが一時もならぬと言うのか。
セネカとあなたと、どちらが先に、皇帝の心からわたしを消し去ることができるかと、
その功名争いでもしているおつもりか。
あの子をあなた方に任せたのは、恩知らずの子にしてもらうため？
あの子の名を借りて、あなた方が、政治《まつりごと》をほしいままにするためだったのか。
まったく、考えれば考えるほど、わたしには分からなくなる、
この身が、あなた方から恩を着せられるいわれがあろうなどとは。
あなたなどはその野心を、たかがどこかの軍団長という
栄《は》えない名誉のうちに、朽ちはてさせることも、わたしにはできた。
それにひきかえこのわたしは、世々の祖先に従って帝位に連なり、
あなた方の主人の、娘であり妻であり、妹でも母でもある身の上ではないか。(2)
一体、どういう気なのです。わたしが己れの意志で皇帝を仕立てたのは、
三人もの皇帝を、押しつけてもらうためだったと？
ネロンはもう子供ではない。自分で統治のできる時ではないか。(3)
一体いつまで、皇帝があなた方を恐れていれば気が済むのか。
あなた方の目を借りなければ、あれには何も見えないと？

第一、お手本にするには、あれのご先祖があるではないか。
オーギュスト帝だろうと、ティベール帝であろうと、好きな方を選べばよい。
できるというなら、わが父君、ジェルマニキュス様を見ならうもよかろう。
わたしとて、あまたの偉人のお仲間に自分を入れる己惚《うぬぼ》れはもたぬが、
しかしわたしにも、教えてやれる徳行はある。
少なくとも、これだけは教えてやるつもりだ、いくら信頼した仲だといって、
臣下と自分の間には、どれほどの分け距てを置くべきかは。

ビュリュス　このたびのことで、私に課せられておりましたのは、
陛下のただ一つのご所為につき、申し開きをいたすことでございました。
しかしながら、その釈明には耳を貸そうともなさらず、
わが君のご生活の万端にわたり、責任を取れと仰せられます以上、
私も、大后様、お答えをさせていただきましょう、
真実を包む術《すべ》を知らぬ侍として、何もかも腹蔵のないところを。(4)
(5)あなた様は私に、ご幼少のわが君をお託しになられました、
仰せられるとおりです、それをゆめ忘れる私ではございません。
しかし私はあなた様に、陛下のおためは二の次にして、

人の言いなりになる皇帝にお仕立て申すと、お約束いたしましたか。

滅相もない。陛下につき私が責任を負うのは、もはやあなた様に対してではない。

もはやあなた様のご子息ではありません、世界を治《しろしめ》し給う御方様。

陛下のご訓育に関する責任、それを私は、ローマ帝国に対して負うているのです。

帝国の栄えるも滅ぶも、ひとえに私の上にかかっております。

ああ、まことに！　無知蒙昧のうちにご訓育、それでよろしかったのならば、
邪な道に堕し奉る者は、セネカと私の他になしと言われましょうか？

ご教育に際し、へつらい者を退けるいわれはどこに？

佞臣輩《ねいしんばら》と言われますなら、わざわざそれを流刑の地まで呼びに行く必要はどこに(6)？

クローディユス帝の宮廷に、奴隷たち(7)は数知れず、
二人と言わず千人でも御前《ごぜん》に参上させましたなら、
いずれも陛下を、卑しい悪の道へと、功名手柄を競いあい、
陛下はついに、幼児のままで終わらせられるのは火を見るよりも明らかなこと(8)。

一体、大后様には、何をもって不満となされる。世間はあなた様を崇《あが》め奉っておりましょう。

誓いを立てる時には、皇帝陛下の御名《みな》と同様、母宮様の御名にかけて誓うほど(9)。

いかにも陛下は、以前とは異なり、毎日のごとく母君の御許に
帝国を捧げ、母宮御殿のご繁栄を第一とされることはなくなりました。
しかし、それが一体、陛下のお務めでしょうか？　母君へのご孝心は、
ただ、お力にすがることによってのみ、表されるべきものでしょうか。
絶えず謙《へりくだ》り、絶えず臆病者でいるネロン様が、
セザールと言いオーギュストと称するのも、ただ名ばかりのことに過ぎぬとでも(10)？
はっきり申し上げましょうか。ローマが陛下を正しいとしております。
久しきにわたり、三人の解放奴隷(11)に縛られていたローマの国は、
その軛《くびき》をのがれて、ようやく息をつき、
ネロン様の御代《みよ》こそ、まさに自由の始まりと称えております。
そればかりではございません。古《いにしえ》の美風も今また甦《よみがえ》るかと。
帝国のすべて、もはや一君主の私《わたくし》するところではない。
人民は、軍神広場《シャン＝ド＝マルス》におきまして、行政官を選び(12)、
皇帝は、兵士の推挙に従って、軍団長を任命される。
元老院にはトラゼアス(13)、軍隊にあってはコルビュロン(14)、
ともに名声轟《とどろ》くといえども、今なお、罪を着せられることもなく、

かつては追放された元老たちに満ち満ちていた辺疆荒蕪の地も、(15)
今はただ、誹謗中傷の輩《やから》の住むところと変わりました。
皇帝陛下が、今後も、我ら両名の進言をお聞き入れになるや否やはご自由、
ご進言申しましたことが、君の誉れの御為となり、
花咲くご仁政は尽きるところを知らず、
ローマはつねに自由、しかも皇帝陛下の全能でましますかぎりは。
(16)しかし大后様、ネロン様はもうご立派にお一人立ちができる。
ご訓育などとはおこがましい、ただご命令に従うばかり。
もちろん、ご先祖様を鑑《かがみ》となされるのも結構なこと。
しかしご仁政を続けられるには、ご自分を手本とされるだけで充分。
ご高徳の数々、相呼び相答え、並び至って、年ごとに
ご治世当初のめでたさが、廻り帰ってきますなら、この上の幸せはございません。

アグリピーヌ　つまり、未来は全くあてにならぬ、
自分がいなければ、ネロンは道を踏みはずすとお思いなのだ。
しかし、目下のところは、ご自分のなさったことにご満悦で、
あれの美徳の数々を、わたしたちに証明しようとやってきたお方に、

ぜひとも説明していただきたいもの、何故《なにゆえ》、浅ましい人攫《ひとさら》いとはなりはてて、
ネロンは、シラニュスの妹を、かどわかすことを命じたのです。(17)
これほど非道な恥をかかせて、ジュニーのうちに輝いている
わたしの先祖の血(18)を汚《けが》す、それだけが目的と言われるのか？
一体咎《とが》は何？　いかなる陰謀をたくらめば、
ジュニーは一日のうちに、国に矢を引く大罪人とはなったのです。
あれはこれまで、いとも慎ましやかに育てられ、
ネロンがかどわかさずば、ネロンなどには会わずに済んだ、
いやそれどころか、ネロンなどに、会わずにいられることを、
ネロンの善行の一つにも数えたに違いないというのに。

ビュリュス　ジュニー様には何の罪科《つみとが》も、それは私が承知しております。
それに、目下のところは、皇帝陛下からも、何のお咎めもなく、
ここには、大后様、あの方のお目を汚すものは何一つございません。
ご先祖様の尊霊こもる宮殿におられるのではありませんか。
先刻ご承知のはず、姫が生まれながら備えておられるご身分は、
姫の背の君たる方に、謀叛気《むほんぎ》を起こさせかねないものだということは。

ローマ皇帝の血筋の方は、皇帝御自ら任せられる人々にしか
結ばれてはならぬという道理もまた。
大后様ご自身もお認めのはず、オーギュスト帝の血筋につながる姫、
そのご縁組が、皇帝陛下を除外して、取り決められる法はないと[19]。

アグリピーヌ　分かりました。ネロンはあなたの口を借りて、
ブリタニキュスがわたしの約束を当てにしても無駄だと教えてくれる。
あの人の目を、その不運から外《そ》らせるため、
望みの縁組を叶えてやると、その恋心を喜ばせてやったのも無駄というわけ。
わたしに赤恥をかかせるため、ネロンは世間に知らせたいのだ、
アグリピーヌはその権能を超えた約束をしていると。
ローマはわたしの特権を、当然至極のように思い込んでいる。
だからこそ、このように恥をかかせて、ローマの迷いを覚まし、
わたしの息子と皇帝とを、もはや同一視してはならぬことを、
全世界が恐怖のうちに、思い知れと言うのだ。
それもよかろう。だがそれでも、なおわたしは言ってやる、
そんな手を打つ前に、自分の権力をしっかり固めておくがよい、

弱いとはいえわたしの力を、あれに対して試さざるをえぬような
そんな窮地にこのわたしを追い込もうものなら、
自分の力も危険にさらすことになる、それに秤《はかり》にかけてみれば、
わたしの名もおそらくは、あれの思う以上に、重みがあるかもしれないと。

ビュリュス　何と言われます！　わが君のご敬愛の念を、まだお疑いか。
陛下のご所為、どれほど些細なことも、あなた様のお疑いを招かずには済まぬのです
か。
あなた様がジュニー様のお味方と、陛下はお考えになるとでも？
ブリタニキュス様と、和解なされたなどと？
それとも、敵方の後楯《うしろだて》になられてまで、
陛下に対し不平を鳴らす口実の一つも探し出そうとのお考えか。(20)
何はばかるところなくお伝えできる陛下の些細なお言葉から、
帝国を真二つに割るような真似をなさってもよいとお考えなのですか。
お二人は、絶えず互いに怖れ合い、ご親子《しんし》相抱くその折にも、
何やかやと、言挙げなさらねば済まぬのですか。
ああ、取締官めいたそのとげとげしいご用心、なにとぞお捨て下さい。

物分かりのよい母君のお心の寛《ひろ》さを、せめて上辺《うわべ》だけにもお示し下さい。
多少の冷たい仕打ちなど、表沙汰にもせず捨ておかれ、
仮にも宮中の者どもが、母宮様に背を向けるような事態は、絶対に、お避け下さい。(21)

アグリピーヌ　誰がもう、わたしの庇護など有難がろうか、
ネロンが、進んでアグリピーヌの破滅を告げているではないか。
もはやお目どおりもかなわぬ身となりはてたらしい、
ビュリュスふぜいが戸口に立ちはだかり、通すまいと言うのだから。(22)

ビュリュス　大后様、もはや口をつぐむ時かと思われます、
この直言がお気に障《さわ》りはじめたようでございますから。
人の悩みは理不尽なもの、嘘にも慰めてくれぬような
道理はすべて、ひたすらその猜疑心をつのらせるばかり。
ブリタニキュス様が見えました。(23)私は失礼いたします。
あの方の話をお聞きになり、そのご不運を嘆かれるがよろしゅうございましょう。
その上、おそらく大后様におかせられましては、陛下のご相談にあずかることの最も
　少ない私どもが、
仕組んだこととなじられましょうが、それも結構かと存じます。

第三場

アグリピーヌ、ブリタニキュス、ナルシス、アルビーヌ

アグリピーヌ　お待ちなさい、宮としたことが、どちらへ？　敵の中へ
盲《めしい》のように飛び込んでいかれる、何がそれほど心配なのですか。
何を探し求めて？

ブリタニキュス[1]　探し求めているものと？　ああ、神々よ！
わたしの失ったものすべて、それが、大后様、ここにあるのです。
数知れぬ荒くれ武者に取り囲まれ、ジュニーは、
無理無体、この宮殿へと引き立てられて来た。
ああ、何ということだ。姫の内気なあの心が、
目なれぬその光景に、どれほど怯えおののいたことか！
ついにあの人はこの手から奪い去られたのです。あまりといえば残酷な命令だ、
不幸をいたわりあって結ばれた二つの心を引き裂こうとは。
分かっているのです、わたしたち二人が苦しみを一つにして、

お互いの不幸の重荷を分かちあう、それが我慢がならぬと言うのです。

アグリピーヌ　もうよい。あなたの受けた屈辱は、わたしの胸にもこたえている。
あなたが愚痴をこぼすより先に、わたしは不満を鳴らしてやりました。
しかし、役にも立たずいきりたてば、それでわたしの約束が
果たせるとも、また、あなたに対し責任がなくなるとも考えてはいない。
今は何も申しますまい。わたしの心が知りたければ、
後からパラース[2]の館へお越しなさい、待っていますから。

第四場

ブリタニキュス、ナルシス

ブリタニキュス　あの女を信じてよかろうか、ナルシス、あの女の言葉を信用して、
その息子とわたしの間の裁き役になってもらうべきか。
どう思う？　なぜなら、他ならぬあのアグリピーヌこそ
かつて父上が妻として迎えられ[1]、わたしの不運を招いた女。
しかもお前の話が真実なら、父上のご臨終が、己れの計画には

長引きすぎるとばかり、ご最期を早めたとさえ言うではないか。あちらも、ご同様に辱しめを受けたと思っておられる。

ナルシス　どうでもよろしいこと。ジュニー様は下さると、はっきり約束なさっていたのですからね。この上は、お二人の不満を併せられること。利害を一つに結ぶのです。この宮殿に、あなたのお怨みが鳴り響きましょうと、無駄なこと。あなたが憐《あわ》れみを請う声をして、ここで不満を並べるばかり、人を縮み上がらせるようなこともなく、そのお恨みが口先だけに終わりますかぎりは、間違うことではございません、その愚痴は永久に続きましょうな。

ブリタニキュス　ああ、ナルシス、お前は知っていよう、習いとなったこの屈辱、いつまでもわたしが耐えていくつもりかどうか。知っているはずだ、この身の没落に打ちのめされて、おめおめと、わたしの即《つ》くべきであった帝位を、永久に諦めているつもりかどうか。しかしわたしはまだ一人きりなのだ。父上の友人は、誰も彼も、わたしの識《し》らぬ者ばかり、この身の不運にすっかり冷たくなっている。

また、わたしが若年であるゆえに、心中ひそかに忠誠を誓う者たちも
すべてわたしからは遠ざかったままでいる。
わたしはこの一年、(2)いささかばかり世間を識って、
わが命運のつたなさを、思い知らされた。
わたしの周囲には、友人面《づら》をした裏切者ばかり、
やつらは、わたしの一挙一動に、執拗なまでに目をくばり、
ネロンによって、この恥ずべき取引のためにと選ばれて、
やつに、わたしの内心の秘密を売りわたす。
いずれにせよ、ナルシス、毎日の所業について、わたしは敵に売られている。
やつはわたしの企てを初めから知り、やつにわたしの言葉は筒抜けなのだ。
お前と同じなのだよ、やつは、わたしの心の底を知り抜いている。
これをお前は、どう思う、ナルシス。

ナルシス　いえ、よくよく卑劣な人間でなくてはとても……
よほど口の堅い者を、腹心にお選びにならなければいけません、
殿下、そして、軽々しくお心の秘密は、お打ち明けにならぬこと。

ブリタニキュス　ナルシス、お前の言うとおりだ。しかし人を疑うということは

高邁な人間のなかなか知らぬことなのだ。いつまでも、
人にたばかられる。しかし今ようやくわたしは、お前を信じる、
いやそれどころか、信じるのはお前だけだと固く誓うよ。
父上は、そうだ忘れもしない、お前の忠誠を保証して下さっていた。
父上の解放奴隷のうち、お前一人だ、変わらぬ誠《まこと》を見せてくれたのは。(3)
絶えずわたしの行動に目を注いでくれていて、
見えない暗礁から、わたしを救ってくれたことも数知れない。
さあ、行って様子を見てきてくれ、この新しい嵐の噂が
わが友人たちの勇気に火をつけたかどうかを。
その目の色を確かめ、その語るところをとくと調べてこい。
見てくるのだ、果たして親身な援助が期待できるかどうか。
特に、この宮殿のうちに関しては、ネロンが姫を
どれほど堅く護衛させているか、巧みに見てきてほしい。
姫の麗《うるわ》しい瞳が、危険をまぬがれているだろうか、
さらには、お目にかかることができるかどうかも。
そのあいだにも、わたしはネロンの母親に会いに

パラースの館へ行く。彼もまたお前と同じ、父上の解放奴隷だ。
やつの母親に会い、あおりたて、行動をともにする、いやできることなら、
その名を借りて踏み込むのだ、あの女の意志を越えたところまで。

（第一幕の終り）

第二幕

第一場(1)

ネロン、ビュリュス、ナルシス、衛兵たち

ネロン 安心しろ、ビュリュス、いかに無態な真似をされようと、
母上だ、勝手な気紛れ、目をつぶっておく。
だが、それをあおりたてる不届き千万な大臣め、
あいつに対しては、我慢も遠慮も、これまでだ。
パラースが一々口を出し、母上の耳に毒をつぎ込んでいる。
日ましにわが弟ブリタニキュスを、やつが邪《よこしま》な道に陥れている。
やつの言葉しか入らぬ、二人の耳には。今も二人の跡をつけていけば、
パラースの館に落ちあっているのは必定ではないか。
もう沢山だ。是が非でも二人から、あの男を遠ざける。
これが最後だ、やつは立ち去れ、出立せよ。

わたしの意志だ、命令だ。そして今日の日が終わらぬうちに、
ローマに、少なくともわが宮廷内には、やつの姿がないようにせよ。
行け。この命令には、帝国の命運がかかっている。(2)
ナルシス、近う参れ。お前たち(3)は、退《さが》ってよい。

第二場

ネロン、ナルシス

ナルシス　神々のご加護、今日《こんにち》ただ今、ジュニー様がお手に入《い》りました以上、
残りのローマ人については、もはや何のご心配もございません。
陛下に仇《あだ》なす者たちは、徒《あだ》な望みを打ちくだかれ、
パラースの館へ集まり、己《おの》が無力を託《かこ》っておりましょう。
しかし、これはまた。陛下ご自身、心も空に、雷《いかずち》に打たれたごとく、
ブリタニキュス様以上に取り乱しておられるとは。
何と拝察いたしましょうか、そのようにお顔は打ち沈み、
あてどもなくさまようばかりの、悩ましげな御眼差し。

ご好運は御心《みこころ》のまま、願って叶わぬ望みとて、ございませんのに。

ネロン ナルシスよ、どうにもならぬ、ネロンは恋をした。

ナルシス あなた様が？

ネロン 知りそめたばかりだが、しかし生涯を賭けての恋だ。

愛している(愛していると？)、恋い焦がれているのだ、ジュニーに。

ナルシス 陛下が、あの方に？

ネロン ぜひにも様子が知りたく、心急《せ》くまま、

昨夜《ゆうべ》おれは、この宮殿に到着する姫の姿を、見た。

悲しみに打ちひしがれ、涙の溢れる両の瞳は天を仰ぎ、(1)

取り囲む松明《たいまつ》の炎、武器の耀《かがよ》いを受けては、濡れてきらめく。

美しかった。何の飾りも身に着けず、今眠りから

引きたてられてきたばかりの、手弱女《たおやめ》の、粧《よそお》いもないそのいでたち。

どうしろと言う。おれには分からぬ。あの飾り気のない姿、

夜の闇、松明の光、叫ぶ声、そしてまた沈黙、

さらには、捕えに来たむくつけき侍たちの恐ろしい形相《ぎょうそう》までが、

姫の瞳の、怯えてなまめく美しさを、際立つように見せていたのか。

ともあれ、その艶《あで》やかな姿に心奪われ、
おれは言葉をかけようとした、が、口は渇いて声も出ぬ。
雷に五体の自由を奪われたように、ついにその場に身動きもならず、
姫が定められた部屋に立ち去るのを、おめおめと見送ったのだ。
おれは自分の部屋へ戻った。そこで、一人きりになると、どうだ、
姫の幻は、払おうにも、おれを捉えて放さない。
うつつの者のようにまざまざと、この目に立ち現れ、心はそれに語りかける。
このおれの流させたその涙までが、おれの想いを掻き立てる。
時として、ええ、手遅れなのに、許してくれと取りすがる。
苦しい吐息もついてみた、いや脅《おど》しの言葉さえ使ってみた。
こうして、分かるか、おれの新しい恋に身も世もなく、
眠りもやらずおれの目は、夜《よ》の明けるのを待ちあぐんだ。
だが、おれの心は、ひょっとして、姫の面影を美しく描きすぎているのかもしれぬ。
初めての出会いに、道具立てが揃いすぎていた。
ナルシス、お前はどう思う。

ナルシス　何ということでございましょう、陛下、

これほど長いことあの方が、ネロン様のお目を逃れていられたとは？

ネロン　お前も承知のはずだ、ナルシス。兄を喪《うしな》った不運を、
おれのせいだとして怒っているからか、あるいはまた、
きつく操《みさお》を守り通そうとする姫の心が、
蕾《つぼみ》の花を、我らの目には見せまいと誓っているからか、
姫は、己が悲しみに義理を立て、人目につかず閉じ籠り、
世に美貌の誉れを謳われることさえ忌まわしいと、避け通してきた。(2)
しかもまさに、宮廷にはかくも珍しいこの心掛けの
頑《かたく》ななまでのその堅固さ、それこそが、おれの心を激しくそそる。
そうであろう、ナルシス。ローマに生を享《う》けた女の、一人として、
わが寵愛を得て誉れに思い、得意にならぬ者はあるはずがなく、
また己れの眼差しに自信がつけば、誰よりも先に、
ローマ皇帝の心に対し、その力を試しに来ぬ者はないはず、
ところがただ一人、館に籠る慎ましやかなジュニーだけは、
女たちの願う誉れを、汚らわしい恥辱と見なして
姿を隠す、そしておそらくは、知りたいとも思っていないのだ、

ローマ皇帝たる者、恋に適《ふさわ》しい男であるか、いや恋を知る男か否か。
それでどうなのだ、ブリタニキュスは愛しているのか、姫を。

ナルシス　　　　　　　　　　　　　　　　　　　　　　　愛しておられるかと、
陛下？

ネロン　あんな子供に、自分で自分の心が分かると言うのか。
心惑わす眼差し、その毒を、(3) あれは心得ているとでも？

ナルシス　陛下、そもそも恋は、分別のつくのを待つとは限りません。
間違いなく、あの方は姫を愛しておられる。心惑わす魅惑の数々、
それに惹かれて、あの方の目は、もう切ない涙を流すためのもの。(4)
姫の望まれることには何につけ、従う術《すべ》を心得ておいでです。
そして姫の心を靡《なび》かす手立ても、今ではおそらく。

ネロン　何だと？　少しは姫の心が、あれの意のままになると？

ナルシス　それはどうか。ですが陛下、これだけは申し上げられます。
陛下のお目には隠して見せぬお怒りに燃え立つ胸を押えつけて、
宮中よりあたふたと退出されるお姿は幾度となく拝しております。
背を向けて去る廷臣たちの不忠を嘆き、

陛下のご威光も、またご自身のご運のつたなさも倦き倦きとばかり、
軛《くびき》は逃れたいが、思えばそれも怖ろしく、心を決めかねているあの方。
それが、ジュニー様に会いに行かれる、と、お戻りの時は晴々として。

ネロン　姫の気に入る術《すべ》を知っていたとは、ますますもってやつの不運だ、
ナルシス、そうであろう、姫の怒りをこそ望むべきではないか。
嫉妬を起こして、ただで済ますネロンではないぞ。(5)

ナルシス　あなた様が？　一体、ご心配の種は何だと仰せられるのです。
ジュニー様は宮に同情なさり、苦しみを分かたれたかも知れません。
でもそれは、他に男の涙を見たことがないからでございますよ。
今日《こんにち》ただ今となっては違います、陛下、あの方のお目は、
陛下のお身を包む輝きを間近に拝して、はっきりと開かれたのです。
陛下のお御足《みあし》のもとには、諸国の王たちも冠を取り、(6)
集い寄る群集《ぐんじゅ》の波に入りまぎれ、いえ、姫の想うその人とて同じこと、
陛下のお目を追いながら、かりそめに投げ掛けられる
御眼差しの栄誉に浴さんものと、ひしめき合う。
この栄光の高御座《たかみくら》から、陛下御自らが恋の吐息を洩らされて、姫の勝利を

お認めに降りて来られる。それを、目のあたりに拝せば、姫の心とて、
すでに魔法にかけられたも同然、ゆめお疑いはご無用、御心のままに、
愛せよとお命じになればよい、それで陛下の恋は叶いましょうものを。(7)

ネロン　だが、覚悟しなくてはならぬつらい想いはどれほどあるか、
厭わしいことの数々！

ナルシス　　　　何事でございます。大御心に障《さまた》げをいたすものとは、
一体、何が。

ネロン　　何もかもだ。オクタヴィー、アグリピーヌ、ビュリュス、
セネカも、全ローマも、あまつさえこの三年の善政もだ。
オクタヴィーに対し、いささかなりと情愛が残り、
あれとの婚姻に縛られたり、あれの若さを不憫《ふびん》に思うからではない。
おれの目は、とうの昔に、あれのしつこい愛情には辟易《へきえき》して、
流す涙を見てやることとさえ、もはや稀だ。
首尾よく離別が叶い、無理やり押しつけられたこの軛(8)から
おれが自由になれるならば、願ってもない幸せ。
どうやら、天もひそかにあれの非を鳴らしておられる。

あれの祈願は、四年この方、いくら天に呼びかけても無駄ではないか。
神々が、その熱誠を嘉《よみ》し給う徴《しるし》とてない。
子種は、ナルシス、ついにあれの閨《ねや》には授からぬのだからな、
帝国は、世継を、いたずらに待つばかりだ。

ナルシス　なぜ一刻も早く、ご離縁遊ばされません。
帝国も、陛下の御心も、何もかもが、オクタヴィー様を見限っています。
ご先祖のオーギュスト帝は、リヴィー様に恋い焦がれ、
お二人ともどもご離縁の上で、ご一緒になられたではありませんか。(9)
第一、あなた様が帝位に登られたのも、この幸いなご離縁のおかげ。
ティベール帝は、連れ子としてオーギュスト帝の婿養子になられながら、
ご養父の目の黒いうちに、その娘御を追い出してしまわれた。(10)
陛下お一人でございますよ、これまで、ご自分のお望みに逆らって、
ご自身の楽しみを手に入れるためのご離縁を、恐れていらっしゃるのは。(11)

ネロン　一体お前は、あの執念深いアグリピーヌ様を知らぬと言うのか。
おれの恋は不安になって、もう目の前に描いて見せる、あの人が
オクタヴィーをおれの面前に連れてきて、烈火のごとき眼《まなこ》を据え、(12)

ご自分で取り決めた縁組の、犯すべからざる権利を説く。
その上、おれの心にひときわ厳しい痛手を加えようと、
おれの忘恩不孝の数々を、長々しく、なじり立てる。
こんな忌まわしい話し合い、どの面《つら》さげて忍べと言う。

ナルシス　陛下は、陛下御自らの主人《あるじ》、つまるところは、母君にとっても御主人《おんあるじ》。

私どもの陛下とは、いつまでも母君の監督の下に怯えておられる方なのですか。

人生も、天下の政治《まつりごと》も、陛下ご自身のために。あの方のための政治は、もう沢山でございますよ。(13)

恐ろしいとおっしゃる？　が、いいえどうして、陛下は恐れてなどいらっしゃらぬ。

つい今しがた、あの高慢極まるパラースを追放なさった、
やつの専横も、母君の後押しゆえとご承知の上で、あのパラースを。

ネロン　母上の目から離れていれば、おれは命令も下す、脅しもする、
お前たちの進言にも耳を貸し、それをもっともとも思い、
母上に対していきりたち、正面切って立ち向かおうと心に決める。
ところがだ、（今おれは、おれの心を包みかくさずお前に見せよう）
運悪く、母上の目の前に出ることになれば、たちまちに、

かくも久しくおれの務めを読み取ってきた母上の目の、
その力を踏みにじる勇気がおれにないからか、
あるいは、おれのためになされたお心尽しの数々をどうしても思い出し、
そのお力で手に入れたものはすべて、口には出さぬが、母上の御心に、任す気になる
からかしらぬ、
とにかくどれほど努力しても、それは何の役にも立ってはくれぬ、
おれの守護霊(14)は、母上の守護霊を前にして、雷に撃たれたごとく震えおののく。
このような、母の支配から自由になりたいばっかりに、
どこにいても、おれは母の目を遁れ、あまつさえ、母の心を傷つけもする、
時には、母の怒りを掻き立てるようにして、おれのほうで
その目を遁れるばかりでなく、あちらもおれを避けるようにはかっているのだ。
しかし、長く引きとめすぎた。退《さが》ってよい、ナルシス。
ブリタニキュスが、お前の企みを咎《とが》めようもしれぬ。

ナルシス　とんでもございません、ブリタニキュス様は私を信じきっておいでです。
こうして陛下にお目通りを願っていますのも、あの方のご命令と思い込んでおられる
し、

あの方に関わる話を、何かとここで私が集めているという次第。
陛下のお心の秘密をも、私の口から直々にお聞きになろうと。
わけても、恋するお方に、ひと目お会いになりたさ、
この忠義者がお手を貸し、うまく計らうようにとお待ちかねです。

ネロン　よかろう、あれに、色よい返事をもち帰ってやれ、
姫に会えるとな。

ナルシス　　　　滅相もない、姫からはお遠ざけなさいませ。

ネロン　おれにはおれの考えがある、ナルシス、想像できそうなものではないか、
姫と逢瀬の喜び、あれには高くつくぞ。
それまでは、お前の巧みな計略を、せいぜい自慢してみせるがよい。
あなた様のおためを思い、見事陛下をたばかりました、
陛下のお許しなしに会えますとな。扉が開く、姫だ。
さあ、お前の主人に会いに行け、よいな、ここへ連れて来るのだぞ。

第三場

ネロン、ジュニー

ネロン そのように取り乱して、姫は。顔の色まで変わった。(1)
わたしの目の中に、何か不吉な兆《しるし》でも読まれたのか。
ジュニー 嘘偽りは申し上げられませぬ私、陛下、お人が違いました。
お目にかかるつもりはオクタヴィー様、皇帝陛下ではございませず。
ネロン それは分かっている、姫、だからこの身は羨ましくてならぬ、
姫のそのご好意、まことオクタヴィーは果報者よ。
ジュニー 陛下が、お羨ましいと?
ネロン 姫はお考えなのか、この宮殿内で、
オクタヴィーだけに、姫を見る目があるとでも?
ジュニー でもほかのどなたにすがれと、陛下は仰せられます。
身に覚えない罪科《つみとが》を、どなたに伺えばよろしいのです。
お裁きをなされたは陛下、ご存じあらせられぬことはございますまい。

お願いでございます、お教え下さい、どのような大それた罪を、私が？

ネロン　何と言われる！　姫ともあろう人が！　これほど長きにわたりその姿を
わたしに隠していたとは、浅からぬ咎であろうが。
天よりその数知れぬ美貌の宝を授かったのは、
ただそのままに朽ち果てさせるためだったと？
果報者のブリタニキュス、あれだけが恐れ気もなく、我らの目の届かぬところで、
己れの恋と、姫の魅惑のいや増すのを、眺めていられるとお言いなのか。
なにゆえ、この栄誉からは、今日が日まで、このわたしを退けられて、(2)
情け容赦もなくこのわたしを、わが宮殿内に、幽閉の身となされたのか。
噂はまだある。姫は恥とも思われずに、宮が、大胆不遜にも、
想いのたけを打ちあけるのを、許しておいでだと言うではないか。
それと言うのも、わたしにはとうてい信じられぬからだ、この身に何の相談もなく、
貞潔の誉れ高いジュニー姫が、宮に徒《あだ》な望みを抱かせたとも、
はたまた姫が承知して、相思相愛の仲になられたそのことを、
このわたしに知らせるものが、噂以外に無いなどとは。

ジュニー　仰せられますとおり、陛下、たまさかに、あの方の洩らされる溜息が、

そのお望みを伝えて下さることもございました。
高貴な家系は零落《れいらく》、女の身一つあとに残されました私の上に、(3)
あの方は絶えずお目をかけて下さいました。
憶えておいでなのでしょう、一頃《ひところ》、あの方がもっとお幸せだった頃に、
あの方の父君が、私を、許婚者《いいなずけ》と定められましたことを。(4)
今でも愛していて下さいます。先帝たる父君の御心に副《そ》うことでもあり、
さらに申し上げますならば、陛下の、そして母后様《ははきさき》の御意にも適《かな》うことのはず。
陛下のお望みは、いつも母后様のお考えに寸分たがわず……

ネロン　母には母の考えがあり、わたしには、姫、わたしの考えがある。(5)
今ここで、クローディユス帝やアグリピーヌ様のことを口にするのはよそう。
あの二人の意志で、わたしがことを決めるのではない。
あなたのことで責任を取るのは、このわたし一人の役だ。
つまりこの手で、あなたの背の君を選んで差し上げたいと思う。

ジュニー　滅相もございません！　陛下はお考え遊ばしましたのか、ほかのお方との縁組は、
この身のご先祖たる代々の皇帝方の恥辱ともなりましょうことを。

ネロン　いいや、姫、わたしが今話しているその背の君は、
姫の祖先と己が祖先とを、婚姻の絆で結んで恥ずかしからぬ男。
姫も顔赤らめずに、その恋を受けてよいのだ。

ジュニー　どなたでございます、陛下、その背の君とは？

ネロン　　　　　　　　　　　　　　　　　わたしだよ、姫。

ジュニー　陛下が(6)？

ネロン　　　　　　ネロンに勝る名があれば、よろこんで、姫よ、
わたしはその名を告げたでもあろう。
いかにも、あなたが満足できる相手をと、この目でわたしは、
宮廷を、ローマを、全帝国を隈《くま》なく見渡してみた。
この宝をどの手に委ねたらよかろうかと、
わたしが探せば探すほど、姫、いや、今もってなお探し続けてみても、
いよいよ明らかになることは、ただ一人、ローマ皇帝のみが姫の心に適う者、
彼のみが、この宝を預るに適《ふさわ》しい幸運な男、
ローマが全人類の帝国を託したその手にのみ、
あなたを委ねるのが正しいという事実なのだ。

あなたもまた、ご自分の幼少の頃を、とくと思い出してみるがよい。
クローディユス帝はその息子に、幼少のあなたを定めていた。
しかしそれは、先帝も、いつの日か、あれを、
全帝国の世継にと思っていたればこその話だ。
今やしかし、神々の意志は明らかとなっている。神々の思《おぼ》し召しには逆らわず、
帝国の側へと移られるのが、あなたの務めというものだ。
わたしに神々の下された、この帝国という名誉の賜わり物も何になろうか、
もし、あなたの心が、それから離れていなければならぬなら、
ありとあるわたしの心労が、その艶《あで》やかな姿に慰められることもないのなら。
つねに憐れむべきものながら、絶えず羨望の的であるこの日々を、
眠りもやらず政務に当て、絶えざる心労に明け暮れするこのわたしが、
折にふれてはあなたのもとへと、心を休めに行くことも叶わぬとしたならば。(7)
オクタヴィーはあなたの目に、何の障《さわ》りにもなりはせぬ。
ローマが、このわたしと同様、あなたに支持を与え、
オクタヴィーを退け、天も嘉《よみ》し給わぬ婚姻の絆を
わたしに解消させてくれるのだから。

とくと考えてみられるがよい、姫、ご自分の胸のうちに計ってみられることだ、
あなたを愛する、一人の君主の心遣いとして適しいこの縁組、
かくも久しきにわたり幽閉のうちにあった、その麗《うるわ》しい瞳にも適しく、
あなたが生を享《う》けた、全世界の意志にも適うものなのだから。

ジュニー　陛下、私の驚きも無理はございますまい。
同じ一日のうちに、私は、罪人《つみびと》として
この宮殿に引き立てられて来る目にも遭い、
それが、恐る恐る御前《ごぜん》に罷《まか》り出ますと、
自分の無実を信じられるか信じられぬうちに、いきなり
陛下は、オクタヴィー様の御位《みくらい》を、私に賜わると仰せられる。
しかしあえて申し上げますならば、私には、
そのような過分の栄誉も、またあの縄目の恥も、受けるいわれはございません。
それに、生まれ落ちるや、一族離散の憂き目に遭い、
人目をはばかる仄暗《ほのぐら》がりに、己が悲しみを育てながら、
その身の不運に適しい、固い操を身につけてきました一人の娘に、
この暗い夜の涯《はて》から、ふいに外へ足を踏み出《い》だし、

あまねき人々の目にさらされますような御位《みくらい》に
登るべしと、陛下にはお望みになられますのか。
その御位の輝きは、遠目にも眩《まば》ゆく、仰ぎ見ることすら叶いませず、
しかも、ほかのお方様が、その畏れ多いお役目は、立派に果たしておられますのに。

ネロン　オクタヴィー(8)は追い出すと、今、言ったではないか。
恐れるのはほどほどにするがよい、いや、謙遜としても度が過ぎる。
この際、前後の見境もなくわたしが決心したのだと思われては困る。
あなたに対するわたしの責任なのだ。ただ、承諾すればそれでよい。
はっきりと思い出すことだ、あなたの受け継ぐ血筋のことを。
そして、ローマ皇帝が、あなたの装いのために捧げようという、
名誉の数々、その揺ぐことなき栄光を捨てて、
拒絶の栄光を選んではならぬ、後悔の種になるだけだ。

ジュニー　私の心のうちは、陛下、天がみそなわしておられます。
分不相応な栄光に酔おうなどとは露思いません。
陛下よりの賜わり物、その有難さは私も充分承知いたしております。
しかし、その御位の放つ輝きが、この身の上に拡がればそれだけに、

この身の恥辱はいや増しに、そしてその御位にあるべきお方から、
位を奪いました罪科《つみとが》は、いやが上にも明るみに出ると申すもの。

ネロン　あれのために、随分と気を遣《つか》って下さるものだな、
姫。これにまさる優しい心遣いはまたとあるまい。
だが互いに上辺を繕うのはよそう、ことを明らかにしようではないか。
あなたが今、心惹かれているのは姉(9)ではない、弟のほうであろう。
ブリタニキュスこそ……

ジュニー　　　　　　あの方を愛《いと》おしく思いました、そうです、
陛下。それをお隠し申そうなどとは、ゆめ思ったこともございません。
このあからさまな申しようは、慎しみを欠くことにもなりましょう。
しかし、いかなる時にも、この口は、私の心の偽らぬ語り手。
宮廷に参内することもない身であれば、面《おもて》を繕う術《すべ》を、陛下、
学ばねばならぬとは、この私の思うはずもないこと。
愛しております、ブリタニキュス様を。あの方とのご縁組は、
ご結婚の後には、ご即位となるはずでした頃の話。
しかし、御位からあの方を遠ざけた他ならぬそのご不運、

数々の名誉は廃せられ、御殿には人影も絶え、
家臣の者どもも、ご零落となれば皆散り散り、
このご不運こそがどれもこれも、ジュニーを繋《つな》ぐ絆とはなりました。
陛下のお目にとまるものは何もかも、陛下のお望みを満たすことを心掛け、
波風騒ぐことのないご日常は、お慰みのうちに過ぎてゆく。
この帝国があなた様には、汲めども尽きせぬ歓楽の泉。
たとえ何かの禍事《まがごと》に、その流れの遮《さまた》げられることがありましょうとも、
お歓びを絶やすまいと心に掛けて怠りない全世界が、
御心《みこころ》のうちからお悩みごとを消し去るべく、ひたすら心を砕きましょう。
ブリタニキュス様はお一人きり。どのような苦しみに責められましょうと、
お身の上を案じます者は、私のほかにはなく、
その上、お慰みといっては、陛下、ただいくばくかの涙のみ、
時にはそれが、ご不運を忘れる縁《よすが》となるのでございますもの。

ネロン　いや、その慰み、その涙、それこそ、わたしが羨むものなのだ。
他の男なら、命を召されても止むを得ぬほどのことだ。
しかし、宮に対しては、より穏便な処置をして差し上げよう。

よいかな姫、あなたの前にやがて宮は姿を見せよう。

ジュニー　ああ、陛下、ご仁徳のほどは変わらずに信じております。

ネロン　わたしには、宮がここに立ち入るのを禁ずることもできた。
だが、姫に、これだけは教えておこう、あれが恨みがましい仕打ちに出れば、とりもなおさずあれにとっては、身の破滅になろうとな。
わたしとて、あれを亡き者にしたくはない。あれが自分で、
愛《いと》しい人の口から、その裁きを聞かされるほうがよかろう。
あれの生命《いのち》を大切と思うならば、あなたのもとから遠ざけることだ、
わたしが嫉妬していようなどとは、ゆめ悟らせずにな。
愛想尽かしのあとの恨み言は、すべてあなたが引き受けるのだ。
口で言うもよし、黙りこくっているもよし、
いずれにせよ冷たい仕打ちで、分からせるのだ、あの男に、
その想いも望みも、姫に向けてはならぬとな。

ジュニー　私が！　そのような酷《むご》たらしいお裁きを、私があの方に！
この口は、それとは裏腹なことばかり、幾度《いくたび》となく誓いましたものを。
それまでにして私が、己れの心を欺きましょうとも、

この両の目が、宮に、私の言葉には従うなと命じましょう。


ネロン　この場の近くに身を潜めて、わたしは、姫、あなたを見ていよう。(10)

その恋は胸の裡《うち》深くに、しっかりと隠しておくことだな。

わたしをたばかって心を通わすどんな手立ても、あなたにはない。

目の色ならば聞こえぬと思われようが、それさえわたしには筒抜けなのだ。(11)

彼を慕うわずかな身振り、ふと洩らす吐息の一つ、それだけで、
彼の破滅が、逃れられぬ報いとなると思うがよい。

ジュニー　浅ましいことを！　お願いを、なおもお許し下さいますなら、
陛下、なにとぞ、二度とあの方にはお目にかからずに済みますように！

第四場

ネロン、ジュニー、ナルシス

ナルシス　ブリタニキュス様が、陛下、姫君にお目どおりが叶いたいと。
こちらへ参られます。

ネロン　通せ。

ジュニー　ああ、陛下！

ネロン　お二人にしてあげる。

宮の運命は、わたしより、あなたにかかっているのだよ。

姫、宮に会う最中《さなか》にも、わたしがあなたを見ていることを忘れずにな。(1)

第五場

ジュニー、ナルシス

ジュニー　ああ、ナルシス！　お前のご主人様のもとへ早く。

伝えておくれ……何もかもおしまい、もう、あの方がそこに。

第六場(1)

ジュニー、ブリタニキュス、ナルシス

ブリタニキュス　姫、何という幸運でしょう、お傍近くに来られたとは。

夢ではないのですね、これほど甘い逢瀬をついに味わうことができるとは。

しかしこの嬉しさのうちにも、恐ろしい不安が身を責め苛む！
ああ、一体、姫にまたお目にかかれる望みがあるのですか。
そのお目が、今までは毎日のように与えて下さっていたあの幸せを、
これからはさまざまな策略を弄し、人目を忍んで手に入れねばならぬのですか。
何という夜だった！　何という目覚め！　あなたの涙も、そのお姿も、
荒くれ武者の無礼な振舞いを、とどめることはできなかった？
お慕い申す男は何をしていたのだ。いかなる悪霊の指金か、
あなたの見ているその前で、討死《うちじ》にする名誉を、得られなかったとは。
ああ、そのような恐ろしい目に遭われている時、
心のなかで、このわたしの助けを呼んでは下さいましたか。
愛しい姫よ、わたしがいたならと、思っては下さいましたか。
お察しいただけましたろうか、姫のために、これから先のわたしの苦しみを。
何もおっしゃらぬ？　この態度は！　何と冷たいご様子だ！
それが、わたしの不運を慰める、あなたのお目のなさりようか。
何かおっしゃって下さい。ここにいるのは二人だけ。敵は騙されて、
こうした二人の語らいも知らず、よそに心を奪われている。

願ってもない彼の留守の間《ま》、少しでも無駄にしてはなりますまい。

ジュニー　あなたのおられる場所は、陛下のご威光に満ち満ちております。
この四方の壁さえも、殿下、目を光らせているやも知れず。
皇帝陛下が、この宮殿内にご不在ということは、決してないのでございますよ。

ブリタニキュス　一体、いつから姫は、そんなに臆病になられた。
何ということ。あなたの恋はもう捕われの身に甘んじている？
どうなさったのです、二人の恋を、ほかならぬネロンにも
羨ましがらせてやりましょうと、つねづね誓って下さったあのお心は？
さあ、姫、無用なご心配はお捨て下さい。
忠義の志はすべての人の心からまだ消え去ったわけではなく、
それぞれ目顔では、わたしの怒りに同調しているように見える。
ネロンの母も、我々の味方とはっきり言いきったのですよ。(2)
やつの行動には、ローマ帝国全体が耐えかねており……

ジュニー　滅相もない！　そのお言葉は殿下のお心にもないこと。
殿下ご自身、幾度《いくたび》となく私にお認めになっていたはず、
ローマは口々に、皇帝陛下を誉めそやしておりますと。

何につけ、あなた様は、陛下のご仁徳を讃えておられましたのに。
そうですわ、今のお言葉は、ご心痛のあまりに仰せられたこと。
ブリタニキュス　もってのほかのおっしゃりようだ、もってのほかです。
姫をお探ししたのは、ネロンへの誉め言葉を聞くためではなかった。
何ということだ。わたしの心の苦しみを打ち明けたさに、
やっとの思いで嬉しい逢瀬を手に入れたのも束の間、
大切なわずかの暇を、姫としたことが、わたしを迫害する
その敵を、誉め讃えるのに使い果たしてよいと？
たった一日で、こうもあなたを変えてしまったものは、一体何か？
何ということだ。あなたの眼差しまでも、今は黙る術を覚えてしまわれた？
どうしたのです、これは？　目と目をあわせるのさえ怖れている？
ネロンがお気に召した？　このわたしは、見るも厭《いと》わしいと？
ああ！　よもやそんなことが……神々の名にかけて、姫よ、
あなたの仕打ちに悶《もだ》えるこの胸の迷い、どうか晴らしていただきたい。(3)
どうなのです。あなたの心に、もはや無き者も同然なのですか？
ジュニー　お引き取り下さいまし、殿下、皇帝陛下がお見えになります。

ブリタニキュス　こんな仕打ちを受けては、ナルシス、誰を信じたらよい。

第七場

ネロン、ジュニー、ナルシス

ネロン　姫……

ジュニー　お赦し下さい、陛下、今はもう何もおっしゃいますな。
仰せには従いました。せめて今は、思いのまま涙を流しとう存じます、
あの方の御前《ごぜん》にあっては、流すこともかなわぬこの身の涙を。

第八場

ネロン、ナルシス

ネロン　どうだ、二人の恋の激しさ、お前も見たか、
ナルシス。姫が口を閉ざしていてさえ、ありありと見てとれる。
おれの敵《かたき》を愛しているのだ、いやというほど思い知らされたぞ。

この上は、やつを絶望の淵に沈めて、楽しむまでだ。
やつの苦しみあがくさまが、おれには手に取るように見えている。[1]
恋する女の心を疑いだした、それをこの目で見たではないか。
おれは姫のあとを追う。わが恋敵は胸の怒りを訴えようとお待ちかねだ。
さらに新手の疑惑の種で、さあ、行って拷問にかけてやれ。
おれの目の前でやつのために姫が泣き、恋い焦がれているうちに、
やつの知らずにいるこの幸運を、思いきり高く支払わさせてやるがよい。

ナルシス　（一人残る）二度目だぞ、ナルシス、好運が今またお前を呼んでいる。[2]
その呼び声に、逆らおうとは、よも言うまいな？
結構至極なその仰せには、どこまでもついていってやろう。
幸運を手に入れるためには、不運なやつらは葬り去れ。

（第二幕の終り）

第三幕

第一場(1)

ネロン、ビュリュス

ビュリュス　パラースは、勅命に服しましょう。

ネロン　　　　　　　　　　　　　　　　　その慢心の鼻を折られて、

母上は、一体どんな様子をされていたな(2)？

ビュリュス　まことに、陛下、あの方の胸にはこたえたご命令、

今にもそのお恨みをこらえかね、長々しいお叱りの言葉となるは必定。

久しい以前よりそのお怒りは、すでにありありと窺えますところ。

何の甲斐もない愁訴の叫びに終わればよろしゅうございますが。

ネロン　何だと？　母上にできる企みでもあると言うのか？

ビュリュス　アグリピーヌ様は、陛下、今もって恐るべきお方。

ローマも、陛下の全軍団も、あの方のご先祖を崇《あが》め奉り、

その父君ジェルマニキュス様のお姿は、今も彼らの脳裏にまざまざと。
ご自分の力はとくとご承知。陛下も、その激しいご気性はご存じのはず。
その上にも私の恐れておりますことは、陛下ご自身が、
母宮様のお怒りをいやが上にもそそっておられ、
みすみす、陛下に仇《あだ》なす武器を、あちらに与えておいでだということ。

ネロン　おれがだと、ビュリュス？

ビュリュス　陛下のお心を捉えましたあの恋が……

ネロン　分かった、ビュリュス。この病はな、癒《いや》す術《すべ》もない。
お前に言われるまでもなく、おれの心は、己れを叱りつけてみた。
何と言われようと、おれは恋をせずにはおれぬ(3)。

ビュリュス　それは陛下の思い過ごし、
陛下は、わずかに抗うだけでもう諦めておしまいになり、
始めのうちなら高の知れたご病気を、大層なことに考えておられる。
しかし陛下のお心が、そのお務めをしっかと思い定め、
それに仇なす色恋などに、ゆめ、妥協なさろうなどとは思し召さず、
またご治世当初のご栄誉を、つぶさにお考え遊ばされ、

さらには、あのようなご処置には適《ふさわ》しからぬ
オクタヴィー様のご貞節と、陛下の御侮《おんあなど》りにも敗《ま》けぬ
清らかなご情愛に思いをいたされますならば、
ことにまた、ジュニー様のお姿は、これを避けて、
陛下のお目に、幾日か姫に会わずに済ませよとお命じになりますならば、
お信じいただきたい、お心を捉え奉る恋の妖《あやかし》がどのようなものであれ、
恋をすまいと心に決めれば、陛下、人は恋をせずにおられるものでございます。(4)

ネロン　信じてもやろう、ビュリュスよ、天下の一大危難に臨んで、
ローマ全軍の栄光を守らねばならぬような場合であれば、
あるいはまた、そこまで事が迫らずとも、元老院の席に着き、
国家の命運を決する裁断を下すべき場合であるならばな、
お前の経験を、頼りにしてもやろう。
しかし、信じてもらいたいものだな、ビュリュスよ、恋はまた
別の思慮《おもんばかり》。それに第一、お前の謹厳な性分を
そこまで引きおろすのは、おれとしてもいささかためらわれる。
退《さが》るがよい。おれは辛くてならぬ、ジュニーと離れていてはな。

第二場

ビュリュス（ひとり）

ビュリュス　ビュリュスよ、ネロンはついに本性[1]を顕した。
矯《た》められると信じていたあの凶暴さが
お前のか細い手綱を断ち切って、今にも荒れ狂おうとしている。
どのような浅ましい所業にまで、それは及ぶか測りしれぬ。
おお、神々よ！　この危難に臨んでいかなる決断をすればよいのです。
セネカ[2]の知恵が借りられれば、わたしとしても心丈夫になろうものを、
彼はローマを遠く離れて任務にあり、この危難を露知らぬ。
だが待てよ。アグリピーヌ様の心を掻き立ててみれば、
ひょっとして……あの方がみえる。願ってもない幸運というもの。

第三場

アグリピーヌ(1)、ビュリュス、アルビーヌ

アグリピーヌ　これでもわたしの心配は的外れでしたか、ビュリュス。
それにあなたのしてくれた意見とやらも見上げたもの。
パラースは追放、だがそのために犯した罪とは、おそらく
あなたの主人を、皇帝の位に即《つ》けてやったということだろう。
あなただって、百も承知のはず。パラースの言いなりだったクローディユス帝は、
彼の進言がなければ、あの子を養子にするはずはなかった。
いやそれのみかどうだろう、今となっては、あの子の妻に敵をつくり、
ネロンを夫婦の誓いから自由にしてやるという人がいる。
へつらい者の敵であり、あれの若気の過ちをしっかと監督すべき
お目付役の大臣には、全く適《ふさわ》しいなさりようだ。
あれの若気の過ちを自ら進んで煽り立て、あの子のうちに、
母を蔑《ないがし》ろにし、妻を忘れる心を植えつけようという。

ビュリュス　大后様《おおきさき》、目下のところ、私へのそのお咎《とが》めは早すぎます。
皇帝陛下は、許し難いご所業など、まだ一つも遊ばされず。
パラース追放は、身から出た錆《さび》、逃れ難いところと思し召せ。
彼の傲慢不遜には、久しい以前より当然与えられるべきこの報い。
皇帝陛下におかせられましても、宮廷のすべての者が、心中ひそかに
願っておりましたことを、心ならずも、実行されたまでのこと。
もう一方のことは、不運な出来事とは申せ、収拾の道もないわけではなく、
オクタヴィー様のお涙の源を涸《か》らす術《すべ》はございます。
とにかくも、お心をお鎮《しず》め下さい。もっと穏やかななさりようが、
オクタヴィー様のもとに背の君をお連れ戻しになるためには上策。
脅迫だの恨みつらみは、陛下のお気持を刺激するばかりと存じます。(2)

アグリピーヌ　いいや、わたしに口を噤《つぐ》ませようとしても無駄です。

わたしには分かっている、黙っていれば、ますますあなた方の侮《あなど》り(3)をうけるばかりだ。

第一、それでは、わたしがこの手で作り上げたものに対して遠慮が過ぎよう。

アグリピーヌの力がすべて、パラース追放によって奪われはせぬ。

わたしの悲運の仇を討つ充分な力を、今なお天は残し給う。

(4)クローディュス帝の息子とて、今となっては、わたしにも後悔だけが先に立つが、
あのような酷い仕打ちを、ようやく恨みに思い始めています。
見ているがよい、あれをわたしは、ローマ全軍の前に連れ出《いだ》し、
年端《としは》もいかぬに虐げられてきたその境涯を、兵士たちの面前に訴え、
わたしに倣って兵士たちにも、その過ちの償いをさせるつもりだ。
こちらでは、人々は、皇帝の実子たる者が、(5)かつて己れの血統に
人々の誓った忠誠を再び誓えと迫る姿を見、
かつはまた、名にし負うジェルマニキュスの息女(6)の声を聞く。
あちらは、浅ましいエノバルビュスの息子、それが
セネカと、たかが護民官(7)づれのビュリュスとに両側から助けられ、
しかもその二人は、ともにこのわたしのおかげで追放の地から呼び戻されたにもかかわらず、
今ではわたしの眼前で、専横をほしいままにしている輩《やから》。
人々に知ってもらおうではないか、わたしたちが共謀して犯した罪も。
あの子をここまで導いてきたその道筋、それも教えてやろう。
あれの権力、あなたの権力、ともにおぞましいものだと悟らせるためには、

どんな恥ずかしい噂といえどもわたしは認めるつもりだよ。
もう何もかも白状してやる、数々の追放、暗殺、
毒殺さえも(8)……

ビュリュス　大后様のお言葉、彼らは信じはいたしません。
逆上した証人の、我とわが身を告発するごとき
そんな埒《らち》もない企みごとに、耳傾ける道理がありますまい。
私といたしましても、大后様のご計画、真っ先に手をお貸しした者、
全軍にネロン様への忠誠を誓わせさえいたしましたこの私、
あの折の心からなるご奉公は、いささかも悔やんではおりません。
大后様、父帝《ちちみかど》の後を継がれた皇子様なのですぞ。
ネロン様をご養子にされたことで、クローディユス帝は御自ら、
ご実子とあなた様のお子様と、お二人の資格を平等になされたのです。
ローマは、ネロン様をご推挙申すことができました。ちょうど、何ら不当なことでは
なしに、
オーギュスト帝のご養子ティベール様をご推挙申したのと全く同じこと。
あの折も、ご幼少のアグリッパ(9)様は、直系の血筋にあらせられながら、

いかほど望まれても無駄なこと、御位《みくらい》にお即きにはなれなかった。
かくも多くの根拠の上に築かれた陛下の御位、今日《こんにち》となっては、
あなた様のお力をもってしても、揺るがすことは不可能なのです。
それに陛下が今なお私の言葉をお聞き入れ下さいますならば、
大后様のそのようなお考えも、大御心の前にはご無用になろうかと。
いったん手をつけました私、この務めはあくまでも続ける所存でおります。

第四場

アグリピーヌ、アルビーヌ

アルビーヌ　大后様のお腹立ちはさることながら、これほどまでに
取り乱されますとは。陛下のお耳に達しましたらどうなさいます。

アグリピーヌ　いいえ、わたしの前へ、出られるものなら出て来るがよい。

アルビーヌ　大后様、お願いでございます、お怒りは内にお隠し下さい。
何ということでございましょう。姉宮、弟宮、どちら様のおためであれ、
大后様ご自身の日々の安らぎまでも犠牲になされる法がございますか。

皇帝陛下のことは色恋までも、縛ろうというお考えですか。

アグリピーヌ　何を言う！　分からないのかい、アルビーヌ、わたしがどこまでおとしめられているのか。

恋敵《こいがたき》(1)が立てられているのはこのわたしに対してなのだよ。

今にも、そうだ、わたしがこの呪わしい絆を断ち切ってしまわなければ、

わたしの席は人に奪われ、もうわたしは何の価値もない女だ。

これまでは、オクタヴィーが空しい称号を戴き、

宮中でさえただの飾り物、その顔さえ知らぬ人もいるほどだった。

恩賞も地位も授けるのはわたし一人の思うまま、だからこそ、

人間どもは損得ずくで、わたし一人を敬い奉ってきたのさ。(2)

それが突然、ほかの女が皇帝の愛情を奪い去った。

その女は妻と皇后と、二つながらの権力を手に入れる。

あれほどの苦心の末に実らせたこの宝も、世々の皇帝の栄華も、

何もかも、その女が一つ色目を使えば、それでもう、その女のものになってしまう。

それどころか、わたしは邪魔物扱いじゃないか、いいえ、もう捨てられて孤立無援

……

ああ、こんなことは考えただけで、わたしには我慢がならないよ、アルビーヌ。
天の定め給うたわたしの最期、おぞましいあの予言(3)を、わたしのほうで早めねばならぬとしたら、
その時ネロンは、あの恩知らずのネロンは……いや、あそこにネロンの恋敵《こいがたき》が。

第五場

ブリタニキュス、アグリピーヌ、ナルシス、アルビーヌ

ブリタニキュス　我らが共通の敵は、破って破れぬものではありません、
大后様。我らの悲運は、心ある人々を動かしております。
あなたのお味方も私の味方も、これまではあれほど控え目だったが、
我らが甲斐もない悔み言に、空しく時を費しているその間《あいだ》に、
義憤に燃える心に勇み立ち、つい今しがた
ナルシスのもとへ、その憤懣《ふんまん》を打ち明けに参ったところです。
ネロンとて、姉上を蔑ろにして、あの不貞の女に恋をしても、
まだ何の不安もなしにあの女を己れのものにするには至っていない。

あなたが今も、姉上の蒙った恥辱を他人事《ひとごと》ならず思っておいでなら、
誓いを破った男をその務めに引き戻すことは可能なのです。
元老院も、その半数は我々の味方。
シッラもピゾンも、プローチュスも(1)……

アグリピーヌ　　　　何とおっしゃる?
シッラも、ピゾンも、プローチュスも! 貴族の長《おさ》の面々が!

ブリタニキュス　大后様、分かっております、こんな話はお気にも障《さわ》ろうし、
また、お怒りのうちにも、お心は不安と躊躇《ためらい》、お怒りに任せて要求されたものが
何もかも手に入ろうとするのが、もう恐ろしくおなりだということも。
しかしご安心下さい、あなたのおかげで追いやられた逆境から、立ち直る術《すべ》はない、
今さら私のために危険を冒す味方があるなどと、ご心配はご無用、
そんな男は一人も残ってはいません。先の先まで見越したお計らいで、
とうの昔に退けられるか、邪《よこしま》な道におちております。

アグリピーヌ　宮のそのお疑い、ほどほどになさったらどうです。
わたしたちが互いに手を握ってこそ、双方が救われるのですよ。
約束はして差し上げた、これが肝腎なこと。あなたの敵が何をしようと、

約束したことは、どんなことでも反故《ほご》にはせぬわたしです。
罪を犯したネロン、わたしの怒りを逃れようとしても無駄なこと。
遅かれ早かれ、母親の話をとくと聞かずばなりますまい。
脅したりすかしたり、わたしは手を変え品を変えやってみよう、
いやそれより、わたしが自ら、あなたの姉君をお連れして、
わたしの恐るべきことと、姉宮のご心痛と二つながら、所嫌わず人々に知らしめ、
すべての人の心を、姉宮の涙のお味方につけて差し上げよう。
今はこれまで。わたしは四方八方からネロンを追いつめるつもりです。(2)
あなたのほうは、悪いことは申しませんあれの目につかぬようになさい。

第六場

ブリタニキュス、ナルシス

ブリタニキュス　お前は気休めを言って、徒《あだ》な望みを繋がせようというのではあるまい
な？
お前の話は、本当に、信用してもよいのだな、

ナルシス？

ナルシス　無論でございます。しかし殿下、こんな場所では、そのような秘密を詳しくご説明申し上げるわけにも参りません。あちらへ参りましょう。何をお待ちです。

ブリタニキュス　何を待っているかと、ナルシス？ ああ、何ということだ！

ナルシス　はっきり仰せられませ。

ブリタニキュス　もしやお前の手引で、一目会えたら……

ナルシス　どなた様に？

ブリタニキュス　わたしは恥ずかしい。しかしとにかく、少しは心も落着いて、運命を期して待つこともできように。

ナルシス　私があれほど申し上げましたのに、まだあの方の貞節をお信じで？

ブリタニキュス　いいや、ナルシス、あの女は、恩知らずだ、罪深い女だ、わたしの怒りに値する女だ。しかし、わたしの心のどこかでは、いくらそう信じこもうと思っても、そんな女とは信じられない。(1)

恋路に迷うこの心は、頑《かたく》なに、何としても
あれに道理があると思い、あれを許し、恋い焦がれる。
そんな女とは信じられぬ女々しい気持に、わたしは打ち克ちたい、
あんな女は、心静かに憎みたいとわたしは思う。
それにしても、誰に信じられようか、上辺はあれほどに気高く、
不信の渦巻く宮廷を、幼少の頃から敵としていた心の持主が、
あれほどの貞淑の誉れをかなぐり捨てて、ここへ着くやその日から、
宮廷でさえ前代未聞の裏切沙汰を企もうとは。

ナルシス　とは申せ、あの恩知らずのご婦人のこと、長いこと人目を避けている間《ま》にも、
誰に申せましょう、どうやって皇帝陛下を征服するか、それを考えていなかったとは。
その美しい瞳は、隠しても隠しおおせぬことを百も承知で、
それこそ、逃げていたのは、自分を探してもらいたいから、
ネロン様の御心を、それまではなににものにもなびかなかった
きつい心をなびかすという手のこんだ功績《いさおし》で、そそっていたのかも。(2)

ブリタニキュス　どうしても会えないのだな？

ナルシス　殿下、今頃あの方は、

うっとりと、新しい恋人の甘い口説《くぜつ》を。

ブリタニキュス　もうよい、ナルシス、行こう。いや、あれは？　姫だ。

ナルシス(3)　これはいかん！　急いで陛下にご報告を。

第七場

ブリタニキュス、ジュニー

ジュニー　お引き取り下さい、殿下、さあ早く、私が
堅く操《みさお》を守ってなびかぬゆえ、あなた様はお怒りの的。
ネロン様はひどいお腹立ち。ようやく私は逃げて参りました、
あちらの母君があの方を必死に引き留めておられるその隙に。(1)
さようなら。私のお慕い申すこの気持はそのままお信じになり、
この身の潔白を申し上げられる歓びの日を心頼みにお待ち下さい。
私の心に絶えずありありと焼き付いて離れぬ殿下のお姿、
なにものもそれを消し去ることはできませんもの。

ブリタニキュス　　　　　　　　分かったとも、姫。(2)

つまりお望みはこうだ、わたしが逃げればあなたのお楽しみは御意《ぎょい》のまま、
そうして新しい恋路に思うさま身を任せてみたいというのだ。
いかにも、わたしが目の前にいては、後ろめたさが先に立ち、
せっかくのお楽しみも、ゆるゆる味わってはおられますまい。
よろしい。出て行くとも。

ジュニー　殿下、私をお責めになるかわりに……

ブリタニキュス　ああ、せめてもう少し抵抗なさってもよかったはずだ。
わたしにしても、ありふれた恋ならば、羽振りのよいほうへ
傾いてしまうことを、今さららしくかこちはせぬ。
帝国の栄華があなたの目を眩ましえたことも、それを、
姉上を踏みつけにしてまで、手に入れようと思ったこともだ。
ただ悔しいのは、こんな権勢に、世間の女同様心奪われている姫が、
あれほど長く、このわたしには、その妖《あやかし》にかからぬ人と見えていたことだ。
そうだとも、今さらながらはっきり言える、絶望を味わい尽くしたわたしの心も、
この悲運に対してだけは、覚悟ができていなかった。
わが身の没落の上に不正が築かれていくのをわたしは見たし、

この身を迫害する者どもに、天も与《くみ》し給うをこの目は見た。
浅ましい出来事がこれだけ重なっても、天の怒りは尽きなかったのだ、
姫。あなたに忘れられるという不幸が、まだ残っていたのだからな。

ジュニー　もっと安穏な場合であれば、もうこれ以上我慢を捨てて、
そのお疑い深いあなたの過ち、後悔させて上げましょうものを。
今はネロン様が殿下を狙っております。この差し迫った危険の中では、
殿下をお責め申すより、他にしなければならぬことが。
さあ、ご安心下さい、お歎きをお止め下さいませ。
先ほどは私どもの話をネロン様が立ち聞きを、そして私には面《おもて》を偽れとのご命令。

ブリタニキュス　なに、あの人でなしが……

ジュニー　　　　　　　　二人の話の一部始終に
聞き耳を立て、冷酷な顔付きで、私の顔を監視しておりました。
心を通わすどんなわずかな仕草でも、見せようものなら、
たちまちあなたに意趣返しをと、待ちかまえて。

ブリタニキュス　ネロンが立ち聞きを！　しかし、情けないではないか、姫！
その目は上辺を繕うとも、わたしには本心を伝えて下されたはず。

この辱しめを与えた者の名を、知らせてくれることもできたであろうに。
恋は口がきけない？　それとも恋は、ただ一通りの言葉しか使えぬものか？
目配せ一つで、どれほどの苦しみから免がれえたかもしれないのに！
是非にも姫は……

ジュニー

是非にも私は口を噤《つぐ》み、あなたをお救いしなければならなかった。(3)
浅ましいこと！　今は包まず申し上げます、私の
千々《ちぢ》に乱れる心が、それをあなたにお伝えしようとしたことも幾度《いくたび》か！
幾度、恋しい胸の吐息を押し殺して、
捉えたいと思うあなたのお目を、避けとおしたか知れません！
恋するお方を目の前にして、口を噤まねばならぬその責苦！
ひと目、目配せできたなら、お心を慰め参らすこともできように、
そのお苦しみの声を聞き、この責苦もわが身ゆえと思えば身も世もあらず！
さりとてその目配せ、すればどれほど涙の種となりますことやら！
ネロン様の言葉を思い返しては、気もそぞろ、心は乱れて、
見事、己れを偽りきれたとは、我ながらも思えません。
怖れおののく己れの顔の蒼さを恐れ、

思えば、この眼差しにも胸の苦しみは溢れていよう。
今にも、猛り狂ったネロン様が、とび出して来られ、
殿下を想う心が見えすぎると、私を詰《なじ》られるように思えてならず。
私の恋はどう押し隠すも所詮無駄かと、悩み苦しんだ挙句には、
いっそ恋など、始めからするのではなかったとさえ悔まれました。
浅ましいこと！　でもこれは、あの方にも私どもにもかえって幸い、
私の心も殿下のお心も、あの方にはいやというほど教えて差し上げたのですもの。
さあ、重ねて申し上げます。ネロン様の目の届かぬところへお越し下さい。
この胸の中、もっとゆっくりお話しして分かっていただきたい。
ほかにも数々の秘密、きっとお教えできましょう。

ブリタニキュス　ああ、もう充分です！　分かりすぎるほど分かりました、
姫、わたしの幸運も、わたしの罪も、あなたの優しいお心遣いも。
それにしても、わたしのために払って下さった犠牲の大きさはどうだ。
あなたの足下《あしもと》に跪《ひざまず》き、この無礼な誤解の償いのできる時はいつでしょうか？(4)

ジュニー　何をなさいます。ああ、いけませんわ！　あなたの敵《かたき》がやって来ます。

第八場（1）

ネロン、ブリタニキュス、ジュニー

ネロン　やめるには及ばぬ、宮《みや》の激しい恋の口説《くぜつ》、それに迷わぬ人はあるまい。
宮の感謝されている様子から、あなたのお優しい仕打ちも分かるよ、
姫。宮が、あなたの前に跪いているところを捉えてしまったのだからな。
しかし宮のほうでも、少しはわたしに感謝してもよいはず。
この宮殿のおかげではないか。それに姫、あなたをここに引き留めておいたのは、
宮に、こんな甘い逢瀬を楽しんでもいただこうかと思えばこそだ。

ブリタニキュス　姫のお会い下さるところなら、どんな場所であろうと、
自分の苦しみも歓びも、わたしは姫の足下に捧げられる。
第一、あなたが姫をお引き留めの、この場所にしても、
わたしの目を驚かすようなものは、何もありはしない。

ネロン　だがここに見えるもののうちで、わたしへの尊敬と、
わたしへの服従とを、あなたに命じていないものがあるかな。

ブリタニキュス　我ら二人が成人するのを見てきたこの宮殿も、わたしがあなたの命に服し、あなたがわたしを屈服させることになろうとは思わなかった。

そうだとも、二人が生まれた時には、夢にだに思わなかったはずだ、いつの日か、ドミシュス殿が、このわたしに、主人として口をきくとは。(2)

ネロン　ご覧のとおり、二人の願いは、運命の計らいで狂わされた。当時はわたしが服従していた、そして今は、あなたが服従している。人の意志に導かれることをあなたがまだ学んでいないと言われるなら、まだまだお若いのだ、これから教育して差し上げられる。

ブリタニキュス　教育というが、誰が？

ネロン　全帝国が挙《こぞ》って、ローマがだ。

ブリタニキュス　ローマは、あなたの権利として認めているのですか、残酷そのものの不正と暴力、監禁と、誘拐と、さらには離婚まで。

ネロン　ローマは、わたしが見せまいとする秘密にまで物好きな視線を投げたりはせぬ。
その尊敬を学び給え。

ブリタニキュス　ローマが考えていることは誰の目にも明らかだ。

ネロン　少なくとも黙っているぞ、ローマは。学び給え、その沈黙を。

ブリタニキュス　(3)いかにもネロンは、自分を抑えることをやめたのだな。

ネロン　ネロンはな、宮の話に飽きてきたのだ。

ブリタニキュス　人みなこのご治世の有難さを、讃えていればよかったのだ。

ネロン　有難かろうがなかろうが、おれを怖れさえすればよい。

ブリタニキュス　ジュニーの心はよく分からぬ、しかしそんなやり方が、
姫の認めるところとなるはずはない。

ネロン　姫の気に入る術《すべ》がおれになくとも、よいか、
傍若無人な恋敵に、痛い目を見せる術《すべ》は知っているぞ。

ブリタニキュス　わたしはどんな危険に晒されようが、
怖れるのはただ一つ、姫に嫌われる身となることだ。

ネロン　そうなるように願え。言い聞かすことはこれだけだ。

ブリタニキュス　姫の心に叶うという幸せ、わたしの願いはこれだけだ。

ネロン　姫の約束にもある、いつまでも姫に想われているがよい。

ブリタニキュス　少なくともわたしにはできん、姫の言葉を立ち聞くなどとは。(4)

わたしに関わる姫の弁明は、すべて姫の口から直接聞く。

裏に隠れて、姫の口を封じるような真似はせぬ。

ネロン　もう分かった。いるか、衛兵！

ジュニー　　　　　　　　　　　　何をなさいます。

仮にもご兄弟を。ああ、浅ましいこと！　恋ゆえ嫉妬に燃えておられますのに。

陛下、宮様のお命を窺うご危難はこれまでに数知れませぬ。

ああ！　この方のお幸せを、陛下が妬《ねた》まれるなどということが？

この上はお許し下さい、ご兄弟のお心の絆を再び結び参らすためには、

この身は御前《ごぜん》より姿を消し、宮のお目からも遠ざかります。

私さえいなくなれば、お二人の、御仲違いも解《と》けましょう。

陛下、これより私は、ヴェスタの神殿(5)の斎女《みや いつきめ》の数に加わる覚悟。

もうこれ以上、私の不運な恋を、宮様と争われるのはおやめ下さい。

わが恋は、神々様だけの御煩いの種《たね》となればよいのです。

ネロン　姫の覚悟は、いかにも奇怪だ、唐突ではないか。

衛兵ども、お連れ申せ、元どおりに姫の部屋へ。
ブリタニキュスは、閉じ込めておけ、姉の部屋に。

ブリタニキュス　女の心を奪い合う、これがネロンの手口なのか。

ジュニー　殿下、これ以上お怒りを掻き立てず、この場の嵐には負けるのです。

ネロン　衛兵ども、命令だ、何をぐずぐずしておる。

第九場

ネロン、ビュリュス

ビュリュス　あの光景は？　おお、何たることを！

ネロン　（ビュリュスが目に入らず）　こうして二人の恋は一層激しく燃え上がった。
あの二人を会わせたのがどの手だか、おれにははっきり分かっている。
アグリピーヌが今しがた、おれに会いにやって来たのも、
あれほど長々と説教をしていったのも他でもない、
この陰険なからくりを、うまく運ばすためだった。(1)

母上がまだ宮殿内にいるかを調べよ。
ビュリュス、母上をこの宮殿内に軟禁するのだ。
それから、母上の衛兵の代わりに、おれの衛兵をつけておけ。[2]

ビュリュス　何ですと、陛下、ご弁明も聞かずに？　母上[3]を？

ネロン　もうやめろ。
貴様の頭にどんなたくらみがあるのか、おれは知らぬ。
が、しかしこの数日来、おれが何かしたいと思うと必ず
貴様は、待っていたとばかりしかつめらしく反対してくる。
母上のことは責任を取れ、分かったな。それとも、いやだと言うなら、
ほかのやつらに渡してやるぞ、母上も、それにビュリュス[4]もな。

（第三幕の終り）

第四幕

第一場

アグリピーヌ、ビュリュス

ビュリュス　さようでございます、大后様《おおきさき》、じっくりとお身の証《あか》しを立てられましょう。
皇帝陛下御自ら、あなた様のお話を、ここで伺うことをご承引なされたのですから。(1)
宮殿内にお留めせよとのご命令も、畢竟《ひっきょう》
お話し合いを、あなた様となさるためのお計らいかもしれません。
それはともかく、あえて私の考えを述べさせていただきますならば、
陛下が大后様にご無礼をなさったなどということは、お忘れになり、
むしろ進んでわが君に、御手《おんて》を差し延べられることをお考え下さい。
大后様ご自身の証しは立て、ただしお咎《とが》め立てはなさらぬこと。
ご承知でもありましょう、廷臣たちはただ陛下のご機嫌のみを伺うのです。
たとえあなたのご子息でも、いえ、あなたの作り上げられたものだといたしましても、

わが君は、あなたにとっても皇帝陛下。あなたより授けられた大権とはいえ、わが君の前には、我々同様、あなた様も、服従を誓われるご身分。陛下があなたを敵となさるか、お味方につけようとされるか、それにより、廷臣どもは、あなたから遠ざかりもし、お傍近くにひしめきもする。あなたのお力を求めるのさえ、陛下のお力を得ようがためのこと。いや、陛下のお出ましです。

アグリピーヌ　あれと二人だけにしてもらいます。

第二場

アグリピーヌ、ネロン

アグリピーヌ　（席について）(1)前へ出なさい、ネロン、そしてここにお坐り。あなたが疑っているから、あなたの満足がいくよう説明しろと言う者がいる。このわたしにどんな罪を着せられるものか、そんなことは知らない。ただわたしのしてきたことの洗いざらい、ここではっきり聞かせてあげようと思う。今、(2)あなたは天下《てんが》の主人《あるじ》。それについて、あなたも知っていよう、皇帝の位とあなたの生まれとの間に、どれほどの隔りがあったか。
ローマによって、神々の列に加えられていたわたしの祖先の権利とて、
このわたしというものがなかったら、何の役にも立たぬ踏台だった。
ブリタニキュスの母(3)が罪に落とされ、
クローディユス帝の再婚が争いの的となった時、
あまたの美女が、皇帝の寵を得んものと相競い、
その解放奴隷の口添えをしきりに求めたそのなかで(4)、
わたしが皇帝の閨《ねや》を望んだのも、一度この身の坐った玉座を、
あなたに譲ってあげたいという、ただその一心からだった。
わたしは自尊心を押え、パラースに頼みに行きました。
彼の主君も、わたしに日ごと掻き口説かれるうちに、
いつの間にか、わたしの思う壺にはまって、姪であるわたしの目に、
肉親の情とは違う、憎からぬ気持を覚えるようになっていった(5)。
しかし二人を結ぶ血のつながり、それを思って
クローディユス帝は、近親相姦となる婚姻を避けとおしていた。
あの人には、自分の兄の娘を妻にする勇気がなかったのだよ。

元老院が節を曲げて、(6)以前より寛大な法が作られ、その結果、
クローディユス帝はわたしの閨《ねや》に、ローマはわたしの足下《あしもと》に平伏《ひれふ》した。(7)
わたしにとっては大したことでした、でもあなたには、取るに足らぬことだった。
わたしはあの人の家に入るについて、あなたを連れ子にして行き、
あなたをあの人の婿にして、その娘と添わせてあげた。
彼女を愛していたシラニュスは、捨てられる身となって、
己れの運もこれまでと、あの婚礼の日を血に染めて果てた。(8)
こんなのも、まだまだ取るに足らぬことでしたね。いくら大それたあなただって、
考えることができましたか、クローディユス帝がそのうちに、実子よりも娘婿を可愛
　がるはずだなどと。
そこで例のパラースに、また力を貸してくれと泣きついたのです。
クローディユス帝は、パラースに口説き落とされて、あなたを養子とし、
ネロンという名を定め、(9)いやそれのみか、即位もしないうちから、
国の大権に与《あずか》らせよと、帝《みかど》自らが望まれたのです。
その頃ですよ、人はみな、過去のことを思い出し、
わたしの計画に気付いたが、すでに後の祭。

これではブリタニキュスの失墜は見えすいていると、
あれの父親の側近どもが、不満の声を鳴らし始める。
ある者たちには、わたしが先の約束をしてその目を眩《くら》まし、
いちばん謀叛気《むほんぎ》の強いやつらは、追放にして片付けました。
クローディユス帝も、わたしのいつ果てるとも知らぬ愁訴《しゅうそ》の声に疲れ果てて、
以前より皇子と運命を共にすることを誓い、皇子のために帝位への道を
再び開こうとするような忠義の家臣は、ことごとく遠ざけてしまったのです。
わたしはそこでやめなかった。わたしは自らの腹心の者のうちから、
皇子の教育を委ねるべき者たちを、わたしの手で選んでやった。(10)
そしてあなたのためには、選択の基準を逆にして、
ローマの信望を集めている人々を、後見の役に任じたのです。
権謀術数には耳を塞《ふさ》ぎ、ひたすら世間の評判を重んじました。
わたしは追放から呼び戻してやった、軍隊から引き抜きました、
他ならぬあのセネカを、あのビュリュスを。(11)
その二人が、今では……。当時ローマは、二人の徳を称えていましたからね。
それと同時に、クローディユス帝の財宝を使い果たしてしまうまで、

あなたの名のもとに、わたしの手は、気前よく富を散じた。
闘技場の見世物やら、恩賞やら、誰でも飛びつく餌物を並べて、
人民と兵士どもの心を、あなたのほうに惹《ひ》きつけてやった。(12)
彼らにしても、わが父君ジェルマニキュス様に捧げた
敬愛の情があればこそ、子孫のあなたにも、支持を与えてくれたのだよ。
とこうするうち、クローディユス帝は、ようやく衰えを見せはじめた。
長いこと塞がれていた目もついには開き、あの人は
自分の過ちを悟りました。不安に取りつかれた皇帝が、
実の息子のために同情の言葉を洩らし、
味方を集めようとした時は、もう手遅れ。(13)
帝の衛兵も、宮殿も、その臥床《ふしど》さえ、わたしの牛耳《ぎゅうじ》るところとなっていたのだ。
わが子を思う情愛は、甲斐もないままに燃え尽きさせ、
その臨終の瞬間をも、わたしの思うままにしてやった。
表向きは、あの人を苦しませぬ心遣いと偽って、いまわの際にも、
涙にくれる皇子には、会わせてやらなかったのだからね。(14)
あの人は死んだ。それについて、わたしを辱しめる噂は無数。(15)

わたしはいちはやく、崩御の報せを差し止めた。
そして、片やビュリュスが密命を受けて、あなたに対する
ローマ全軍の忠誠を取りつけに行く、
あなたはあなたで、わたしの命令に守られて、親衛隊の兵舎へ赴く、
その間《ま》にも、ローマの至るところの祭壇は生贄《いけにえ》の煙に包まれていた、
国民のすべてが、嘘とは知らず、わたしの布告に我を忘れて、
すでにこの世に亡き皇帝の、病気本復を祈願していたのだよ。(16)
ようやく、親衛隊全軍団の服従が確実となり、
あなたの支配権が揺るぎないものとなった時、人々に
クローディユス帝を目のあたり拝ませてやった。国民のあの動転した有様は！
あなたの即位と帝の死とを、一度に知らされたのだからね。(17)
(18)話そうと思っていたことはこれで何もかも、洗いざらい話してしまった。
わたしの悪行《あくぎょう》はこれですべて。さてこれからがその報酬だよ。
(19)これほど心を砕いて手に入れたものを、あなたが喜んだのも束の間、
そう、半年も有難がる様子を見せていたかしらね、やがて、
母を敬うのは首枷《くびかせ》同然、やりきれないことだと言わんばかり、

あなたはわたしに対し、知らぬ顔を決めてかかるようになった。
ビュリュスとセネカが、あなたの猜疑心をますます募らせ、
不孝忘恩の教えをせっせとあなたに説いている。
自分たちの学問でもかなわないのが、よほど嬉しいことだと見える。
あなたが心を許し、御贔屓《ごひいき》にする連中はと見れば、
オトンだの、セネシオン[20]だの、色好みの若者ばかり、
あなたに取り入り、あなたの喜ぶことなら何であれ、お主《しゅう》大事と励む者たち。
こうして、あなたの侮《あなど》りがわたしの苦情の種となり、なぜこうもいろいろと、
ひどい辱めを受けなければならないのかと、問い質《ただ》してみれば、
(そりゃあ、策に窮した恩知らずには、他にする手がないからだろうが)、
またまた別の侮辱をわたしに加えて、それでわたしに報いようとする。
現在わたしは、ジュニーをあなたの弟に添わす約束をしているのです。
二人とも、あなたの母のこの取り決めに望みをかけている。
ところがあなたのしたことはどうだ? ジュニーは宮中に拉致《らっち》され、
わずか一夜のうちに、あなたの想い者にされてしまう。
見ればあなたの心には、もうオクタヴィーのことなどありはしない。

そもそもわたしが決めた縁組なのに、今にも去られようという始末。
あまつさえ、パラースは追放される、あなたの弟は逮捕、
ついにはわたしの自由までも、あなたは奪おうとしたのだよ、
無礼なビュリュスが、恐れ気もなくこのわたしに手を掛けようとする。
そうだとも、これほどまでの不孝の数々、言い逃れもできまいに、
せめてわたしに会って、その償いでもすることか、
会えばなんとあなたのほうで、このわたしに、申し開きをしろと言う。

ネロン　帝国が、あなたのお蔭でわたしの物になったことは、片時たりとも忘れる隙《ひま》は
なく、
またそれを、わざわざ繰り返しおっしゃらずとも、
母上のご慈愛には、わたしとしても、誠《まこと》を尽くして
ご恩報じをいたすつもり、ご安心なさって然るべきでしたのに。
それが今のようなお疑い、こう引きも切らさぬご不満の言葉では、
それを耳にした者は誰しもこう思ってしまいましょう、かつて
あなたが、（これはここだけの話として、思いきって申し上げるのですが）、
わたしの名を借りてなさったことはすべて、ご自分のためでしかなかったと。

人々は言っておりましたよ、「あれほどの名誉、あれほどの尊敬の徴《しるし》も、あの方の功績に報いるには、不充分なものだろうか。
あれほどまでに非難されている息子のほうも、一体どんな罪を犯したというのか。
あの方が彼を位に即《つ》けたのも、ただ言いなりにさせるためであったのか。
息子のほうはただその権力を、預っているに過ぎないのか」と。
そこまで、ご満足のいくように計らうことが、仮にわたしにできたとすれば、
声を大にして母上が返せとおっしゃっているらしいこの権力などは、
喜んで母上に、お譲りしないものでもなかったのです。
しかしローマは、男の主人を望みこそすれ、女の主人を望んではいない。(21)
わたしの弱さが、世間にどんな噂を呼んでいるか、(22)お聞き及びのことでしょう。
日ごと、元老院は、いや人民たちも、わたしの声を通じて
聞かされるのが、実はあなたの発する命令であることに腹を据えかね、
至るところで公言しておりますよ、どうやらクローディユス帝は死ぬ時に、
己が権力ばかりか、盲目的に服従する癖までも、わたしに遺《のこ》していったようだと。(23)
あなたもご自分の目で幾度となくご覧のはず、怒りに燃える兵士どもが、
鷲の飾りを戴く旗印を、(24)あなたの前に捧げ歩く時の不穏な様子を、

その旗印には、今なお英雄たちの絵姿がついている、それをこんな
適《ふさわ》しからぬことに用いて、英雄たちを瀆《けが》すのを、彼らは恥じているのだ。
兵士どものこの言い分には、誰でも頭を下げたに違いない。
しかしあなたという人は、君臨なさらぬかぎり、永久に不平を言われましょうな。
わたしを敵にまわして、ブリタニキュスと結託なさる。
ジュニーの味方になって、宮の後押しをする。
そしてこれらの陰謀は、すべて陰でパラースが糸を引く。
しかもわたしが、心ならずも身の安全を計ろうと思えば、
あなたのお顔は、もうお怒りとお憎しみで燃え上がる。
わたしの敵《かたき》を、全軍の兵士の前へ連れ出すことまで考えておられる。
噂はすでに、親衛隊の兵営にまでも流れていますぞ。(25)

アグリピーヌ　あの人を皇帝に、このわたしが！　親の気も知らず、そんなことを真に受
　けたのかい？

一体、何が目的で？　そんなことをして、何が望めたと言う？

あの人の宮廷でどんな名誉が、どんな地位が得られるとお言いだい？

冗談じゃない！　あなたがご主君でいてさえも、悪しざまに言われ、

わたしを貶《おとし》めようと後をつけねらう連中がいる、
仮にもローマ皇帝の実の母親ですよ、それでも迫害されているというのに、
赤の他人の宮廷で、わたしに何ができると言う。
そこでお咎《とが》めを受けるのは、甲斐もない泣き言だの、
立てればすぐに潰《つぶ》される謀《はかり》ごとではもはやない、
あなたの見ている前で、あなたのために犯した罪、
当のわたしが真っ先に、己れの仕業と知っている悪行の数々なのだ。
(26)わたしを欺そうたって欺されはしない、あなたの手口は見え透いている。
あなたは恩知らずです、今も昔も、いつだってそうだった。
ほんの子供の頃から、いくらわたしが心を遣い、愛情を尽くしても、
あなたの返してくれるものは、ただ上辺だけの優しさ。
どうやってもあなたの性根を入れかえることはできず、その薄情な性分には、
優しくしても無駄だという気に、幾度させられたか分かりゃしない。
ああ、わたしほど不幸せな女はいない！　わたしの心遣いが何もかも
かえってこの身の仇となり、人に疎まれるとは、何という呪わしい定めであろう。
わたしにはかけがえのない一人の息子。今日《こんにち》ただ今、わが声を聞き給う天も照覧あれ、

かつて、わが子のためを思わぬ願いごとなど、いたしたことがございましたか。
後悔も、不安も、身の危険も、わたしを引き留めるものは何もなかった。
この子の侮《あなど》りにも怯《ひる》まず、前々からわたしに予言されていた
行く末の禍いからも、わたしは目を外《そ》らしてきました。
できるだけのことは、わたしはした。今やあなたは天下の主人《あるじ》、それで充分。
わたしから、自由を奪ったついでに、
お望みなら、お取りなさい、わたしの命も。
ただ、わたしの最期を知って全国民がいきり立ち、これほど高い代償を払って
手に入れてあげたものを、あなたから奪い去らねば幸いだが。

ネロン　分かりました。ではおっしゃって下さい、はっきりと。どうしたらよろしいの
　です。

アグリピーヌ　わたしを非難する者たちの、思い上がった無礼を罰すること、
ブリタニキュスの怒りを鎮《しず》めること、
ジュニーが己れの意志で夫を選び得ること、
彼ら両名、ともに自由たるべきこと、かつまたパラースがここに留まるべきこと、
常時わたしが、あなたに会えるよう計らうべきこと、

[27]またああして、わたしたちの話を立ち聞きしに来たビュリュス、彼が
あなたの部屋の入口で、わたしを引き留める無礼を、今後絶対に働かぬこと。

ネロン　[28]いかにも承知いたしました、母上、私の感謝の念が、今から後《のち》は、
母上のお力を、人々の心に深く刻み込むようにいたします。
これまでの冷たさが、今となっては、かえって私には喜ばしい、
そのためにこそ、再び私どもの間の愛情が、激しく燃え上がるのですから。
パラースのしたことが何であれ、もう済んだこと、それは忘れましょう。
ブリタニキュスとも和解いたします。
それから、我ら両名の不和の原因となったあの恋については、
母上に仲に立っていただき、二人の言い分を裁いていただきましょう。
さあ、母上、この吉報を母上から、わが弟にお伝え下さい。
衛兵たち、今よりは、母上のご命令に従うよう。

第三場

ネロン、ビュリュス

ビュリュス　このようにお心も解け、ご抱擁遊ばされるただ今のご様子、
今よりのちはめでたい御仲、はたで見る目もお羨ましい。
陛下にもお分かりのはず、私が母君様のご意向に逆らったことがございましたか、
あの方へのご孝心などお忘れをと申し上げましたろうか、
また、最前の謂《いわ》れもなきお怒り、受けるようなことをいたしましたかどうか。
ネロン　お前に追従《ついしょう》は言わない、わたしはお前が気に入らなかった、
ビュリュス。母上とお前と、結託していると思っていたからな。
しかし母上がお前に敵意を抱いていると知って、またお前を信用することにした。(1)
母上が勝ったと思っているのは、ビュリュス、あれは早計だ。
いかにもわたしは敵《かたき》を抱きもしよう。だがそれは、やつの息の根を止めるためだ。(2)
ビュリュス　何ですと、陛下。
ネロン　　　　　　　　　　もう我慢がならぬ。やつを亡き者にして、
金輪際自由になってみせる、アグリピーヌの気違いじみたやり口から。
やつの息の根を止めぬうちは、おれのほうは半分しか生きた気にならぬ。
母上の口からは憎むべきあの敵の名ばかり、もう耐えられぬ。
母といえども天を恐れぬ大罪人、二度と再び、おれの位を

やつに横取りさせるようなその企み、おれは、許さん。
ビュリュス　母君は、今にもブリタニキュス様のご最期を嘆かれることに。
ネロン　今日の日の暮れぬうちに、やつを恐れずに済むようになる。
ビュリュス　しかし、何が一体、陛下を、そのようなお気持に？
ネロン　おれの名誉が、おれの恋が、おれの身の安全が、おれの命が。
ビュリュス　いいえ、何と仰せられましょうと、かかる恐るべき御目論見《おんもくろみ》、一時《いっとき》たりとも御心《みこころ》に宿り奉るはずはございません。
ネロン　何を言う、ビュリュス！
ビュリュス　　陛下のお口から、おお天よ、それを伺いますとは。陛下としたことが、それを耳になされて、怖気《おぞけ》をふるわれることもなかったと？いかなる血のなかに浸ろうとしておられるのか、お考えでございますか。ネロン様は万民の心をみそなわすことに、もはやお飽き遊ばされてか？人々は何と申しましょう。(3) 陛下のお考え、伺いとう存じます。
ネロン　何を言う。いつまでも過去の栄光に、鎖のように繋がれて、たまさかに与えられ、その日のうちにも奪い去られる高嶺の花を、ただ手をこまねいて見ているだけか？

ひたすら臣民の願いに従い、己れの欲望には背を向けて、
おれはただ、やつらの気に入るためにだけ、やつらの皇帝になっているのか。(4)

ビュリュス　お望みと言われますが、陛下、世の人すべての幸せが
ご仁徳の賜物という、この一事をもってしても充分ではございませんか。
お選びになるのは陛下、今ならまだ、御心のままになされます。
今日《こんにち》まで、ご高徳の誉れ高くましました以上、今後もそのままでおわせられます。
道はすでに引かれており、なにものもそれを阻み奉るものはなく。
美徳より美徳へと真っ直ぐに、ただ歩をお進めになればよろしいのです。
しかしひとたび、佞人輩《ねいじんばら》の甘言に耳をお貸しになりましたら、
陛下(5)はもはや罪から罪へと、ひたすらに走っていかれる他に道はなく、
あくまで暴虐を遂げんためには、さらに新たな残忍をもってし、
血塗《ちまみ》れの双手《もろて》を洗うに、またまた流血をもってするは必定《ひつじょう》。
ブリタニキュス様が死なれれば、すわと言う時、宮の御為《おんため》と
待ちかまえているそのお味方の、忠義の心を掻き立てましょう。
仇討《あだう》ちの挙に出た人々は、さらに新たな援軍を得て、
たとえ彼らは死するとも、志を継ぐ者は決して跡を絶ちますまい。

陛下の放たれた火は、もはや消えることなき業火となりましょう。(6)
全世界の恐怖の的とは、とりもなおさず、御自らがすべてを怖れねばならぬこと。
止む暇もなく罪を下し、何をなさろうにも不安を払えず、
かくては臣下のすべての者を、敵と思《おぼ》し召される。
ああ、まことに、ご治世当初の、世にもめでたいご経験が、
陛下のご慈愛深さを、かえって疎ましめることになるのでしょうか。
初めの歳月《としつき》、知らぬ者とてないあのめでたさ、それをお考えになりましたか。
何という平穏のうちに、おお天よ！ その歳月を送られたことか！
このように思し召し、また御心《みこころ》に語って聞かせられるそのお歓びはいかばかりか。
「至るところで今この暇にも、わたしは称えられ、愛されている。(7)
わたしの名を聞いて人民たちが恐れおののくこともなく、
彼らのどんな嘆きにも、天がわたしの名を挙げられたためしはない。
陰険な敵意を見せて、わたしの前で顔をそむける者もおらぬし、
行くところことごとく、人々は心躍らせてわたしを迎えてくれる！」(8)
陛下のお歓びとはかくのごときものでした。それが、ああ、何というお変わりようか！

どんな悪逆非道の者の命も、陛下は大切に思し召された。(9)
ある時、今もはっきりと覚えております、公平な裁きを主張する元老院が
一人の罪人の死刑の宣告に、たってご署名をと願い出ました。
非情の元老たちよと、陛下、あなた様は難色を示されたではありませんか。
陛下のお心は、苛酷に過ぎると、御自らを責められ、
帝位にあるお身の、逃《のが》れがたなきご不運を嘆かせられて、
こう宣《のたま》われた。「いっそ字などは、書けぬ身であればよかったのに(10)」と。
なりません、私の言葉を信じていただけますか、さもなくばこの禍いを、
この身は死して、見ることも嘆くこともせずに済ましとう存じます。
わが君の栄光の絶えたのちまで、生きながらえる私ではございません。
かほど呪わしい行いを、あえてしようと思し召すならば、
（彼は身を投げて、ひざまずく(11)）
覚悟の上でございます、陛下。なにとぞ、お発《た》ち遊ばす前に、
とても御心にまつろわぬこの胸をひと突きに、刺し貫くようお命じ下さい。
さあ、お呼び下さい、その悪人どもを、誰が進言いたしました。
さあ、手許《てもと》も定まらぬその剣を、この胸に試しに来いと。

いやしかし、私の涙がわが君の御心《みこころ》を動かしましたのでしょうか。
たぎり落つるわが涙には、ほれ、御心を震わせておられる。
もはや一刻の猶予もなりません。陛下に、かかる兄弟殺しの大罪を
犯させ申そうと企んだ、逆臣どもの名を承りとう存じます。
弟宮をお呼びいただきたい、ご抱擁のうちに何もかもお忘れになり……

ネロン　ああ！　何ということをしろと言う。

ビュリュス　断じて陛下にお恨みなど。
何者かが宮を裏切っているのです。その潔白は私が存じております。
陛下に従い奉るべきことは、宮に代わり、私がお請け合い申します。
急ぎ宮殿下のもとへ私は。寸時も早くめでたいご対面を。

ネロン　わたしの部屋で、お前とともども、宮がわたしを待つように。

第四場

ネロン、ナルシス

ナルシス　陛下、手筈の万端整えてございます、御殺害は当然至極。

毒薬のほうもできあがりました。名にし負うロキュスト[1]めが、
つねにもまして、私のために、念を入れてくれましたので。
奴隷を一人、あの女は、私の目の前で殺して見せてくれましたが、
どうして、この新しいロキュスト秘法の毒薬の
人の命を絶つその捷《はや》さには、剣といえどもかないますまい[2]。

ネロン　ナルシス、もうよい。ご苦労であった、
だが、もうこれ以上のことは、してもらいたくない。

ナルシス　何でございますか。ブリタニキュス様へのお憎しみが挫けて、
お引き留めになりますか、私の……

ネロン　　　　　　　　そうだ、ナルシス。二人を和解させてくれる者が
いるのだ。

ナルシス　たって、そのお気持を、翻していただこうとは、申しますまい、
陛下。しかし、最前あの方は、縄目の恥を受けられたのでございますよ。
この恥ずかしめは、あの方のお心に、いつまでも生々しく残りましょうな。
どんな秘密も、時が経てば顕われるもの。
いずれはお分かりになりましょう、私の手が毒を盛る手筈であったし、

その毒というのは、陛下のご命令で調えられたものであったと。
神々が、この企みを、あの方に隠しおおせて下さればよろしゅうございますがな。
いや、ひょっとして、あちらのほうで、陛下のあえてなさらなかったことまでも。
ネロン　あれの心は保証すると言うのだ。わたしも自分の心は抑えることにした。
ナルシス　で、ジュニー様とのご縁組が、お仲直りのお徴《しるし》に？
陛下としたことが、宮のために、この上そんな犠牲までも？
ネロン　余計な世話だ。とにもかくにも、ナルシス、
わたしは、宮をもう、敵のうちには数えぬことにしたのだ。
ナルシス　アグリピーヌ様は、かねがね、それがお目当てでございましたな。(3)
これでまたあの方は、陛下に対し絶対的な強みをお持ちになれたわけだ。
ネロン　何だと？　母上が何と言われた。一体それはどういう意味だ。
ナルシス　あの方は相当大っぴらに、自慢しておいででした。
ネロン　何を？
ナルシス　　あなたに、ちょっと会うだけで、片がついたと。
あの大仰な騒ぎも、あのまあ恐ろしい怒《おこ》りようも、
たちまち慎しみ深い沈黙に変わってしまうじゃないか。

陛下のほうから、進んで和解を望まれたのだ、
優しく、何もかも忘れてやると言ったら、すっかり喜んで。

ネロン　だが、ナルシス、教えてくれ、お前はおれにどうしろと言う。(4)
母上の専横は、おれとしても罰したくてうずうずしているのだ。
第一、おれの思いどおりにやっていたら、今は勝ったと有頂天だが、
すぐにもそれは、返らぬ後悔の種になるところだったのだぞ。
だが、そうしたら、全世界が何と言おうか。
世々の暴君たちの例《ためし》に習えと、お前は言うのか。
ローマが、これまでのありとある栄誉の称号を消し去って、後にも先にも、
毒殺者という名前だけをおれに背負わせるようにさせたいのか。
やつらはおれの復讐を、兄弟殺しの大罪だと言うに違いない。

ナルシス　では陛下は、彼らの気紛れに従って行動なさるおつもりですか。
ローマ人どもが、いつまでも黙っていてくれるとお考えになったと？
第一、あなた様のほうで、あの連中の戯言《たわごと》などに、耳をお貸し遊ばす？
ご自身の大事なさりたいことが何であったか、もうお忘れに？
あなた様にとって、信じられないのはご自分のお気持だけ？

どうやら陛下には、ローマ人というやつがお分かりでない。
どういたしまして。やつらはあれで、なかなか、口を噤《つぐ》むことも心得ております。
ご用心が過ぎては、かえってご政道を弱める道理。
怖がられるだけのことはあるのだと、本気で思うようになるかもしれませんからな。
軛《くびき》というやつには、もう長いこと馴らされている連中のこと、
鎖に繋いでくれるお方を、かえって崇《あが》めるものなのですよ。
今にお分かりになります。お気に入るようにとそればかりに憂き身をやつすあの連中。
どんな時でも言いなりの奴隷根性には、ティベール帝も飽き飽きなさったほど。(5)
この私も、クローディユス帝に自由の身としていただきました折に、(6)
併せて授かりました、いわば借り物の権力を用いましてな、
もう今となっては昔語りの羽振りを利かしておりました頃、幾度となく、
やつらの忍耐のほどを試してみましたが、いっかな挫けることではございません。
毒殺という手段が凶悪だ、と仰せられますか。
弟宮は亡き者にし、姉宮はお捨てなさいまし。
ローマは、その祭壇に、生贄《いけにえ》を山と積んでは、
よしお二人が無実でも、何かの罪は見つけてくれます。

姉、弟のお生まれになったそれぞれの日が、
不吉な日だったとでも、決めるのが落ちでございますよ。

ネロン　ナルシス、重ねて言うが、そんな企み、おれにはできぬ。

ビュリュスに約束したのだ、是非にも折れざるをえなかった。

あの男との約束を破って、この上またその人徳に、
おれに刃向から武器を、与えるわけにはいかぬ。

あれの理屈に対しては、いくら強がりを言っても無駄なのだ。

あれの言葉を聞いていると、どうしても心中穏かでなくなる。

ナルシス　ビュリュスは何も、陛下、口に出したとおりを考えているのではございませんよ。

巧妙に、その人徳とやらで、人の信用を集めているだけ。

と申すより、誰も彼も、腹で思っていることはみんな一つ。

このご決断によって、彼らの力は地に堕ちるのを思い知らされましたろうに。

そうなれば、陛下は自由になられたはず。そしてあなた様の御前《ごぜん》には、
あの高慢なお師匠様たちも、我ら同然、這いつくばったことでしょうに。

これはどうでしょう。彼らが恐れ気もなく申していること、まるでご存じないと？

「ネロンなどは、これは彼らの言い分でございますよ、帝国に君臨する器《うつわ》ではない。
言うこと、なすこと、どの一つを取ってみても、人に言われたことばかり。
ビュリュスが、彼の心のご指南番、セネカが、頭のほうのお師匠役。
その野心といい、見所といったって、たかだか
競技場で戦車を乗りまわしたり、
彼が手にするには適《ふさわ》しからぬ卑しい賞金を競いあい、
自らがローマ人どもの見世物になって喜ぶこと、
何でもかでも劇場に出て大きな声(7)を張り上げるやら、
歌を朗詠するのが関の山、しかもそれを誉められたいばっかりに、
兵隊どもに命じては、のべつ幕なし、お客を責め立て、
自分のために拍手をさせて悦に入っているだけの男ではないか。(8)」
ええ！　こんなやつら、黙らせてやろうとはお思いになりませんのか。(9)

ネロン　参れ、ナルシス。考えるのだ、これから二人でやることを。

（第四幕の終り）

第五幕

第一場

ブリタニキュス、ジュニー

ブリタニキュス　そうです、姫、ネロンが（いや誰に予想できましたろう）、
わたしと和解の抱擁をするために、部屋でわたしを待っています。(1)
そこには宮廷の若い貴族を招《よ》んでいるとのこと。
ネロンは、賑々しく盛大な祝宴を催して、
我ら二人の変わることなき誓いを客人《まろうど》たちの面前に示し、
二人の熱烈な抱擁を、いやが上にも掻き立てようという。
あれほど憎しみの種となったあの恋は、その炎を消して、
わたしの運命については一切を、あなたのお裁きに任すという。
わたしとしては、先祖代々の位から追われ、
またご先祖の威光をもって身を飾る彼の姿を見せられても、

彼が、わたしの恋の邪魔だけはやめて、あなたに
慕われるという栄光を、わたしに譲る気配を見せてからは、
わたしの心は、実のところ、ひそかに彼を許していて、
他のことならば、彼に譲ってもそれほど口惜しいとは思わなくなった。
ああ、これでもう、姫の艶《あで》やかな姿から隔てられることはないのですね。
ああ、今はこの両の瞳を、何恐れることなく、見ていられるのか、
口説かれても、脅されても、少しも動じることなく、
ローマ帝国も皇帝も、わたしのためには袖にしてくれたあなたの瞳を。
ああ、姫よ。しかしこれは？　わたしは有頂天なのに、
どんな新手の気がかりが、あなたの喜びを引き留めているのです。
わたしの言葉を聞きながら、何故その瞳は、怯えたように、
思いつめた眼差しで、天のかなたを仰ぐのですか？
一体、何を恐れておられる。

ジュニー　　私にも分からないのでございます、
でも、どうしても胸騒ぎが。(2)

ブリタニキュス　愛していて下さるのでしょう？

ジュニー　お情けない、そのお尋ね。
ブリタニキュス　二人の幸せを、ネロンはもう掻き乱しはしません。
ジュニー　でもネロン様のお言葉が真実だと、保証がおできになりまして？
ブリタニキュス　何ですと？　ではネロンが、憎しみを隠しているとお疑いか？
ジュニー　最前までは恋を仕掛け、宮は殺すと誓っていたネロン様。
それが今は私を避け、あなたを探す。こんな大きな変化が、
殿下、一瞬にして、起こりうるものでございますか。
ブリタニキュス　それは、姫、アグリピーヌ様のお手柄なのです。
あの方はわたしが滅びれば、ご自身もお身の破滅と思われたのだ。
あの妬《ねた》み深い心から、取り越し苦労をしてくれたお蔭で、
最も手強《てごわ》い敵が、わたしたちを、勝たせてくれることになったのです。
あの人が見せてくれたあの有頂天の様子は、信用してもよいと思う。
このことではビュリュスも信じる。いや彼の主君をさえ、わたしは信じています。
わたしに倣って、裏切ることもできなくなり、
憎むならば、あからさまに、さもなくば、憎しみを捨てるようになったのです。
ジュニー　あの方のお心を、殿下のお心をもって量ることはなりません。

お二人の歩んでおられる道は、全く別。
ネロン様も宮廷も、この目で見て、まだ一日。
でももしかし(思いきって申します)、恐ろしいこと！　この宮廷では
人の申すことは何もかも、どれほど、考えることとは裏腹か！
口と心が一致することなどは、およそなきに等しく。
ここではどれほど喜んで、人々が誓いを破りますことか！
あなた様にも私にも、いかにも縁なき世界ではございませんか。
ブリタニキュス　しかしネロンの友情が、真実であれ偽りであれ、
あなたが彼を恐れるように、彼とて恐れていないわけではあるまい。
絶対に間違いはない。彼にしても、卑劣な罪を犯したために、
人民や元老院を敵にまわすようなことは、決していたしはしません。
いやそれどころか、今度のことでは、自分の非をはっきりと認めている。
後悔の色は、あのナルシスも、はっきりその目で見たと言います。
ああ！　姫が直接、やつの口から聞かれればよかった、どれほどまで……
ジュニー　でもあのナルシスが、殿下、裏切っていることは絶対にないと？[3]
ブリタニキュス　だがどうして、わたしの心に、彼を疑えと言うのです。

ジュニー　ああ、私には分からない。ただ、殿下、あなたのお命に関わります。
何もかもが、私には疑わしい。すべてが邪《よこしま》な道におちたのではないかと。
ネロン様が、私には恐ろしい。私についてまわる不運が、恐ろしゅうございます。
払っても払っても、不吉な胸騒ぎがこの身を把え、殿下を、
私の目の届かぬところへお遣りするのが、心残りでなりません。
ああ、恐ろしいこと！　万が一、あなたの喜んでおられるその和解とやらが、
お命を狙う何かの罠を、隠しているものでございましたら。
もしやネロン様が、互いに心通わす私どもに腹を据えかね、
復讐を隠すために、わざと夜をお選びになったのでは。
こうしてお目にかかるうちにも、恐ろしい手筈を整えているかもしれず、
いえ、お話し申し上げますのも、これが最後となるのでしたら。
ああ、殿下！
ブリタニキュス　泣いて下さる！　ああ、いとしい姫君よ。
それほどまでに姫の心は、この身を案じて下さるのか。
夢ではないか。姫よ、栄華の絶頂にあるそのネロンが、
己れの威光をもってすれば、姫の目は眩ましうると思った今日という日、

誰もがわたしを避け、彼を崇めるこの場所で、
彼の宮廷の栄華よりも、わたしの惨《みじ》めな境涯を、よしとされる！
信じられようか？　日も変わらぬ、場所も同じだ、それなのに、
皇后の位を拒絶して、わたしのために、涙を見せて下さるとは！
だが、姫よ、その忝《かたじけな》い涙は、もはやおとどめ下さるよう。
わたしが無事に戻ってくれば、あなたのご心配もすぐ消えましょう。
これ以上遅参しては、かえって怪しまれます。
今はこれまでにして。わたしは行きます、胸いっぱいにこの恋を抱いて、
見る目をもたぬ若者たち(4)のむだ騒ぎの最中にあっても、
目に映り、語らう相手は、ただわが麗《うるわ》しい姫君ばかり。
では後ほど。

ジュニー　殿下……

ブリタニキュス　皆が待っています、姫、もう行かなくては。

ジュニー　でもせめて、お呼びの使者が見えますまでは、ここに。

第二場

アグリピーヌ、ブリタニキュス、ジュニー

アグリピーヌ　宮は、何を暇どっておられる。急いでお越しなさい。
ネロンは我慢できず、なぜ宮は来ないのかと不機嫌ですよ。
招かれた人々は皆、祝福と歓喜に溢れ、お二人の
抱擁をきっかけに、歓呼の声を挙げようと待ちかまえている。
いかにも当然の期待、いつまでも焦《じ》らすものではありません。
さあおいでなさい。わたしたちは、姫、オクタヴィーのもとへ。

ブリタニキュス　お行き、麗しいジュニー。何も心配はいらないのだ、
姉もあなたを待っている、急いで行って会って下さい。
できるだけ早く引き返して来て、お後に従います、
大后様《おおきさき》。そしてあなた様のお心遣い、お礼を申しに参上いたします。

第三場

アグリピーヌ、ジュニー

アグリピーヌ　姫、わたしの僻目《ひがめ》かも知れないが、宮とお別れの時、溢れる涙に、あなたのお目は曇っていましたね。何が不安で、そのような悲しげな様子をなさる。わたしが取りもってあげた和解では、信用ができぬとでも?

ジュニー　今日、私にふりかかった数々の恐ろしい苦しみ、それを思うと、どうしてこの騒ぐ心を、鎮《しず》めることができましょうか。駄目ですわ! こんな思いもよらぬ幸せ、まだ定かにも信じられず。あなた様のご親切、それにさえ邪魔が入りはせぬかと恐れますのも、移り変わりが、大后様、宮中の慣いと聞きますゆえに。それに恋には、きまって不安がつきものでございますし。

アグリピーヌ　もうよい。わたしが口をきき、すべてが一変したのです。自分のしたことに、あなたが心配する余地を残しておくわたしではない。

この腕の中で誓わせた和解、それはわたしが保証します。
ネロンは、確かすぎるほどの保証を見せてくれたのですよ。
ああ！　あなたにも見せたかった、あの子が約束を破らぬと
繰り返し誓った時の、あの情《じょう》の溢れた仕草といったら！
つい今も、わたしを引き留めて、まあその抱擁の大袈裟なこと！
あの子の腕は、別れしなに、わたしに巻きついて離れようともしない。(1)
あの子は、いかにも人の好い優しさを満面にたたえて、
まずはじめは、最も些細な秘密をこまごまと教えてくれた。
あの子は母に甘える息子にかえったのです、すっかり打ち解けて
日頃の高慢さを忘れようと、母親の胸に戻って来たのですよ。
でもやがて、皇帝が、母后《ははきさき》の意向を求めるに適《ふさわ》しい
厳しい表情をとりもどすと、あの子はおごそかに、
有無を言わさぬ信頼の仕方で、わたしの手に、
全人類の運命にかかわる大事の秘密を、委ねてくれた。
そうですとも、あれの名誉のためにもここではっきり言っておかねばならない、
あれの心は、悪辣《あくらつ》な敵意など、少しも隠してはいません。

ただわたしたちの敵だけが、あれの優しい心を歪めて、
わたしたちに刃向かわせようと、その弱気な善意につけこんだのです。
しかし遂にあの連中も、年貢の納め時が来たようだ。
このアグリピーヌの力のほどを、ローマは今一時、思い知らされるのです。
もう今から人々は、わたしの天下だという噂に、熱狂しているではないか。
それはそうと、こんなところで夜を待つことはない。
オクタヴィーのもとへ行きましょう、そして朝の不吉な予感とは打って変わり、
めでたく暮れようとしているこの日の終わりを、あの人にも喜んでもらおう。
でも、あの物音(2)は、何事？　あの混乱した、騒ぎは一体？
何が起きたのか。

ジュニー　ああ！　お救い下さい、ブリタニキュス様を！

第四場

アグリピーヌ、ジュニー、ビュリュス

アグリピーヌ　ビュリュス、慌しくどこへ行く。お待ちなさい。どういうことです、あの

……

ビュリュス　大后様、絶望です、ブリタニキュス様はご最期。

ジュニー　ああ！　いとしい宮様！

アグリピーヌ　ご最期と？

ビュリュス　いえ、もはや、ご逝去に、大后様。

ジュニー　このように取り乱しまして、大后様、お許し下さい。間に合ってお助けしたい、それが叶わぬなら、お後を追います。

第五場

アグリピーヌ、ビュリュス

アグリピーヌ　ビュリュスよ、何という大それた！

ビュリュス　もはや生きてはおられませぬ、大后様。宮廷にも、皇帝陛下にも、お暇をいただかねばなりません。

アグリピーヌ　何ということ！　恐れ気もなく、弟の血を？

ビュリュス　この企みは、もっとひそかに運ばれたのです。
皇帝陛下は、弟宮のお越しをご覧あるより早く、
お立ちあって、ご抱擁遊ばす、言葉を発する者もいません、と、突然、
わが君がまず、御盃を手にされて、こう宣《のたま》う。
「いよいよめでたい瑞祥のもとに、今日という日を終えんがため、
予は、神に捧ぐる初穂を、手ずから、この盃に注ぐものである。(1)
願わくば、今この盃事に招じ奉る神々よ、
来たりて我らの和解に御力を添え給えかし。」
同じ誓いを、ブリタニキュス様もともに立てられる。
その手に持たれた盃は、ナルシスによってなみなみと満たされます。
ところが、宮の御唇が、盃の縁に触れたと見るや、
剣《つるぎ》とて、かほどすばやい効験はあらわしますまい、
何と、大后様、御眼《おんまなこ》の光はたちまち消え、
臥床《ふしど》に崩れ落ち給うた時は、すでにお体は冷えきった骸《むくろ》。(2)
ご推察いただきたい、居並ぶ者ども、この一大事にどれほど衝撃を受けましたか。
その半数は驚愕のあまり、恐怖の叫びをあげて退出する。

しかし、お宮仕えの経験の一層長い者たちは、
わが君のお目の色を窺い、己れの顔をつくろうのです。
この間《あいだ》にも、陛下は御臥床《おんふしど》に横になられたまま、
少しも驚かれたご様子は拝せられず、その仰せには、
「皆の者はこの発作が激しいので気遣っているが、この病気は
幼少の折、しばしば宮を襲ったもの。いつも命に別状はなかった。」
ナルシスは、もっともらしく悲しみを装おうとするが所詮は無駄、
その裏切者の歓びは、我にもなく満面に表れております。
私は、陛下より、僭上のお咎《とが》めは覚悟の上、
見るも厭わしい廷臣どものひしめくなかを掻きわけて参りました。
今はただ、この暗殺に打ちのめされ、私は、ブリタニキュス様の、
わが君の、また帝国全体の浅ましい宿命を嘆く所存でございました。

アグリピーヌ　あれが来た。これがわたしの入れ智恵かどうか、分からせてあげる。(3)

第六場(1)

アグリピーヌ、ネロン、ビュリュス、ナルシス

ネロン (アグリピーヌの姿を見て)しまった! 待ちなさい、ネロン。話があります。

アグリピーヌ ブリタニキュスは死んだ。誰の仕業かわたしには分かっている。
人殺しの名も知っています。

ネロン 誰なのです、母上。

アグリピーヌ あなただ。

ネロン わたしが! いかにもあなたの考えそうなお疑いだ。
不幸が起これば、それはいつでもわたしが犯人だとおっしゃる。
まるで、母上のお話をそのまま伺っていた日には、
このわたしの手が、クローディユス帝の命をさえも断ったことになりかねぬ。
その息子を可愛がっておられた母上。それが死んだとあっては逆上されるのも無理はない。

だが、運命の仕業については、いくらわたしだって責任は負えぬ。

アグリピーヌ　いいや違う、ブリタニキュスは毒殺されたのだ。

手を下したのはナルシス。それを命じたのはあなたです。

ネロン　母上ともあろう人が！　だがそのようなことを、誰があなたに？

ナルシス　何でしょう、陛下、こんなお疑いが、それほど腹に据えかねますのか。(2)

ブリタニキュス様は、大后様、数々の陰謀を企んでおられました、

そんなことになりましたら、あなた様のお悔みは、こんな生易しいことでは済まなかったはず。

宮殿下の野心では、ジュニー様とのご婚礼などはほんの序の口。

大后様のご親切にも、恩を仇で返したに違いありません。

あなた様のほうが欺されておいでだったのです、それに逆境に痛めつけられた

宮の心は、遅かれ早かれ、昔を今になそうというのが願い。

でございますから、お志に反した形で運命があなたのお役に立ったにもせよ、

わが君が、そのお命を狙い奉る陰謀をお察知あって、

すべてをわが忠節にお任せ下さったのであるにもせよ、

涙を流すのは、大后様、あなたの敵方に任せておかれればよろしいこと。

やつらがこのたびの不祥事を、世にも不吉なものに数えますのもやつらの自由、
何もあなた様が……

アグリピーヌ　続けるがよい、ネロン、このような手先とともに。(3)
さぞや見事な業績を立て、お前は天下に名を轟《とどろ》かすことであろう。
続けるがよい。今こうして一歩を踏み出した以上、もはや後へは退《ひ》けまい。
お前の手は、まず弟を血祭に上げた。今からわたしには
分かっている、やがてその矛先《ほこさき》は、お前の母親にまで及ぶであろう。(4)
心の奥底ではお前がわたしを憎んでいると、知らぬわたしだと思うのか。
わたしの親心がうるさい軛《くびき》だとばかり、それを断ち切って逃げようというのだ。
だが、わたしの死が、お前には何の役にも立たぬようにしてやろう。
死ぬ時にこのわたしが、お前を無事安穏にしておくなどとは思わぬがよい。
ローマも、この天も、お前がわたしのお蔭で見ることができたこの世の光、
それが至るところ、暇もなしに、お前のまえにわたしの姿を見せてくれよう。
お前の後悔は、お前の後に食いさがる数知れぬ復讐の鬼女となり、(5)
お前はそれを鎮《しず》めんがため、またまた血腥《ちなまぐさ》い罪を重ねるのだ。
浅ましいお前の気違い沙汰は、続けば続くほど、おのずから募り、

生きてある限りお前の日々を、次から次へと新しい血潮が、その刻印を捺《お》して行く。
だがわたしは希《ねが》う、ついには天も、お前の罪には倦《う》み果てて、
かくも多くの犠牲の列に、お前自身の破滅を加えることになるであろうと。
人々の血潮とこの身の血潮とを満身に浴びたその挙句に、
お前自身の血を流す羽目に追い込まれるのは知れてある。
かくして末代までお前の名は、残忍の極みを尽くした
暴君どもにさえも、なおおぞましい残虐の名と映じよう。
さあ、お前の末路はこのとおり、わたしの心には今ありありと見えている。
これが最後です。退《さが》るがよい。

ネロン　ナルシス、随《つ》いて参れ。

第七場

アグリピーヌ、ビュリュス

アグリピーヌ　ああ、天よ！　わたしの疑いは何という的外れだった！
わたしとしたことが、ビュリュスを貶《おとし》め、ナルシスの言を信じたとは。

ビュリュス、見ましたか、ネロンが去り際、いとまを乞う代わりにわたしに投げつけていった、あの血走った恐ろしい目付きを。もう術《すべ》はない。あの残忍非道な男を、引き留めるものは何もない。わたしに予言されていた禍いが、今にもわたしの上に落ちて来よう。いずれはあなたの番、同じ禍いが容赦なく、あなたの上にも降りかかろう。(1)

ビュリュス　ああ、大后様。この身は一日前に死ねばよかったのです。とてものことに、残酷な陛下のお手がこの身に対し、ただ今のご非道の小手調べを、なされたならばまだしもの幸いでしたのに。かかる忌まわしい御罪科《おんつみとが》によって、私が、帝国の衰運のあまりと言えば確実な証拠を、一つたりとも見せられずに済みましたろうに！ただ陛下の御罪ばかりが、私を絶望せしめているのではございません。嫉妬のゆえに弟宮に仇なすことは、ありうることでもございましょう。しかし私の嘆きとも怒りともつかぬこの気持を、申し上げねばならぬとあれば、ネロン様は、弟宮の死なれるさまを、顔色一つ変えずに見ておられた。他人事《ひとごと》のように無感動なあの眼差し、そこには幼少より罪に育ち、冷酷を極めた暴君の非情さが、すでにありありと窺えましたことでございます。

わが君の非道を肯《うけが》わぬ家臣などは、御心《みこころ》の障りとなるばかり、
陛下はそやつの止めを刺し、亡き者となさればよろしいのです。
無念でございます。この上はもはや御憤《おんいきどお》りを避けようとは存じませぬ、
一刻も早く死を賜わりたい、ただそれだけが願わしゅう存じます。

第八場

アグリピーヌ、ビュリュス、アルビーヌ

アルビーヌ　ああ、大后様。ああ、お殿様、陛下の御許へお急ぎのほどを。
わが君をご狂乱からお救い下さい、早く。
ジュニー様とは永却に離れ離れのお身となったのでございます。

アグリピーヌ　何と言う。ジュニーまでが相果ててか？

アルビーヌ　わが君に、(1)果てしない絶望の苦しみをお与えになろうと、
お命は捨てられずに、ただ陛下にとっては、死者同然の身となられたのです。
この場から姫君がひそかに退出されました模様はご承知のとおり。
お気の毒なオクタヴィー様の許へお立ち寄りかと思われました。

が、やがて、脇道をお取りになりますので、私は
足早に急がれるそのお姿を目で追いますと、
宮殿の数々の御門を抜けて城外へと、取り乱したお姿で出て行かれます。
あの方のお目に真っ先に入りましたのは、神君オーギュスト帝の御像《みぞう》。
その大理石のおみ足を、しとど涙に濡らしながら、
両の腕《かいな》にしっかりと掻き抱かれて、こう申されます――
「陛下よ、わが抱き参らすこの御膝にかけて、
今この時に、御一族につながる最後の者にご加護を垂れ給え。
今しもローマは、見たのでございます、陛下の宮殿におきまして、
ご子孫のうちただ一人、陛下の再来ともなりえた方が、血祭に上げられますのを。
その方が亡くなったあとで、私に操《みさお》を破れと迫る方がございます。
しかし、あの方に立てた操をいつまでも清く守りとおす覚悟の私、
陛下、私はかの不滅の神々にこの身を捧げ参らせます、その祭壇には
陛下も、ご威徳の故に、祭神とならせられているのでございますから。」
人々はこの間にも、かかる光景に仰天して、
四方八方から馳せつけ、ひしめきあい、姫君を囲みます、

姫君の御涙に心を打たれ、またその御悲しみに同情しては、
お味方すると、異口同音に叫びあいます。(2)
人々のご先導で、姫君は神殿へ。この宮居こそは、久しい古《いにしえ》より
祭壇を斎《いつ》き祭る務めに一生を献げた浄らかな乙女たちが、
我らの神々のために燃えさかる、かの尊い火を、
つねにあかあかと絶やさぬよう、心して守るところ。(3)
わが君は一同の立ち去るのをご覧じても、さすがに障《さまた》げることもおできにならず。
憚る所を知らぬナルシスのみ、御意《みこころ》に叶わんものと勇み立ちます。
あの男は、ジュニー様のお側近くに走り寄るや、恐れ気もなく、
汚らわしい手を伸ばし、姫君を把え奉らんとかかります。
その不遜な振舞いは、たちまち襲いかかる無数の刃《やいば》によって罰せられ、
不忠者の返り血は、ジュニー様の上にも降り注ぎました。(4)
わが君は、一度に起きたあまりにも多くの出来事に茫然とされ、
ナルシスを、取り巻く人垣のうちに取り残されたまま、
お戻りに。その黙りこまれた空恐ろしいご様子は、誰しも憚るばかり。
ジュニー様のお名だけが、お口から洩れます。

あてどもなく歩きまわる陛下、御眼《おんまなこ》も定まらず、
ただ空しくさ迷うばかりの御眼差しを、天に向けることもおできにはならない。
人々は恐れておりますす、このようにお独りのまま夜が更けては、
その絶望のあまりのご狂乱は、ますます激しさを加えましょう。
これ以上、救いのお手を差し延べられずにおかれましては、
御悩みの果てに、やがてお命にも障ろうかと。(5)
一刻も猶予はなりません。お急ぎ下さいませ。わずかの気の迷いで、
大后様、ご自害遊ばされぬとも。

アグリピーヌ　そうなれば、当然の報いだ。
だが、ビュリュス、見に行きましょう、あれの狂乱がどこまで募るか。
見てやろう、後悔の挙句、心の持ちようが変わったか、
これから以後は、別の道を歩む気になったであろうか、それを。

ビュリュス　神々よ、これが陛下の御罪科《おんつみとが》の、最後となりますように。(6)

（終り）

ベレニス　悲劇

宰相、財務総監、造営監督長、王室特命財務長官、
セニュレ侯爵その他の栄位を保持し給う
コルベール閣下へ(1)〔献辞〕

閣下

当然のこととは申せ、いかにもわが身につき、またわが詩作につき、頼むところなどなき私ではございますが、閣下にこの悲劇を捧げますご無礼の段はお咎《とが》めもなきものと、あえて心に頼むものでございます。閣下はこの悲劇を、認めるには全く値せぬものとはお考えにならなかったのであります。しかしながら、畏れ多くも閣下のお名を引きまして、この作品の最大の取り柄を申し上げますならば、それは他でもございません、この悲劇が、国王陛下のお好みには背かずにすみました、かの幸運な仕儀を、閣下御自らご覧下さいましたことでございます。

いかに些細なものであれ、国王陛下の御稜威《みいつ》の御為《おんため》に働き、叡慮を楽しませ奉ったものは、閣下のお取り上げになるところとなるとは、人も知るところでございます。まさにそれゆえにこそ、わが君へのご忠節と、国民の福祉・安寧のために休まる暇とてもな

い国事ご多端のご日常に、時として閣下は、我ら文人の上にも思いをいたされ、我らが無為の日々をお質《ただ》し遊ばします。

今仮に、閣下を称え奉ることをお許し給わりますならば、これぞ好機と、閣下に対し奉り、称讃の言葉を長々と連ねもいたしましょう。フランス全土の讃嘆の的たる閣下の類い稀なるご稟質《ひんしつ》、何物もお見逃しになることのないあのご慧眼、かくも多くの大事業を一時《いっとき》に捉え実行に移されるあの宏大なお心の働き、何物にも動ぜず、また何物にも倦むこと知らぬあのご気魄につきまして、言葉の限りを尽さぬはずがございましょうか。

しかしながら、閣下、閣下ご自身について閣下に申し上げるには、一層の慎みこそ肝要でございます。わずらわしい賛辞を捧げましては、私に賜わりました忝《かたじけな》いご厚情を、お悔み遊ばすことになるやも知れぬと恐れます。むしろ、新たなる作品を捧げ、お心に報いることを志すのがより賢明かと存じます。それこそがまた、閣下に捧げ奉る我らの感謝の徴《しるし》として、最もお心に適《かな》うものでもありましょう。深い尊敬の念をこめて、

閣下、

閣下の恭順無比なる下僕《しもべ》、

ラシーヌ

序　文(1)

「ティトゥスハ女王ベレニーケーヲ、結婚マデ約シタト言ワレテイタニモカカワラズ、直チニ都ヨリ、己ガ意ニ背キ、カノ人ノ意ニモ背イテ、送リ返シタ（Titus reginam Berenicen, cui etiam nuptias pollicitus ferebatur, statim ab Urbe dimisit invitus invitam）(2)」。

すなわち「ティチュスは、ベレニスを熱愛し、しかも信じられていたところでは、結婚すると約束までしていたにもかかわらず、帝位に即《つ》くや数日にして、ローマより、彼の意に背き、彼女の意にも背いて、送り返した」。この事件は歴史に名高い。私もまた、それが舞台上で掻き立てうる情念の烈《はげ》しさによって、極めて舞台に適《ふさわ》しいものだと考えた。事実、すべての詩人の作品において、ウェルギリウスにおけるアエネーアースとディードーの別れほどに(3)、哀切を極めたものはない。してみれば、英雄叙事詩の一章という、事件が幾日にもわたる作品において充分な素材を提供しえた事柄が、悲劇という、数時間の経過しか許されぬものにおいて充分であることを(4)、誰が疑おうか。確かに私は、ディードーのように、ベレニスを自害するところまでは追いつめなかったが、それはベレニスが、ディードーがアエネーアースと交わしたような決定的な契りを結んではいなかったので、(5)ディードーのように命を捨てるには及ばぬからである。この点を除けば、ベレニスがティチュスに告げる最後の別れも、別れるために彼女が自らに課した努力も、この戯曲のなかで、悲劇的な趣きに劣るところはないし、あえて言うなら、他の部分で観客の心の中にすでに惹《ひ》き起こされていたでもあろう感動が、そこで再び充分に感得されるのである。悲劇において血が流され人が死ぬのは、決して必要なことではない。その事件が偉大であり、登場人物たちが英雄的であり、情念がそこで烈しく掻き立てられて、悲劇の楽しみのすべてであるあの荘重な悲しみが、あらゆるところに感じられさえすれば、それで充分なのだ(6)。

私は、自分の選んだ題材のなかに、これらすべての構成要素を見出しうるものと考えた。しかしそれ以上に私の気に入ったのは、この題材が極めて単純だということである。すでに久しい以前より、私は、古代人が大いに好んだあの筋の単純さをもって、一篇の悲劇を作れないものかどうか、試みてみたいと思っていた。というのも、それが古代人の残した最も重要な教訓の一つだからである。ホラティウスも述べている、「汝のなすところがつねに単純であり、単一であるように(7)」と。彼らはソポクレースの『アイアース』を称えたが、この作品は、アキレウスの武器を拒絶された後で、発狂状態に陥ったことを恥じたアイアースが、自害するというだけの話だ。(8) 彼らはまた、『ピロクテーテース』を称えたが、その主題はといえば、オデュッセウスがヘーラクレースの矢を騙し取りにやってくるだけのことである。『オイディプース』(9) でさえも、思いがけない対面＝事実再認の場面(10)が沢山あるとはいえ、それでも現代の最も単純な悲劇よりも、内容となる素材は少ないのだ。それに、テレンティウスの愛好者たちですら、彼らはこの詩人を、詩句の優美と性格の真実味によってあらゆる喜劇詩人の上に置いているにもかかわらず、プラウトゥス(11)のほうが、その扱う大部分の題材のなかに存する単純さによって、テレンティウスに対し大いに立ち優っていることを認めざるをえないほどなのである。まぎれもなく、この見事な単純さこそが、プラウトゥスに古代人が与えたあらゆる称讃の言葉の拠ってきたところである。メナンドロスの単純さたるや、それを凌ぐものがあって、いかにもテレンティウスは、この詩人の二篇の喜劇を取って、自作の一篇としたほどなのであるから。

しかもまた、この規則は、それを作った人々の勝手な気紛れの上に成立していたなどと考えてはならない。悲劇において人の心を打つものは、真実らしさをおいて他にはない。そうだとすれば、何週間もかかってようやく生起しうるかどうかというような夥《おびただ》しい数の事柄が、一日のうちに起こるとしたなら、そこにどのような真実味があろうか。

なかには、この単純さなどというものは、創意工夫の無さの徴《しるし》だ、と考える人々もいる。[12]そういう人々は思ってもみないのである。すべて創意工夫とは、それとは反対に、無に等しいものから、何か意味のあるものを作り出す[13]ことにあり、ああいう夥しい数の事件とは、いつでもきまって、五幕の間中、情念の烈しさと感情の美しさと表現の優雅さの支える単純な筋によって観客を惹きつけておくには、自分の才能は充分な豊かさも充分な力もないと思っているような詩人たちの逃げ場なのだ[14]、ということを。そのような長所が、ことごとく私の作品のなかにあるなどとは毛頭思ってもいない。しかしまた、私としては、あれほど多くの涙を賜わった悲劇、三十回目の上演も初日と変わらぬ入りを見せた悲劇を観客に提供したことについて[15]、観客諸賢のほうで私にお恨みがあろうとは考えられないのである。

もっとも、私がこれほど心を砕いて求めたこの単純さを、ある人々が非難しなかったわけではない。彼らは、錯綜した筋立てをこれほど持たない悲劇は、演劇の規則に適ったものではありえないと考えたのだ。私としては、その人々がこの悲劇を観て退屈して困ったと言っているかどうかを調べてみた。人の言うところでは、彼らは皆、少しも退屈しなかったどころか、いくつもの場面では感動もしたし、喜んで再度観てもよいと思っているとのことだ。一体それ以上、何を求めるというのか。この人々に是非とも望みたいのは、自分の鑑賞眼に充分な自信を持ち、自分たちを感動させ、楽しみを与えてくれた戯曲が、規則に絶対的に反している、などとは考えないでいただきたいのである。最も肝要な規則とは、楽しみを与え、感動させることであり、[16]他のすべての規則は、この第一義的規則に到達するために作られているに過ぎない。しかし、こういうすべての規則は、微に入り細を穿ったものであり、私としてはそんなものには煩わされないでいただきたいとご忠告申し上げる。もっと大切なお仕事もおありなのだから。このような人々は、なにとぞ、アリストテレスの『詩学』の難解な点を解くなどという労苦は、我々に任せておいていただきたい。ご自分たちには、涙を流し、感動に浸るという楽しみだけを取っておかれるように。そして私には、歌が規則に適っていないと主張したマケドニア王ピリッポスに、さる音楽家が答えて言ったという言葉を、そのまま進呈することを許していただきたい、すなわち、「陛下、陛下がかかる事どもを私以上によく知り給うような不幸な境遇には、決して陥り給うことのないように[17]」と。

私がお気に召していただければ光栄とつねに思っているような方々[18]に、申し上げたいことはこれに尽きる。というのも、私に対する誹謗の文書については、読者諸賢も私がそれに答えずにおくことを諒とされるものと思う。[19]そもそも、何も考えていず、また考えを組み立てる能力もない男に対して、何を答えたらよいのだろう。知ったかぶりをして発端《プロターズ》などと言い出し、悲劇の四つの部分のうちこの第一の部分は、最終部である破局《カタストロフ》につねに最も近くなければならないなどと要求する。[20] 彼は、規則をあまりにも沢山知っているために、それが邪魔をして、自分は芝居を楽しむことができないと嘆いている。確かに、彼の論文から判断すれば、これほど根拠のない嘆きもあるまい。どうやら彼はソポクレースなどついぞ読んだことがない、だからこそ、「極めて多様な事件が盛り込まれていること」[21] をもって、全く見当外れな讃辞を呈しているのだ、また『詩学』[22] などというものも、数篇の悲劇の序文か何かで読む以外には全く読んだことがないのだ。しかし私は、演劇の規則を知らない点については、彼を許してやろうと思う。というのも、観客にとって幸いなことには、この男はこの領域で物を書くのを仕事としてはいないからである。私が許せないのは、一言言うにも冗談めかさずには気の済まぬこの男が、巧い冗談の規則というものをかくも知らないでいる、という点だ。「懐中に用意の《お情けない《エラース》》[23]」だの、「わが《規則》という令嬢方[24]」だの、その他諸々、彼がちょっとでも優れた作家のものを読んでみれば分かる、そういう作家たちにおいては禁じられている下品な気取りの数々、そんなもので良識ある貴顕の士を楽しませうるとでも考えているのだろうか。

すべてこの手の批判は、自分の力では到底観客・読者の興味をそそりえなかったけちな不遇の作家四、五人の役どころである。彼らはいつでも、作品が成功するのを待ってそれに攻撃を仕掛けてくるが、それも妬《ねた》みからなどではさらさらない。そもそも何を根拠に、彼らに妬むことなどできようか。そうではなくて、とにかく相手が応酬してくれればいい、そうすれば、自作だけでは一生埋もれたままに終わるでもあろう無名の境涯から、引き上げてもらえようかと、望んでいるだけなのであるから。

登場人物(1)

ティチュス　ローマの皇帝
ベレニス　パレスティナの女王(2)
アンティオキュス　コマジェーヌの王(3)
ポーラン　ティチュスの腹心の部下
アルザス　アンティオキュスの腹心の部下
フェニス　ベレニスの腹心の侍女
リュティル　ローマ人
ティチュスの従者たち

舞台はローマ、ティチュスの居間とベレニスの居間の間にある一室(4)

第一幕

第一場

アンティオキュス、アルザス

アンティオキュス　今しばらくここに。この宮殿の華やかさは、
いかにも、アルザス、そなたの目には珍しかろう。
人払いした重々しいこの部屋(1)こそ、幾度《いくたび》となく
ティチュスの秘密を聞いてきた部屋。
ここなのだ、ある時は廷臣を遁《のが》れ、皇帝が
想いのたけを、女王(2)に語りに来るその場所とは。
この扉の先には、皇帝の居間があり、
もう一つのこの扉は、女王の居間に通じている。
さあ、あの方のもとへ行け。申し上げるのだ、疎まれる身となるは
本意《ほい》ならねど、たって密《ひそ》かにお目通りが叶いたいと。

アルザス　陛下が疎まれるお身と？　あの方の忠実無比の友、
己れを捨てて女王様に尽されるあなた様が？
他ならぬアンティオキュス様、かつては想いのたけを捧げ、
東方諸国に最大の王と崇《あが》められるお方様がでございますか。
何としたこと。すでに心の裡《うち》ではティチュス様のお后《きさき》という
この御位《みくらい》が、お二人の間《あいだ》にそれほどの分け距てを？
アンティオキュス　行けと申すに。他のことは気にせずと、見て参れ、
やがて余人をはさむことなく、二人してお話しができるかどうか。

第二場

アンティオキュス(ひとり)(1)

アンティオキュス　アンティオキュスよ、お前の決意に変わりはないか。
震えおののくこともなく、言えるのか、「愛しております」と。
だが、これは。もう震えている。立ち騒ぐ胸はもう
恐れているではないか、この時を待ちあぐんだのと同じ烈《はげ》しさで。

ベレニスはかつて、わたしの希望をことごとく奪い去った。
それればかりか、命じられたのだ、永久に沈黙せよと。
五年間、わたしは口を閉ざしてきた、そして今日が日まで、
わたしは恋を、友情のヴェールの下に隠してきた。(2)
ティチュスが即《つ》けようという高御座《たかみくら》にあって、
パレスティナにいた時よりも、わたしの願いをお聞きになると？
ティチュスはあの方を妃とする。こともあろうに、愛していますと
告白するのに、わざわざこの時を選ぶとは。
後先《あとさき》見ずの告白をして、どんな報いがあるという。
(3)所詮発《た》たねばならぬのなら、疎まれることもなく出発しよう。
身を退《ひ》き、出て行くのだ。心の底は明かさぬままに、
あの方のお目を遠く、あの方を忘れるか、それとも、死ぬか。
何という！　いつまでもこの苦しみ、あちらでは思ってもみないというのに！
相も変わらず、ただひとり、嚙みしめる涙を流す！
ええ、所詮手には入らぬお方、そのお怒りを恐れるとは！
麗《うるわ》しい女王よ！　お怒りになる道理がありましょうや。

お願いに上がるのではありません、帝国を去っていただきたい、
私を愛していただきたいと。ああ、申し上げようと思うのは、ただ、
わが恋敵《こいがたき》の望みにも、必ず宿命の障《さわ》りがあろうと、
徒《あだ》な望みを、長い歳月《としつき》、かけては参りましたが、
彼が万能の権力を握り、あなたとのご成婚を目前にする今日《こんにち》ただ今、
長く変わらぬ恋心の、世にも不運な鑑《かがみ》、
空しい恋と希望とに明け暮れしました五年の後《のち》に、
去って行きます、希望の絶えた今となっても、さらに変わらぬ恋を抱いて。
お怒りになるどころか、憐《あわ》れんでも下さろう。
とにもかくにも、お話しするのだ。この上の遠慮は無用。
それに、希望も絶えた恋する男に、何を恐れることがあろう。
二度とお目にはかからぬと、心に決めたはずではないか。

第三場

アンティオキュス、アルザス

アンティオキュス　アルザス、よいのか、入っても。

アルザス　女王様にはお目にかかりました。
ですが、こちらの姿を認めていただくのが、それはひと苦労、
やがて高い御位《みくらい》にお即きとあって、お慕い申す慶賀の列の
引きも切らさぬその波を、掻《か》きわけて行かねばなりませんでした。
ティチュス様は、一七日《いちしちにち》の厳しい物忌み(1)、それも終えられ、
父君ヴェスパジアン帝の崩御を悼《いた》む喪は明けました。
恋するお方は、こうして再び、恋の思案にふけられるという。
それに、宮廷の噂を信じますならば、陛下、
おそらくは、日暮れぬ前《さき》に、ご運の強いベレニス様は、
女王のお名を、皇后とお変えになるはず。

アンティオキュス　やはりか！

アルザス　これはしたり。私の言葉がお気に障わって？

アンティオキュス　つまりお話はできぬのだな、二人きりでは？

アルザス　いえ、お会いになれます。ベレニス様はご承知でございます、
陛下が、余人をはらってあの方と、お二人きりでお会いになりたいと。

女王様は、目顔で知らせて下さいました、切なる陛下の
お申し出ゆえ、必ず叶えてさしあげますと。
いかにも、うるさい廷臣たちの目を逃れようと、
潮時をうかがっておられるのでございます。

アンティオキュス　分かった。ところで、そなたに与えた
重大な命令は、万事手ぬかりあるまいな。

アルザス　陛下のご命令には直ちに従う私、それはご承知のはず。
オスティアの港に、急遽準備を調えました船団は、
今や遅しと港(2)を発《た》つ構え、
ただ、陛下のご命令を待つばかりでございます。
しかし、どなたを、コマジェーヌへはお送りになります。

アンティオキュス　アルザス、女王に会えたら、すぐ出発だ。

アルザス　どなた様が？

アンティオキュス　　　わたしだ。

アルザス　　　陛下が？

アンティオキュス　　　宮殿を退出したなら、

ローマを出る、そうだ、永久にローマを去る。

アルザス　思いもよらぬ仰せ、いや、まことに驚きました。
何と言われます。ベレニス女王のために
陛下ご自身、お国元を出られて、かくも久しく、
あの方のためにローマに足をとめられて、はや三年《みとせ》。
それが、恋の勝利をしっかりと手に収められた女王様が、
ご成婚の祝典を、是非にも陛下に見ていただきたい、
ティチュス様が恋人からついに背の君となられまして、女王様には
あの栄誉、その輝きはあなた様にも及ぼうという、その時に……

アンティオキュス　あの方の幸せは、あの方に任せておけばよい。
もうやめにしてもらいたい、疎ましいその話は。

アルザス　いえ、お気持は分かります。高い御位に即かれればこそ、
ベレニス様は、陛下のお心尽しを忘れてしまわれた。
友情が裏切られれば、憎しみに変わるもの。(3)

アンティオキュス　それは違う。憎むなどとは、今ほどそれに遠い気持はついに知らない。

アルザス　ではどういうことで？　早くも己が権勢を誇る

新皇帝、あちらで陛下を蔑《ないがし》ろにされたとでも？
その冷たいお仕打ちを、今からとうにお見通しになり、
ローマを遠く、皇帝のお姿を避けようと？

アンティオキュス　ティチュスの態度が変わったとは思えぬ。
不平を言うのは間違っていよう。

アルザス　それでは何故《なぜ》、お発《た》ちになります。
ご自身が疎ましいとは、一体どうしたお気の迷いか。
天命受けて皇帝の位に即かれるのは、あなた様を敬愛なさる君主、
かつて、戦さの庭で、あなた様のお働きぶり、
あの方の命に従い、武勲《いさおし》と死を求めるお姿を目の当たりにされた、
しかも、反逆のユダヤをついに屈服させた
あの方の武勇とて、あなた様のお力があったればこそのこと。
覚えておいでです、長く心もとない包囲戦の
運命を決したあの日、華々しくも苦戦に満ちたあの日のことを。
三重の砦の上に、敵軍はびくともせず、
我らの空しい攻撃を、涼しい顔で高見の見物。

城を破るべき大槌も力なく、砦《とりで》はせせら笑うばかり。
あなた様ただお一人でございました、陛下、ただお一人、
梯子《はしご》片手に城壁を攀《よ》じ登って、敵陣を屍《しかばね》の山に。(4)
あの日、それはそのまま、あなた様のご葬儀の日になろうかと。
ティチュス様は、私の腕に息絶え絶えのあなた様を、ひしと抱《いだ》かれ、
勝鬨《かちどき》挙げる陣営も、あなた様のご最期と、悲嘆の涙。
今日こそは、陛下、流されたあの夥《おびただ》しい血潮、
陛下の払われた犠牲に対する報酬を、お受けになってしかるべき日。
望郷の想いもだしがたく、ご威令及ばぬこの地には
もはや倦いた、たってご帰国と仰せられますならば、栄誉も持たぬ
あなた様を、エウフラテス河がお迎えするという法がありましょうか。
お待ち下さい、ご出発なされるならば、皇帝陛下の見送られる
勝利者として、また、ローマ人の友情が諸国の王にさらに加える
帝王の称号に、身を飾られた上でなくてはかないませぬ。
何を申し上げても、ご翻意遊ばされぬと？
お答えいただけませんのか。

アンティオキュス　何を言えと言うのだ。
束の間、ベレニスが会ってくれるのを、待っているのだ。
アルザス　と申されますと？
アンティオキュス　あの人の運命が、わたしの運命を決める。
アルザス　何ですと？
アンティオキュス　その婚礼のことで、ベレニスの考えが聞きたい。
その言うところが、世上の噂と合致するなら、
あの人が高御座に登るというのが真実であるなら、
いやティチュスが決意を公にし、あの人を皇后に、それならわたしは発つ。
アルザス　しかし陛下のお目に、何がご成婚をそれほどまでに忌まわしいものに？
アンティオキュス　出発したならば、すべてお前に話してやる。
アルザス　そのお言葉、どう考えてよいか、不安でなりません。
アンティオキュス　女王のお出ましだ。行け、命じたことは抜かるなよ。

第四場

ベレニス、アンティオキュス、フェニス

ベレニス　ああ、やっと抜けて参りましたわ、喜んでくれるのはいいが煩わしい、
私の好運を祝ってくれる新しい友人たちの、あの夥しい数！
祝いの挨拶はらちもなく長いばかり、私はそれを遁《のが》れて
お友達に、真心こめて話して下さるお友達に、会いに参りました。
でも、本当を言うと、待ちあぐねていたのですよ、当然でしょう、
ずいぶんお見限りだと、お恨み申しておりました。
まあ、あのアンティオキュス様が、ええ、その優しいお心は
あまねきオリエントの国々、ローマでさえも、知らぬ人とてない。
この身が不運に沈もうと、お心は少しも変わらず、私の
有為転変には関わりなく、忠実にいつもついて来てくれたお方。
それが今日という日、(1)天の授け給うべき栄誉を
あなたとともに分かとうと、心に決めている今日という日に、

その他ならぬアンティオキュス様が、私には姿も見せず、
見知らぬ人の群のなかに、私を棄てておかれますとは！

アンティオキュス　やはり本当のことでしたか。今のお話では、
長かったお二人の恋は、ようやくご結婚と。

ベレニス　胸の不安を聞いていただきたかったのです。
この目も、涙に曇りがちの、今日この頃。
ティチュス様が宮廷に命じた、あの長い服喪のあいだ、
私への愛も、知らぬ間《ま》に、途絶えてしまっていたのです。
以前は私を見て、倦きることなく日を過ごされた
あのひたむきな熱情を、もはや示されなくなっていた。
黙りこくって、ご心痛に胸つまらせ、お目には涙、
私に下されるのは、悲しそうに別れる時のお言葉だけ。(2)
思っても下さいませ、私の切ない想い、烈《はげ》しくお慕い申すのは、
幾度となく申し上げましたわね、ただあの方のお人柄だけ。
あの方のお身を飾る権勢などはどうでもよい、
ただ真実の愛、雄々しいお心、それだけを望みましたのに。(3)

アンティオキュス　今は、始めと変わらぬご情愛を？
ベレニス　昨夜のあのご盛儀、あなたもご覧になりましたでしょう、
皇帝陛下の敬虔なお心に副《そ》うべしと、元老院が
崩御された父帝《ちちみかど》を、神々の列に加えましたあのご盛儀を。(4)
思えばいかにも適《ふさわ》しいこのお務め、ご孝心も満たされて、
ようやく、愛する女のことも、御心に。
今この時にも、私には何も仰せられませんが、
勅命によって召集された元老院にご臨席。
その席で、パレスティナの国境《くにざかい》を拡げ、
さらにアラビアとシリア全土をそこに加え、
それればかりではありません、側近のお言葉、
いえ幾度となく誓われた、あの方のお言葉を信じますなら、
これら数多《あまた》の国の支配者として、このベレニスを立てられて、
さらに多くの称号に、皇后の称号を加えられようと言う。
今にもここで御自ら、それをお教え下さるはずです。
アンティオキュス　ですからこそ私は、永遠のお別れを申し上げに。

ベレニス　何と言われます。そのように急な、そのお言葉は！
あなた、そのように取り乱されて、お顔の色も？
アンティオキュス　出立しなければなりません。
ベレニス　ええ？　でもそれはまた
何のために……
アンティオキュス　会わずに出立すべきだった(5)。
ベレニス　何を恐れて？　おっしゃって下さい。そう黙ってばかりいては分かりません。
殿下、その謎めいたご出立、どういうことなのですか。
アンティオキュス　せめてはお忘れ下さいますな、話せと申されますゆえ
お話しいたします、そしてお耳を汚《けが》すのも、これが最後だということも。
栄誉と権勢のこの高い御位、そこにおられるご身分でも、
お忘れではありますまい、この世に生を享《う》けられたかの国を、
そしてまた、かの地では、私の心が誰よりも先に、
あなたのお目から放たれた最初の矢筈《やはず》を受けましたことも。
恋い焦がれました。兄君アグリッパ(6)殿のご了解も得、
兄君が私の代わりにお話し下さった。おそらくは疎ましいとも思われず

私の愛の捧げ物を、あなたはお受け取りになるはずだった。
ティチュスが来た、あなたを見た、あなたのお心を捉えた、(7) これがわたしの不運。
あなたの前に現れたのだ、手にローマの
復讐を握る男、その輝かしい栄光に包まれて。
彼を見てユダヤの地は色を失う。(8) 哀れアンティオキュスは
誰よりも先に、敗北者の列に連なったのです。
やがて、この身の不運の残酷な語り手、
あなたのお口は、私の口に沈黙を命じられた。
長いこと抵抗しました、目で訴えようともした。
私の涙と恋の吐息は、あなたの行かれるところには、どこへでもついて行った。
しかしついに、あなたのつれないお心が勝を占めた。
遠国に去るか、沈黙するか、そのいずれかを選ばねば。
お約束をしなければ、いや、誓いを立てねばならなかった。
しかし、この期《ご》に及んで(9)本心を申し上げる覚悟の私、
心ならずも、あのようにお約束させられました、あの時にも、
心は固く誓っていた、変わらずに、あなたを愛していくと。

ベレニス　ああ、何ということを。

アンティオキュス　五年の間、口を閉ざしてきた私、(10)

これから後も、さらに口を閉ざしていくことでしょう。

(11)あの時わたしは、運の強い恋敵に従って、戦場へ出た。

望みはただ、涙の後には、わが身の血を流そう、

せめて、あなたのところまで、数々の武勲《いさおし》がわたしの名声を

伝えてくれれば、それが声のない口に代わって語るであろうと。

天もわが苦しみには、終わりを約束されたかに見えました。

わたしの死を聞いて、あなたも涙を。だがそれも束の間。

命を冒しても詮ないこと！　わたしの思い違い(12)は大きかった！

ティチュスの武勇の前には、わが恋の狂乱など取るに足らぬ。

彼の威徳には、わたしの敬愛も応えねばならなかった。

世界を統《す》べる高御座に約束されて、

全世界の人々に慕われ、しかもあなたに愛されて、

すべての敵を、己れひとりに迎え撃つかに見えていたあの男、

それにひきかえ、望みも絶え、愛する人には疎まれて、

生きる甲斐なき恋敵は、ひたすら後に従うばかり。
この告白、心の底ではひそかに喜んでおられる[13]。
耳を貸されるのも、さほど悔んではおられぬご様子。
この呪わしい話にも心奪われ、ティチュス殿の話とあれば、
後のことは、大目に見ようとのお心積もりだ。
ともあれ彼は、長く苦しい包囲戦の末に、
謀叛の輩《やから》を征圧した、戦火と飢えと
猛り狂う内乱の、血に染まった亡者ども、
城壁もまた、廃墟の下に埋め尽してしまわれた[14]。
そしてローマは見たのです、あなたが彼と都入りするのを。
君まさぬオリエントの地は、ただ、悲しみの荒野[15]！
久しくも、セザレの都《まち》[16]に、彷徨《さまよい》の日々を送る、
あなたを焦がれ恋い慕った、思えば美しい惑いの都《まち》。
失った面影を求め、あなたのいないあなたの国を、
涙に暮れてただひたすら、あなたの跡を求め、さ迷う。
そのうちにも、悲しみの想いには抗《あらが》いがたく、

絶望のままに、イタリアへと、わたしは引かされて来ました。
そこに待ち受けていたのは、運命の最後の一撃。
ティチュスはわたしを迎え入れるや、そのまま引き合わせた、あなたに。
友情のヴェール(17)で、お二人のどちらをも欺いて、
わが恋心は、そのまま、お二人の恋の聞き手とはなったのです。
しかしそれでも、微かな希望が、苦しみをまぎらわせてくれていた。
ローマが、ヴェスパジアン帝が、お二人の恋の障りとなり、
幾度《いくたび》も抵抗した末に、ティチュスも、ついには諦めるかと。
ヴェスパジアン帝は崩御、ティチュスが皇帝に。
あの時どうして出て行かなかった！　わたしは幾日かここにいて、
新帝の治政の様子を、見届けようと思ったのです。
わたしの命運は成就された。あなたの栄光は、今、目前にある。
わたしなどいなくとも、このご盛儀に参列して、
お二人の喜びに、歓呼の声を合わせる者は多くいるはず。
わたしとしては、めでたい席に涙を添えることしかできぬ男、
無益な恋の生贄《いけにえ》と知りつつも、なお諦めきれず、

不運のうちにもただ一つ、幸せは、お咎《とが》めもなく一部始終を、
この不幸の作り主、その麗しいお目に、お話しができましたこと、
いよいよ募る想いを秘めて、このまま出立いたします。(18)

ベレニス　殿下、思いもよらぬことでございました、私が
ローマ皇帝の后となる他ならぬその日に、
私の前に立ち現われ、私を愛していると
告白しても、罪にはならぬと思うお方がいようとは。
しかし、友情の徴《しるし》には、黙っていて差し上げましょう。
そのお方のことを思って、私を傷つけるお言葉も忘れます。
ぶしつけなお話しを、遮ることさえいたしませんでした。
いえそれどころか、お別れの言葉をお受けしても、心は悲しい。
天もご照覧のはず、今私に授かるべきすべての栄誉のさなかにあって、
私はただ、あなただけに、私の喜ぶ様子を見ていただきたかった。
その雄々しいお心は、全世界とともに私も、敬服して参りました。
ティチュス様はあなたのことがお気に入りで、あなたはティチュス様を称えておられた。

幾度となく私は、無上の楽しみとしてきたのですもの、
もう一人のティチュス様を、真《まこと》のあの方と思ってお話しできますのが。(19)

アンティオキュス　それこそわたしが逃れたいと思うもの。避けたいと思う、
が遅すぎるのだ、入る余地のないそのむごい語らいを。
ティチュスから逃れたい。わたしを絶望させるこの名から逃れたい、
あなたのお口が、そればかり繰り返しているこの名前から！
それればかりではありません。わたしが逃れたいのは、心も空のその眼差し、
絶えずわたしを見ていても、ついぞわたしを見たことのないそのお目だ。(20)
これまでです。私は参ります、あなたの面影を胸一杯に、(21)
あなたに想いを捧げつつ、わが運命の死を待ちに。
別してご心配はご無用、苦しみのあまり分別を失って、
己が不運の噂を、全世界に立てようなどとは
思ってもみません。願うは死、ただその死の噂を耳にされて、
まだ生きていたのかと、私のことを思い起こされましょう。
お別れです。

第五場

ベレニス、フェニス

フェニス　お気の毒に！　あれほど忠実なお方ならば、
もっとお幸せがよくても当然ですのに。
ご同情はなさいませんの？

ベレニス　あんなふうに突然に出ていかれると、
それは、わたしとしても、いささか辛い。

フェニス　お引き留めいたしましたのに。

ベレニス　誰が？　わたしが？　あの人を引き留める？
思い出までも消してしまわねばならないのだよ。
叶わぬ恋を、煽《あお》れとでもお言いかい？

フェニス　ティチュス様ははっきり仰せられたわけではございません。
ローマはあなた様を、嫉妬の目で見ております。(1)
厳しいその掟は、お身の上を案じますと恐ろしくて。

ローマ人の間では、結婚の相手はただローマの女に限るのです。
ローマはすべての王族を憎む、そしてベレニス様は女王のお身。

ベレニス　フェニス、心配しなければならなかった時はもう終わったのです。
ティチュスはわたしを愛している、何でもおできになる、ただ仰せいだされればよいのです。

あの方もご覧になる、元老院がこのわたしに崇敬の念を捧げ、
人民たちがあの方の御像《みぞう》を、次から次へと花の冠に飾るのを。
(2)昨日の夜のあの輝かしい祝典を、フェニス、お前も見たでしょう。
あの方のご立派なお姿は、お前の目にも灼《や》きついているはず。
あの夥しい松明《たいまつ》の群、火葬の焔《ほのお》、夜を焦がして赫々《あかあか》と、
ひしめく鷲の旗印、煌《きら》めく束桿《そっかん》、あの民衆の群、あの軍隊、
群がり寄せる諸国の王、執政官、元老院の議員たち、
すべてのものは、あの方の輝きを受けて煌めいている、
あの緋の衣、あの黄金、それをひときわ輝かす、お身を包む栄誉の光、
そして月桂樹の冠が、すべての上にあの方の勝利を告げて！
あの夥しい瞳の数、それが至るところからあの方に、

あの方一人の上に、むさぼるような視線を注ぐ。(3)
あたりを払うあのお姿、あでやかなわが君様。
ああ！　すべての人が、どれほどに尊敬と喜びの
想いを籠めて、あの方に、心ひそかに忠誠を誓ったことか。
そうだろう？　あの方を見てわたしのように考えぬ人がいるでしょうか、
いかなる賤《しず》が家にお生まれになっていたとしても、一目あの方を
拝すれば、世の人すべて、わがご主君と仰いだに違いない。(4)
でも、フェニス、心蕩《とろ》かす想い出に、我を忘れてしまったようだ。
今、(5)こうして話しているその間《ま》にも、ローマは挙げて
ティチュス様のために、祈願を捧げ、生贄の式を執り行って、
ご治世の門出に幸《さち》多かれと祈っている。
わたしたちも遅れてはなりません。(6)ご治世のご幸運、それを祈って、
あの方に加護を賜わる天なる神に、我らも祈願を捧げましょう。
その後で、待ちも待たれもせぬように、すぐさまここに
戻って来て、お目にかかろう、そう、お会いしたなら
申し上げる、互いに嬉しい胸のうちに、あれほど長く

お互いに、堪《こら》えてきた想いのたけを、何もかも。(7)

(第一幕の終り)

第二幕

第一場

ティチュス、ポーラン、従者たち[1]

ティチュス　わたしに代わって、コマジェーヌの王[2]に会ってくれたか。
わたしが待っているのを承知だな？

ポーラン　　　　　　急ぎ女王様のもとへ参りました。
あの方のお部屋に、王は姿をお見せになったとか[3]。
私が参りました時には、すでにご退出の直後。
陛下のご命令、お伝えするよう申しておきました。

ティチュス　それでよい。で、何をしておられる、ベレニス女王は？

ポーラン　女王様はただ今、陛下の忝《かたじけな》いお志に感じて、
天なる神に、陛下の御栄《みさか》えを祈願しておられます。
ちょうど、お部屋をお出ましのところでございました。

余りと言えば、愛《いと》しい人[4]よ！

ティチュス
痛わしい[5]！

ポーラン　あの方のために、何故そのようにお悲しみを？
オリエント一円は、大方、あの方のご支配の下《もと》に入ります。
あの方を気の毒なと仰せられますか？

ティチュス　ポーラン、皆を退《さが》らせ、お前だけ残るように。

第二場

ティチュス、ポーラン

ティチュス　さて、ポーラン、ローマ[1]はまだわたしの意を測りかね、
女王の身の上がどう定《き》まるか、それを待っている。
あの人の心とわたしの心、二人の秘め事は、今や
全世界の、挙げて取沙汰するところとなった。
いよいよ、わたしの考えを明らかにする時がきたのだ。
女王とわたしについて、民の声は何と言っている。

話してくれ、お前の聞いているところを。

ポーラン　　　　　　耳に入りますのは、至るところ、

陛下のご高徳と、あの方のお美しさを称えます声ばかり。

ティチュス　何と言っている、あの人に捧げるこの胸の想いについては。

これほどひたむきな恋、どういう結末になればよいと言う？

ポーラン　すべては御心のままに。恋をされるのも、おやめになるのも、ご自由。

宮廷はつねに、陛下のお望みを正しいといたしましょう。

ティチュス　わたしは見てきたぞ、その宮廷というやつ、本心を語らず(2)、

ただ主人の意に適《かな》おうと、そればかりに憂身をやつし、

あのネロンの、おぞましい悪行の数々をも認めてきた。

いや跪《ひざまず》いて、その残忍な所業をことごとく、崇《あが》め奉ったではないか(3)。

こんなへつらうばかりの宮廷に、わたしはことの是非をただしはせぬ、

ポーラン、もっと高貴な観客(4)を、わたしは選ぶ。

そして、へつらい者の声には耳貸さず、お前の

その口を通して、すべての民の心が聞きたい。

約束してくれたな。尊敬と畏れ、それが

わたしのまわりに垣を作り、不満の声に道を閉ざす。
もっとよく見るために、親愛なポーランよ、そしてよりよく聞くため、
お前に命じた、耳を、目を、わたしのために働かせよと。
その報酬として、お前には、ひそかな友情をさえ約束した。
お前が、世の人すべての代弁者となり、歯に布着《きぬ》せぬ
お前の言葉が、へつらい者を乗り越えて、わたしのもとまで
つねに真実を伝えてくれる、それをわたしは望んだのだ。
だから話してくれ。ベレニスが期待すべきことは何か。
ローマは、あの人に対し寛大であろうか、それとも厳しいか。
覚悟せねばならぬのか、ローマ皇帝の高御座《たかみくら》に連なれば、
かくも美しい女王は、それを見るローマの目には恥と映ると。(5)

ポーラン　疑いの余地はございません、陛下、道理に適うか気紛れか、
ともかくも、ローマはあの方を、皇后にとは願っておりません。
存じております、人々は、まこと傾城《けいせい》の美女とはあの方のこと、
美しいあのお手で、(6)世界を統《す》べる御位を求めておられるやに拝します。
いいえ、人々の申すには、ローマの婦人の心さえもっておられる。

その美徳の数々。しかし、陛下、女王なのです、あの方は。
ローマは、変わることなき掟によって、己が血に
いかなる異国の血も、混じることを許しませぬ。
己が掟(7)に背く婚姻から生まれた、正しからざる子孫のことは、
決して正統の血筋とは、認知いたさないのでございます。
そもそも、陛下もご承知置きのはず、かつてローマは
その王族を追放いたしてより(8)、かつてはいかにも気高く神聖であった
王というこの称号を、烈《はげ》しくかつ根強く、憎悪するようになったのです。
いかにもローマは、世々の皇帝に忠誠を誓い服従はして参りましたが、
この憎悪だけは、陛下、かつてのローマの、猛々しい力の生き残り、
自由を得た後《のち》も、すべてのローマ人の心に、生き続けているのです。
ユリウス(9)様、初めてローマのこの自由を、己が武力に屈服させ、
国家存亡の危機と称してあらゆる掟を黙らせた、あの方でさえ、
クレオパトラへの恋に身を灼《や》きながら、あえて想いは打ち明けずに、
オリエントの地に女王を、ひとり恋に泣かせておかれた。
アントニウス(10)様は、女王を、女神のごとくに崇めつつ、

胸に抱《だ》かれて、名誉も祖国も忘れ果てたお方ですが、
しかしそれでも、女王の夫と名乗ることだけは差し控えて。
ローマの怒りは、女王の膝にすがるあの方を捕えに行って、
恋する男と、彼を征服した女王とを、ともに滅してしまうまでは、
復讐の手をゆるめようとはしませんでした。
それ以来、陛下、カリギュラ、ネロン、
その名を引くのさえ憚られるあの獣たち(11)、
人間の顔はしていても、ローマの掟はことごとく、
足下に踏みにじって恥じなかった人非人、彼らでさえも、
ただ一つ、この掟だけは畏れ憚り、国民の見ている前で
おぞましい婚礼の松明《たいまつ》を点《とも》すことは、いたしませんでした。
何よりも、包み隠さず申せとのご命令でございますね。
かの解放奴隷のパラース、その弟に当たります
フェリックス(12)めは、クローディユス帝に仕える奴隷の身でありながら、
陛下、二人の女王を娶《めと》ったという事実、国民は存じております。
それのみならず、ご命令にあくまでも従って申し上げますならば、

その二人の女王とは、他ならぬベレニス様のお血筋の方。
一体、お考えなのでございますか、それを拝する国民の恥ともならずに、
女王である人を、我らがローマ皇帝の閨《ねや》に迎えることがおできになると？
そもそも、オリエントの地では、女王たちの閨のうちに、
隷属の身分を解いてやった我らの奴隷が、迎えられているというのに。(13)
ローマの国民が考えておりますことは、このとおりでございます。
私といたしましては、日の暮れぬ前《さき》に、元老院が
全帝国の願いを託され、ただ今申し上げましたとおりのことを、
まさにこの場所で、奏上せぬとは、保証いたしかねます。
いえ、ローマが、元老院を代表として、陛下のお膝にすがり、
ローマにも陛下にも、適《ふさわ》しいご決断をと、願いいでぬとも限りません。
ご返事を、陛下、ご用意遊ばされますように。

ティチュス　ああ、これほどの想いを、断てというのか！

ポーラン　その恋は烈しいと、はっきり仰せられませ。

ティチュス　お前に考えることのできるより、幾千倍も烈しいのだ、
ポーラン。あの人に毎日会い、あの人を愛し、愛される、

それをわたしは、無くてはならぬ喜びとしてきた。
そればかりではない。お前には何一つ隠すことはないから言おう。
わたしはあれのために、幾度《いくたび》となく神に感謝したことか、
イデュメアの奥地におられた父上を皇帝に選ばれ(14)、
その手にオリエントと全軍を掌握せしめ、
最後に残る奴輩《やつばら》の叛乱を機に、血まみれのローマを(15)
父上の平和の御手《みて》に委ねられた、神々にだ。
わたしは父上の位が欲しいと、それを望みさえもした(16)、
このわたしがだよ、ポーラン、運命の定めがかくも非情ではなく、
限りあるご寿命を延ばすのに同意してくれたなら、
この身を捨てても、お命を延ばしてさしあげたいと願った、わたしがだ。
それもこれも、(恋する男には自分の願うことも分かってはいない!)
ただひたすらベレニスを、皇后の位に即《つ》けようと思えばこそ、
いつの日か、その愛情と貞節に恩返しがしたい、その足下に
世の人すべてが、わたしとともに跪《ひざまず》くのを見ようがためだ。
わが恋は烈しく、あの人は美しい、幾千の誓いも

涙にかけて立ててきた、それだというのに、
ようやく、美しい人に冠を授けることができる今、
かつてないほどにその人を愛している、今この時に、
いや、幸せな婚姻に、我ら二人の生涯が一つに結ばれ、
五年の恋がただ一日に叶えられる、その日になって、
わたしは、ポーラン……ああ、言えようか、そのようなことが！

ポーラン　何をでございます、陛下？

ティチュス　永久に、別れるのだ、あの人と。(17)

わたしの心は今この時に、敗れ去ったわけではない。
お前に語らせ、お前の言葉を聞こうとした、それも、
心ならずも口を閉ざしている恋に向かって、お前の熱弁が
その攻撃の手を、ひそかに封じてもくれようかと、願えばこそだ。
長い間ベレニスは、わが勝利を揺がせてきた。
そしてようやくわたしが、名誉の側に傾いたにせよ、
信じてもらいたい、あれほどの恋に打ち克つために必要だった
闘いの数々、そのためにわたしの心が、血を流す日は続くであろう。

愛していた、恋い焦がれていた、恋にひたって生きていた。
世界を統治するお役目は、別のお方が担っていたのだ。
わたしの運命は、わたしの自由、恋をするのも思いのまま、
恋の望みは、ただわたしが、責めを負えばよいことだった。
しかし、天が父上を召されるや、いや、悲しみのうちに
わたしの手が、父上のお目を閉ざすや否や、
恋ゆえの嬉しい迷いから、たちまちに、わたしは覚まされた。
わたしに課せられた責任の重さを、知った。
悟ったのだ、愛する人のものとなるどころではない、やがては
わたし自身をすらも、ポーランよ、わたしは捨てねばならないと。
神々の思《おぼ》し召しは、わが恋を嘉《よみ》し給わず、
これから以後はわが人生を、全世界のために定められたと。
ローマは今日《きょう》、わたしの新しい行動を見守っている。
もしもわたしが、踏み出すその第一歩から、ローマの掟を覆し、
廃墟となった法の上に、己が幸せを築くとしたら、
わたしにとっては何たる恥辱、ローマには何たる不吉な前兆か！

この酷い犠牲、それを果たそうと決心を固めたわたしとしては、
哀れなベレニスにも、その心の準備をさせようとした。
だが、どこから始めればよい？　幾度《いくたび》となく、この一週間、
あの人に向かって、口を切ろうと試みた。
ところが、始めの一言から、舌はもつれて、
そのたびに、口のなかで、凍てついたままだ。
せめては、わたしの狼狽と苦悩の色で、我ら二人を
待ち受けているこの不運を、感じとってはくれまいものか。
ところがわたしを疑うどころか、わたしの悩みに心動かし、
その手を延べて、(18) この涙を拭ってくれる。
こうして何も知らされぬままに、あの人がかち得るにふさわしい
その恋の、今終わろうとしているのを、夢にも知らぬ。
しかしようやく今朝になって、わたしは勇気を取り戻した。
あの人に会わねばならぬ、ポーラン、そして沈黙を破るのだ。
アンティオキュスに来てもらい、彼にしっかと頼もうと思う、
手元には留めえぬこの尊い宝物を。

オリエントの地まで、彼が女王の伴《とも》をする。
明日、ローマは見るであろう、彼とともに女王が出立するのを。
やがてこの口から直接に、あの人にはお伝えしよう、
それがあの人に話す、最後となるのだ。

ポーラン　恋と申されますが、行くところ、つねに勝利を得てこられた
陛下のご武勇、恋の苦しみが相手でも、変わりはございますまい。
ユダヤの地は屈服し、灰燼に烟《けぶ》る城壁[19]は
勇ましいお心を永遠《とわ》に地上に刻む徴《しるし》、
それを思えば明らかなことでございました、心勇んで
果たされた武勲《いさおし》、それを進んで空しいものにされる道理はない、
数多《あまた》の国を打ち破った、他ならぬ英雄のお身、
遅かれ早かれ、恋の悩みにも、打ち克たれるはずだと。

ティチュス　ああ、いくつもの美名のもとに、その勲《いさお》しの酷いことは！
苦しいわたしの目にも、どれほど美しく見えたであろう、その勲しが
ただもう一度、死に立ち向かえと言うのであったら！
何ということだ！　勲しを求めるこの熱情[20]は、

ほかならぬベレニスが、かつてこの胸に燃え立たせた炎なのだ。
お前とて知らぬではあるまい。今と同じ輝きをもって
わたしの名声が世にもてはやされていたわけではない。
わたしの青春は、ネロンの宮廷に育てられ[21]、
悪い手本に惑わされて、正しい道を踏みはずし、
快楽の、あまりといえば容易な道を、ひたすらに降っていった。
ベレニスが心を捉えた[22]。愛する者の心に染み、
己れを捉えたその心を、手に入れるためには、人は何でもする。
わたしは惜しみなく血を流した。わが武勇を前にして、すべては譲った。
わたしは勝ち誇って帰って来たのだ。しかし、血潮も涙も、
あの人の誓いをかち取るには、なお不充分だと思われた。
わたしは図った、数知れぬ不運な者の幸せを。
わたしの恵みは、至るところに拡がっていく。
幸せだった、とてもお前には理解できまい、それほどに幸せだった、
わたしの徳の行いが、かち得た無数の心を担い、
満足したベレニスの目の前に立った時の、そのわたしは！

何もかもあの人のお蔭なのだ、ポーラン。酷い報酬ではないか！
わたしのためにしてくれたことが何もかも、あの人の仇とはなる。(23)
この夥《おびただ》しい勲しと、この夥しい美徳の誉れ、その礼としてわたしは今、
言おうというのだ、「発《た》ち給え、二度と再びお目にはかかれぬ」と。

ポーラン　それが、陛下、どうなさいました。エウフラテスの岸辺まで
あの方の版図を拡げてさしあげたあの壮大なご決定、
あまりのことに、元老院も一驚しました、あの夥しい栄誉の数々、
それでも陛下は、恩知らずと呼ばれることを恐れておられる？
新しく幾百の国が、ベレニス様のご統治に入りますのに。

ティチュス　これほどの苦しみには、取るに足らぬ慰めと言おう！(24)
ベレニスのことはよく知っているわたしだ、分かりすぎる、
あれの心はただひたすら、わたしの心だけを求めてきた。(25)
わたしは愛し、わたしはあれの心に適《かな》った。あの日から、
(不吉な日と言うべきか、それとも、幸運な日だったと？)
わたしを愛し、ただ恋より他に望みはなく、
ローマにあっては異邦人、宮廷にては知る人もない、

日々を送るその頼りは、ポーラン、ただひたすらに
わたしと逢う瀬のわずかな時、その余の時はただひとり、待って過ごす。(26)
そればかりではない、時として、わたしがいささか怠って、
待ち焦がれているその時に、遅れでもしようものなら、
会った時にはもうひたすら、涙に暮れているではないか。
その涙を拭うのに、この手は長く時を費やす。
そうなのだ、恋の織りなす、世にも堅い絆のすべて、
責める言葉までも甘く、絶えず新たな悦びに我を忘れ、(27)
手管《てくだ》もなしに喜んでもらおう、だが不安の想いはいつもある、
艶《あで》やかな美しさ、勲しも美徳も、すべてをあれのうちに見た。
五年この方、あの人には、毎日会っていながら、
そのつど、初めて会うような、そんな想いなのだ。
もう考えるまい。さあ、ポーラン、考えれば考えるほど、
この酷い決意の力がゆらぐ。ああ、
何という報せを、天よ、わたしはあれに告げようという！
もう一度言う、さあ、もうそのことは考えるまい。

なすべき義務は知っている、義務に従うのが、わたしの役目だ。
その後で、生きながらえることができるかどうか、それは知らぬ。

第三場

ティチュス、ポーラン、リュティル(1)

リュティル ベレニス様が、陛下、お目どおりが叶いたいと。
ティチュス ああ、ポーラン！
ポーラン 何でございますか！ 早や、後込《しりご》みをなさいますか！
ただ今の雄々しいご決断、しっかとお心に刻まれますよう。
時は今でございます。
ティチュス よし、会おう。お呼び申せ。(2)

第四場

ベレニス、ティチュス、ポーラン、フェニス

ベレニス　たってお目どおりが叶いたく、お人払いのそのなかを
弁《わきま》えもなく参上しましたご無礼、なにとぞお赦し下さいますように。
宮廷の者たちは、挙《こぞ》って私のもとへ参り、陛下よりの
お心尽しの数々、それを称えて、沸きかえっております。
その時に、私一人、口を噤《つぐ》み、忝《かたじけな》いと思う心を
申し上げずにおきますのが、道に適《かな》ったことでございましょうか。
しかし、陛下、（いえ、二心ないこの方[1]には、私どもの
心の秘密は、今さら隠すまでもございますまい）、
深い悲しみの喪は明けて、お越し下さるにも、もはや障《さわ》りはなく、
ようやく陛下お一人になられたというのに、会ってやろうとはお思いにならない。
伺っておりますわ、私も、新しい王冠を賜わりますとか、
でもそれを、陛下ご自身のお口からは、伺うこともできませぬとは。
いえ、賜わりとうございます、栄誉の輝きではなく、ただ心の安らぎが。
恋する心は、ただ元老院においてのみ、お示しになりますのか。
ああ、ティチュス様！[2]　そうお呼びするのも、畏れ敬う
呼び方などは、いかにも恋には疎ましい首枷《くびかせ》。

まこと愛しておられますなら、何を思い煩われます。
恋の下されものとは、ただ国々ばかりでございますか。
一体いつから私が、己が栄誉に惹《ひ》かれるなどとお考えになりまして？
切ない吐息、眼差しの一つ、そのお口を洩れるただ一言、
それだけが、私のように、恋い慕う女心の望む宝。
もっとお目にかかりたい、何も賜わりたくはございません。
すべての時が、政治《まつりごと》に捧げられておりますのか。
一七日《いちしちにち》の喪が明けましても、仰せられることは何もないと？
ただ一言、それで不安な胸も鎮《しず》まりますのに！
でも、ただ今のお話は、もしや私のことなのでは？
内密のお言葉も、何か私に、関わることでございましたか？
陛下のお心のなかには、せめて、いつも私が？

ティチュス　お疑いはご無用です。神々に誓って言います、
ベレニス殿は絶えず瞼《まぶた》に灼きついていると。
場所が距《へだ》て、時が距てようとも、今一度、誓って言います、
あなたから、あなたを愛するこの心を、引き離すことはできないと。

ベレニス　どうしたことでしょう！　変わることなき恋の誓い、
誓いの言葉は烈しいのに、そのおっしゃりようの冷たいこと(3)！
そもそも何故《なにゆえ》に、天の力を引き合いには出されます。
胸の不安を晴らして下さる、そのために、神に誓いが要《い》りましょうか。
陛下をお疑い申そうなどとは、露思いませぬ私、
切ない恋の吐息の一つ、それでもう、信じてしまいますもの。

ティチュス　女王よ……

ベレニス　何でございます、陛下。でもこれは！　お答えもなく、
そのようにお目を外《そ》らし、取り乱されて(4)！
もう、そのように堅く閉ざしたお顔しか、拝することはできませんの。
お隠れになった父君のために、まだお心は塞《ふさ》がれて？
その辛いお心を、お慰め参らすものは、何もないと？

ティチュス　ああ、父上がただ、生きていて下さったなら！
いかにわたしは幸せに生きていけたか！

ベレニス　陛下のお嘆き、
いかにも篤《あつ》いご孝心の発露。

でも父君の御為《おんため》には、もう充分に御涙を、流されたのではございませんか。
今はローマに、ご自身の名誉のために、別のお心遣いもあるはず。
私のことでは、何も申しはいたしますまい。
一頃のベレニスには、お心を慰め参らすこともできました。
もっと喜んで聞いていただけましたわ、申し上げます私の言葉も。
あなた様のためとあれば、どれほど不運に責められましょうと、
ただ一言、仰せになれば、涙はこらえてきました私。
父君ゆえのそのお嘆き！　ああ、でも、そのお嘆きはまだしものこと！
この私は、(思い出しても身内が震えます)、
すべてを賭けて愛したお人から、引き離されようとしたのですよ。
束の間でも、お側を離れておりますと、心は乱れ、
胸はつぶれる、その私、よくお分かりでございましょう。
それこそ命がありますまい、万が一にも私に、もはや
陛下と……

ティチュス　いいやいけない、何を言おうとなさるのです。
よりによってこの時に！　なにとぞ、お願いです！　おやめ下さい。

恩知らずの男に、(5) それではお志が過ぎるというものです。

ベレニス　恩知らずの男、陛下が！　おなりになれますの？
お慕い申す私が、それではもう、うるさくなってきたとでも？

ティチュス　滅相もない！　そうです、言わねばならぬとあれば、
これほどまでに、わたしの心が烈しい炎に燃えたことはなかったと思う。
だがしかし……

ベレニス　それで……

ティチュス　ああ！

ベレニス　おっしゃいませ。

ティチュス　ローマが……帝国が……

ベレニス　ええ？

ティチュス　参れ、ポーラン。今は、とても言えぬ。

第五場

ベレニス、フェニス

ベレニス 何ということ！ 急にわたしを残して、何もおっしゃらない。
ああ、フェニス、ようやくお目にかかれたのに、ひどすぎます！
わたしが何をした。何をしようとおっしゃるのか。どういう意味です、あの沈黙は？

フェニス 私も同じですわ、考えれば考えるほど、分かりません。
でも、しっかりと、思い起こしてごらんなさいませ、
何か陛下のお気持を損なうことが、ございませんでしたかどうか。
いかがでございますか。

ベレニス 情けないこと！ お前だって信じてくれよう、
初めてお目にかかったあの日から、今日という悲しい日まで、
過ぎこし方を、思い起こせば起こすほどに、
この身に咎《とが》があるとすれば、それは愛しすぎたということだけ。
でもお前は、一部始終を聞いていた。遠慮は無用、さあ、はっきりと。

言っておくれ。お気に障るようなことを、申し上げはしなかったね？
分からないのだもの。ひょっとして、胸の想いにかられるままに、
賜わりものを軽んじたり、ご心痛をお責めする、そんな真似をしたろうか。
まさか、恐れておられるのじゃあるまいね、ローマの憎しみを。
いえひょっとして、恐れておられるのかも知れない、異国の女王を妻にするのを？
ああ！　もしそれが本当だとしたら……いいえ、そんな、幾度となく、
ローマの厳しい掟に対し、わたしの恋は守ってやるとおっしゃってきた。
幾度となく……ああ、この恐ろしい沈黙の謎を、解いていただきたい。
不安に胸も詰まって、このままでは、生きた心持もしない。
わたしが生きていけますか、フェニス、あの方に捨てられる、
わたしがあの方を傷つけた、そんなことを考えながら？
お後を追って、さあ行きましょう。いや、よくよく考えてみると、
どうやら、取り乱したご様子のいわれが、分かってきたよ、少しは。
さっきのことは何もかも、お聞き及びなのだ。
アンティオキュスの恋が、あの方を傷つけたのに相違ない。(1)
なんでも、コマジェーヌの王を、待っておられたと言うじゃないか。

今の苦しい思いの種《たね》を、他に探すのはやめましょう。
今この身を責め苛む、あの方のお怒りは、きっと
埒《らち》もないお疑い、訳もなく解いてさしあげられる。
ああ、ティチュス、そんなふうに勝を占めても、それは取るに足らない勝利。
あなたの名誉を傷つけずに済むならば、遥かに強い恋敵《こいがたき》が
姿を現し、わたしの心を試せばよい、そしてわたしの足下《あしもと》に
あなたにもまして数々の王国を、捧げてみればよいのです。
いいえ、その男が、わたしの恋に、数知れぬ王冠をもって報いるときに、
あなたの恋は、ただあなたのお心だけを下さればよい。
その時にこそ、愛《いと》しいティチュス、愛されて、勝ち誇ったあなたにも
お分かりになるはず、あなたの心がわたしの目に、どれほど尊い宝であるか。
さあ、フェニスや、ただ一言、申し上げればあの方は得心なさる。
安んじておいで、わたしの心よ、まだ愛していただけるのです。
早まって、不運な女と、わたしは一人で決めていた。
ティチュスが嫉妬をしているなら、ティチュスは愛してくれている。(2)

(第二幕の終り)

第三幕

第一場(1)

ティチュス、アンティオキュス、アルザス

ティチュス なんと! お発《た》ちになる? 急にまたなんの訳あって
あわただしいそのご出立、逃げて行かれるようではないか。
別れの挨拶さえも、わたしにはなさろうとはしない。
敵となって立ち退かれるというのですか、この都を。
わたしだけではない、宮廷が、ローマが、全帝国が何と言いましょう。
いや、そもそもあなたの友として、わたしに言い分がないとでも?
一体、わたしの落度とは何か。かつてあなたを、並居る
諸国の王たちと、同列に扱ったことなどありましたか。(2)
父が存命の間中、あなたとは、胸を開いて語ってきた。
それがわたしとしてできる、ただ一つの贈り物でもあったのです。

それが、心ばかりかわたしの手も、あなたに向かって開かれた今、
あなたは避けようという、あなたに捧げるわたしの好意を。
お考えなのか、わたしが過去の命運を忘れ果てて、
己が栄華をひたすらに心にかけているとでも？
いや、すべての友は、心のなかですでに遠くに消え去って、
見知らぬ者も同然、もはや用なき人々と見なしていると？
わたしの前から姿を消そうとなさるあなた、そのあなたこそ、
今わたしには、かつてないほど必要なお人なのだ。

アンティオキュス　私が、陛下？

ティチュス　　　　　　　　　あなたがだ。

アンティオキュス　　　　　　　　　　　滅相もない！　不運な王から

何を期待なさるのです、お幸せを願う言葉以外に。

ティチュス　わたしは忘れたりはしない、わたしの勝利とて、

王よ、その栄光の中端《なかば》までは、あなたの武勲《いさおし》に負っている。
ローマに引き立てられてきた敗軍の将のなかには、
幾人《いくたり》も、アンティオキュス殿の鎖に繋《つな》がれた者が(3)いたし、

カピトールの神殿の壁を飾る勝利品には、
あなたのお手が奪ってきた、ユダヤの民の宝があった。
今お願いしようと思うのは、そんな血腥《ちなまぐさ》い手柄ではない。
ただ、あなたの口を貸していただきたいと思う。
ベレニスは、あなたの優しい心遣いに感じて、
あなたこそ、まことの友と考えている。
あの人が、ローマで会い、耳を貸すのは、あなたお一人だ。
いかにもわたしたち二人と、一心同体のあなた。
だからこそ、この変わることなき麗《うるわ》しい友情の名において、
あの人に対してあなたがもつその力を、役立てていただきたい。
会って下さい、あの人に、わたしに代わって。

アンティオキュス　　　　　　　　私が、あの方の前へ出る？
女王とは、永久にお別れしたところなのです、私は。

ティチュス　わたしのためにもう一度、話していただかねばならぬ。

アンティオキュス　陛下こそお話しになればよい。愛しておられます、女王は。
心蕩《とろ》かすお言葉を仰せいだされるのは、陛下にもお嬉しかろう、

それを何故《なぜ》、今になって避けようとなさるのですか。
待ちあぐねておられます、女王は、仰せいだされるのを今か今かと。
あの方に否やはない、それはお別れに当たって、私が保証いたします。
そもそもあの方ご自身がおっしゃっていた、ご成婚は目前、
今度陛下が会われるときは、ただその覚悟をさせるためだと。

ティチュス　そんな優しい言葉なら、わたしとてどれほど嬉しかろう！
それを言わねばならぬとあれば、どれほどわたしは幸せか！
烈《はげ》しい恋を今日こそは、中外に知らしめるはずであった。
それが、王よ、今日こそは、あの人と、別れねばならぬ(4)。

アンティオキュス　お別れになる！　陛下が？

ティチュス　　　　　　　　それがわたしの運命なのだ。
あの人にもティチュスにも、もはや婚礼の儀式はない。
嬉しい希望は成就すると思ってきたが無駄でした。
王よ、あなたとともに、明日、あの人は、発《た》たねばならぬ。

アンティオキュス　何ということを聞かされる！　おお、天よ！

ティチュス　　　　　　　　　　　　　　　　憐れんでいただきたい、

栄光の身の呪わしさを。
今は全世界の主人《あるじ》として、その運命を定める身です。
わたしにはできる、王を立て、また王を廃することも。
しかし、自分の心は、自由にはならない。
つねに王族に刃向かってきたローマ、いかに美しい姫であれ、
王家の緋の衣に包まれて育った人は、敬わぬのです。
王冠の輝きと、祖先に居並ぶ幾百の王は、
わたしの恋を恥辱に変え、見る者すべての目を傷つける。
これさえ避ければ、あとは世論の批判など恐れることなく、
どんな日蔭の恋にさえ、胸を焦がすことも許されている。
いかにもローマは喜んで、この手から受けるであろう、
ローマの中に埋れた、およそ適《ふさわ》しからぬ女をさえも、皇后として。
ユリウス様さえ敗けたのだ(5)、今わたしを引き攫《さら》っていくこの力には。
明日、国民が、女王の出発を目の当たりにしなければ、
明日にも女王は聞かされるのだ、その目の前で、
猛り狂った国民が、わたしに女王出立の勅命を要求するその声を。

この屈辱からは救いたい、わが名声も、あの人の思い出も。
譲って従わねばならぬのなら、我らの名誉に従おう。
わたしの口も眼差しも、八日前から押し黙って、
あの人に、この辛い話を聞くだけの用意はさせてきたつもりだ。
今も今とて、あの人は、不安にかられ、待ち切れずに、
直接会ってはっきりと、わたしの考えが聞きたいと言う。
切羽詰まった恋する男の、この苦しみを和らげていただきたい。
申し開きをする辛さ、それを味わわずに済むように。
さあ、行って話して下さい、わたしの動揺と沈黙の次第《わけ》を。
別して、あの人には会わずに済ますのを許してほしいと。
あれの涙とわたしの涙、あなたお一人に証人になっていただきたい。
わたしの別れの言葉を伝え、受けてきて下さい、別れの言葉を。
二人とも避けねばならぬ、避けねばならぬのだ、悲しい光景は、
やっと支えているこの決意も、挫けてしまうに違いない。
わたしの心を支配して、わたしの心に生きてゆく、そう思えば
あの人の不運の辛さが、少しでも和らげられるというのなら、

ああ、王よ、あの人に誓ってほしい、いつまでも忠実なわたしは、
己が宮廷にあって嘆き悲しみ、あの人にもまして流謫《るたく》の身、(6)
墓石の下までも、恋する男の名を担って行く、
もしも天が、あの人をこの手から奪うだけでは満足されず、
この身に長い人生(7)という苦しみを与えて下さるとしたなら、
わが治世とは、ひたすら長い追放の日々に過ぎぬであろう。
あなたがあの人に従っておられるのは、他ならぬ友情のゆえ、
ですから、この不運に当たってあの人を見捨てないでいただきたい。
オリエントへは、あなたがあの人に従って戻られるのです。
それが凱旋《がいせん》でこそあれ、敗残の帰国であってはならぬ。
これほど美しい友情が、永遠に変わらぬ絆となって、
つねにお二人のお話に、わたしの名が出ることを願うばかり。
お二人の領国を隣り合わせとするためには、
エウフラテスの流れをもって、その国境《くにざかい》と定めよう。
元老院も、あなたの名声は充分に存じ上げている、
声を揃えてこの贈り物に賛同するに違いない。

シリシーの地も(8)、コマジェーヌの王国に加えて進ぜよう。
これまでです。愛《いと》しい人、わが女王を、一時《いっとき》も離れぬように、
わが心のかけがえのない望みのすべて、
いまはの際まで愛していく、わたしの恋のすべてであるあの人を。

第二場(1)

アンティオキュス、アルザス

アルザス　天なる神は、陛下に償いをなさるかに拝します。
いかにもご出立には違いありませんが、ベレニス様がご一緒です。
あの方を陛下から奪うどころか、引き渡そうとおっしゃっている。

アンティオキュス　いや待て、アルザス、息をつぐ暇をくれ。
事態の変化は大きく、わたしの驚きもそれに劣らず大きい。
ティチュスは彼の愛するものを、そっくりわたしの手に渡す！
おお、神々よ、信じられましょうか、今聞かされたことを。
信じられたと仮にしても、それをわたしは喜ぶべきか。

アルザス　それでは、陛下、私こそ何を信じればよいのでございます。
今また新たに、お喜びを妨げるものとは何なのでしょう。
先ほどは、偽っておいでしたのか、宮殿を退出なさる道すがら、
最後のお別れの言葉にお胸の動揺も鎮まらず、
思いきってあの方に告白をされた、その興奮もさめやらぬままに、
お話し下さったではありませんか、初めての大胆なご決断を。
恐れておられたご成婚を逃れて、出立なさろうとしておられた。
そのご婚儀は沙汰止みに。今さら何を苦になさいます。
恋の誘《いざな》う甘い喜び、それに身を任せてゆかれることです。
アンティオキュス　アルザスよ、オリエントまでお伴《ともな》いする役だ。
あの方との嬉しい語らいも思いのまま、
あの方のお目も、わたしの目を、ついには頼りとされるかも知れぬ。
いや、ひょっとして、ティチュスの冷たい仕打ちに比べ、
倦むことと知らぬわたしの誠《まこと》は、はっきり違うと思われるかも。
ここではティチュスのご威勢に、わたしはものの数ではなく、
彼の栄華の輝きには、すべてが消え去るローマの都だ。

だがオリエントでは、いかに彼の偉業があまねくとも、
ベレニスの目にもはっきりと、わが栄光の跡は見えるはず。

アルザス　お疑いはご無用です、陛下、何もかもお望みどおりに。

アンティオキュス　ああ、お互いに、何という気安めの嘘偽りを！

アルザス　お互いに、嘘偽りとは？

アンティオキュス
そもそも、愛されることがありえようか？
ベレニスが、もはやわたしの恋を斥けることはないと？
ベレニスが一言でも、優しい言葉をかけてくれる？
お前には考えられるのか、今の不幸のさなかにあって、
たとい全世界に己が美貌を疎まれようとも、
あのつれない人が、わたしの涙をご嘉納あると？
いや、わたしの好意を恋心ゆえと知りつつも受け入れる、
そんな屈辱を、あの人が忍ばれるはずがあるとでも？

アルザス　しかし陛下をおいてご不運を慰められる方はどこにおります？
あの方の運命が、陛下、すっかり変わろうとしている(2)のでございます。
ティチュス様に去られたのです。

アンティオキュス　浅ましいこと！　この大きな変化から
わたしに戻ってくるものは、あの人の流す涙によって、あの人が
どれほど愛しているかを知らされる、その新たな苦痛だけだ。
そのお嘆きを見せられては、わたしとて身を切られる思い。
これほどの愛を捧げながら、その報いには、なんと
別の人ゆえ流す涙を、この手に受ける哀れな役とは！
アルザス　何と言われます。いつまでもご自分を苦しめることばかり？
偉大なお心にこれほどの弱さ、かつて例《ためし》がございましょうか。
目をお開き下さい、陛下、ご一緒に考えてみようではありませんか、
ベレニス様が陛下のお手に入るいわれがどれほど多いか。
今日、ティチュス様はベレニス様を諦められた、ですからこそ
あの方には、陛下とのご結婚がなくては叶わぬものとなったのです。
アンティオキュス　なくては叶わぬ！
アルザス　あちらのお涙には数日の猶予を。
まずは一頻《ひとしき》り、涙に暮れるにまかせておかれることです。
その後では、すべてがあなた様のお味方、恨めしい、見返してやりたい、

ティチュス様は居ず、時は経つ、お相手はいつもあなた様、
三つの国の王笏《おうしゃく》(3)も、あの方お一人の腕には重すぎる、
お二人の領国は隣り同士、ただ一つに結ばれればよい、
利害、分別、友情と、すべてがお二人を結びつけるはずです。

アンティオキュス　ようやく息がつける、アルザスよ、お前のお蔭で生き返った。(4)

喜んで受け入れよう、嬉しい未来の幻を。

何を躊躇《ためら》う？　頼まれたことはやってのけるまでのことだ。

さあ、行こう、ベレニスの部屋へ。命じられたのだから、はっきりと
あの人に告げようではないか、ティチュスが別れると言っていると。
(5)いや、やはりよす、行くのは。何をしようとしていたのだ。どうして、
アルザス、わたしが引き受けねばならぬのか、こんな酷い役割を。
義憤を感じてか、恋ゆえか、わたしの心も我慢がならぬ。
いとおしいベレニス殿が、わたしの口から聞かされる？
捨てられるお身となったと！　ああ、女王よ、誰に予想ができましたろう、
この言葉が、あなたに向かって言われようとは！

アルザス　お怒りはすべて、ティチュス様に注がれましょう。

陛下がお話しになるのは、あちらに懇願されてのこと。お悲しみにこちらから手を貸すことは控えよう。

アンティオキュス　いいや、会うまい。お悲しみにこちらから手を貸すことは控えよう。

あの人に不運を告げに行く者は、他にもいよう。
いや、お前だって思うであろう、ティチュスがどれほど軽んじたか、
それを聞くだけでもあの人には、すでに充分すぎる不幸なのに、
そのつれない仕打ちを、他ならぬ恋敵《こいがたき》の口から聞かされる、
そんな救いのない恥までも、味わわされるいわれがあろうか。
さあ、今こそは出ていこう。こんな報せをお伝えして、
永却に消えぬお憎しみを負うような目には、会わずに済ます。

アルザス　いや、あの方です、陛下。はっきりとご決断を。

アンティオキュス　おお、天よ！

第三場

ベレニス、アンティオキュス、アルザス、フェニス

ベレニス　まあ、殿下！　まだお発《た》ちにはなりませんでしたのね(1)？

アンティオキュス　いかにもこれは、お目当てが違いました、
会いたいと探しておられたのは、皇帝陛下でございましょう。
しかし、私がお別れを申し上げながら、おめおめと留まって、
お目を汚しておりますのは、ただあの方をお責めいただきたい。
宮殿よりの退出は罷《まか》りならぬと、きつい陛下のご命令、
それがなくば今頃は、オスティアの港におりましたろうに。
ベレニス　あなただけに会いたいと言われる。他の者は皆お避けになって。
アンティオキュス　お引き留めになってのお話は、あなた様のことでした。
ベレニス　まあ、私のことを？
アンティオキュス　いかにも。
ベレニス　で、あなたに、どんなことを？
アンティオキュス　他にいくらもおりましょう、うまくお伝えできます者が。
ベレニス　何を、そんなに……
アンティオキュス　お怒りは、しばしお留め下さいますように。
他の者なら、今この時に、口を噤《つぐ》むどころではない、
おそらくは有頂天になりましょう、今こそ好機到来よと、

苛立つあなたのお心に、一も二もなく従いましょう。
しかし私は、つねに不安に戦《おのの》く私は、ご承知のはずです、
己が苦しみは取るに足らぬ、ただお心の安かれと願う者、
お心に波風をお立て申すくらいなら、お気に逆らうほうがよい、
この身が逆鱗《げきりん》に触れますよりも、あなたのお悲しみを恐れます。
日暮れぬ前《さき》に、私が正しかったと、思われましょう。
ご免。

ベレニス　まあ、そのおっしゃりようは！　あなた、お留まり下さいまし。
いえ、もうこうなっては、胸の苦しみ、お隠し申すも詮《せん》ないこと。
御前《ごぜん》におりますのは、恋の思案に暮れました哀れな女王、
胸はつぶれて、とにかくも、おっしゃっていただきたい。
この胸の安らぎを、掻き乱すのを、恐れてとか。
それがそう冷たく黙っておられては、苦しみを救う段ではない、
悲しみも、胸の怒りも、憎しみまでも募ります。
殿下、まことこの胸の安らぎを、お心にかけさせられますならば、
そのお目に私が愛しいものであったという、それが真《まこと》でありますなら、

千々《ちぢ》に乱れるこの胸の、不安の種を、お教え下さいますように。
何とでございました、ティチュス様は？

アンティオキュス　神々の御名にかけて、今はなにとぞ……

ベレニス　これほど頼むわたしのことを、踏みつけにしても大事ないと！

アンティオキュス　申せば必ず私に、そのお恨みが。

ベレニス　ええ、話せと申すに！

アンティオキュス　何という烈しいお言葉！
今一度申します、聞かないでよかったと、必ず褒めて下さいましょう。

ベレニス　今すぐに、望みを叶えていただきたい、否というなら、
あなたのことは、未来永劫、恨みに恨んで忘れますまい。(2)

アンティオキュス　そうまで仰せられては、仕方がない、話しましょう。
よろしい、あなたのお望みだ、ご満足のゆくようにしてさしあげる。
しかし、思い違いはなさらぬように。これから申し上げますことは、
ご自身では、思いも及ばれなかった禍いであるかも知れぬ。
あなたのお心は分かっている。覚悟をしていただきたい、
今こそ、そのお心の一番傷つきやすい場所を、突こうとしている。

ティチュス様が、私へのご命令とは……

ベレニス　ご命令とは？

アンティオキュス　あなたにお伝えするように、

これを限り永久に、二人は、別れねばならないと。

ベレニス　別れる？　誰が？　私が？　ティチュス様が、ベレニスと？

アンティオキュス　あの方の名誉のためには申しておかねばなりません。

恋を知る気高い心の持ち主なら、望みの絶えた恋ゆえに、

積もるかぎりの苦しみに責め苛まれる、それを私はあの人の

心にはっきりと見た。涙を流し、あなたには烈しい想いを抱き続け。

だがしかし、いくら愛しておられても、それが何になりましょうか。

女王のお身は、ローマ帝国には疑いの的なのです。

お二人は別れねばなりません、そして明日、ご出発です。

ベレニス　別れるとは！　どうしよう、フェニス！

フェニス　何とでございます、

今こそ健気なお心を、お示し下さいますように。

いかにも酷いなさりよう、お察し申し上げます。

ベレニス　あれほど誓っておきながら、ティチュスがわたしを捨てる！
神かけて誓ってくれたあのティチュスが……いいえ、信じられない。
わたしと別れるはずはない、それではあの人の名が廃《すた》ります。
あの人に罪はない、これは、為《ため》にする讒言《ざんげん》です。
この罠は、二人の仲を裂こうがための企みにすぎぬ。
ティチュスは愛しています、わたしのことを。わたしに死ねとは仰しゃらないもの。
会ってこよう。今すぐ、あの人に会って聞いてみる。
さあ、お前。

アンティオキュス　何ですと、それではまるで私は……

ベレニス　別れればいいと思っているあなた、言いくるめようとしても無駄です。
わたしが信じるものですか。とにかく、これから先はどうなろうとも、
これを限り永久に、ご無用に願います、私の前に出て来ることは。
（フェニスに）
こんな浅ましいことになってしまって、このままでは立つ瀬(3)もない。
ええ、嘘でも信じていたい、そのためになら、何でもします。

第四場

アンティオキュス、アルザス

アンティオキュス　思い違いではあるまいな。この耳ではっきり聞いたのだな[1]。

わたしが、わたしがあの人の前に姿を見せるのは、無用にせよと！

言われるまでもないことだ。ティチュスがわたしの意に反して、
わたしを引き留めたりしなかったなら、とうの昔に出発していた。

考えるまでもない、出発だ。アルザス、決めたとおりに。

わたしを打ちのめしたつもりになっている。だが、憎まれればかえって有難い。

さっきは、いかにも取り乱して、心も定まらぬわたしだった。

恋と嫉妬と絶望を胸に抱いて発《た》とうとしていた。

だが今は違う。ああはっきり撥ねつけられては、アルザス、
わたしはどうやら、すべてを忘れて出発できるぞ。

アルザス　陛下、今こそ、ご出発はお取りやめになさいませ。

アンティオキュス　わたしが？　辱めを受けるために、ここに留まる？

ティチュスが冷たくなったからといって、それがわたしの責任か？
彼の罪ゆえ、おめおめと、このわたしが罰せられる？
どうだろう、あの不当な、許し難い疑いは、
嘘偽りのないわたしの言葉を、面と向かって疑ってくれた！
ティチュスは愛していると？　そしてわたしがベレニスを裏切ったと。
恩知らずな！　そんな腹黒い人間だと、わたしのことを思うとは！
しかもするに事欠きあんな時に！　運命の瀬戸際ではないか、
わが恋敵の流す涙を、あの人の目に長々と訴えてやった、
それぱかりか、あの人を慰めようと、ティチュスのことはおそらくは、
真実よりも一層に、恋にやつれた忠実な男と見せてやったというのに。

アルザス　しかし、ご心配の種は、陛下、一体何なのでしょう。
あのお怒りの滝津瀬《たきつせ》は、一時《いっとき》、流れるにまかせておかれればよい。
一週間、いや一月、ともかくそれは必ず過ぎてしまいましょう。
ただお留まり下さいませ。

アンティオキュス　いいや、別れる、アルザスよ。
あの人の悲しみには、同情してしまうに違いないからだ。

わたしの名誉も、安らぎも、すべてが発てと命じている。
さあ、行こう。あの酷い人からはできるかぎり遠ざかって、
長い将来、アルザスよ、あの人のことを語ってはならぬ。
しかしながら、まだ日は高い。
わたしは館へ立ち帰り、お前の戻るのを待つとしよう。
さあ見て参れ、お悲しみがあまりにも烈しくはないか。
急いで行け。せめてお命の安泰を、見届けてから出立しよう。(2)

(第三幕の終り)

第四幕

第一場

ベレニス（ひとり）

ベレニス　フェニスは戻って来ないのか。この待つ身の辛さ、(1)
いたずらに気は急《せ》くばかり、時の経つ間の長いこと！
いても立ってもいられない、どうしたらいい、目の前は真っ暗、
身内から力が抜けて、(2)でも何もしないでいては生きた心持もない。
フェニスは戻って来ないのか。ああ、こんなに暇がかかるなんて、
悪い前兆に違いない、そう思えば、胸もつぶれる！
フェニスは、何もお返事をいただけなかったに違いない。
ティチュスは、情け知らずのティチュスは、聞こうともしなかったのだ、あれの言葉を。
避けている、当然すぎるわたしの怒り(3)を、ひたすら避けて済まそうという。

第二場

ベレニス、フェニス

ベレニス　ああ、フェニス、どうでした、陛下にはお目にかかれたのかい。
何とおっしゃっていた。お越しにはなるのか！
フェニス　お目にかかりました、お姫様《ひいさま》、
千々《ちぢ》に乱れるお心を、具《つぶさ》にお話し申しました。
陛下は、こらえようにもこらえられぬ御涙をしぼられて。
ベレニス　お越しになるのか？
フェニス　お疑いには及びません、やがてこちらへ。
でも、こんな取り乱したご様子で、お会いになるのでございますか。
このままではいけません、お気を確かにお持ち下さい。
まあ、このようにヴェールも落ちて、乱れたお髪《ぐし》は
お目の上までかかっております。(1)私がお直しして差し上げましょう。
よろしゅうございますね、私が、涙に崩れたこのお顔も。

ベレニス　それもこれもあの人の仕業、いいのだ、フェニス、あの人が見れば。
こんな無益《むやく》な飾りなど、ええ、どうなとなってしまうがよい。
わたしの誠《まこと》も、わたしの涙も、いえ悲しみの声さえも、
ええ、涙で済むと思うのか、必ずわたしは死ぬであろう、
今にも死んでお目にかける、それでもお引き留めが叶わぬならば、
そうだろう、お前、今さらお前の手助けが、何の役に立つと言う、
お心を動かすこともできなくなった、空しい装いのすべてが。
フェニス　何故そのようにお責めになります、お気の毒な陛下ばかりを。
いや、物音が。お姫様、皇帝陛下の御成《おな》りにございます。
さあこちらへ、人目を避けて、急ぎ一間《ひとま》のうちへお入りを。
お部屋にあってお一人だけ、陛下とお会い遊ばしませ。

第三場(1)

ティチュス、ポーラン、従者たち

ティチュス　女王の胸の苦しみを、ポーラン、宥《なだ》めて差し上げるように。

今すぐに、お目にかかる。しばらくは一人でいたい。
皆を退《さが》らせるように。

ポーラン　おお、天よ！　不安でなりません、この闘いは！
大いなる神々よ、救い給え、陛下の勲《いさお》し、国家の名誉を。(2)
女王様にお目にかかる。

第四場

ティチュス(ひとり)(1)

ティチュス　どうなのだ、ティチュス、何をしに、お前は来た。
ベレニスが待つ。向こう見ずに、お前は、どこへ来たのだ。
別れの言葉はできているな。とっくと心に問うてみたな？
お前の心は約束したか、充分に酷い仕打ちをすると。
いかにも、これから開かれようとしている闘いでは、
ゆるがぬ決意だけでは足りぬ、残忍非道の振舞いが要る。
耐えることができようか、あれの目を？　甘く切ない眼差しが

わたしの心に通う路を、いともたやすく見出すというのに。
魅惑のすべてを武器として、あれの目がわたしの目を見つめ、
溢れる涙でわたしを打つ、それをわたしが見るときに、
それでも、浅ましいわたしの義務を、わたしは覚えていられようか。
はっきり言えるだろうか、あの人に、「もはやお目にはかからぬ」と。
わたしがこよなく愛し、わたしを慕うその心を、わたしは抉《えぐ》りに来た。
だがそれは何のため？　誰がそれを命じている。他ならぬこのわたしだ。
というのも、一体ローマは、己が望みを、明らかにしたのか？
この宮殿の周囲にも、ローマの叫びが聞こえると？
国家は危急存亡の瀬戸際に、今、立たされているとでも？(2)
この犠牲を払わねば、わたしに国家が救えぬというのか？
すべては、ただ沈黙している。それなのに、わたし一人が狼狽して、
自分で不幸を早めている、後に延ばせる不幸かも知れぬというのに。
そうだとも、誰に分かる、女王の美徳に感じて、
ローマがあの人を、ローマの婦人と認めることがないとは。
ローマは選び、わたしの選択を正しいとしてくれるかも知れぬ。(3)

そうだとも、もう一度言う、事を急《せ》いてはならぬのだ。
ローマは己が掟に対し、これほどの涙、これほどの愛、
これほどまでに堅い誓いを、秤《はかり》にかけてみるがよい。
必ずローマは味方となろう。ティチュスよ、目を開け！
お前の生きている国はどういう国だ。王に対する憎悪の念を、
乳呑み児のときから吹き込まれ、恐怖も愛も
決してそれを消すことはできぬ、そういう国にいるのではないか。
ローマが、その王族を悪としたとき、お前の女王も裁かれてしまった。
お前とて、生まれ落ちるや、この裁きは、聞かされていたはず。
いやそれのみか、戦場にまでも、「名声」というあの女神が(4)
お前の義務を高らかに告げる、その声は聞いていたはずだ。
お前に従《つ》いてベレニスが、都入りをした折に、
ローマがそれを何と言ったか、お前の耳には入らなかったと？
これほど繰り返し幾度《いくたび》も、言い聞かさねばならぬのか？
ああ！　未練な男よ！　恋をして、皇帝の位は棄てよ。
地の果てへ行け、さあ早く、身を隠すのだ、

席を譲るがよい、君主たるに適《ふさわ》しい男に！
これが一体、お前の名を世の人の胸に刻み込む
栄光と勲しに満ちたあの企てか？
八日になる、皇帝の位に即《つ》いて。それなのに、今日が日まで
名誉のためには何をした？　何もかも恋のためにしたことばかりだ。
これほど貴重な時間だというのに、それをどう使ったか言えるのか。
民草《たみくさ》の待ちあぐんだ、あの幸せな日々はどこにある。
誰の涙を拭ってやった。わが善行の結実よと思えるような
満ち足りた眼差しは、一体どこに見ることができる。
世界は、己れの運命が、はっきり変わるのを見たであろうか。
わたしのために、天の賜わる命数も知れぬというのに、
それなのに、このわずかな日々を、待ちに待ったその挙句に、
ああ、何たる愚か者か！　すでにわたしは、幾日それを無駄にしたか！(5)
(6)もはや猶予はならぬ。名誉の求めるところを果たすばかり。
たった一つの絆を断って……

第五場

ベレニス、ティチュス

ベレニス （部屋から出て来て） いいえ、放して、放せと言うに。(1)
なんといさめられようと、じっとしてはいられない。
お目にかかるのだ、あの方に！ 陛下！(2) 陛下はこちらに！
(3)ではやはり、真実なのでございますね、ティチュス様がお見捨てになる。
二人は別れなければならない、そうお命じになるのは、ティチュス様。

ティチュス 責めて下さいますな、お願いです、不運の底にある皇帝を。
今は二人して、嘆き悲しむ時ではない。
わたしを責め立て責め苛む、胸の想いは千々に乱れて、
この上、愛しいその涙に、身を裂かれてはどうなりましょうか。
ですからこそ、取り戻していただきたい、そのお心を、幾度《いくたび》となく
義務を命ずるあの声を、聴きとらせて下さったそのお心を。
ここが観念のしどころ。お命じ下さい、あなたの恋に、沈黙せよと。

そして名誉と分別の光に照らし、目《まなこ》をしっかと見開いて、
見ていただきたい、とっくりと、わたしの義務の厳しさを。
あなたのほうからわたしの心を、あなたに逆らえるよう、固めて下さい。
力を貸していただきたい、心の弱さに、打ち勝つことができるように、
こらえようにもこらえられぬ、この涙を抑えることができるようにと。
二人の涙を留めることが叶わぬとあれば、せめてのことに
名誉に対する慮《おもんぱか》りが、二人の苦しみを支えてくれるように。
そして全世界には、認めてほしい、紛《まご》うかたなき
皇帝の涙、女王の流す涙がいかなるものかを。(4)
そうなのです、姫、二人は、別れなければならない。

ベレニス　なんという酷《むご》いことを！　今になっておっしゃるのですか、それを？
これまで何をなさってきました？　愚かにも信じていた、愛されていると！
あなたに会うのが嬉しさに、わたしの心はただひたすら
あなたのために生きてきましたものを。掟はお忘れだったのですか、
初めて胸の想いをお打ち明け申しましたあの時に？
どうにもならぬ恋の極みに誘っておいて、その挙句に！

何故、あの時言っては下さらなかった、「不運な姫よ、
いかなる道を歩もうという、そなたの希望はどこにある。
受けてはもらえぬその心を、捧げてはならぬ」と。
それをお受けになったのは、惨《むご》たらしくもただお返しになるためだけ。
こともあろうにその心が、ただあなたのお手にすがろうというその時に！
帝国が、挙げて恋路の邪魔をしましたことも幾度《いくたび》か。
せめてあの頃であったなら。何故あの時に、別れようとはなさらなかった。
あの頃ならば、この身の不幸を慰める理由《いわれ》は、いくらもありましたろう。
死んでお恨み申し上げる、そのお相手は父帝《ちちみかど》、
ローマの民草、元老院、全帝国、いえこの世のすべて、
それでも、愛しいお方のなさりようを、お恨み申すよりはましでしたもの。
人々の憎しみならば、とうの昔からこの身に注がれております、
こんな不幸もあろうかと、とうの昔に覚悟をすることもできました。
このような酷いお仕打ちを、陛下、受けるいわれがございましたか、
こともあろうに私にも、不滅の幸せを望むことが許されました今となって、
ご運の強いあなた様の恋、望んで叶わぬところはなく、

ローマは口を閉したまま、父帝は崩御、
この世のすべてが、お膝の下《もと》に平伏《ひれふ》して、そうですわ、
私の恐れるものは、ただあなた様お一人となりましたその時に。

ティチュス　その他ならぬわたし一人が、わたしの破滅の因《もと》だった。
あの頃なら、わたしは生きて、恋路に迷うこともできた。
わたしの心は未来のなかに、いつの日か二人の恋を裂くような
そんな虞《おそ》れのあるものを、探してみようなどとは思わなかった。
わが恋の願いには、破って破れぬ敵はないと思い込み、
他には何も考えず、ひたすら不可能なことを望んでいた。(5)
そればかりではない。身を裂かれるようなこの別離、そうなる前に
あなたの見ている前で、必ず死んでのけようと、心に決めていたのです。
邪魔が入ればそれだけ烈《はげ》しく、胸の炎は燃え上がるものか。
帝国の至るところで非難の声が。しかしまだ名誉の声は、
皇帝の心に語りかける厳しい声音《こわね》を
わたしの心に、はっきりと、聞かせてはいなかったのだ。
この決心がわたしを追い込む苦しみは、分かっているつもりです。

あなたがいなくなれば、とてもわたしは生きてはいけまい、
わたしの心はあなたを追って、この身からは離れてしまおう。
しかし、生きることが問題ではない、君主として統治することです。(6)

ベレニス　ならばご統治なさるがよい。名誉とやらを喜ばせておやりなさいませ。
もはや何も申しますまい。私も待っていました、お気持を信じるために、
そのお口が、そうですわ、生きてある限り二人は一つに結ばれようと
愛の誓いを百千度《ももちたび》重ねて立てたその挙句に、ほかでもない
そのお口が、ええ、私の目の前で、己が不実を打ち明けて、
ご自分のほうから永久に会わぬことにするのだと、お命じになるその時を。
私のほうも、ここではっきりお気持を伺う覚悟でおりました。
もうこれ以上伺うことはございません。これを限り、お別れでございます、永久に！
これを限り、永久に！(7)　ああ、陛下、お分かりでございますか、
非情無惨な一言が、愛する者にはどれほど恐ろしい言葉であるか。
一月が経つ、一年が経つ、どう耐えればよろしいのです、
陛下、八重の潮路に二人が遠く、離れ離れにされますのを。(8)
一日がまた始まる、そして一日が終わります、それなのに

ティチュス様はベレニスを、ついに訪《おとな》い給うことなく(9)、
長い一日、私には、ティチュス様のお顔を見ることも、叶いませぬとは！
でもなんという思い違い、心にかけたすべては無駄。
情けを知らぬこの人は、発《た》つに決まっていると安心して、
わたしのいなくなったその日数《ひかず》など、今さら数えてくれようものか。
わたしにはかくもかくも長い日々、でもこの人には、短かすぎる。

ティチュス　そのような日数《ひかず》を、わたしが数える暇などありますまい。
おっつけ、儚《はかな》くなったと噂が伝わり、それを聞いていただけば、
愛されていたとお認めにならざるをえないはず。
お分かりになります、ティチュスはやはり死なずには……

ベレニス　ああ、陛下、それが真実ならば、何故に別れるのです。
幸せな結婚をと、申しているのではございません。
ローマは私に、あなたに会うことさえも罷《まか》りならぬと？
あなたと同じ所で暮らす、それまで何故にお禁じになります(10)。

ティチュス　どうやっても、あなたには勝てぬ。お留まり下さい。
逆らいはしません。だがしかし、わたしには分かる、自分の弱さが。

絶えずあなたと闘い、ひたすらにあなたを恐れ、どうしても
あなたのほうへと、その魅惑に引かされていくわたしの足を、
絶えずしっかと留めるように、心を配らねばならないのだ。
それればかりではない。今この時に、わたしの心はもはや心の内にない、
我を忘れて、ただ分かるのは、あなたを愛しているということ。

ベレニス　それならば、陛下、一体何が起こりえましょう。
そもそもローマの民衆が、今にも蜂起の気配でも？

ティチュス　しかし誰に分かります、どのような目でこの屈辱を彼らが見るか。
彼らがはっきり意見を述べ、不満の声が非難の叫びと変わったなら、
流血の惨を冒してまで、この結婚の正しさを主張しなければならぬのですか。
またもし彼らが沈黙し、彼らの掟を高く売りつけてくるつもりなら、
あなたのためにわたしの冒す危険はどうだ。いつの日か、その忍耐に
報いるために、しなければならぬ譲歩とは、いかなるものとなるだろうか。
その時、彼らが恐れ気もなく、どんな要求を、せずにおくという。
自分で守れぬ掟だというのに、それを人々に守れとは。
ベレニス　取るに足らぬとお思いなのです、ベレニスの流す涙は。

ティチュス　取るに足らぬと、このわたしが？　ああ、なんと非道《ひど》いことを！

ベレニス　では、変えれば変えることもおできになる非道な掟のために、ご自身は、永却の苦しみに沈むおつもりでございますか。(11)

ローマにはローマの権利が。でも陛下には、陛下の権利がおありのはず。ローマの利害は、二人の利害よりも、神聖犯すべからざるものなのですか。お答えは、なんと。

ティチュス　　ああ！　この身を引き裂くそのお言葉！

ベレニス　皇帝のお身にありながら、そのように御涙を！(12)

ティチュス　そうです、あなたの言うとおりだ、わたしは涙を流し、嘆き、戦《おのの》いている。だがしかし、わたしが帝国を引き受けたときに、ローマはわたしに誓わせたのだ、ローマの権利を守るべしと。ローマの権利は守らねばならぬ。これまですでに幾度となく、わたしと同じ境涯の者に、ローマは忠誠を試してきた。ああ、あなたがローマの起源にまで、遡《さかのぼ》ってみるならば、つねに彼らは、ローマの命に屈してきたとお分かりになるはず。(13)ある者は、あくまでも、立てた誓いに忠実であろうと、わざわざ、処刑と死との待ち受ける敵陣に命を捨てに帰って行った。
またある者は、勝利のうちに帰還したわが子の首を刎《は》ねよと命じ、
またある者は、涙も見せず、顔色さえもほとんど変えずに、
自らが死罪に付したわが子二人の死ぬのを見た。
浅ましい人々よ！　だがつねに変わらず、祖国と名誉が
ローマ人の間では、勝利を占めてきたのです。(14)
分かっています、あなたと別れる不運なティチュスは、
これらの勇気の厳しさの則《のり》を遥かに越えてしまう、
今する努力の大きさには、彼らの勇気も及びはつかぬと。
しかし、女王よ、所詮はお考えなのですか、このわたしは、
大いなる努力なしには及びもつかぬ行いを
後の世の鑑《かがみ》として残すには、値もしない男だと？
ベレニス　いいえ、冷酷無惨なお心なら、何でもおできになりましょう。
情けを知らぬあなたこそ、私の命を奪うにはいかにも適《ふさわ》しいお方様。
お気持はすべて、はっきりと、分かりました。
この上、ここに置いていただこうとは申しますまい。

人もあろうに、この私が？　恥を負わされ、蔑《さげす》まれて、
私を憎む民衆の嘲《あざけ》りを、耐えていこうなどとは。
この最後のお言葉にまで、あなたを追いつめるつもりでした。
終わったのです、今にも私のことは、ご心配ご無用にして差し上げましょう。
私がここで呪いの声を発したり、誓いに背く者たちを憎み給う
天なる神の御名《みな》を呼ぶ(15)、そんなご想像もご無用に願います。
そうですとも、ただ天なる神が、この涙を今も憐れと思し召さば、
死にゆく際《きわ》に祈ります、わが悲しみは忘れ給えと。
あなたの非道なさりようを、恨んで誓いを立てますなら、
無惨にも、死にゆく前に、ベレニスが、あなたのもとに、
非業の最期の仇《あだ》を討つ頼りを残していきますならば、
仇討ちの潜むその場所は、酷《むご》いあなたのお心の内。
これほどの愛が、お心から、消えるはずはありますまいもの。
今の悲しみ、今は昔の心尽し、いえこの宮殿の内にこそ
流していきたいこの身の血潮も、
そのまま、あなたに残していく、敵《かたき》の数となるのです。

わが恋の変わらざることを悔みますより、
今申したとおりのものに、わが復讐は任せる所存。
おさらばでございます。

第六場

ティチュス、ポーラン

ポーラン　出ていかれましたが、陛下、
どういうお心算《つもり》でしょうか、ついにご出発のお覚悟を。
ティチュス　ポーラン、破滅だ、生き永らえる道はない。
死のうとしているのだ、女王は。さあ、後を追え。
早く助けなければ。
ポーラン　何でございますか。先刻
お言いつけではございませんでしたか、あの方の行動を監視せよと。
あの方の女官たちが、絶えず女王様のお側について、
そんな不吉なお考えは遠ざけるように計らいましょう。

いいえ、ご心配はご無用です。今のご決断こそ、まことに
偉大な御業《みわざ》。さらに先へお進み下さい、勝利は陛下のお手の中に。
いかにもあの方のお言葉には、陛下も憐れを催され、
この私とて、あの方のご様子、お痛わしくてなりません。
しかしながら、さらに先の未来をご覧下さい。お考えいただきたい、
この不運のなかで、悲しみは一時《いっとき》、後にはいかなる名声が待つか、
陛下を称えて全世界が捧げんとする喝采はいかなるものか、
いかに名誉な位が未来に。

ティチュス　いいや、わたしは残忍非道な人間だ。
我とわが身がおぞましい。蛇蝎《だかつ》のごとく忌み嫌われたネロンでさえも[1]、
かかる暴虐の極みを尽したことは、かつてなかった。
ベレニスが死ぬ、耐えられぬ、わたしには。
ええ、ローマには言いたいように言わせておけ。

ポーラン　何ですと、陛下！

ティチュス　ポーランよ、自分で自分の言うことが分からぬ。
あまりといえばこの苦しみ、ために心も悩乱した。

ポーラン　ご名声の進む路を妨げることはなりますまい。
お別れになるとの噂は、すでに普《あまね》く広まっております。
ローマの長い不満は消えて、当然のことながら歓喜に沸き、
神殿という神殿の扉は開かれ、陛下を称えて生贄《いけにえ》の煙を上げる、(2)
人民たちは熱狂して、ご高徳を口々に褒めそやし、
陛下の御像《みぞう》という御像には、月桂樹の冠を飾っていきます。
ティチュス　ああ、ローマよ！　ああ、ベレニスよ！　浅ましい不運な君主よ！
何故《なぜ》にわたしは皇帝なのか。何故《なぜ》また恋を捨てられぬのか。

第七場

ティチュス、アンティオキュス、ポーラン、アルザス

アンティオキュス(1)　何をなさったのです、陛下。ご寵愛のベレニス様は
フェニスの腕に抱かれて今にもご最期かと。
涙の訴えも忠告も、物の道理も聞き分けられず、
必死の声で、ただひたすら、剣よ毒よと求めておられる。

そのお気持を変えさせるのは、陛下だけにおできになること。
陛下のお名を申しますと、お名を聞かれて、我に返るあの方です。
そのお目は、つねに陛下のお部屋のほうへと向けられて、
絶えず陛下のお姿を求めておられるやに拝します。
もう我慢がなりません。この有様を見せられては生きた心持もない。
何をためらっておられます。さあ、お会い下さい、あの方に。
救っていただきたい、あれほどの美徳、優雅と美とを備えたお方を。
さもなくば、陛下、もはや人であることをおやめ下さい。
とにかく、おっしゃっていただきたい。

ティチュス　浅ましいことを！　どんな言葉を言えばよい。
わたし自身、今この時に、生きているのかそれさえも分からぬというに。

第八場

ティチュス、アンティオキュス、ポーラン、アルザス、リュティル

リュティル　申し上げます。護民官、執政官(1)、元老院の面々が

全帝国の名におきまして、拝謁を願い出ております。
夥《おびただ》しい数の群集がその後に続き、陛下のご座所で
今か今かと、出御《しゅつぎょ》の時をお待ち申しております。

ティチュス　大いなる神々よ、思し召しのほどは分かりました。今にも
錯乱の淵にあるこの心を、支えて下さろうと言うのですね。

ポーラン　さあ、陛下、次の間へお越し下さい、
元老院の面々に会われるのです。

アンティオキュス　いや、女王のもとへ急ぎお越しを。

ポーラン　何でございますか！　そのような恥ずべきご所為《しょい》、
帝国の尊厳を足蹴にされてもよいとのお考えなのですか。
ローマは……

ティチュス　分かった、ポーラン、彼らの話を聞きに行く。
殿下、この務めを拒むことは、わたしにはできぬ。
あなたは女王に会って下さい。さあ。わたしが戻って来たときには、
女王は、もはやわたしの愛を疑うことはできまいと思う。(2)

(第四幕の終り)

第五幕

第一場

アルザス(ひとり)(1)

アルザス どこへ行ったらお会いできよう、あまりにも忠実な国王様に。
天よ、わが歩みを導き、わが熱誠を嘉《よみ》し給え。
なにとぞ、今この時に、陛下ご自身思いもかけられぬ
ご幸運を、お伝えできますよう、お計らい下さい。

第二場

アンティオキュス、アルザス

アルザス ああ、何という幸運の仕業でしょう、ここに陛下が
お戻り遊ばす。

アンティオキュス　わたしが戻ってきたのが嬉しいというなら、ただわたしの絶望に、アルザス、礼を言うがよい。(1)

アルザス　女王はお発《た》ちになります。

アンティオキュス　あの方が？

アルザス　それも今夜に。

ご命令は下りました。お怒りなのです、これほど長い間、ティチュス様が、涙に暮れるあの方を見捨てておかれましたことを。身も世もあらぬお怒りは、高貴な蔑《さげす》みの情《じょう》と変わり、ベレニス様はローマを捨て、帝国をお捨てになる、いやそればかりか、ことの次第を知ったローマが、取り乱したお姿を見、落ち行くお姿を喜ぶ前に、出発なさろうと言うのです。皇帝陛下には、手紙を書かれて。(2)

アンティオキュス　おお、天よ！　誰に信じられようか。

それで、ティチュスは？

アルザス　あの方の前には、まだお姿を見せられません。熱狂した民衆は、陛下をお引きとめ申し、まわりを囲み、元老院の捧げた数々の称号に喝采を送っております。
これらの称号、崇敬の徴《しるし》、熱狂した喝采の
一つ一つが、ティチュス様の自由を縛るよすがとなり、
そのお身を、名誉の鎖でがんじがらめ、
恋の吐息も女王様の御涙も、何の役にも立ちません、
優柔不断なお望みを、皇帝の義務にしっかと繋ぎとめて。
すべては終りました。皇帝陛下は、おそらく二度とお会いにはなりますまい。

アンティオキュス　いかにも希望の種は大きい、アルザス、わたしは認めよう。
だがしかし、非情無惨に運命は、わたしを弄《もてあそ》ぶ。
これまでわたしの企ては、すべて覆されてきた、
だからお前の言葉を今聞いても、胸の不安は拭えない。
不吉な怖れに戦《おのの》いて、希望を抱くときにさえ、
運命の怒りを招こうかと、わたしの心は思ってしまう。
だが、あれは？　ティチュスがこちらへやって来る。
何をしようという。

第三場

ティチュス、アンティオキュス、アルザス

ティチュス　（登場しつつ）ここで待て。中へははいるな。(1)
いよいよ、殿下、わたしは約束を果たしに来た。
ベレニスのことが心にかかり、苦しみは尽きるところを知らぬ。
あなたの涙とあれの涙に責められて、わたしは鎮めに来たのです、
あれの悲しみを。わが悲しみに比べれば、まだしもであろうが。
来られるがよい、さあ、こちらへ。これが最後、その目でしっかと
見ていただきたい、わたしがあれを愛しているか否かを。(2)

第四場

アンティオキュス、アルザス

アンティオキュス　どうだ。これがお前の返してくれた希望というやつ。

その目で見たろう、わたしを待ち受けていた勝利とは、どんなものだか。
当然のこと、ベレニスは、怒りのうちに発《た》つはずだった。
二度と会わぬつもりで、ティチュスはベレニスを去ったというのに！
偉大な神々よ、一体わたしが、何をいたしました。わが呪わしい生涯に
定められました不運な道とは、いかなるものでございますか。
わが生涯は絶え間なく、怖れから希望へ、希望から
怒りへと、果てしもなく移り変わる定めなのだ。
だのにわたしはまだ生きていると？　ベレニスだ！　ティチュスが[1]！
残忍な神々よ！　これ以上わが涙を、弄んではいただきますまい[2]。

第五場[1]

ティチュス、ベレニス、フェニス

ベレニス　いいえ、何も伺いません。決心はつきましたもの。
出発いたします。どうして私の前に姿をお見せになったのです。
どうしてですの、この上私の絶望に輪をかけようとなさるのは。

ご満足ではありませんの？　二度とお目にはかかりたくもございません。

ティチュス　お願いです、お聞き下さい。

ベレニス　手遅れです。

ティチュス　なにとぞ、ただ

一言だけ。

ベレニス　お断わりします。

ティチュス　目の前が真っ暗になる、どうしたらいい！

一体、どうして、そのように、急にお心が変わったのです。(2)

ベレニス　済んだことです。私に、明日発《た》てとのご命令でした。

私のほうは、今すぐ発《た》つことにいたしました。

ですから発《た》ちます。

ティチュス　お留まり願いたい。

ベレニス　情け知らずな、留まれと！

何のためです？　この身の不運を触れまわる

非道な民衆のあの声を、聞くためにでございますか？

あの残忍な歓呼の声、お耳には入りませぬのか、涙に暮れておりますのは、私一人なのでございますよ。
あの者たちがいきり立つ、罪とは何、咎《とが》とは一体何でございます。
非道《ひど》いことを！　私が、何をいたしました、あなたを愛しすぎたという他には？

ティチュス　分別を持たぬ群集の声などに、耳を傾けられると(3)？

ベレニス　こうしていても、目に映るすべてのものが恨みの種。
お心尽しのこの部屋の何もかも、
そうですわ、長い歳月《としつき》、私の恋の証人となり、
あなたの恋を永遠に受け合うように見えていた、
二人の名前を紋章に一つに絡ますこの花飾り(4)まで、
悲嘆に暮れた私の目を、どこにやろうと立ちはだかり、
私を裏切り嘲《あざけ》って、とても我慢がなりません。
さあ、参ろう、フェニス。

ティチュス　おお、天よ！　何と非道な！

ベレニス　お戻り下さい、さあそのまま、畏れ多い元老院のもとへ、
残忍非道なあなたの業《わざ》を、拍手しようとつめかけている。
そうですわね、喜んでその言葉を、あなたはお聞きになった。

あなたの誇りとやらは、充分にご満足がいきましたのね？
はっきりお約束をなさいましたか、私のことは思い出までも忘れてやると。
いいえ、あなたの恋を償うには、それでもまだ充分ではない。
約束なさったのでございますね、私のことは、永久に憎んでやると？

ティチュス　いいや、わたしは何も約束はしなかった。わたしが、あなたを憎むと！
わたしに、ベレニスのことは忘れるがよいと！
ああ！　神々よ、選《よ》りに選ってこの時に、的を外れたベレニスの怒り、
そんな非道な疑いをかけて、わたしの心を打ちひしごうという！
分かっていただきたい、わたしの気持を。心に思ってもみて下さい、
五年この方、いよいよまさる熱情と、いよいよ切ない想いを籠めて、
恋の望みのことごとくを、あなたに語った
あの時の間《ま》を、あの日々を、あなたの心に一つ一つ。
だが、今日という日はすべてにまさる。未だかつて、はっきりと言おう、
これほどまでの情愛を籠めて、あなたを愛したことはなかったのだ。
そうですとも、未だかつて……

ベレニス　　　　愛して下さる、そう私には言い張るあなた、

でもその間《ま》にも私は発《た》ちます、あなたがお命じになるのですもの。

ええ、絶望した私の姿に、それほどご未練がございますの？

この目の涙が、まだまだ足りぬとお思いなのか。

今さらお心が戻りましょうと、何の甲斐がありましょうか。

ああ、酷いお人！　後生でございます、見せては下さいますな、それほどの優しいお心を！

あまりといえば懐かしい想い出、想い起こさせては下さいますな。
せめてはこう思い込んで、出立することをお許し下さい、
とうにあなたのお心からは、密《ひそ》かに遠く距てられて、
私を失っても悔みはしないつれない人を、私は捨てていくのだと。

（ティチュスは手紙を読む(5)）


今書きましたその手紙、無理矢理お取り上げになって。

それが、あなたの愛に私の望むすべてのことです。

お読み下さい、つれないお人、お読み下さい、ただ出て行くのをお許し下さいませ。

ティチュス　いいや、出ては行かせぬ、許しはせぬ。
何ということ！(6)　出発と偽って、それは恐ろしい謀《はかりごと》に過ぎぬではないか。

死を求めておられる、そうであろう。わたしがひたすら愛したものから
残るのは、もはや悲しい想い出ばかりにしようというのか。
アンティオキュス殿を探して参れ！　急ぎお連れするように。(7)
（ベレニスは椅子の上に崩れ落ちる）

第六場

ティテュス、ベレニス

ティテュス　あなたには、すべてを告白しなければならない。
あの恐ろしい瞬間を前にしたとき、そうです、
情け容赦のない義務の掟にせかされて、
永久に、あなたと会うのを諦めねばならなかったあの時、
その呪わしい別れの時が近付いてくる、
怖れねばならぬ、闘わねば、あなたは泣こう、非難されよう、
そう思って心に準備をさせたのだ、すべての不幸に立ち優る、
そのための苦しみは、すべてこれを受け容れるようにと。

だがしかし、怖れたことが何であれ、今こそそれを言わねばならぬ、
わたしが予想したものは、苦しみのうちで、最も取るに足らぬものだった。
わたしの美徳が、かくもたやすく破れ去ろうとは思いもよらず、
今、このような混乱に陥る自分が恥ずかしい。
この目で見たのです、全ローマが、わたしの前に結集した姿を。
元老院が語る。だが、打ちのめされたわたしの心は、
何を聞いても上の空、彼らの熱狂の褒美には、
ただ凍《い》てついた沈黙を、その場に残して立ち去ってきた。
ローマはあなたの運命を、未だしかとは知らされていない。
そもそもわたしにしてからが、定かには言えぬ、
はたしてわたしは皇帝か、それとも一介のローマ人に過ぎないのか。
何のためかは知らぬままに、ただあなたのほうへやって来た。
恋に引かれて来たのです。わたしがここへ来たのはおそらく、
わたし自身を探し求めて、再び自分をはっきりと知るためだった(1)。
そこにわたしの見たものは？　わたしには見えた、そのお目に描き出された死の影が。
見えたのだ、死を求めるためにこそ、この宮殿を出て行かれると。

あまりといえばあまりの仕打ちだ。その呪わしい光景を見て、
わたしの胸の苦しみは、ついに絶頂に達しました。
感じうる限りのあらゆる苦しみを、今、わたしは感じている。
だがしかし、そこから脱出する道も、今わたしには見えている。
(2)いや、思っていただいては困る、あまりの嘆きに倦《う》みはてて、
幸せな婚姻をもってあなたの涙を干すつもりだとは。
あなたのためにどれほどの窮地に追いつめられていようとも、
情けを知らぬ名誉の心は、休む暇なく、わたしの後をつけ狙う。
呆然自失するわが心に、絶えずそれが見せつけるのは、
あなたとの婚姻とはついに相容れない皇帝の位、そして
その語るところは、すでに光輝ある第一歩を踏み出したのだ、
(3)以前にもましてあなたとの結婚は、問題にはならないと。
そうなのです。以前にもまして言ってはならぬ、
あなたのためには皇帝の位も捨てよう、お後を慕って、
恋の鎖に縛られた奴隷、唯々《いい》諾々《だくだく》と、
世界の果てで、あなたと恋にふけるつもりだとは。

あなたとて、そんなわたしの振舞い、恥ずかしくてなりますまい。
ご本心ではありますまい、その名にも値しない皇帝が、
帝国も宮廷もなくて、あなたの後につき従うさまを見るのは。
人間たちに見せしめの、恋の弱さの卑しい姿だ。
(4)わたしの心を捉えて離さぬこの拷問から脱出するには、
ご存知でもありましょう、遥かに高貴な道があるのです。
この道のことは、すでに多くの英雄により、いや
多くのローマ人によって、わたしは教えられてきた。
あまりの不幸に、さしもの勇気も挫けたときに、
彼らは皆、理解したのだ、運命が
かくも執拗に、迫ってやまないのは、もはや
抵抗は無用という、密かな命令に違いないと。
あなたがこの上涙を見せて、わたしを苦しめようというのなら、
死のうというその決心が、今見るとおりであるのならば、
明けても暮れても、お命を案じていなければならぬとあれば、
いや、命は大切にすると誓って下さらぬとあるならば、

女王よ、別の涙を見ることになると、覚悟を決めていただきたい。
今のわたしなら、どんなことでもやってのける、
そうですとも、この手があなたの見ている前で、ついに
我らの悲しい別離を、血潮に汚《けが》さぬとは保証できない。(5)

ベレニス　浅ましいことを！

ティチュス　そうだとも、わたしにできぬことなどはない。
わたしが死ぬも生きるも、こうなっては、あなた次第だ。
とっくとお考え下さい。今なおわたしを愛しいとお思いになるなら……

第七場

ティチュス、ベレニス、アンティオキュス

ティチュス　お越し下さい、王よ、さあこちらへ。お探し申していたところだ。
今こそここで、見届けていただきたい、わたしの弱い心のすべてを。
これでも情けに欠けた愛か、しっかとそれを見て下さい。
あなたなら、どう裁く。

アンティオキュス　信じます、すべてを。お二人のお気持は分かっております。
だがしかし、あなたにも知っていただきたい、不幸な一人の王の心を。
陛下には、忝《かたじけな》くも、ご信任を賜わりました。
私のほうも、今はお咎めを受けることなく、誓うことができましょう、
陛下の最も親しい方々とも、この地位を競いました。
いやそれは、血を流してまでも、手に入れようと思ったのです。
お二人は、お二人ながら、私の心とは関係なく、打ち明けて下さった、
女王は女王の恋を、陛下、あなたはあなたの恋を。
女王は、私の言葉を聞かれて、否定なさるかも知れませんが、
しかしご覧にはなってきたはず、私が陛下を称えてやまず、
心を砕いてご信頼に応えようとしてきた姿を。
この点では何がしか、私に恩を着るいわれもあると、陛下はお考えだ。
ですが、今、この運命の瀬戸際にあって、お信じになれましょうか、
かくも忠実な一人の友が、実はあなたの恋敵《こいがたき》であったと。
ティチュス　恋敵(1)と！
アンティオキュス　はっきりと申し上げる時が参りました。

そうなのです、陛下、これまでずっと私は、ベレニス様に恋い焦がれて。
愛するのはやめようと、闘ってみたのも幾百回か。
忘れることは、不可能でした。せめてのことに私は、口を噤《つぐ》んだ。
陛下のお心変わりかと、早まって思い込み、
一時《いっとき》は、微かな望みをさえも抱いた私。
女王の御涙《おんなみだ》を見て、儚《はかな》い希望も消え失せました。
涙に暮れたお目をあげて、あなたに会うのだと仰せになる。
この私が、陛下、あなたを、お迎えに参ったのですよ。
あなたは戻って来られた。愛しておられる、愛されておられる。
恋の軍門に降られたのだ。疑う余地はもうなかった。
これを最後と、己れの心に私は問うてみた。
私の勇気に、最後の努力を課してみました。
分別という分別を、今、呼びさましてみた私です。
未だかつて今ほどに、恋しいと思ったことはない。
これほどまでに強い絆、それを断つには、別の努力が必要です。
ただ死ぬことによってのみ、打ち破ることができるのです。(2)

死出の旅を急ぎます。申し上げることはこれまでです。
(3)そうなのです、女王様、あなたのほうへと、この方を呼び戻して差し上げた。
心遣いは無駄ではなかった、後悔はいたしませぬ。
なにとぞ、天が、あなたのこの世にまします限り、
幾百千のお幸せを、尽きることなく賜わりますよう。
もしまた天が、いささかなりと、あなたにお怒りを保《も》ち給うならば、
神々に祈り上げます、これほど美しいお方のお命を
おびやかすようなお仕打ちは、これ皆すべて、
あなたに捧げたこの不運な命に、加えられますように。

ベレニス　(立ち上がり)おやめ下さい。(4)なりませぬ。お二人のあまりにも気高いお心、
そのために私は、どうにもならぬところにまで、追いつめられて!
あなたのお顔、陛下のお顔、どちらを見ても
そこにあるのは、まざまざと、ただ絶望の影ばかり。
見えるのはただ、溢れる涙、聞こえる言葉はひたすらに
狂乱と恐怖を語る、今にも血を流さんばかり。
(ティチュスに向かい)

(5)私の心はご承知の陛下、はっきりと申し上げられます、
皇后の御位《みくらい》などを望みましたことは、一度もない。
ローマ人《びと》の偉大さにも、皇帝のお身を飾る栄華にも、
目を眩《くら》まされましたことのない私、それはお分かりでございましょう。
愛しておりました、陛下。望みはただ、愛されていること。
今日《きょう》、私は、今は包まずに申します、不安と恐怖に怯えました。
あなたの愛が終わるのだと、思い込んだからでございます。
思い違いでございました、変わらずに愛していて下さるのですもの。
お心は乱れて、畏れ多くも御涙を。
ベレニスは、陛下、それほどまでのご心痛に値する女ではございません、
いえ、世界の希望を一身に担い給うティチュス様、
そのご威徳の始まりを、人皆こぞって称える時に、
あなた様の恋ゆえに、不運な世界が、一瞬に、
この世の歓び(6)であるお方様を失っては、畏れ多い。
五年この方、今日が日まで、真《まこと》の愛を
私は、お誓い申してきたと信じております。

それればかりではございません、死の影に覆われた今この時に、
最後の力をふりしぼって、終わりを美しく飾りたい。
生きて参ります、絶対のご命令には従いましょう。
おさらばでございます、陛下、安んじてご統治を。もはやお目にはかかりますまい。
（アンティオキュスに）
殿下、(7)こうしてお別れを申しました以上、もはやお分かりでございましょう、
愛するお方と別れますのは、ローマを遠く離れて、
別のお方の恋の想いを、受けようためではありません。
生きていて下さいませ、気高いお心を振いおこして。
ティチュス様を、私を、どうか見習って下さいませ。
愛しながら、離れる私。ティチュス様も私を、愛しながらもお別れになる。(8)
私の目の届かぬところへ、あなたの恋も苦しみも、持ち去っていただきたい。
おさらばです。この三人が、世の人すべてに、
またとなく烈《はげ》しくも切ない恋の鑑《かがみ》、
その悲しい物語は、世々の語り草となりますように。
すべて(9)は整いました。皆が待ちます。お見送りはご無用に。

（ティチュスに）

これが最後、おさらばでございます、陛下。

アンティオキュス　お痛わしい[10]！

（終り）

訳注

『ブリタニキュス』

献辞

(1) シュヴルーズ公爵は、リュイーヌ、シュヴルーズ、およびショーヌ公、シャルル＝オノレ・ダルベール(一六四六―一七一二)。ポール＝ロワイヤルにおいて、ランスロの弟子であり、ラシーヌは公の幼少時代からその知遇を得ていた。ラシーヌの従兄、ニコラ・ヴィタールは、公爵家の執事。ついで語られるように、コルベールと縁戚関係にあることが、この「献辞」の眼目であった。なおこの「献辞」は、一六七〇年の初版にのみあり、一六七五―七六年の『ラシーヌ作品集』版では消える。

(2) コルベールのこと。ジャン＝バティスト・コルベール(一六一九―八三)は、ルイ十四世の親政のもと、財務長官フーケを失脚させ、その後に財務総監となった。生まれは羅紗屋の息子で、同時代の「法服貴族」の典型であり、絶対王政を支える高級技術官僚のトップとして辣腕を振るった。前記シュヴルーズ公は、一六六七年にコルベールの長女と結婚している。作家への年金を決めるのはコルベールであったから、作者が感謝の念を表明するのは当を得ているし、それができたことが、ラシーヌの位置を語っている。シュヴルーズ公からコルベールへという線は、宮廷詩人としてのラシーヌの栄達の経歴を考える上では重要な指標である。国王に最も近い側近の娘婿に献辞を捧げえたことは、ラシーヌの地位の向上を物語っており、特に『ブリタニキュス』の初演が不評だったため、コルベールの介入で国王が支持を与えたことはきわめて重要であった。コルベールその人には、次作の『ベレニス』が捧げられることになる。

(第一の)序文

(1) 一六七〇年版に付けられた序文。

(2) 以下の反論からも窺えるように、「多くの非難」のほうが主流であったはずだが、「多くの喝采と、多くの非難」と併記することで、自作の擁護をする。

(3) 主人公に対する観客のイメージから議論を始めるのは、『アンドロマック』でピリュスの描き方について論じたのと同じ手法。ただし、ネロンの「残酷さ」は、トロイヤ戦争のギリシア方の英雄のそれよりも、はるかに人口に膾炙していただろう。

(4) タキトゥス『年代記』一二、一三、一四巻に述べられている。なお、タキトゥスからの引用は、岩波文庫の国原吉之助訳を参照しつつ、ピエール・ヴュイユミエ校注のフランス語対訳版(Tacite, *Annales*, texte établi et traduit par Pierre Wuilleumier, «Les Belles Lettres», 1976, 1978)から訳出した。以下、同書からの引用は巻数と節数のみを挙げる。

(5) 解題参照。「生まれたばかりの」の意味。

(6) タキトゥス『年代記』一三－1。ラテン語引用は「マダ隠サレテイタ悪徳ノ数々ト驚クホド合致シテイタ」。直前のラシーヌの本文がその翻訳。

(7) 『アンドロマック』第一の序文(岩波文庫版一四頁)。ラシーヌがここで語っているのは、自作の悲劇における皇子ブリタニキュスであり、歴史上の皇子は十四歳でしかなかった。ブリタニキュスが悲劇のタイトル・ロールとしては弱すぎるという批判は初演以来あり、そのための「欠陥をもつ英雄」の論だが、いささかこじつけ的に聞こえる。

(8) ブリタニキュスは、西暦紀元四一年二月十三日生まれ。満十四歳の誕生日を見ずして、五五年に毒殺されている。三七年十二月十五日生まれのネロンの治世は、五四年に始まっているから、ブリタニキュスは二年長生きさせられたことになる。タキトゥス『年代記』一二-25には、ネロンが三歳年上という記述がある。なおナルシスは、ネロンの治世の始めに自殺させられている(タキトゥス『年代記』一三-1)。

(9) ピエール・コルネイユのこと。コルネイユは、『エラクリユス』のなかで、皇帝フォカスの在位期間を、史実よりも十二年延長した。コルネイユ自身、その「考察」のなかでこの変更を認め、また「読者への言葉」でも、古代人の例を挙げて、この時代錯誤を弁解している。

(10) ジュニーについて引き合いに出されている『シンナ』と『オラース』は、言うまでもなくコルネイユの代表作。序文の反コルネイユ的口調はすでに歴然としている。

(11) セネカ『アポコロキュントーシス』八章。

(12) タキトゥス『年代記』一二-4。

(13) 初版(一六七〇)の五幕六場の異本(同場の訳注(1)を参照)。これほど強硬に自己弁護をしておきながら、この批判には一理ありと認めたのであろう、再版(一六七五)以降、この場面はカットされる。実践家としてのラシーヌの一面を物語る事例として引かれる。

(14)「わずかな材料で作られている単純な筋立て《アクシオン》」の主張は、以下に続くその内実（一日のうちに生起し、終局に向かって段階を踏んで進行し、登場人物たちの利害、感情、情念によってのみ支えられているような劇の筋立て《アクシオン》）によって、ラシーヌ悲劇の「方法叙説」である。しかしこの「序文」の論争的な口調が、以下の「複雑な筋」や「異常さ」に対するコルネイユの好みに対する、揶揄的な批判によって、論争のための論争という印象を与えるが、そうではない。コルネイユは「不可能な情況」を求めるので、段階的に進行するような劇作術を書かなかったからである。

(15) コルネイユ作『アッチラ』（一六六七）への当てつけ。

(16) 同じく『アジェジラース』（一六六六）の主人公アジェジラース。

(17) 同じく『セルトリユス』（一六六二）。従来は、『ポンペーの死』（一六四三）のセザール（カエサル）とされていたが、ピカールはクートンの説を取って、時代的により近い悲劇を挙げ、以後この説が入れられている。フォレスティエは、古代世界の最大の征服者の一人と見なされてきたセルトリユスには、カエサルと違って恋物語は残されていないから、ラシーヌの皮肉は一層効いているとする。

(18) これも上記『ポンペーの死』のコルネリーとする説に対して、ピカールは、クートンに倣い『ソフォニスブ』（一六六三）のヒロインとする。フォレスティエもそれに倣う。ソフォニスブは、二人の征服者シピオンとレリユスに対して、「高貴の徳」を説くからである。いずれにせよ、コルネイユが一六五七年に劇壇に復帰してからの作品を、揶揄の対象にしていると考えるほうが、言説の戦略として納得できる。

(19) 伝ロンギノス作の『崇高論』一二章。最初の仏訳は、ボワローによる(一六七四)。

(20) 「他人が汝につき語ることは、他人にしか関わらぬが、所詮彼らは語るであろう」(キケロ『共和国』六巻一六章)。

(21) ローマの喜劇作家テレンティウス(前一九〇頃―一五九)の『アンドロスから来た娘』の序詞(六―七行)。テレンティウスにとって「悪意に満ちたある老詩人」とは、ラヌウィウムのルスキウスだというが、ラシーヌにとっては、コルネイユその人である。

(22) テレンティウス『宦官』の序詞(二二―二三行)。典拠を知る人には、そのタイトルも強烈である。

(23) ヴェスタ(ウェスタ)は、ローマの竈《かまど》の女神。すべての家庭で祀られると同時に、ローマの神聖な火そのものを表し、フォールムに神殿をもち、「ヴェスタル(ウェスタリース)」と呼ばれる斎宮(女司祭)によって、その神聖な火が守られていた。これらの女司祭は、ローマの高貴な家系から、六歳から十歳までの間に選ばれた六人の処女からなり、三十年間、聖職を守ることになっていた。その間、純潔を守ることが定められ、背いた者は生き埋めの刑に処せられた。

(24) 『アッティカの夜』一巻一二章。

(25) テレンティウス『兄弟《あにおとうと》』九九行。

(第二の)序文

(1) 一六七五年、つまり劇壇を引退する二年前から出す最初の『作品集』版に付けられ、以後すべての版に再録される。初版の序文の論争的な調子が薄まって、古代の文芸や歴史に精通した碩学ラシーヌという姿勢が窺われる。これは、最初の個人全集であるこの版の序文すべてに共通する特徴である。この序文で、ネロンについて語った《monstre naissant》の意味を、「すべての罪の種子をすでに宿している、云々」と述べて明確にしていること、「第一の序文」では語られなかったアグリピーヌの重要さを明確に打ち出していることなどに注目すべきである。

(2)「今や宮廷でも劇場でも」の表現は、この作品が「宮廷の」、つまりルイ十四世をはじめとする宮廷の支持によって持ち直したことを暗示している。『フェードル』直前の時点でラシーヌ自身が、自作のうちで「最も念を入れた」作品であり、「何か堅固なもの、何らかの称讃に値するもの」があるとすればこれだとまで宣言していることは、注目に値しよう。

(3) ラシーヌが典拠としたのはタキトゥスばかりではなく、スエトニウスにも重要な部分を負っているが、ここではまず、最もオーソドックスで高貴な「史実」を典拠としていると強調する。典拠を刊行に際して付けることは、たとえばコルネイユが、『ル・シッド』や『ポンペーの死』のある版で行っている。

(4) タキトゥス『年代記』一四－56。「隠蔽」の主題系は明らかである。なお、「第二の序文」の特長は、タキトゥス『年代記』からのラテン語原文の引用がふえていることであり、ラシーヌの地の文がそれをフランス語に訳していない場合は、「　」を付して片仮名表記で示した。

(5) 後世に名高くなる《monstre naissant》については、解題を参照。フランス語の通常の用法として、《naissant》という現在分詞は、「生まれつつある」という進行形を表すのではなく、「生まれたばかりの＝新生児の」を意味する。本文中でも「《Néron naissant》は《Auguste vieillissant》の徳を備えている」と言われる時、皇帝としてまだ「生まれたばかりのネロン様は、／神君オーギュスト帝晩年のご高徳を、あまねく備えて」いることを意味する。ただ、《naissant》には、「生まれつつある」という進行形のアスペクトが全く欠けているわけではなく、紋章などで、「猪の上半身だけが出現している図像」つまり「生まれつつある猪」を《sanglier naissant》と呼ぶ。ラシーヌが、「第一の序文」で《monstre naissant》と語ったときには、「生まれたばかりの、一人前ではない怪物」という意味が強かっただろうが、「第二の序文」では、より「ダイナミック」で「劇的二重性」をはらむ表現として捉え直されている。

(6) タキトゥス『年代記』一三－47。

(7) 同前、一三－12。

(8) 同前、一三－1。ラシーヌの直前の文がその翻訳。

(9) 同前、一三－2。ラシーヌの直前の文がその翻訳。

(10) 同前。ラシーヌの直前の文がその翻訳。

(11) 同前、一四－51。直前の文は要約なので、直訳を付した。

(12) 同前、一三－2。

(13) 皇子ブリタニキュスは悲劇のタイトル・ロールであるから、「その死が悲劇の主題」となるのは当然であるが(解題参照)、そこに「アグリピーヌの失寵」を加えたのは、「第二の序文」の重要な変更点である。

（14）同前、一三－16。
（15）同前、一二－26。ラシーヌの直前の文がその翻訳。
（16）同前、一三－15。ラシーヌの直前の文がその翻訳。

登場人物

（1）バルトも言うように、原文では“Acteurs”であり、「役」ないしは「役名」とするほうが適切であろうが、近代劇以降の慣習に従って「登場人物」とした（ロラン・バルト『ラシーヌ論』邦訳、二〇－二一頁参照）。登場人物の読み方は、「まえがき」に述べたようにフランス語のそれによっている。

初演時、ネロンには、当然のことながら、ブルゴーニュ座の看板役者フロリドール。男優陣は、『アンドロマック』のオレスト役を熱演するあまり急死したと伝えられるモンフルリーがいなくなったために、まだ三十歳の若いブレクールがブリタニキュスを、オートロッシュがナルシスを、ラフルールがビュリュスを演じた。女優陣は、アンドロマック役で華々しいブルゴーニュ座デビューを飾ったマルキーズ・デュ・パルク（当時三十四歳）が、謎の死を遂げていなくなったから──彼女はこの劇団では新入りだったので、劇団としては、従来の女優陣に戻ればよかった──、パリの最上の悲劇女優とされたデ・ズイエ嬢がアグリピーヌを（彼女は四十六歳でエルミオーヌを演じていた）、名優モンフルリーの娘デヌボー嬢がジュニーを演じている。

第一幕第一場

（1） 十七世紀フランスの古典劇では、幕開きから主役の一人が登場する。歌舞伎のいわゆる「埃しずめ」のような、あるいはシェークスピアの劇作のように、観客が静まるのを待つための役はない。ジャン・アヌイの『アンティゴーヌ』が流布した表現に従えば、「ぜんまいが一杯に巻かれて、それがほどけ出したところから」舞台は始まる。「導入部」と呼ばれる一幕と二幕冒頭までに、作品を理解するために必要な情報は、すべて「迅速」かつ「完全に」、しかも登場人物の外的・内的状況に適合した形で、語られなければならない。『ブリタニキュス』では、母后アグリピーヌとその腹心の侍女アルビーヌ、皇帝の後見役ビュリュス、タイトル・ロールのブリタニキュスとその腹心の部下である解放奴隷のナルシスが、第一幕で登場する。皇帝ネロンと、ブリタニキュスの恋人でネロンが恋をしたジュニーが二幕で登場して、「導入部」が完了するから、ラシーヌ悲劇としては、「導入部」に時間をかけていることが分かる。それだけ「背景」となっている事件が複雑だということである。

母后の腹心の侍女アルビーヌの最初の五行で、劇の始まった時刻（皇帝ネロンはまだ眠っている）、場所（ネロンの宮殿の一室で、その寝室の戸口）、そこにいる人物（皇帝の母君アグリピーヌ）が分かるだけではなく、その異常さ（お供も衛兵もなく、閉まった戸口の前を行きつ戻りつしていること）が知らされる。驚きの声を、押し殺すように挙げ、問いを発するこの発語者の名は、次の台詞で分かる。なお、フランス古典劇では、舞台上の「人物の出入り」によって「場」が変わると考えるから、「場」が変わったからといって「情景」（装置などを含む）が変わるわけではない。一六七八年の記載だが、ブルゴーニュ座の「道具付帳」によれば、装置は「然るべき宮殿の一室」で、「四幕のために戸口が二つ、椅子二脚。カーテン」とある。

（2）ブリタニキュスに対するネロンの敵意が、アグリピーヌの考えでは事件の核心である。

（3）「愛される」／「恐怖の的になる」、「飽きた」／「なりたい」と、対比的な表現の組み合わせからなる格言的な表現は、ローマ物悲劇にいかにも相応しい。以下にも頻出する。これらの「転換」あるいは「逆転」が、この悲劇の力学を決する。

（4）クローディユス帝（クラウディウス帝）の養子になる前は、ネロンは父と同じ「ドミシユス・エノバルビュス」の名で呼ばれていた。この場の訳注（8）（9）、四幕二場の訳注（9）を参照。

（5）一六八七年版以来、この箇所は「二年」に変えられている。史実に忠実であろうとしたのであろう。ただし、二行前の台詞は「三年」のままになっているから、ネロンがクローディユスの養子になってから三年、帝位に即いてから二年と区別をしたのだろう（フォレスティエの説）。なお、ネロン即位からブリタニキュス毒殺までの期間は、紀元五四年十月から五五年二月であるから、一幕四場三二七行のブリタニキュスの台詞の語るように、一年しか経っていない。

（6）《Néron naissant》と《Auguste vieillissant》との対比。ここで分かるように、《naissant》は「生まれたばかりの」の意であり、「皇帝になりたての」を意味する。この場の訳注（3）に書いた、対照と逆転の時間構造が、皇帝の治世について展開され、この悲劇の書き込まれている言わば宿命的な図式が強調される。続くアグリピーヌの台詞十二行が、それに当てられる。

(7) セネカはその『寛容論』(一巻一一節)のなかで、さらに進んで、善政の鑑《かがみ》と称えられた神君オーギュスト帝(アウグストゥス帝)の晩年すらも、ネロンの治世当初の仁政には及ばないとする。前四四年のユリウス・カエサルの暗殺の後、オクタウィウス(後のアウグストゥス)、アントニウス、レピドゥスによる三頭政治が成立したが、それは共和制を復活させようとする反対派に対する血の粛清を呼んだ(前四三年)。アウグストゥスは、治世当初には多くの政敵を弾圧して滅ぼしたが、シンナの陰謀に加わった者たちを恩赦し、皇帝のイメージは一変した。ピエール・コルネイユの悲劇『シンナ、あるいはオーギュストの寛容』の主題であり、同時代の観客には、劇場の記憶としてもなお鮮明に残っていたはず。

(8) ネロンの父方であるドミシユス(ドミティウス)一族には、凶暴な人物が多く出ている。五代前のグナエウス・ドミティウス・アエノバルブス(「銅《あかがね》の髭もてるドミティウス」の意)は、鉄の顔と鉛の心臓をもつ以上(「鉄面皮」で「非情」だということ)、銅の髭をもつのは当然と称された人物であり、四代前のドミティウスは「粗暴な気性の男」であったし、ネロンの祖父も傲慢と残忍さによって知られていた。しかし、最も凶暴だとされたのは、ネロンの父のグナエウス・ドミティウス・アエノバルブスであった。この一族の物語は、スエトニウス『ローマ皇帝伝』の「ネロ」の章に詳しい(岩波文庫『ローマ皇帝伝』(上・下)国原吉之助訳。なおスエトニウスの書は、フランス語では、通常『十二皇帝伝』の表題で知られており、以下の書による。Suétone, *Vie des douze Césars*, texte établi et traduit par Henri Ailloud, «Les Belles Lettres», 1957)。

(9)　アグリピーヌ(アグリッピーナ)は、名声の高いジェルマニキュス(ゲルマニクス)の娘、ネロ・クラウディウス・ドルーススの孫娘であり、リヴィー(リーウィア)の最初の夫ティベリウス・クラウディウス・ネロの曾孫に当たる。この悲劇でアグリピーヌは、已れの高貴さを強調するときにはジェルマニキュス、つまり父方の名を挙げ、息子のネロンの悪徳をなじる時には、先夫ドミシユス・エノバルビュス(ドミティウス・アエノバルブス)の名を挙げる。三幕三場の台詞を参照。三幕八場でブリタニキュスがネロンと対決する時にも、ネロンを軽蔑的に「ドミシユス」と呼ぶ。(なお、シラノ・ド・ベルジュラックの悲劇『アグリピーヌの死』(一六五三)の主人公は、ラシーヌのアグリピーヌの母である。)

(10)　カリギュラ(ガイウス・カリグラ)のこと。ジェルマニキュスの息子で、アグリピーヌの兄に当たる。

(11)　「権力の論理とその逆転の力学」を、以下の六行で、アグリピーヌの真の関心事へと変換する。「母」として「息子」を支配したいという欲望である。「国家の父」というローマ的な表現が、個人の欲望に接続され、意味が変えられる。精神分析的な読みを待たずとも、「父」の代わりに息子を支配したいという母は理解できようが、「去勢する母」とか「有歯女陰」、あるいは「男性器を供えた母体」などと言えば、やはり精神分析の典拠が必要だろう。

(12)　母親としての欲望を語り終わって、ようやく「事件」の実態が述べられる。ネロンによるジュニーの誘拐・監禁である。ここでも母后は、ネロンの動機を、「憎しみ」か「恋」か、「二人を傷つけて、慰みもの」にする魂胆かと列挙した上で——この最後の仮説は、それ自体でかなりエロス的に危険な行為を指している――自分に対するネロンの反抗だと解釈することを忘れない。

(13) アルビーヌの当然の驚きと質問が、母后の「政治的配慮」を語らせ、アグリピーヌによる、帝位継承者ブリタニキュス(ブリタンニクス)皇子の失墜が喚起される。皇子が皇位継承権を奪われただけではなく、その不運は、皇子の周辺にまで及んだ。

(14) シラニュス(ルーキウス・シーラーヌス)は、クローディユス帝にその息女オクタヴィー(オクターウィア)を約束されていたが、彼女をネロンの妻にと願ったアグリピーヌの介入で、結婚を諦めさせられた。アグリピーヌは、シラニュスが妹と近親相姦の疑いがあるとして告発させた。ラシーヌ悲劇の設定では、シラニュスは、クローディユスとアグリピーヌの婚姻の当日に自殺した(タキトゥス『年代記』一二―3、4、8参照)。シラニュス、ジュニーの兄妹は、オーギュスト帝の玄孫に当たる。

(15) 政治家アグリピーヌの深慮遠謀である。

(16) オーギュスト帝の最後の妻。皇帝の烈しい寵愛をうけ、皇帝は、彼女の要求を容れて、その息子のティベール(ティベリウス)を養子にした。

(17) 「束桿」は、棒を束ねた中から斧の刃を見せた儀仗の道具。通常は、執政官に限られた名誉の徴《しるし》。タキトゥスによれば、ネロンは、元老院に命じて、母后のために束桿を捧げる警吏を二人定めさせたという(『年代記』一三―2)。この栄誉礼は、ティベール帝が、母后リヴィーに対しても行うことを拒否したものだった(同前、一―14)。

(18) 「名誉」と「権力」との対比構造が、アグリピーヌの心を捉えて放さない。「権力の失墜」の主題は、この台詞の最後から四―三行目で、その最も劇的で見事な表現を取る。

(19) フランス語では、集団、集会を「身体《コール》」と呼ぶから、それを支配する権力は「身体に対する魂」の比喩で語られる。典拠は、タキトゥス『年代記』一三―5――「元老院は、パラティウムに召集されたが、それはアグリッピーナが会議に出席できるようにとの配慮からであった。彼女は、元老たちの背後の秘密の扉から入場し、帷によって彼らから隔てられ、姿を見られることなく万事を聞くことができた」。

(20) この劇的な情景は、タキトゥスによって語られているが、それによれば、諸国の大使が新帝への祝賀の参内をした時ではなく、アルメニアの使節が陳情に上がった折のことである。アグリピーヌが皇帝の席に着こうとした時、ネロンに母后を遠ざけるように耳打ちしたのはセネカだとされる(『年代記』一三―5)。ラシーヌ悲劇のこの部分は、ローマ帝国の雰囲気の喚起として優れているばかりではなく、「権力への野望の抒情性」が見事に表されている。それは、「一つの玉座を巡っての母と子の争い」だが、基底的には、『ラ・テバイッド』以来の「権力」の悲劇性を特徴づける「空間」の宿命的な主題系、つまり「二人分の席はない」というテーマを、母と息子の争いとして、生々しく変奏している。

(21) ストア派の哲学者として名高いアンナエウス・セネカ。紀元前四年、スペインのコルドバに生まれる。紀元四一年メッサーリーナによって追放され、八年間をコルシカ島で過ごした。『メーデーア』『パイドラー』など、悪霊的情念に取りつかれた女を主人公とする悲劇を書いたことでも知られ、ラシーヌは後に、『フェードルとイポリット』(初演のタイトル)を書くに当たって、エウリピデースの『ヒッポリュトス』とともに、セネカの『パエドラー』を典拠にしている。こうした強烈な女性像は、アグリピーヌのような存在がモデルであったろうと言われる。トリスタン・レルミットの悲劇に『セネカの死』(一六四四年初演、一六四五年刊)があり、ネロンによるセネカの死が主題であった。ちなみにこの『セネカの死』は、モリエールの「盛名劇団《イリュストル・テアートル》」のデビュー作であったと考えられている。参考までに書いておけば、モンテヴェルディのオペラ『ポッペアの戴冠』は一六四二年である。

(22) ビュリュス(ブッルス)は、ナルボ・ガッリア属州の出身。軍団副団長などを経て、親衛隊長。タキトゥスによれば、片腕がなかった。

(23) 帝政ローマやルイ十四世の絶対王政でなくとも、それまでいつでも会えていた権力者に突然会えなくなり、「拝謁を賜わる」こととなる状況、つまり一臣下の立場に落とされれば、ショックは大きいはず。

(24) この悲劇の劇作上の——というか筋立ての上での——「味噌」は、アグリピーヌがネロンと会えるかどうか、である。『アンドロマック』の劇的緊張の重要なベクトルの一つが、エルミオーヌを避けるピリュスに、彼女が会ってその本心を問いただせるかどうかにかかっていたのに似ている。四幕五場でのピリュスとエルミオーヌの対決が、破局へと直結したように。ただし『アンドロマック』では、エルミオーヌの自負がピリュスを追いかける真似をさせなかったし、四幕五場では、ピリュスのほうから会いに来て縁を切ろうと言うのだった。『ブリタニキュス』では、母と息子の愛憎の関係ははるかに複雑であり、息子はあくまでも母と会うことを避けようとする。

四幕二場の対決が山場となるいわれである。

(25) 古典悲劇の「舞台」となる「宮殿の一室」は、きわめてご都合主義的な空間ではあるが、バルトが見事に分析したように、「権力の棲む奥の間」と「生の広がりである外界」との間に挟まれた「控えの間」であり、そこを通らなければ、「奥の間」と「外界」との間の交流はありえない。ところが『ブリタニキュス』では、ネロンの寝室である「奥の間」の扉が開いて初めて登場するのは、ネロンではなくビュリュスである。それればかりではない。ビュリュスの口から真っ先に告げられるのは、皇帝はすでに寝室から出てしまっていること、しかも母后が入口で寝ずの番をしていたというのに、そこを通らずに、ビュリュスも執政官二人もすでに皇帝に拝謁を賜わっていたというのだ。十九世紀の三〇年代に、ユゴーの『エルナニ』初演で騒ぎになった「隠し扉」はないにもせよ、ネロンの宮殿の「迷宮構造」は、古典悲劇の強固な約束事があればこそ、それを逆手に取って、劇的な効果を挙げることができた。

第一幕第二場

(1) ユリウス・カエサルが、自らを「王」として戴冠させようとして暗殺されたその轍を踏まないために、オーギュスト帝は、全権力を掌握しつつも、虚構的に「共和制」の体制を保有した。元老院は存続し、毎年二人の「執政官」が選ばれたが、以後、暴君のもとでも、この体制だけは保持された。

(2) アグリピーヌは、「最高司令官」ジェルマニキュスの娘であり、三人の「世界の統治者」つまりカリギュラの妹、クローディユスの妻、ネロンの母であるという、当時、唯一の例外的存在であった(タキトゥス『年代記』一二－42参照)。母后による権力の「血統的正当性」の主張であり、特権的な地位の強調である。この主張が、「臣下と皇帝の間に置くべき距離」についての痛烈な皮肉によって終わるので、ビュリュスの側も、正統的な論法によって、ネロンの行為の正当性を五十二行にわたって反論することができる。雄弁術の見本のような長台詞である。なお、『ブリタニキュス』初演の一月前、一六六九年十一月十六日に、ボシュエが、アンリエット・ド・フランス(王弟妃アンリエット・ダングルテールの母、イギリス国王ジェイムズ二世の后、フランス国王アンリ四世の娘)の追悼演説で、「かくも強大なる王たちの、息女であり后であり母君であった偉大なる女性」と述べたことを、メナールは典拠の一つとして引き、フォレスティエもそれに倣うが、本説はやはりタキトゥスであろう。ただ、観客が実感できるレフェランスとして、ボシュエがあったことは認めてよいかも知れぬ。

(3) アグリピーヌにおいてもビュリュスにおいても、皇帝の絶対権の捉え方が、必ずしもローマ的ではない。特に「血統」を重視しすぎる点は、世襲ではなく養子によって皇帝の後継者を決めていたローマより、フランス十七世紀的だとされる。ルイ十四世親政からまだ九年しか経っていないパリでは、ローマ的な装いの下に見える「親政」のあり方についての議論は、それなりに現実味があったろう。母后を後ろ盾にした宰相・枢機卿による政治は、リシュリュー、マザランと、約半世紀にわたって続いたのであり、コルネイユ悲劇に代表される「フロンドの乱の世代」の「ローマ物政治悲劇」が、舞台の上で問題にしてきた王権のあり方に関わるからだ。『ブリタニキュス』のみならず『ベレニス』にも、絶対王政の「帝王学」が、つねに透けて見える。なお、三行先の「教師は要らない、ただご先祖を見習えばよい」という意味の言葉は、タキトゥスによれば、セネカの敵が非難して言った言葉（『年代記』一四－52）。

（4）ネロンの腹心の大臣とも言うべき二人の「ご教育係」のうち、セネカではなくビュリュスが選ばれているのは、まさにこの「武将としての愚直さ」にある。作者は、知識人であるセネカでは、「狡猾な弁舌の徒」であるナルシスの弁論術に対抗しにくいと考えたのであろう。

（5）ラシーヌは長台詞の場合、その内部での段落を鮮明にするために、段落の始まりを「一字下げ」にするという組み方をさせている。ここがその例であるが、日本語の組み方としてはかえって分かりにくくなるので、それには従わない。必要な場合は訳注で示す。

（6）セネカは、メッサーリーナによってコルシカ島へ流されていたが、アグリピーヌに呼び戻された。

（7）「解放奴隷」のこと。この悲劇で言えば、ナルシスとパラースが、カリストゥスとともに、クローディユス帝の治世を牛耳っていた、悪名高い「三人の解放奴隷」である。

（8）ビュリュスの課題は、「ネロンを大人にすること」である。ナルシスの野望も同じであり、なによりもネロン自身がそれを欲望しているが、それぞれの内実は異なる。

（9）これはラシーヌによる詩的誇張。タキトゥスによれば、ネロンは、母后を殺害させた後で、彼女が親衛隊に、彼女の名にかけて誓えと命じた、と非難した（『年代記』一四－11）。

（10）セザール（カエサル）とオーギュスト（アウグストゥス）は、ローマ皇帝の称号。クローディユス帝の養子となってからのネロンの正式の名は、ネロ・クラウディウス・ドルースス・ゲルマニクス・カエサル(ヴュイユミエ版一二一-26の脚注参照、六四頁)。

(11) 前訳注(7)で述べたように、ナルシス、パラース、カリストゥスの三人の解放奴隷。

(12) この部分はラシーヌの詩的美化。すでにティベール帝の時代から、ジャン=ド=マルスに集合して行政官を選ぶことは行われなくなっていた。ネロンが、その治世の最初に行ったのは、元老院に相対的な自律性を与えたことである。

(13) ストア派の哲人トラセア・パエトゥス。タキトゥスによれば、「美徳の体現」とされている。ネロンから、死の命令を受けて死ぬ。

(14) ドミティウス・コルブロは、一代の名将と謳われたが、叛乱の罪でネロンに殺される。ここの本文は、元老であれ将軍であれ、あまりに名声が上がると、皇帝から疎まれて殺される運命にあったということ。

(15) 流刑地であったコルシカ島やサルディニア島を指す。小プリニウス『トラヤヌス帝頌詞』(三五章)の、「近年夥《おびただ》しい数の元老たちが溢れていたこれらの島は、やがてその誹謗者たちによって溢れた」を本説とする。

(16) ここで段落の替わったことを示す「一字下げ」の組み方。

(17) ビュリュスの雄弁術に対して、アグリピーヌは痛烈な厭味で反論し、「ジュニー誘拐の動機」という議論の本題に一挙に突き進む。

(18) アグリピーヌもジュニーも、その先祖はオーギュスト帝と最初の妻スクリーボーニアとの間にできたジュリーの末裔（アグリピーヌは孫、ジュニーは曾孫）に当たる。オーギュスト帝の二番目の妻リヴィーの再婚の前の夫がティベリウス・クラウディウス・ネロで、アグリピーヌはその曾孫にも当たる。原文ではこの部分、脚韻に《ravisseur／la sœur》（人攫い／妹）、《ignominie／Junie》（屈辱／ジュニー）、《l'attentat／Etat》（陰謀／国家）と、対比的語彙が極めて効果的に配されている。

(19)　ビュリュスによるネロン弁護は、ジュニー誘拐の当初の「政治的動機」を充分に語っているが、この政治的動機に内包されている「情念的なベクトル」も、その実行によって引き起こされた「予想外の事態」も見えていない。アグリピーヌは、次の反論が的確に語っているように、その情念的なベクトルを、少なくとも自分の「政治的情念」との関係ではすでに正しく捉えている。「アグリピーヌはその権能を超えた約束をしている」こと、「だからこそ、このように恥をかかせて、ローマの迷いを覚まし、／わたしの息子と皇帝とを、もはや同一視してはならぬことを、／全世界が恐怖のうちに、思い知れと言うのだ」と。ブリタニキュスの死に続くアグリピーヌの失寵について、タキトゥスはこう書く――「自分自身の力に支えを見出していないような権力の評判ほど、不安定かつ脆弱なものは、この世にない。アグリッピーナの館の敷居が見捨てられるや、彼女を慰めに訪れる者も、会いに来る者もいなくなり、来るのはわずかな数の女たちばかりとなったが、はたして彼女らが、情愛から来たのか、憎悪から来たのかは分からなかった」（『年代記』一三－19）。

(20)　政治家としてのビュリュスは、アグリピーヌの策略に思い当たるが、謹厳な武将として、そんな政治的手口を認めたくはない。

(21) それでも政治家として、母后の錯乱した手法に、釘を刺すことは忘れない。ナルシスのマキャヴェリ的言動があまりに説得力があるために、しばしばビュリュスの言動が、謹厳なだけの間抜けたものに見えがちだが、それは誤りである。

(22) 母后の言動は、先の皇后、皇帝の母というレベルを超えて、一人の女の拗ねた厭味にまでなっている。

(23) フォレスティエは、この台詞を取り上げて、その姿がすでに舞台上に見えているのだから、次の第三場におけるブリタニキュスの登場は、「飛び込んでくる」のではないと説く。第三場冒頭のアグリピーヌの「敵の中へ／盲のように飛び込んでいかれる」ゆえに、ブリタニキュスが飛び込んでくる演出が多いことへの反論であろう。初演のブルゴーニュ座の舞台は、間口が狭く奥行きが深いから、人物の登場の前には、ほとんど常にそれを予告するような台詞があるのだが、しかし舞台奥に姿が見えていることが俳優の行動を決しはすまい。ブリタニキュスが入ろうとし、ナルシスがそれを引き止める演技が舞台奥で見えているといった演出は、今でも多いし、それで悪いわけではない。

第一幕 第三場

(1) タイトル・ロールの登場である。後世は、ネロンとアグリピーヌという二人の「怪物」の演技に魅惑されて、この不運の皇子のことを忘れがちだが、しかし、なんと言ってもタイトル・ロールである。ラシーヌ自身も、再版の序文で、「この悲劇は、ブリタニキュスの死と同じくらい、アグリピーヌの失寵が主題である」と断っている。ブリタニキュスは、不運の王子という系譜でいえば、『アンドロマック』のオレスト、『バジャゼ』のバジャゼ、『フェードルとイポリット』のイポリットに並ぶが、タイトル・ロールともなると、その運命（事実上は受苦）が悲劇の中心的な関心の的とならなければならないはずだ。

（2）　クローディユス帝の解放奴隷であったパラース（パッラース）は、帝によって帝国の財政を司るきわめて重要な地位を与えられていた。アグリピーヌとの結婚ならびにネロンの養子縁組を帝に進言したのも、パラースであった。その巨大な富と傲慢は、あまねく知られていた。アグリピーヌと不倫の関係にもあり、アグリピーヌ側の黒幕であった。したがって、ネロンの政治的決断の一つは、パラースを追放して、アグリピーヌの力を殺いでしまうことであった。

第一幕 第四場

（1）　メナール版によっておく。初版を踏襲するとしているフォレスティエ版も同じく。ピカール版では「お身の不運を招かれた女」。しかしブリタニキュスが、父クローディユス帝の最期にアグリピーヌがどのように関わっていたかを、詳しく知っていると考えるのは無理ではないか。

（2）　一幕一場の訳注（5）に書いたように、ネロン即位からブリタニキュス暗殺までは、歴史的には一年であった。「第一の序文」にあるように、ラシーヌは自作の皇子は十七歳としているが、史実では、ネロンに毒殺された時は十四歳である。タキトゥスも記すように、ネロンが皇子の少年の体を性的に弄ぶことはありえただろう(「毒薬の前に淫行が汚していた」『年代記』一三-17)。

(3) ナルシス(ナルキッスス)は、クローディユス帝の文書起草係として、帝の信頼が篤かった。メッサーリーナ追放の手順を整えたのも彼だが、アグリピーヌとはつねに対立し、ためにブリタニキュス支持の言辞を吐いた(タキトゥス『年代記』一二-65)。

第二幕第一場

(1) 第二幕の冒頭は、第一幕でその行動が話題となりながらも登場していなかった悲劇の主要人物の登場する場面である。通常はそれで主要人物が出揃うのだが、この悲劇では、事件の中心をなすべきジュニー姫の登場は、さらに二場先まで引き伸ばされる。劇の仕組みがそれを正当化している。ちなみに二幕冒頭で登場する主要人物は、『アンドロマック』ではエルミオーヌ、『ベレニス』ではティチュス、『バジャゼ』ではバジャゼ皇子である。『フェードル』ではアリシー姫がそれに当たるが、『フェードル』の場合は、例外的にテゼーの登場が三幕四場まで引き伸ばされる。王の帰還で、一気に破局へと突き進むように仕組まれているからである。

(2) この台詞でビュリュスを退場させる。

(3) 衛兵たちに向かって。こうしてネロンは、ごく「自然に」、ナルシスと差し向かいになる。

第二幕第二場

(1) 初演時にネロンを演じたのは、三十年来ブルゴーニュ座において、最高の悲劇役者で高貴な二枚目として知られたフロリドール、芸名フロリドール（ジョジア・ド・スーラ、プリムフォッスの殿、一六〇八―七一）であり、『アンドロマック』のピリュスでは、古代的モデルに比して優美に過ぎると批判されていた。『ブリタニキュス』初演時には、すでに六十一歳である。歌舞伎の老二枚目を思うのがよいいわれである。ただし、「恋の情念の悲劇」で成功を収めたラシーヌが、その成果をすぐに手放すわけはない。『ブリタニキュス』でも、一幕の政治的な論争の後で、それまでお客を待たせておいた「恋の言説」をたっぷり聞かせる必要はあったのだ。テクストの上で言えば、ネロンの告白は、彼を呪縛している二つの《視線》、二つの《視像》を軸に展開される。その第一は、告白の前段を構成するジュニー誘拐に際しての、ジュニーの「涙に濡れて天を仰ぐ瞳」であり、ネロンの欲望の対象である。ジュニー拘束の場面の「明暗法」とともに、「涙に濡れて天を仰ぐ処女の瞳」のエロティスムについては、バルトの見事な分析がある（ロラン・バルト『ラシーヌ論』邦訳、二九―四四頁）。ヨーロッパ十七世紀バロック絵画の殉教図などに夥しい、美しい若者であれ処女であれ、殉教の苦痛に涙を流しつつ天を仰ぐ瞳は、性的オルガスムによって目が潤むイメージと重ねられてきた。その第二は、ナルシスの煽動に反論してネロンの引く、アグリピーヌの「烈火のごとき眼《まなこ》」であり、ネロンの欲望の全否定であって、まさに「去勢する母」である。ネロンの欲望の昂揚とその破壊とは、ネロンのファンタスムの内部で完全に対になっており、相容れることなく対立している。この悲劇における「ネロンの問題」とはまさにこれであって、二幕二場では、それが管弦楽の主題のように厳密に構築され、展開される。「雷の一撃」のような恋の誕生は、サッポーに本説をもち、ラシーヌが『フェードル』一幕三場の告白――「わたしは見た、見て顔赤らめ、色を失った〔……〕」――で、その究極の表現に達するものだが、『ブリタニキュス』では、フォレスティエも指摘するように、その瞬間の情況が、「警察の調書のように強烈な事実の詳細な積み重ね」からなっていて、それがこの告白に独特のポエジーを生み出すと同時に、「情欲の表現」にその強度を与えている。

(2) 「世に美貌の誉れを謳われること」の原文は"sa Renommée"(彼女の名声)である。フォレスティエは、初版のテクストに準拠してその表記にも注目するから、ここのように普通名詞が大文字で始まる場合は、表象的な意味を付与されて、「名声の女神」のように、一種擬人化された意味合いを持ちうることになる。そこからこの部分は、婚約者のシラニュスの自殺後、ジュニーがアグリピーヌによって追放されていた史実を、巧みに置き換えているとフォレスティエは説く。

(3) ネロンという人物を構成するテーマの一つは「毒薬(poison)」である。「魅惑(charme)」という言葉も使えたはずだ。人物の無意識を開示する言表を、見事に提示する。しかもその単語は、ナルシスの受け答えの台詞の"raison"「理性」(「分別」)と脚韻を踏んでいるのだ。

(4) 「涙に濡れて天を仰ぐ瞳」と同じ官能性の表象。悲しくて泣いているわけではない。

(5) 「どうにもならぬ、ネロンは恋をした」の正確な対部である。

(6) ローマ皇帝は「王」ではない(『ベレニス』の政治的主題である)。したがって皇帝自身も王冠は戴いていない。征服した領土の旧宗主は王だが、皇帝の前では王冠を取るのである。

(7) 「皇帝の輝き」の、いわば呪力は、ナルシスの「帝王学」の根幹をなしている。ここではそれが、ネロンの恋という邪《よこしま》な動機に用いられるわけだが、全く同じ「皇帝の栄華の幻惑力」が、

『ベレニス』では、ベレニスの恍惚の情景に動員される。「皇帝の目にとまろうとする諸国の王たち」の涙ぐましい努力は、十七世紀絶対王政の宮廷にも通用しただろう。特にその成立期には、君主の「栄光の輝き」が政治的にも重要な表象作用をもっていたことを思えば、ナルシスの「帝王学」は、たんに「ローマ物悲劇」の装飾ではなかったはずだ。

（8）　アグリピーヌの意志で、ネロンは十二歳で、当時十歳と推定されるオクタヴィーと結婚させられた（タキトゥス『年代記』一二―3、9）。ネロンは彼女を嫌っており（同前、一三―12）、アグリピーヌの死後、二度にわたって追放し、最後は残酷に殺させた（同前、一四―64）。

（9）　オーギュスト帝は妃スクリーボーニアとの間に娘ジュリー（ユーリア）がいたが、妃と離婚して、リヴィー（リーウィア）と再婚した。リヴィーにも、ティベリウス・クラウディウス・ネロとの間に息子があり（未来のティベリウス帝）、しかも子供を身ごもっていたが、離婚して再婚した。この時腹にいた子がドリュシュス（ドルースス）で、ジェルマニキュスとクローディユスの父、未来のアグリピーヌの祖父となる。オーギュスト帝の後継者はすべて、二度目の妃リヴィーと、彼女の最初の夫の血を引いていることになる。ブリタニキュスとネロンもその中に入る。

（10）　ティベール帝は、オーギュスト帝の婿養子となって、皇帝の娘ジュリーと結婚したが、彼女の不行跡を理由に離別し、オーギュスト帝自身も同意して、彼女を追放した。ネロンの置かれている状況と同じだと、ナルシスは説く。

（11）　擬セネカ作とされる悲劇『オクターウィア』（紀元後一世紀）に、ネロ自身の嘆く情景がある――「わたしだけが、万人に許されていることを禁じられていなければならぬとは」（五七四行。

Sénèque, *Tragédies* [pseudo-Sénèque], texte établi et traduit par François-Régis Chaumartin, «Les Belles Lettres», 2002)。

(12) すでにこの場の訳注(1)で述べた、「視線の呪力」であり、そこから生まれるドラマである。

(13) タキトゥスによるポッパエアの言葉が典拠であろう。ネロと結婚できずにいることに苛立ったポッパエアは、ネロが母后に隷従していることを非難して、こう言った——「他人の意志に隷従して、後見人なしではやっていけない男で、帝国を自分のものにしていないばかりか、自分の意志すらも自分のものにしていない」(『年代記』一四-1)。

(14) 「守護霊」は“Génie”である。プルタルコスが伝える、エジプトの占い師がアントニウスに言った言葉——「そなたの守護霊は、カエサル〔オクタウィウス=未来のアウグストゥス〕のそれを恐れている。一人でいれば勇気があるが、カエサルの守護霊の前へ出ると、その力を失い、弱く臆病なものになる」(『英雄伝』「アントニウスの生涯」三三節)による。シェークスピアの『アントニーとクレオパトラ』(二幕三場)にも、同じ逸話が用いられている。

第二幕 第三場

(1) いよいよラシーヌお得意の「口説き」の見せ場である。しかしネロンは怪物である。口説きの中でその本性が現れる。

(2) フォレスティエは、「退けられて」を意味する“exclu”が、十七世紀の版本では“exclus”と綴られていることに注目する。同時代の綴り字法では、この過去分詞の単数形も“exclus”と表記したことから、通常はこの語はネロンに掛かると取るのだが、しかし複数形と考え、独立分詞構文として前の行の“charmes”（魅惑）に掛かり、「魅惑が排除されている」と取ることも可能だとしている。しかし、音で聞いてこうした統辞法上のアクロバットが通用するかどうかには、疑問がある。

(3) 擬セネカ作の『オクターウィア』で、オクターウィアは「私だけが残りました、偉大な一族の影のように」(七一行)と語る。

(4) このブリタニキュスとジュニーの婚約は、ラシーヌの独創。クローディユス帝は、娘のオクタヴィーをジュニーの兄のシラニュスと婚約させただけである。

(5) ジュニーの純情な、あるいは世間知らずの判断から、「母后の意志」を口にしたことをきっかけに、ネロンの態度は豹変する。優美な恋を語る若い皇帝から、怪物としての権力者へと。しかし、その言説は、「恋の言説」を巧みに援用していく。

(6) この返事を疑問形にしたのは、一六九七年、生前最後の『全集』における手直し。それ以前は、感嘆符で「陛下が！」。

(7) 原文“respirer à vos pieds”。ここの“respirer”は、「休息する、平穏を取り戻す」の意。バルトが、この動詞を字義通りに取った解釈を展開して、ピカールとの論争になったことは周知のとおり。十七世紀の語彙を、字義通りに取る「読み」の正当性の問題である。

(8) ネロンの口調はがらりと変わり、むき出しの脅迫となる。

(9) ネロンは三七年十二月十五日生まれで、ブリタニキュスより三年以上年長であり、オクタヴィーは四〇年生まれであり、十二歳のネロンと結婚したとき十歳。ブリタニキュスより年上である。いずれにせよ、ここでネロンが敵の名を口にするので、ジュニーはブリタニキュスに対する恋を、ネロンに告白する。ジュニーに、皇子を守ろうとする強い意志があることは、ここの台詞でも分かる。劇評などで、ジュニーは「牝豹」のようでなければならない、と言うときには、この辺りの台詞を想定している。

(10) フォレスティエは、ラシーヌがこの発想をロトルーの『ベリゼール』(一六四四)から得たとする。重要なことは、この「隠れてうかがう」行動の典拠が、タキトゥスにはないことであり、しかも、それにもかかわらず、一幕一場でアグリピーヌが誇らし気に語った「元老院で、帷《とばり》のかげに身を隠して、すべてを聴く」という、あの行動の「本歌取り」になっていることだ。「秘密掠取」における、母と息子の相称性であるが、息子はそれをサディックな快楽に繋げるだけ、役者が上である。

(11) 『ブリタニキュス』では大胆な語法にしばしば出会うが、ここはその典型。十七世紀の用例として“entendre”は「理解する」の意で普通に用いられるが、ここでは、「あなたには、音のしないと思われる眼差し(des regards que vous croirez muets)」という表現が続くために、本来の聴覚的意味が甦り、「眼差しを聞く」ことになる。

第二幕 第四場

(1) フォレスティエは、このネロンの退場の台詞と、『アンドロマック』のピリュスが、「奥方、胸にあの子を抱かれて、救う手立てをお考えになることだ」という台詞とを比べている。同じくフォレスティエは、初演時の記録ではないが、一六七八年のブルゴーニュ座の道具付帳には、「幕」が記録されていることを挙げ、初演時にもネロンの隠れる幕が使われたのであろうとする。

第二幕 第六場

(1) 愛し合っているはずの恋人同士が、なんらかの誤解から諍《いさか》いをする情景を、喜劇では「恋の諍い」と呼び、モリエールが得意とした。『タルチュフ』第二幕はその傑作である。ラシーヌは、モリエール喜劇の手法を逆転させるという劇作術上の冒険をするが――通常は、悲劇的状況を逆転させて喜劇の状況を作るのだが、その正反対――、ここなどは、その典型と言えそうである。

(2) ブリタニキュスの言動のうちで、しばしば見落とされるが、皇子は、帝位への野心をことあるごとに口にする。それが、三幕八場のネロン、ブリタニキュスの公然たる対決と、ブリタニキュス逮捕へと繋がるのだ。

(3) この一行は、ほとんどそのままの形で、『ベレニス』三幕三場のベレニスの台詞に使われる――「千々《ちぢ》に乱れるこの胸の、不安の種を、お教え下さいますように」(本書二三五頁)。

第二幕 第八場

(1) バルトは、「ネロンは、ブリタニキュスが苦しむさまを、愛する女が拷問されて苦しむさまを見るように楽しむ」(邦訳二七頁)と書いた。

(2) ルイ・ラシーヌの『回想録』によれば、このナルシスの台詞が観客の怒りを買い、ナルシス役の俳優は、幕切れの台詞を最後まで言えなかったという。なおナルシスの言う第一の好運は、メッサーリーナを死に追いやった時。メッサーリーナが皇帝の地位と、おそらくは命を脅かした際、クローディユス帝の解放奴隷カリストゥスもパラースも動かなかったので、ナルシスは皇后の陰謀をあばくべく働き、皇后の言い訳によって皇帝が心を動かされぬよう彼女を暗殺するように計らった(タキトゥス『年代記』一一-26〜38)。この陰謀にもかかわらず、彼が他の二人の解放奴隷よりも権力を握ることはなく、アグリピーヌを推挙したパラースが決定的に権力を握ることになる。

第三幕第一場

(1) ルイ・ラシーヌの『回想録』によれば、最初は第三幕の幕開きに、八十二行に及ぶビュリュスとナルシスの対決の場面があったが、ラシーヌはボワローの忠告で削除したという。ビュリュスの台詞には、この後第三幕でアグリピーヌが口にする言葉や、ビュリュス自身が発する言葉も含まれているから、かなり早い段階でカットしたはずである。ルイ・ラシーヌの伝えるところでは、ボワローの忠告は、「観客の共感を一身に担っている正義漢と、観客が批判する裏切り者とが、対等で意見を交わす情景を、観客が喜んで聞くはずがない、そもそも皇帝の補佐官が、失墜した、しかも悪名高い解放奴隷に、国家的危機に臨んでの秘密を打ち明けて意見を交わすなどということはありえないから、カットすべき」であるというものだった。たしかに、謹厳廉直な武将と、狡猾な陰謀家である解放奴隷とを対決させることに、劇作術上の興味はあるが、この対決の仕方では、政治悲劇の舞台裏を見せようとして、結局政治家としてのビュリュスの無能力を露呈させるだけであり、第三幕という劇全体の「山場」の幕開きとしては緊張感に欠ける。このカットは、五幕六場の異本とは、レベルの違う話である。こうして第三幕は、「パラース追放」という、二幕一場で予告された勅命の執行の報告から始まる。

（2）ネロンの幼児性とでもいうべき側面が見事に出ている。パラース追放の政治的意味は、「帝国の命運がかかっている」などと言われながらも、要するに母后に対する息子の反撃に過ぎない。ここでも、個人の情念と政治の駆け引きとの「蝮の絡み合い」である。

（3）原文は《Il faut que j'aime enfin.》。バルトが説く絶対的な用法、つまり目的語なしで用いられる動詞《aimer》（愛する）の典型である。現代日本語における「恋愛のディスクール」として多少の細工が必要なことは、訳文を見ていただければ分かるはず。

（4）ビュリュスの主張する「コルネイユ的な愛」の捉え方と、ネロンの「宿命的な恋」のそれとが対決する。フォレスティエによれば、ラシーヌはこの部分で、擬セネカ作の『オクターウィア』のセネカとネロの対決を本説としているとする。ポッパエアと結婚するためにオクターウィアを追放しようとするネロに対して、セネカは説く――「この恋は、軽々しくそれに負けずにいれば、御身から離れるはず／〔……〕その火を掻き立て煽らずば、勢いも／弱まり、しばしの間に衰えて、消えるはず」（五五三、五六四―五六五行）。ラシーヌは、三幕九場と、特に四幕三場で、このセネカとネロの対決を援用している。

第三幕 第二場

(1) 二幕二場で「守護霊」の意で用いられていた《génie》である。人それぞれに先天的に備わっていると信じられていた宿命的な本性。原文の《Néron découvre son génie》は、発見ではなく露呈であるが、それは近代的な主体にしてみれば、まさにそれまで隠されていた己れの本性の発見でもある。

(2) 削除されたというビュリュスとナルシスの対決にあった台詞。フォレスティエも指摘するように、字句通りに用いられているのは、ここの二行だけである。

第三幕 第三場

(1) 第二幕はネロンの恋の出現とそれに関わる策略に当てられたから、アグリピーヌの「出る幕」はなかった。この悲劇の筋立ては、ネロンがいかにアグリピーヌに会わずに済ますかという意図的な「すれ違い」であり、「怪物」二人の「出会い＝対決」は第四幕まで持ち越されて、その山場を作ることになる。「ネロン対アグリピーヌ」の「出会わない組み合わせ」に対して、「アグリピーヌ対ビュリュス」「アグリピーヌ対ブリタニキュス」は、第一幕のパターンを繰り返す。「ブリタニキュス対ナルシス」の硬直状態の後に、突然ジュニーが監視の目を逃れてブリタニキュスに会いに来、第二幕で起きた事件の真の意味を明らかにする。第一の逆転である。そして皇子が姫の足下に身を投げて感謝をし、恋を誓っているところにネロンが現れ、現場を捉える。第二の逆転である。そしてネロンとブリタニキュスの公然たる対決と、ネロンによるブリタニキュス逮捕と、劇は破局へと突き進むかに見える。第三幕の大詰めである。

(2)　タキトゥスによれば、解放奴隷アクテーに対するネロンの恋に逆上したアグリピーヌについて、「彼女が、彼の行為の卑しさを非難すればするほど、彼の情欲の激しさを掻き立てることになった」(『年代記』一三－13)。

(3)　アグリピーヌは、ビュリュスをネロンの乱行の手先だと信じている。彼女が自分の過ちに気付くのは、第五幕で、ブリタニキュスがナルシスの手配で毒殺された後である。ネロンも、ビュリュスとアグリピーヌが結託していると考えていて、その「誤解」が、対をなしている。先に気付くのはネロンのほうだ。四幕二場の母子対決に続く四幕三場においてである。

(4)　ここからは、タキトゥス『年代記』一三－14に、間接話法で語られているネロンに対するアグリピーヌの脅迫を本説とする。ただ、その内容の時間軸における順序は逆であり――まず彼女の犯した罪の告白があり、ついでブリタニキュスを軍団の前に連れて行く――、かつそれぞれの議論を膨らませている。

(5)　兵士たちは、クローディユス帝に忠誠を誓っていたから、その皇子ブリタニキュスがこの記憶を蘇らせるのは当然ではある。しかし、兵士たちは、ネロンが帝位継承者となった時に、すでにネロンに忠誠を誓ってしまっていた。

(6)　一幕一場の訳注(8)(9)を参照。アグリピーヌは、自分の高貴な血筋を語る時には、武将として名高かった父ジェルマニキュスの名を挙げ、ネロンに流れる悪の血を強調する時には、自分の夫ドミシユス・エノバルビュスの名を挙げる。兵士たちに演説をする時には、クローディユス帝の后としてでも、皇帝ネロンの母后としてでもなく、「ジェルマニキュスの息女」として、それをする。父ジェルマニキュスは、ゲルマニア遠征軍の英雄であり、そこから「ゲルマニクス＝ジェルマニキュス」の通称が生まれたのだが、名将の誉れ高かったにもかかわらず、伯父であるティベール帝の憎しみを買い、皇帝によって毒殺されたとまで伝えられていた。この悲運が、ローマ軍における彼の名声を高めるのに大いに貢献していた。アグリピーヌの台詞のこの二行は、対比構造において見事であり、日本語訳では、固有名詞の音韻的記憶だけでは表現できないと考え、それぞれに形容詞を補った。

(7)「護民官(tribun)」は、共和制時代には軍団の司令官として名誉ある地位であり、上流貴族の官職であったが、セザール(カエサル)とオーギュスト(アウグストゥス)の改革によって、各地の代官に隷属する官職でしかなくなった。アグリピーヌの侮蔑的な口調は、この間の事情を反映している。ただし、ビュリュスは追放されていたわけではないのは、四幕二場のアグリピーヌの台詞が明示している。ここは言葉の勢いで言ったと思われる。

(8) タキトゥス『年代記』一三－14。「〔パッラース追放の後で〕アグリッピーナは、にわかに態度を変え、ネロに毒づき、脅した。挙句には、元首の耳にこんな言葉を吹き込んだ。「ブリタンニクスはいまやもう立派な青年です。父の統治権を受けつぐには、彼のほうこそ、正当にしてまたふさわしい嗣子です。なぜといって、お前は他家より侵入して養子におさまり、おまけに母親を虐待する目的で統治権を乱用しているからです」。それから、不幸なカエサル家のすべての罪悪を、なかでも特に、彼女がクラウディウスと結婚し、そして彼を暗殺した経緯を暴露してはばからなかった。「継子のブリタンニクスを生かしておいたのは、ただ神々と私のみが先を見通していたからです。私は彼を連れて護衛隊兵舎に行きましょう。そして兵士にまずゲルマニクスの娘であるこの私の言葉を聞かせ、それから不具者のブッルスと追放帰りのセネカの言い分を聞かせてやります。あの二人は、めいめい片方しかない手と弁論教師の弁舌で、勝手に人類の指導権を請求するがいい」。こう言って彼女は腕を拡げ、天上のクラウディウスや、シーラーヌス兄弟の地獄の怨霊や、努力も水泡に帰した過去のすべての悪業を証人として呼びおこしながら、ネロを責めののしった」(このアグリピーヌの言葉は、タキトゥス原文では間接話法である。これに続く16節、17節が、ネロのブリタンニクスに対する憎悪と皇子毒殺の語りである)。このくだりは、四幕二場のネロンとの対決の場面でも用いられる。

(9)　アグリッパ(マルクス・ユーリウス・アグリッパ・ポストムス)は、ジュリー(ユーリア)の息子であったから、オーギュスト帝の孫に当たる。アグリッパは粗暴で身持ちが悪かったが、自分の息子ティベールを擁立しようとしたリヴィーの要請で追放され、ティベールが帝位に即くや、その命で殺害された(ネロンが帝位に即くや、ブリタニキュスを毒殺させたのと同じに)。

第三幕 第四場

(1)　原文は《une rivale》、たんに「競争相手」ではなく、「恋敵《こいがたき》」である。アグリピーヌにとって政治の情念は、母と息子の間に演じられる劇であっても、エロス的な次元の事件なのである。

それがこの悲劇のように、母と息子の間で演じられれば、「近親相姦」の欲望は、必然的にその政治的地平を画している。タキトゥスによれば、ネロンがアクテーという名の解放奴隷の女と恋仲になった折に、これに類する言葉を吐いたという(「解放奴隷の女が、自分の恋敵になったことに憤激した」『年代記』一三―13)。四幕二場で引かれるネロンに対するアグリピーヌの非難、「あなたが心を許し、御贔屓《ごひいき》にする連中はと見れば、／オトンだの、セネシオンだの、色好みの若者ばかり」という記載も、この一三―12に読まれる。

(2) 権力というものに対する、きわめて覚めた、マキャヴェリ的な視座。ローマ物政治悲劇を、政治的な理念の衝突とする大コルネイユの権力の捉え方とは対照的である。権力も、人間の「欲望」の対象に過ぎない。「セックス」がそうであるように。ちなみにこの台詞は、全一七八八行の悲劇の中央に当たる八八五―八八六行に読まれる。

(3) タキトゥス『年代記』一四―9の名高い記載によれば、アグリピーヌがネロンの未来を占わせたカルデアの占星術師たちは、「彼は帝位に即くであろう、だが彼の母を殺すであろう」と予言したが、それに対してアグリピーヌは、「わたしを殺してもよい、あの子が帝位に即きさえすれば!」と叫んだという。四幕二場のネロンとの対決の場と、五幕七場のブリタニキュス毒殺の後でも、彼女はこの「不吉な予言」を繰り返し喚起する。

第三幕 第五場

(1) シッラ(コルネーリウス・スッラ)は、クローディユス帝の娘婿として、ネロンから危険人物と見なされていた。パラースとビュリュスが、彼を帝位に即けようと陰謀を企んだとされる（タキトゥス『年代記』一三－23）。ピゾン（カルプルニウス・ピーソ）は、ネロンの晩年に反乱軍の首領となるが、陰謀が顕れて、自殺する（同前、一五－48～59）。プローチュス（ルベッリウス・プラウトゥス）は、オーギュスト帝の末裔でクローディユス帝の甥であり、シッラと並んで皇帝の親族であり、帝位に即くことが可能であった。アグリピーヌが、ブリタニキュスの死後、味方に付けようと謀った。シッラもプローチュスも、ネロンの命で処刑された（同前、一四－57～59）。これらの「貴族の長《おさ》の面々」の謀反の意志は、多かれ少なかれ信憑性を持つとはいえ、ナルシスの一方的な情報を、皇子が盲信して母后に告げていることに、観客は気付いているだろう。

（2）アグリピーヌは、包囲する女である。捉えたら放さない女でもある。バルトが、"Agrippine" の名について、"agrippement"（爪で捉えて放さぬ行為）という単語が思い浮かぶと書いて（邦訳一三九頁参照）、ピカールの批判を受けたが、ラシーヌにしたところで、そういう言語的想像力を全く自らに禁じていたとは言えないだろう。だからと言って、ブリタニキュスについて「イギリス的性格（臆病、控え目）」と比較するのかと言い出すのは、ピカールの側の、あまり効果的ではない言いがかりであった（『新批評、あるいは新しいいかさま』四四頁）。

第三幕 第六場

（1）三幕の中央部に位置するこのブリタニキュスとナルシスの場は、三幕前半の緊張と、三幕後半の劇的展開とを考えると、嵐の前の不気味な静けさというか、日本なら「台風の目」とでも言ったらよい、奇妙な宙吊り状態に置かれた場面である。現代の演出家の視点からすると、ここで手間取るのはどうも具合が悪いが、十七世紀の観客にすれば、悲運の皇子の「恋の諍《いさか》い」の言説は、聞きたいのだろう。権力闘争から降りて、恋一筋に生きようとする皇子を、この場面で印象づけ、三幕後半の、皇子として否応なしに踏み込まされる「権力の関係」と、その内部での皇子の悲劇を強調しようとするのだと考えられる。

(2) ナルシスは、巧みに「恋の諍い」の言説を展開するが、現実がそれを裏切ってしまう。

(3) 一七三六年版、エーメ・マルタン版には、「傍白で」のト書きあり。

第三幕 第七場

(1) 舞台の外(舞台裏)では、アグリピーヌがネロンをつかまえたことが分かる。「包囲する女」の予告通りに。それが一瞬ジュニーを自由にしたのだが、母后と息子の対決には至らなかった。

(2) 「恋の諍い」は、当事者同士で再開されるが、ジュニーのほうではそれどころではない。皇子の命に関わる陰謀が進行中なのだ。皇子の諍いへのこだわりが、姫に「ネロンの監視」の経緯を詳しく語ることを不可避にする。

(3) ジュニーのこの告白は、恋人の命に関わる危機の最中で、敢て行われる。この切羽つまった様相が、ともすれば悲運に押しつぶされるだけのように見えるジュニー姫を、悲劇の恋の主人公に仕立てる。危機的情況における「恋の悲壮感(pathétique)」を引き出す、ラシーヌの見事な技法である。

（4）　エーメ・マルタン版にはこの前に、「ジュニーの足下に身を投げて」のト書きあり。ト書きがなくともこの台詞で、ブリタニキュスがジュニーの足下に身を投げて跪く演技は自明である。それは、八場冒頭のネロンの皮肉な台詞からも分かる。

第三幕 第八場

（1）　劇の仕組みからして、出会うことのありえない「恋敵同士」が、一回だけ舞台上で出会う。ラシーヌは『アンドロマック』三幕四場でアンドロマックとエルミオーヌを出会わせた効果を忘れてはいなかっただろう。もっとも『アンドロマック』で、「一回限り」という様相が鮮明になるのは、再版以降の書き直し版においてではあるが。

（2）　一幕一場の訳注（8）（9）を参照。この一行は、タキトゥス『年代記』一二－41にある名高い挿話。クローディユス帝の死ぬ前に、ネロンがブリタニキュスとすれ違い彼の名を呼んで挨拶したところ、ブリタニキュスのほうは、ネロンを軽蔑的に「ドミシユス」と呼んで答えたという逸話による。

（3）　以下のスティコミティー（ギリシア語でスティコミュティア）、つまり一行ずつの詩句による緊迫した掛け合いは、ギリシア悲劇以来、悲劇には不可欠な言語態であり、劇的緊張を高めるものとされてきた。ラシーヌはすでに、『ラ・テバイッド』（四幕三場、五場）と『アレクサンドル大王』（一幕二場、五場）で用いている。相手の言葉を取って言い返すのだが、その取り方と相応じる脚韻の効果によって、三幕大詰めの緊張をいやが上にも高めている——

Br. – Ainsi *Néron commence* à ne *se* plus *forcer.*
Néron – *Néron* de vos discours *commence à se lasser.*
Br. – Chacun devait bénir le *bonheur* de *son règne.*
Néron – *Heureux* ou *malheureux,* il suffit *qu'on me craigne.*

原文のうち、イタリック体で表記した部分が、最初の行の単語＝音韻を受けて、次の行と響き合う。脚韻もそれ自体で意味を持つように仕組まれている(「強制する／飽きる」「治世／怖れる」)。フォレスティエは、この最後の二行について、擬セネカ作の『オクターウィア』におけるセネカとネロの対決が典拠だとする(四五六―四五八行)。半行句によるスティコミュティアである――

ネロ　剣が帝王を守ってくれる。
セネカ　　　　　　　　信頼はそれ以上に。
ネロ　皇帝は怖れられねばならぬ。
セネカ　　　　　　　　むしろ、愛されるべきです。
ネロ　必要なのだ、怖れられることこそ。

主題はセネカの『寛容論』二巻三節に由来するが、このテーマは、『ブリタニキュス』一幕一場にも使われていた。『寛容論』は、最も忌み嫌うべき言葉として、アッキウス『アトレウス』の《Oderint dum metuant》(わたしを怖れさえすれば、憎んでもよい)というカリギュラが好んだ一句を引く。

（4）再び三行のスティコミティーが投げられた後、ブリタニキュスは「決定的な秘密の暴露」に踏み込む。これがネロンの自制心を完全に失わさせる。衛兵たちによるブリタニキュス拘禁である。

（5）「第一の序文」訳注(23)参照。台詞のなかでは、フランス語により近く、「ウェスタ」ではなく「ヴェスタ」とした。十七世紀の観客には、修道院へ隠棲することの置き換えのように受け取られただろう。

第三幕 第九場

（1）この場の冒頭で、ブリタニキュスとジュニーが、それぞれ衛兵たちに引き立てられて退場する瞬間に、ビュリュスは登場する。二行目の「ビュリュスが目に入らず」のト書きは、初版以来ある。ただしこの台詞の後に、一七三六年版には、「衛兵に向かって」のト書きあり。エーメ・マルタン版には、「ビュリュスを認めて」のト書き。いずれにせよ、ネロンのこの独り台詞で、三幕の途中でアグリピーヌが、ネロンを捉まえたことが確認される。しかし、話し合いは物別れに終わったはずだ。

（2）タキトゥスによれば、ブリタニキュスの死後ほどなく、「ゲルマニア人からなる〔アグリッピーナの〕個人的親衛隊を廃止させた」（『年代記』一三－18）。

（3）同じくタキトゥスによれば、ビュリュスは、母殺しの考えに取り憑かれていたネロンを諫《いさ》め、アグリピーヌの罪が確実に証明されたなら、その殺害は自分が引き受けると言い、「すべての被告人には、弁護の権利が与えられねばならない〔……〕特に母たる人には」と主張した(同前、一三－20)。

(4) ビュリュスの親衛隊長の地位はアグリピーヌのお蔭だとして、ネロンは解任しようとしたが、セネカの進言によって、ビュリュスは留まることができた(同前、一三－20)。フォレスティエは、『オクターウィア』におけるネロとセネカの長い対話が、この場面と同じような中断と非難で終わることに注目する――「いい加減にやめろ、固執するのは。貴様の長口舌、／もう聞き飽きた。許されてよいのだ、俺には、セネカの認めないことをする権利が」(五八八－五八九行)。

第四幕第一場

(1) すでにアグリピーヌによって再度予告されていたネロンとの直談判が、ようやく実現する。第三幕の舞台裏で起きていたことは、二人のさしでの対決にはならなかった。

第四幕第二場

(1) ブルゴーニュ座の道具付帳には、「椅子二脚」とあり。この場面に使われたものだろう。近年では、アグリピーヌは立ったまま演技をする演出も多い。アグリピーヌの台詞では、ネロンが母后に、一見敬意を払って、距離をおいて立っているべきことが分かる。なお、このアグリピーヌの長台詞は百八行に及び、ラシーヌ悲劇のなかでも最も長い。

(2) 段落分けの「一字下げ」がある。

（3）姦婦として名高かったメッサリーヌ（メッサーリーナ）のこと。ブリタニキュスの母に他ならないが、ラシーヌは、皇子の高潔なイメージを守るために、メッサリーヌという固有名詞は、登場人物表にも本文にも、一度も使っていない。

（4）寡夫となったクローディユス帝の後妻の座を狙って、権謀術数をたくましくした三人の女は、ロッリア・パウリーナ、アエリア・パエティーナ、そしてアグリピーヌ。それぞれが、クローディユス帝の解放奴隷を味方につけていたが、パウリーナはカリストゥスの、パエティーナはナルシスの、アグリピーヌはパラースの力を頼った（タキトゥス『年代記』一二－1～2）。

（5）アグリピーヌが叔父であるクローディユス帝を口説いた経緯は、タキトゥス『年代記』一二－3と、スエトニウス『ローマ皇帝伝』五巻「クラウディウス」二六節に読まれる。

（6）「元老院懐柔」の首謀者はウィテッリウスで、タキトゥスは『年代記』一二－5～7に、長々とその演説を引用し、この演説の結果、元老たちが、クローディユスが姪を娶るべしとの決議をし、叔父が姪と結婚することを可能にする法令を採択したとある。

（7）「国家はかくて動顚し、万事、一人の女に服従した」（同前、一二－7）。

（8）一幕一場の訳注（14）参照。

（9）クローディユス家入籍以前のネロンは、父方の名ドミシユス（ドミティウス）で呼ばれていた。三幕八場でブリタニキュスが、ネロンに向かって侮蔑的に「ドミシユス」と呼ぶ謂れである。ネロン（ネロ）は母方の名であり、クローディユス（クラウディウス）の家系と繋がっている。クローディユス帝は、養子としたドミシユスにネロンの名を認めたのである。この箇所でラシーヌは、タキトゥスの伝える事件の経緯を、忠実に追っている。すなわち、クローディユス帝の躊躇、パラースの決定的な介入、養子縁組、その子をドミティア家からクラウディア家へ移籍させ、ネロンという通称を持つことを定めた法の制定である(タキトゥス『年代記』一二-25~26)。ここにネロンがブリタニキュスより「三歳年上」という記述あり。

(10) タキトゥス『年代記』一二-41に忠実。ブリタニキュスに同情する人々の追放、クローディユス帝への嘆願、帝は皇子の教育係を追放して、その後任の選定をアグリピーヌに任せ、その手の内の者を任命させた。

(11) ラシーヌは、文章上の均衡を取るため、ことさらに時間を混同させている。アグリピーヌがセネカを追放から呼び戻してネロンの教育係としたのは、帝と結婚した直後であり(同前、一二-8)、ビュリュス任命は、ブリタニキュスを孤立させた後である(同前、一二-42)。

(12) タキトゥス『年代記』に、ネロンの名による見世物や恩賞の話はあるが、それはまだメッサリーナが生きていた時のこととして語られている(一一-41)。民衆がネロンに対し、ジェルマニキュスの唯一の子孫として熱狂を示すのは、同書、一一-12。

(13) クローディユス帝の後悔は、スエトニウス『ローマ皇帝伝』五巻「クラウディウス」四三節に語られている――「ブリタンニクスに会った皇帝は、ひしと腕にかき抱いて、立派に育ち、自分の行いを逐一報告するように、と述べ、続けてギリシア語で、「ソナタヲ傷ツケタ者ガ、ソナタヲ癒スデアロウ」と述べた」。

(14) タキトゥス『年代記』一二-68。67節でクラウディウス帝毒殺のことを語り、それを秘密にしておく方策が68節で語られる——「まず第一に、アグリッピーナは、ちょうど悲しみに打ちひしがれて、慰めを求めるかのように、ブリタンニクスを抱きしめ「父の生き写し」と呼び、手を変え品を変えて邪魔をし、私室から出さないようにした」。

(15) この「無数の噂」について、スエトニウスはこう述べている——「すべての人は一致していた。彼〔クラウディウス帝〕は毒殺されたのだ。だが、どこで、誰の仲介で毒薬が盛られたのか、これらの点については、意見が分かれている」（『ローマ皇帝伝』五巻「クラウディウス」四四節）。

(16) 崩御の報せが伏せられたことについては、タキトゥスとスエトニウスは一致している。「この間にも、元老院が召集され、元首の健康回復のために、執政官と聖職者が祈誓をあげる。しかしその頃にはもう、元首は息を引き取っていて、毛布に包まれ、罨法《あんぽう》を施されていた」（『年代記』一二-68）。ネロンがビュリュスを従えて親衛隊の兵舎へ赴く話は、次節にある。

(17) ネロンの即位とクローディユス帝崩御とが同時に公表される話は、タキトゥスのネロンの巻にもスエトニウスにもないが、フォレスティエも指摘するとおり、オーギュスト帝崩御とティベール帝即位の際の皇后リヴィーの取った策に酷似しているから、それが典拠であろう。リヴィーは、オーギュスト帝が老衰で逝去したにもかかわらず、健康状態は安定していると告示し、皇子ティベールの即位が確実になってから、皇帝崩御の報せを公布した。「人々は同じ報せによって、アウグストゥスがこの世を去ったことと、ティベリウスが皇帝になったこととを知った」（『年代記』一-5）。

(18) 段落替わりを示す「一字下げ」。

(19) 段落替わりを示す「一字下げ」。

(20) オトン(サルウィウス・オト)は、ネロンが想いを寄せた女ポッパエアの夫だったので、ネロンによって遠ざけられたが、その死後、ネロンに続いた三人の皇帝の一人。コルネイユが、数年前(一六六四)に、有徳の英雄としてその悲劇『オトン』の主人公とした。セネシオン(クラウディウス・セネキオ)は、クローディユス帝の解放奴隷の息子。

(21) ローマ帝国のジェンダー的分割では、女帝は認められない。皇帝の男性性と対になるのは、ローマという女神であり、これは『ベレニス』の主題である。

(22) ネロン治世の初年には、パルティア族がアルメニアに侵入して、ローマ人たちは一様に不安を抱いて、こう言い合った――「いかにすれば、十七歳になるかならずの君主に、かかる重責を担い、その保証をすることが可能であろうか、一人の女の言いなりになっている人に、どんな支えを期待できるというのか」(タキトゥス『年代記』一三-6)。

(23) 気の弱いクローディユス帝は、解放奴隷の言いなりになっていたし、やがてアグリピーヌと結婚してからは、解放奴隷のうちパラースと組んだ后に、国家権力を操られた。

(24) 「鷲の飾りを戴く旗印」は、ローマ軍団のそれ。フランス語では、この意味の「鷲(aigle)」は女性名詞。フォレスティエがわざわざこのことを断っているのは、原文では二行先の詩句に読まれる女性人称代名詞がそれを指すことを言うためだけであろうか。皇帝が男だからこそ、女性的表象を兵士が捧げてもよい、という含意がありそうである。一幕一場の訳注(17)に記した、「束桿《そっかん》」の事例を参照。

(25)　まさにアグリピーヌが、三幕三場でビュリュスに向かって公言したことである。言った相手はビュリュスであったが、その「噂」は、おそらくナルシス経由で、「親衛隊の兵営にまでも」流れている。ネロンの一見物静かな反論は、言われていない背景まで暗示して、不気味である。タキトゥス『年代記』一四-11に読まれる、アグリピーヌ暗殺の後、ネロンが元老院に送ったアグリピーヌ弾劾書簡を典拠としている。

(26)　アグリピーヌも、「母親」として泣き落としにかかるしかない。「あなたは恩知らずです、今も昔も、いつだってそうだった」と。その愁嘆は、すでに三幕四場で語られていた、かのカルデアの占星術師の「ネロンによる母親殺し」の予言(同場の訳注(3)を参照)に至る。「前々からわたしに予言されていた/行く末の禍いからも、わたしは目を外《そ》らしてきました」と。そして最後は当然に、「わたしを殺しなさい」という脅迫。それも、「人民たちが反乱を起こすであろう」という脅迫付きの。典拠は、『年代記』一三-19~21。ブリタニキュス暗殺の後、アグリピーヌが孤立し、ネロンに対してアグリピーヌが権力奪取を謀っているとの告発があり、母と息子の間でこの場面と同じ会見が行われ、母の満足する形でそれは終わった。つまり、ブリタニキュス毒殺後の事件を、ラシーヌはその直前に移すことで、劇的サスペンスを盛り上げ、それに続く大きな「どんでん返し」を仕組んでいる。ローマ帝国の政治の舞台が、その裏も表も、壮大なスケールで描き出されると同時に、そこに蠢《うごめ》く「怪物たち」の欲望のドラマが浮き彫りにされる。

(27)　この詩句の前に、一六七〇年の初版には、「ビュリュス戻る」という卜書きあり。一七三六年版ならびにエーメ・マルタン版には、「ビュリュスの姿を舞台奥に認めて」とある。二人とも、ビュリュスという証人＝観客を前に、その芝居に磨きをかけていることは間違いない。五幕三場でアグリピーヌが得意気に語る「ネロンとの和解」の光景は、ある程度ここで演じられておく必要があるだろう。

(28) この恭順なネロンの言葉つきや、そこから想定される物腰は、次の場面でがらっと変わって「怪物」の正体を見せる。「演劇的仮面」としてのネロンが最も鮮やかに出現する情景である。悲劇の人物というよりは、モリエールが大胆に造形したあの「悪辣きわまるお殿様」であるドン・ジュアンの変身演技を思わせもする。そう考えると、ビュリュスの「正義」は、スガナレルの「常識」と同列に並ぶ危険がある。ビュリュスは、身を投げ出して若い皇帝を諫めるのだ。

第四幕 第三場

(1) ビュリュスを味方につけることができると判断したネロン。母と自分との関係においてしか、敵と味方は分類されない。

(2) 『ラ・テバイッド』三幕六場で、クレオンは、憎み合う兄弟を肉体的に近づける作戦の理由として、「やつらは互いの息の根を止めるのだ、アタールよ、互いに相擁することで」と述べていた。

(3) バルトがその『ラシーヌ論』で展開した「世論」という無人称的な「視線」あるいは「価値」。

(4) フォレスティエは、ここの本説として、擬セネカの『オクターウィア』における、ネロとセネカの対話を読む――

ネロ　おれだけが、誰にでも許されていることを、してはならぬと?
セネカ　至上の高みにおわすお方に、人は最も高い要求をするのです。
ネロ　おれには許されている、試すことが、たまさかに心に芽生えた
　この好意を、おれの力で打ち破り、思い通りになるかどうかを。（五七四―五七七行）

（5）以下の七行は、セネカの『寛容論』に基づく。「残酷さは、なかでも、この点でおぞましい、つまりそれを続けなくてはならないし、再び正しい道を取ることは不可能だという点である。すなわち罪は罪によって支えられねばならないからだ」（一巻一三節）。「国王の残忍さは、敵の数を、減らすつもりで増やす。事実、殺された者たちの親や子たちは、その近親者や友人たちと等しく、すべての者が殺された者たち一人一人の立場に立つからである」（一巻八節）。コルネイユは、この最後の部分に、『シンナ』四幕二場の想を得ている。バルト的に言えば、集団的理念としての「世界の眼差し」に、一つの透明な「本質」として映るべき皇帝像を、ビュリュスはネロンに提出する。

（6）ローマに火を放つ暴君ネロンが、比喩的に喚起される。

（7）セネカ『寛容論』一巻一節。「自分自身に向かって、こう語る喜びがある。人民も都市も、彼らの歓びの原因を、私に帰しているのだと」。

（8）同前、一巻三節。「彼が進む時、彼らは、なにか恐ろしい怪獣がいきなり飛び出して来るかのように、逃げ出すことはなく、皆喜び勇んで、あたかも輝く幸運の星に向かうごとくに、彼の

元へと馳せ参じる」。

(9) 同前、一巻一節。「彼は、最も卑しい者の血でさえも、流すまいとひたすら心に懸けた」。

(10) ラテン語では "Vellem litteras nescirem"(「むしろ字など書けなければよかった」)ということの言葉は、セネカの『寛容論』(二巻一節)にも、スエトニウス『ローマ皇帝伝』(六巻「ネロ」一〇節)にも伝えられている。

(11) 一七三六年版は、「ネロンの足下に身を投げ出して」のト書き。バルトも指摘するように、ビュリュスの正論はネロンを動かさない。皇帝の足下に身を投げて懇願するという、文字通り「捨て身」の身体行動によって、ビュリュスはネロンの心を動かそうとする。ネロンの悪は、この行動を前に一瞬揺らぐ。四場のナルシスの出番である。

第四幕 第四場

(1) ロキュスト(ロクースタ)は名高い毒薬調合師で、タキトゥス『年代記』一二-67によれば、すでにアグリピーヌの命で、毒入り茸でクローディユス帝を毒殺したと伝えられる女。スエトニウス『ローマ皇帝伝』六巻「ネロ」三三節によれば、ブリタニキュスを殺す毒薬は、始め牡山羊で、次いで子豚で試されたのだが、悲劇詩人は、毒薬の効果と、一種の高貴さを保つために、人間である「奴隷」を使った。

(2) タキトゥスによれば、ロキュストと係の親衛隊員は、ネロンに、「剣で切るよりも素早い死」を約束した(『年代記』一三-15)。この比較は、五幕五場で、ビュリュスによるブリタニキュス毒殺の報告でも用いられる。

（3）　巧妙な心理家であるナルシスは、ブリタニキュスの怨念、ジュニーとの結婚の放棄、アグリピーヌの自慢と、ネロンの痛いところを探っていく。ビュリュスの捨て身の忠告で、自分を失っていたネロンは、アグリピーヌの名を聞いて、初めて反応する。ビュリュスの正攻法の雄弁とは対照的な、「弁証法的」とバルトが呼んだナルシスの誘惑である。ビュリュスが、《崇高な鏡》に仕立てた《世界》という集団的な眼差しを、愚劣きわまりないものに変容させること、同時に、そこに映るネロンの姿を、低級で愚劣な大根役者に変貌させることで、ネロンをしてこのグロテスクな変形鏡を破壊せしめ、彼自身が《運命》となることを選ばせるのだ。バルトが、『ブリタニキュス』における《鏡》の呪術的作用にこだわったのは、批評家として当然であり、ネロンの悪の分身がナルシスという名で呼ばれていることへの注目も、その限りでは妥当である。ちなみに、カミュの処女戯曲『カリギュラ』は、ほとんど『ブリタニキュス』四幕幕切れの部分の変奏に尽きるとさえ言える。

（4）　ピカールの指摘にもあるように、ネロンは前場のビュリュスの言葉を、ナルシスはネロンの言葉を、繰り返す。四幕終局の逆転のための跳躍台として、きわめて効果的である。ラシーヌの劇的言語装置の、驚くべき「エコノミー」である。

（5）　タキトゥスの伝えるティベール帝の言葉――「人々の語るところでは、ティベリウス帝は、元老院からお帰りになる際には、ギリシア語でこう言われるのがつねであったと言う。「まこと人間どもは、隷従のために生まれている！」明らかに、公の自由を望まぬ者ですら、かくも卑しい奴隷的諦めには、倦み果てていたのだ」(『年代記』三-65)。

(6) 何度も話題にしたように、ナルシスは、クローディユス帝によって奴隷の身分から解放された「解放奴隷」であった。

(7) タキトゥス『年代記』一四-14に、「彼〔ネロ〕が掻き立てられていたのは、四輪馬車に乗りたいという以前からの欲望と、劇場に出て、キタラの伴奏付きで歌いたいという、勝るとも劣らない恥ずべき欲望とであった」(以下16節まで、ネロンの演劇癖が詳しく語られる)。スエトニウスは『ローマ皇帝伝』六巻「ネロ」二〇-二五節で、ネロンの声楽と調馬術に対する野心と実践について、タキトゥスより詳しく語っている。「ネロがブリタンニクスを殺害させたのは、政治的動機と同時に、皇子の声が自分の声より張りがあり、美しかったことを嫉妬したため」だった(同前、三三節)。なお、メナール版およびピカール版は、《prodiguer sa *vie*》(命を惜しまない)としているが、これは前後の文脈および典拠からして、《prodiguer sa *voix*》の誤植であろう。別に闘技士と闘ったわけではないからだ。フォレスティエ版、ジャック・モレルならびにアラン・ヴィアラ版(ガルニエ、一九八〇)にならって「声」とする。

(8) 『年代記』一四-15に、「ついにネロその人、キタラを掻き鳴らし、歌の師匠たちを従えつつ、序曲を歌って入場した。従う者たちは、兵士、騎士、貴族たち、そこには、絶望しつつも拍手するブッルス〔ビュリュス〕の姿もあった」。

(9) このナルシスの煽動を見たルイ十四世は、従来の「バレエ狂い」をふっつり断って、以後は宮廷バレエの舞台で踊らなくなったとする説が、晩年のボワローの発言として伝えられ、しばしばそのままに受け取られてきた。しかし、宮廷詩人たろうとしている悲劇作家が、絶対君主に、舞台にかこつけてとはいえ、そんな危ない忠告をするはずがない。問題の上演は、一六七〇年一月、サン＝ジェルマン＝アン＝レーの離宮における『ブリタニキュス』の御前上演であり、ブルゴーニュ座の役者によるラシーヌ悲劇は、音楽やバレエの幕間入りで絢爛豪華に上演されている。近年のリュリー研究（Jérôme de La Gorce, *Jean-Baptiste Lully*, Fayard, 2002）が明らかにしたように、この年（一六七〇）のカーニヴァルに予告されていたモリエールとリュリーのバレエ入り新作『素晴らしい恋人たち』で、ルイ十四世が舞台に立つことをやめ、以後、観客に徹したのは、健康上の理由からであった。パリに駐在していたヴェネチアの大使の書簡によれば、しばらく前から陛下には、「お頭《つむ》のお加減が悪く」、そのために舞台に立つのを諦められたのであった。

第五幕 第一場

（1）「抱擁する」という動詞は、四幕三場で、ネロンによって殺人の行為として印象的に用いられていたことを、観客は忘れてはいない。「いかにもわたしは敵《かたき》を抱きもしよう。だがそれは、やつの息の根を止めるためだ」。ブリタニキュスの側からの「悲劇的盲目」である。ネロンの側で設《しつら》えた「権力装置」が、その試行錯誤も含めて見事に展開されていくこの悲劇で、犠牲者に選ばれている皇子が、若さゆえとはいえ、かくも「盲目」であるのは後世の観客にはいささか辛い。

（2）皇子の「悲劇的盲目」は、ジュニー姫の「悲劇的予感」によって劇的なベクトルと緊張感を保証される。古代悲劇の主人公における「予兆」の悲劇性である（たとえば、アイスキュロス

『アガメムノーン』における、トロイヤの王女でアポロンの巫女カッサンドラーの「待ち構える破局と自らの死の幻視」など)。

(3) 一六七〇年の初版では、このブリタニキュスの台詞はさらに八行多く、ナルシスの弁護に費やされていた。しかし、三幕六場で、「あれほど申し上げましたのに、まだあの方の貞節をお信じで?」と言うナルシスの言葉が、ジュニーの告白によって全く信用のならないものとなったはずなのだから、この期に及んで、なおブリタニキュスの目が覚めないのは、無理がある。フォレスティエは、ラシーヌが、登場人物の「性格」(「若い」から「信じやすい」)に忠実であろうとした結果だとする。ラシーヌは、再版以降、この八行を削除する。ここに訳しておくと——

彼が裏切る、わたしを? いったいどういうことですか、姫、
いつまでも人を疑っていなければならないとおっしゃるのか?
わが友人たちのうちで、ただ一人、ナルシスだけが残ってくれた。
父上より賜わったそのご恩、それを彼が忘れたことがあるだろうか。
わたしに対する恩義に対し、恥ずべき態度を取ったことが?
ネロンは、たしかに時として、彼の話を聞いている、
それはわたしとて知っています。しかし彼は、信を裏切ることなく、
ネロンとわたしの間の、仲介の役を果たしている。
だがどうして、わたしの心に、彼を疑えと言うのです。

最後の詩句だけ活かされるのだが、日本語では、言葉の調子から、残された文と入り方を変え

ている。ブリタニキュスの「ナルシス弁護」をカットしただけ、ジュニーの不吉な予感の悲劇性が、この場を支えることになった。

(4) フォレスティエは、「若さゆえに盲目となっている」ブリタニキュスが、「(宮廷の)見る目をもたぬ(=盲目な)若者たち」を批判し、自分は「恋ゆえに」事態が見えていると語るのは、「悲劇的イロニー」だとする。

第五幕 第三場

(1) タキトゥス『年代記』一四-4に語られるアグリピーヌとネロンの最後の会見を典拠とする。母后をバーイアエ湖の別荘に招き、その帰路に殺害させようとしたネロンは、盛大な祝宴を催して、母后への情愛の表現と政治的打ち明け話とをこもごもに繰り返すという「大芝居」を打った。ラシーヌは、ネロンの行動のライトモティーフが「抱擁」であり、しかもそれは「殺意」に裏付けられていることを繰り返し強調する。神話的に言えば、その抱擁は「蛇体」の絡み付きによる殺害であり、その抱擁=接吻には「毒」が不可避的に加わっている。バルト『ラシーヌ論』における『ブリタニキュス』の分析を見ること。

(2) 古典悲劇においては、戦闘や殺人などの「事件」は舞台の裏で行われて、見せられることはない。「事件」は語られるのだ。第五場のビュリュスの「ブリタニキュス毒殺の語り」と、第八場のアルビーヌによる「ジュニー遁世とネロン狂乱の語り」が、第三場の重要な「事件」を構成する。

第五幕 第五場

（1） 神に飲み物を捧げる奠灌《てんかん》の際の定型的表現。食事の際にも、これから飲む飲み物の最初の数滴を神に捧げるのである。

（2） タキトゥス『年代記』一三－16。「彼〔ブリタンニクス〕の前に出される食べ物や飲み物は、一人の召使いが試食したので、この慣例を無視しないように、そして召使いまで殺して奸策を見破られないようにと、こんな工夫がこらされた。最初にまだ毒の入らぬ、とびきり熱い飲み物を、試食係に一口飲ませた後、ブリタンニクスに与える。あまり熱くてこれを拒絶するだろうから、そのとき冷水といっしょに毒液を注ぎ込む。こうして毒は、ただちに全身に拡がり、言葉と同時に呼吸も奪ってしまった。まわりの人々はみなふるえ上がった。経緯《いきさつ》を知らなかった者たちは、食堂からとび出した。いくらか事情の飲み込めた者はそのまま居すわって身動きもせず、ネロのほうをじっと見つめた。ネロは横になったまま何事もなかったような顔をして、「いつものとおりだ。癲癇《てんかん》のせいだ。ブリタンニクスは、子供の頃からずっとわずらっている。すぐに体も意識も回復するだろう」と言った」。ローマでは、貴族たちは、食卓の傍らに設えられた一種の長椅子に横たわって食事を取った。五行先の、ネロンの描写も同じく。

（3） タキトゥス前掲書同節は続けて書く――「しかしアグリッピーナは、恐怖と心の動揺を示し、すぐにそれを表情で隠そうとしたが、その動揺の仕方から見て、彼女が、ブリタンニクスの姉オクターウィア同様、前もって何も知らされていなかったことは明らかであった」。

第五幕 第六場

（1）一六七〇年の初版では、ここにジュニーが逃げ出してきて、それを追うネロンが母とぶつかる、という異本があった。「第一の序文」で、ラシーヌは、この場面を正当化しておきながら、再版以降削除する。「ジュニー退出の場」は次の通り——

アグリピーヌ　あれが来た。わたしが手を貸したかどうか、見せてあげる。
お待ちなさい。

ネロン　（ジュニーに向かって）あなたの涙は無理もない。
だが、姫よ、このおぞましい光景を見てはならない。
わたしですら、恐怖にふるえ、目をそむけているほどだ。
宮は死んだ。遅かれ早かれ、それはあなたに告げなければならなかった。
こうして我ら二人の心がけを、運命の神は弄んだのだ。*
我ら二人が近づいたというのに、その時、天が仲を裂くとは。

ジュニー　愛しておりました、陛下、ブリタニキュス様を。すでに申し上げましたとおり。
私のこの不幸を哀れと思し召しますならば、
なにとぞお許し下さいませ、オクタヴィー様のもとへ参り、
今のこの身の境涯にふさわしいお話がしとうございます。

ネロン　美しいジュニーよ、行かれるがよい。わたしも後から追って行く。

愛情に教えられた心遣いを心に秘めて、わたしは
あなたに……
アグリピーヌ　待ちなさい、ネロン。話があります。

＊フォレスティエは、ラシーヌがここで、ネロンの偽善的言動を描くのに、悲劇の常套的な表現を使ったとする。コルネイユが、その喜劇『芝居の幻想』(一六三九)でパロディー化しているものである――「こうして我らの希望を、運命は弄んだ」。

(2)　自分の勝ちだと信じたナルシスの、傲慢な居直りである。母后に対してさえも、自分たちが優位に立ったと信じている。この情景でのナルシスの「居直り」が安っぽくならないためには、相当の役者が必要である。

(3)　アグリピーヌは、もはや解放奴隷のところまで降りていこうとはしない。ネロンをも凌駕すべき「悲劇的存在」が出現する。ナルシスに対しては、その傲慢な台詞の最後に来る脚韻〝des plus sinistres〟「世にも不吉なもの」に〝de tels Ministres〟「このような手先」(直訳すれば「このような大臣」)を打ち返すだけである。まさに「世にも不吉な手先」なのである。この辺は、フォレスティエ版による初版の版組みで読んでいると、見事に分かる。

(4)　タキトゥス『年代記』一三－16に、「アグリッピーナは、自分の最後の支えが失われ、これが母親殺しの第一歩であることを理解した」。

(5)　「権力」と「親子の血の絆」と「性的欲望」の蝮の絡み合いを生きてきた女は、「母」から「復讐女神」へと変貌することで、古代悲劇を思わせるような真の悲劇的偉大さを手に入れる。

「怪物」の正体を完全に現したネロンの前に、悲劇的宿命の仕業をまざまざと見てしまったアグリピーヌは、「復讐女神《フリア》」となって立ち上がるのだ。「復讐女神」は、ローマでは、アッレクトー、メガエラ、ティシポネーの三人だが、鞭と燃え盛る松明《たいまつ》を持って罪人を追い回す。この場面でのアグリピーヌの予言は、スエトニウス『ローマ皇帝伝』を本説として、それを悲劇的言語態において変容させている。「ネロは、〔……〕みずからの罪の意識には、それを犯した直後でも、時が経ってからでも、耐えられず、たびたび、母の亡霊や、復讐女神《フリア》たちの鞭と燃え盛る松明に追い回されると告白した」（「ネロ」三四節）。タキトゥスも『年代記』一四－10で、ネロが、ナポリに近いバウリーの別荘でアグリッピーナを暗殺させたのち、初めて罪の深さに戦慄を覚え、夜も眠れなくなった時には、周囲の丘からトランペットの音が鳴り響いたり、アグリッピーナの墓からうめき声が洩れるという怪異すら信じられたので、ネロはナポリに居を移すことにした、と述べている。なお、ウェルギリウス『アエネーイス』四巻三八五－三八六行に、復讐女神を歌った名高い詩句がある（「冷タキ死、我ガ魂ヲ五体ヨリ離シタル後、／我、怨霊トナリテ、汝ノアル所、イズクニテモアレ、姿ヲ見セン」）。なお、すでにトリスタン・レルミットが、その『セネカの死』の大詰めで、この「ネロン狂乱」を描いている。

第五幕 第七場

（1）　アグリピーヌは、ブリタニキュスの死の四年後に、ネロンによって暗殺される。ビュリュスは、さらにその三年後に「病気か、毒殺か、不詳」の死を遂げる（タキトゥス『年代記』一四－

51)。

第五幕 第八場

(1) ここから四十四行に及ぶアルビーヌの「語り」が始まる。腹心の人物による「語り」としては、『フェードル』五幕六場の「テラメーヌの語り」の九十八行には及ばないが、長大な報告＝語りであることに違いはない。「テラメーヌの語り」が、エウリピデース、セネカと、古代の傑作においても「聞かせどころ」となっていたのとは異なるとはいえ、「ジュニー退出」「ネロン退場」以降の主人公たちの運命がどうなったのかを、情報として伝えなければならない。しかも、「アグリピーヌの呪詛」という、悲劇的言説において高度な密度と緊張感に溢れる言葉が発せられた後で言われなければならないから、アルビーヌ役者は位をもっていなければならない。ラシーヌの言説の活写法も含めて、きわめてよくできた語りである。

(2) フォレスティエは、民衆がジュニーに同情して行動をともにする光景は、『オクターウィア』において、ネロがポッパエアと結婚するためにオクターウィアを追放したので民衆が蜂起した、という語り(七八〇―八〇五行、伝令と合唱隊の掛け合い)を本説としているのではないかとする。

(3) ヴェスタの神殿は、ローマという都市の神格化。ローマは女性名詞であるから、ジェンダー的には女神であり、ヴェスタル(ヴェスタの巫女)と呼ばれる「斎女《いつきめ》」が絶やさずに守る火によって表象される。斎女は、始めは四人であったが、後に六人と定められ、すでにロムルスとレムスの母が斎女であったとされる。ジュニーを斎女のうちに入れることについては、「第一の序文」

とその訳注(23)を参照。

(4)　ナルシスの死の情況は、全くラシーヌの創造。歴史上では、ネロン即位とともに自殺させられている。

(5)　「ネロン狂乱」は、トリスタン・レルミットの『セネカの死』の大詰めのように、またラシーヌ自身の悲劇で言えば『アンドロマック』最終景の「オレスト狂乱」のように書くこともできたかも知れない。しかしラシーヌは、むしろタキトゥス『年代記』一四－10の、母の暗殺に続くネロンの錯乱を喚起する、簡潔で印象的な描写に倣うことを選んだ。「夜中、あるいは沈黙のなかに凍りつき、あるいは恐怖に駆られて立ち上がり、心は乱れて、朝日の昇るのを、あたかもそれが死をもたらしてくれるかのように、待ち望んだ」。

(6)　悲劇は、その終末的なヴィジョンのうちに、凍てついたように三人の人物が、舞台に立ちすくむうちに幕となる。字面通りに読めば、三人は退場するはずではあるが。

『ベレニス』

献辞

(1) この「献辞」は一六七一年の初版のみにあり、一六七五―七六年の最初の『作品集』以降は削除される。『ブリタニキュス』では、シュヴルーズ公爵を介しての間接的賛辞であったが、『ベレニス』では、直接コルベールに作品を捧げて、賛辞を呈する。ジャン＝バティスト・コルベール(一六一九―八三)は、ルイ十四世の宮廷第一の実力者であり、しかも芸術家への年金の決定権を握っていた。その人物に献辞を捧げていることは、ラシーヌの宮廷内における栄達のメルクマールとして重要である。ラシーヌに対するコルベールの庇護は厚く、一六七七年にラシーヌが結婚する際には、立会人として結婚証書に署名している。

序文

(1)『アレクサンドル大王』以来、初めてラシーヌは、初版の序文を、細部の変更以外はそのままに一六七六年刊の『作品集』に再録する。

(2) スエトニウス『ローマ皇帝伝』八巻「ティトゥス」七節。ラシーヌの引用は、二重の意味で意図的な改変を含んでいる。第一に、冒頭に引かれるラテン語本文に対して、次の段落のラシーヌ自身による翻訳は正確ではない。ラテン語本文の引用も日本語にしてあるから、ずれは一目瞭然であろう。ラシーヌの訳文では、ベレニス（ベレニーケー）の「女王」としての位が省かれ、彼女に対するティチュス（ティトゥス）の「熱愛」が付け加えられている。第二は、このラテン語の引用がそのままスエトニウスにあるわけではなく、原典では非常に離れた二つの文を自由にモンタージュしたものだからである。ラシーヌが依った「本説」を知るためにも、関係する箇所を引用しておく――

「〔ティトゥスの残忍さを述べた後で〕この冷酷さに加えて、彼には快楽への異常な好みがあると疑われた、というのも、宴会となれば、深夜まで、しかも友人たちのうちの最も放埒な者たちと、それを続けたからである。彼の異常な性的好みについても同じようなことが言われたが、それは、つねに美少年や宦官の一群に取り巻かれていたからであり、また世間周知のその恋のためで、女王ベレニーケーに対して、結婚まですると約束したと噂されていたからである。彼の金銭欲も疑われた、というのも、父が審理を担当した裁判で、賄賂を要求したり報酬を求めたりしたことは、これも世間周知のことであった。要するに、人々が、おおぴっらに言っていたことだが、彼は第二のネロになるだろうと考えられていた。ところがこの評判は、最終的には彼のためになり、大いなる賛辞に変わったのだ、というのも、彼にはいかなる悪徳も見出されず、ただ優れた資質のみが見出されたからである。彼が催した祝宴は、法外というよりは快かった。彼が選んだ友は、後継の君主たちが、自分たちにも国家にも必要不可欠だと思われるような人物ばかりであり、後々まで重用した人々であった。ベレニーケーについては、直ちにローマから、彼の意に反し、彼女の意に反して、これを追放した」（傍点引用者）。

ちなみにこの箇所は、『ベレニス』二幕二場のティチュスの告白の典拠である。

(3) ウェルギリウス『アエネーイス』四巻二七九—七〇五行。フォレスティエは、スエトニウス原文ではなく、ラシーヌのモンタージュから、ディードーとアエネーアースの別れの情景を再現できるとする。さらに六巻で、地獄に降ったアエネーアースがディードーと出会う情景で、トロイヤの皇子は、スエトニウスの文の序曲となるような言葉を発する——《invitus, regina, tuo de litore cessi》(心ナラズモ、女王ヨ、御身ノ岸辺ヲ離レタノダ)。

(4) 初版では次のようになっていた。「事件が幾日にもわたり、語りに必要な時間がもっと長い作品において、充分な素材を提供しえた事柄が、悲劇において充分であることを、云々」。

(5) 「決定的な契りを結んではいなかったので」という一文で、ラシーヌは、自作の悲劇におけるティチュスとベレニスに、肉体的な関係はなかったことを強調している。典拠となる歴史上のベレニスの、性的放埒と区別するためである。

(6) ラシーヌ悲劇の一つの定義として見事である。「荘重な悲しみ」と訳した《tristesse majestueuse》は、ある意味では「壮麗な悲しみ」でもあって、悲劇というジャンルを支える「作品の位」を言い尽くしている。なおこの定義は、『ベレニス』という作品の特殊性を言い表しているものであり、この直前の「血が流され人が死ぬのは、決して必要なことではない」という主張も、『ベレニス』には当てはまるが、ラシーヌ悲劇のモットーであるわけではない。次作の『バジャゼ』では、主人公の三人がいずれも悲惨な最期を遂げ、以後も、主要な人物が死なずに終わる悲劇は書いていない(『ミトリダート』ではミトリダートが戦闘に倒れ、『イフィジェニー』では、イフィジェニーの代わりにエリフィールが生贄に捧げられ、『フェードル』ではイポリットの悲惨な死とフェードルの自害が破局を構成し、『エステル』ではアマンが、『アタリー』ではアタリーが、それぞれ殺される）。その意味でも、『ベレニス』は、ラシーヌ悲劇として臨界的な作品なのである。

(7)　ホラティウス『詩学』二三行（岩波文庫版、岡道男訳では『詩論』）。「トモアレ詩ヲ書クトキニ忘レテハナラヌコトハ、単一カツ統一アルモノニスルコト」。「単一」は、「一つにまとまっていること、一体をなしていること」だが、ラシーヌは、ここではことさらに「単純さ」のほうに重点を置こうとしている。ラシーヌ美学の一つの理念であり、他の序文でも繰り返される。「悲劇にとって流血はかならずしも不可欠ではない」という主張が以後守られるわけではないのと同じく、戦略的な口調は否めないが、コルネイユの劇作術のように、ことさらに解決不可能な選択をして、筋を錯綜させる劇作美学に対する反論としては一貫している。

(8)　初版では、「アキレウスの武器を手に入れられなかったことを後悔して、アイアースが自殺するだけである」。

(9)　『アイアース』『ピロクテーテース』『オイディプース王』は、いずれもソポクレースの悲劇。よく知られているように、アリストテレスはソポクレースの悲劇をモデルに、その悲劇論を書いた。

(10)　「事実再認」と訳した《reconnaissance》は、アリストテレスの『詩学』（一〇―一三章）で言えば、《anagnōrisis》（アナグノーリシス＝認知）であり、これが《peripeteia》（ペリペテイア＝逆転)と同時に起きて、主人公の運命が決まる場合を「複雑な筋」とし、「単純な筋」と区別した。ソポクレースの『オイディプース王』は、「複雑な筋」の典型だと説く。

(11) テレンティウス(前一九〇頃―一五九)とプラウトゥス(前二五四頃―一八四)は、ローマの二大喜劇詩人。メナンドロスは紀元前四世紀のギリシアの喜劇詩人、アッティカ喜劇の代表的な詩人であり、テレンティウスは、喜劇『アンドロスから来た娘』の序詞で、メナンドロスの二作『アンドロスから来た娘』と『ペリントスの町の娘』とを繋ぎ合わせたと述べている。テレンティウス作『アンドロスから来た娘』の「序詞」は、すでに『ブリタニキュス』の序文で引いている。

(12) 『アレクサンドル大王』の「序文」末尾に、「最後に、私に対する批判の最も重要なものは、私の選んだ主題があまりに単純であまりに不毛だというものだ」とある。

(13) 次の文とあわせて、ラシーヌの方法叙説ともいうべき美しい宣言。古典修辞学との関係については、解題参照。

(14) フォレスティエは、この部分を、コルネイユの演劇美学に対する批判というよりは――少なくともその『ティットとベレニス』も「無に等しいものから価値あるものを作ろう」としているのだから――、自作に対する批判への直接の反論と考えるべきだとする。

(15) ライヴァル劇団のモリエール一座で上演していたコルネイユの『ティットとベレニス』が、二十三回で公演を打ち切ったことへの皮肉であろう。

(16) モリエールは、『女房学校批判』(一六六三)のなかで、「すべての規則のうちで最大の規則が、楽しみを与えることではないかどうかを、知りたいものだ」と言わせているし、ボワローは、『詩学』（一六七四）の三章で、「秘密は何よりも、楽しみを与え、感動させること」として、ラシーヌの表現をそのまま用いている。

(17)　プルタルコス『いかにして、へつらい者を友人と識別するか』に読まれる言葉。

(18)　メナールは、ここまでの批判に対する弁明からは、『ベレニス』が高貴な人々からも批判されたと思われる節がある、としている。

(19)　ここからの反論は、ヴィラール師（ニコラ・ピエール・アンリ・モンフォーコン・ド・ヴィラール）の『ベレニス批判』（一六七〇）への反論。

(20)　ここで引かれている悲劇の「四つの部分」とは、プロターズ（導入部）、エピターズ（展開）、カタスターズ（逆転）、カタストロフ（大団円）である。これらの術語は、当時の衒学者に好まれていたもので、モリエールは『女房学校批判』のなかで、こう言わせている――「素晴らしいとは思いませんか、主題の導入部をプロターズと呼び、展開をエピターズ、大団円をペリペシーと呼ぶのは」。ラシーヌは、ヴィラール師の論旨をことさらにゆがめており、ヴィラール師の主張がそれほど愚劣なわけではない。「私は、芝居がコマジェーヌの王によって始まるのを見て驚いた。彼は、ティチュスが、今日ベレニスと結婚するから、自分は立ち去ると我々に告げるのだ。私としては、舞台の始まりが、もっと破局の近くで始まらなかったことや、ティチュスがベレニスと別れようと思っていると我々に告げる代わりに、反対のことを言うのも、よくないと思った。アンティオキュスが、彼の言うとおり立ち去るならば、彼はいわば発端（プロターズ）の人物でしかない。留まるならば、彼が今言ったことはすべて余分だ。このアンティオキュスが、ティチュスはベレニスを送り返すつもりだと言って芝居を始めていたならば、破局からそう隔たっていないことになったはずだ」(『ベレニス批判』七―八頁)。

(21) 以下、「 」内は、原文イタリック体。ヴィラール師の讃辞は、「ソポクレースが多様な事件において筋の統一を守ろうとして払った苦心からは、この策略によって、逃れることができる」(同前、三三頁)。

(22) 原文は大文字で始まるイタリック体であるから、おそらくアリストテレスの『詩学』を想定しているだろう。

(23) 「性来、嘆きと逡巡において多弁であり、芝居を面白くするために、いつでも懐中に「それでも」とか「お情けない」とかをしのばせているコマジェーヌの王がいなければ、この話は十五分で片が付くことは確かだ」(ヴィラール師『ベレニス批判』二二頁)。

(24) ヴィラール師は、ただ「規則という令嬢方」と書いた。「これらの規則などは、非常によくないと思うし、コルネイユが彼なりの書き方で書いた作品から、私が見たものにおいて、規則を教えてくれたことをたいそう恨んでいる。ブルゴーニュ座で最初に『ベレニス』を見た時、規則など知らない人々が味わっている楽しみが、私にはなかった。しかし二日目には、思い直した。私はコルネイユを騙した。つまり、規則という令嬢方を入り口に置き去りにして芝居を見たら、たいそう胸を衝くものであり、まるで無知な男のように、さめざめと泣いたものだった」(同前、六―七頁)。ラシーヌは、原文の「規則という令嬢方」を、「わが《規則》という令嬢方」と直すだけで、皮肉を一層痛烈にしている。風刺詩人としてのラシーヌの面目躍如たるものがある。

登場人物

（1）　初演の配役は次のとおり。ティチュスに悲劇の二枚目の大看板フロリドール、ベレニスには、マレー座から移って来たラ・シャンメレー（シャンメレー嬢）、アンティオキュスに、彼女の夫のル・シャンメレーであった。ラ・シャンメレーは、この年、一六七〇年に、『アンドロマック』再演の折、エルミオーヌ役を演じているが、このベレニスが、新作の初役であった。多くの愛人をもっていたと伝えられるラ・シャンメレーは、悲劇詩人ラシーヌの愛人ともなった。『アンドロマック』のタイトル・ロールでブルゴーニュ座にデビューしたラ・デュ・パルクは、すでに謎の死を遂げていたから、劇作家ラシーヌとしては、新しい主演女優を得たことになる。しかしフォレスティエは、新しくできた愛人のために書き下ろした悲劇が『ベレニス』であったとは言えないとする。新しい愛人にはめて書いた芝居が「別れ話」であったというのは、十九世紀以後の発想で言えば、小説的にかなり面白い話ではあるが。

（2）　コルネイユの『ティットとベレニス』では、ベレニスは「ユダヤの一部の女王」となっている。しかし歴史上のモデルとなっているベレニス（ベレニーケー）はいかなる領土も持ってはいず、タキトゥスの『同時代史』（国原吉之助訳、筑摩書房）二巻二節とスエトニウスの『ローマ皇帝伝』が、「女王」としているに過ぎない。ユダヤの地に君臨した父と兄（ともにアグリッパ＝アグリッパス）の娘であり妹として権力に関わり、二人の王と結婚したからである。最初は伯父でカルキスの王のヘロデ、その死後はキリキアの王ポレモンと結婚し、別れた。しかし、ベレニスが「女王」でなければ、この悲劇自体が成立しない。なお、フラウィウス・ヨセフスの『ユダヤ戦記』については、André Belletier 校注訳の *La guerre des Juifs* («Les Belles Lettres», 2003) を用いたが、邦訳としては、秦剛平氏の訳『ユダヤ戦記』(全三巻)と『ユダヤ古代誌』(全六巻、いずれも「ちくま学芸文庫」)に多くを教えられた。ここに感謝の意を表したい。

(3) アンティオキュス(アンティオコス)の領土とされるコマジェーヌ(コンマーゲーネー)は、シリアの北に位置し、エウフラテス河に隣接していた。タキトゥスが『同時代史』二巻八一節で、「服従した王のうち最も豊かな」領土としている。しかし、ラシーヌが舞台を設定した時代には、アンティオキュスは王としての実権は持っていなかったはず。ヴェスパジアン(ウェスパシアヌス)帝の時代にローマが占拠し、ティチュスの後継者であるドミシアン(ドミティアヌス)帝の時に、帝国に併合された。

(4) 一六七八年のブルゴーニュ座の道具付帳には、「舞台は狭い王の部屋(cabinet)、壁には飾り文字、肘掛け椅子一脚、手紙二通」とある。フォレスティエも言うように、おそらく初演の装置は、これと同じであったろう。「壁には飾り文字」は、五幕五場でベレニスが言うように、ティチュスとベレニスの頭文字を組み合わせた飾り文字である。「場所の単一」の原理に従って構想されているが、『ブリタニキュス』における「ネロンの宮殿の一室」以上に、その機能は厳密であり、ベレニスもティチュスも、「この荘重で孤独な部屋」――訳文では「人払いした重々しいこの部屋」とした――でしか会わない。ティチュスが五幕四場で、ベレニスの寝室に入るのが唯一の例外である。「恋の語らいの場」が、「恋の破局の場」となるのだ。悲劇の冒頭でその描写をする役は、「孤独に苦しむアンティオキュス」であり、こうして「約束事の空間」が、濃密に象徴的な意味を託された空間に変容する。

第一幕第一場

(1)　登場人物の訳注(4)で触れた《ce cabinet superbe et solitaire》(この荘重で孤独な部屋)である。フォレスティエに倣って初版のテクストで読むなら、普通名詞のあるものは大文字で始まっているから――たとえば《Lieux》(場所)、《Cabinet》(小さい部屋)、《Cour》(宮廷)、《Reine》(女王)、《Appartement》(居間)――作者が役者に注意して発音させようとしている語彙であることが分かる。特に《Reine》(女王)は、冒頭十行の内に二度発せられる。ラシーヌ悲劇としても、『ベレニス』の幕開きは特殊である。緊張感に貫かれた台詞が、一気に噴出してくるのではなく、この場の「沈黙」を一層濃密にするような、内的緊張感に支配された空間で始まる。『ブリタニキュス』の幕開きも、ネロンの寝室の前で、寝ずの番をして皇帝の目覚めを待つ母后という、謎に満ちた緊張感のみなぎる空間で始まり、母后がアルビーヌに行う告白は、政治と母親の情念の絡み合う壮大な言説を引き出していった。しかし『ベレニス』の幕開きは、それとは異なり、空間の狭さとその「荘重さ」が、始めから「孤独感」に染められていて、悲劇の空間的なライトモティーフのようにして、作品を支配している。脚韻も異常なまでに聞かせるように配置されていて、《Lieux》(場所)と《yeux》(目)、《solitaire》(孤独な)と《dépositaire》(委託者)、《Cour》(宮廷)と《amour》(恋)、《prochaine》(近い)と《Reine》(女王)、《regret》(後悔)と《secret》(秘密の)の組み合わせのように、十九世紀後半にマラルメが企てるような、脚韻の発する「文構造から独立した意味の響き合い」の遊戯をさえ思わせる。一種の「内面的な声」とでも呼んだらよい発語の姿である。こういう様相は、脚韻をもたない日本語の韻律では、表現するのがきわめて難しいが、なんらかの形で補完しなければならないだろう。デリダを待つまでもなく、言葉とは補完作用に他ならないのだから。

(2) 人物名を言わず、「女王」とのみ言う。しかもすでに触れたように、この呼称を、十行の間に二度まで繰り返す。「王族との婚姻のタブー」の主題を印象づけるための、周到な伏線である。

第一幕第二場

(1) 悲劇のほとんど冒頭から独白があるというのは、劇作術上、きわめて異常である。ジャック・シェレール『ベレニス講義』(一九五八年、未刊)の言う「意志伝達の不可能性の悲劇」は、ここにも現れている。四幕四場の「ティチュスの独白」と対をなすものであり、独白が、劇の運動を、その純粋な形で演じてみせる。

(2) 「恋を、友情のヴェールの下に隠す」ことが、アンティオキュスの存在の唯一のあり方であったが、これが、悲劇を貫く真の「三角関係」を覆い隠す「劇の仕掛け」となっている。五幕の「血の流れない大団円」は、ティチュスがベレニスに対するアンティオキュスの恋を初めて知り、ベレニスはベレニスで、ティチュスが知らなかったことを初めて知って、決心するのであるから。

(3) 一六七一年初版は、この二行は次のようであった――
ああ、所詮発たねばならぬなら、疎まれることなく出発しよう。
これほど長く口を噤んできた、この先も口を噤んでいられるはず。

第一幕 第三場

(1) 喪は七日間で、その間、喪服を着けた元老たちが、皇帝の死の床の右に控えている。八日目に遺骸を火葬に付し、「神に列する儀式」が執り行われる。次の場で、ベレニスが語る「昨夜のあのご盛儀」である。

(2) バルトの言う「外界」へと開かれた、現実世界への逃亡を可能にする「港」である(ロラン・バルト『ラシーヌ論』邦訳、一四頁以下参照)。オスティアはローマの都の海へ通じる港だが、都からは二十五キロ隔たっている。

(3) 古典主義演劇が好んだ格言的表現の例。

(4) フラウィウス・ヨセフスの『ユダヤ戦記』五巻四六〇―四六五節に、ティチュスによるイェルサレム攻略戦における、アンティオコス・エピパネースの武勲の記載あり。コンマーゲーネー(コマジェーヌ)の王アンティオコス四世の王子である。ただし史実では、アンティオコスの無謀な戦闘のために、ローマ軍は、多大の損害を蒙ったという。しかしコマジェーヌの王アンティオキュスと、神話的栄光に包まれた新皇帝ティチュスとの「友情」を観客に納得させるには、二人の間の武勲詩的な共有体験は不可欠であろう。

第一幕第四場

(1) 初版では、「神々」となっていた。ヴィラール師は、ベレニスはユダヤ人であり、一神教徒であるはずだから、異教の複数の神々に呼びかけるのはおかしい、という衒学的な批判をした。ラシーヌは、意外なことに、この枝葉末節的な批判を容れて、再版以後は「天」と直す。そのために次の行の「彼とともに」が曖昧になり、「あなたとともに」に直す。フォレスティエは、この直しのために、「あなたとともに……」以下三行のベレニスの言説の主語が、三人称のままで通せなくなって言表行為が曖昧になり、その力も減じたとするが、人称代名詞にこだわらない日本語では、さしたる不都合も感じない。

(2) この言葉がティチュスの別れる決意を語っていることを、ベレニスは気づいていないが、観客には気づくことが可能である。ベレニスにしても、意識の下で怖れていることを、別れの予兆のように、口にしてしまっている。「別れ話」の劇作術の常道といえばそれきりだが、微妙にうまく案配されている。

(3) ベレニスが愛しているのは、「皇帝」ではなく、「ティチュスその人」だという主題の提示。コルネイユのティットも言う、「ベレニスは、ティットを愛している、皇帝をではない、／望むのは私の心であって、帝国ではない」(『ティットとベレニス』五幕二場)。

(4) ヴェスパジアン帝葬儀の壮麗な光景は、『ブリタニキュス』二幕二場の「ジュニー拉致」を語るネロンのあの語りと等しく、バルトが「ラシーヌ的明暗法」と讃えるものだが、まだここでは、ベレニスの心情としても、展開することはできない。作者は、次の場の聞かせどころに取っておく。

(5)　このアンティオキュスの台詞は、厳密な意味での傍白ではない。自分自身に聞かせているだけではなく、ベレニスにもそれとなく聞かせているからである。

(6)　「兄君アグリッパ殿」は、アグリッパス二世、ヘローデ・アグリッパス、ユダヤの王。ユダヤ戦役（紀元六六―七〇年）に際しては、ローマ軍の介入を要請した。フラウィウス・ヨセフスによれば、アグリッパスとベレニスの兄妹は、近親相姦の関係にあったと言う（『ユダヤ古代誌』二〇巻一四五節）。ヴィラール師は、『ベレニス批判』で、意地悪くこのことを書いている（「アグリッパの妹のベレニスであり、観客も、彼女が近親相姦を犯した女だとよく知っている、あのおぞましいベレニス」と）。

(7)　多少教養のある観客ならば、カエサル（セザール）の名高い言葉「来タ、見タ、勝ッタ（Veni, vidi, vici）」を思い出すであろう一行。ティチュスの「恋の勝利」は、カエサルの「戦闘の勝利」に比べられる。恋は瞬時に生まれるというテーマは、『ブリタニキュス』二幕二場のネロンの告白が見事に展開していた。

(8)　ティチュスは、ユダヤの反乱を鎮圧するために、ヴェスパジアンの先陣として派遣された。ネロン治政下の、紀元六七年のこと。

(9)　初版では、「しかし、五年後になって」。次の告白の冒頭の「五年の間」とつくので、再版以後手直しをする。

(10)　史実との関係では、「五年」どころではないはずだ。ベレニスは、ユダヤ平定に派遣されて来たティチュスにたちまち恋をするのだから、十年は経っているはずである。ラシーヌは登場人物にあまり歳を取らせたくなかったのだろう、というのが、フォレスティエの説。

(11)　「段落替え」の指定は、長台詞の場合にラシーヌが常用したものだが、この訳本では、版面の関係もあって、活かしてはいない（『ブリタニキュス』一幕二場、ビュリュスの長台詞の訳注（5）を参照）。『ベレニス』について見れば、この一幕四場のアンティオキュスの告白で、「あの時わたしは、運の強い恋敵に従って、戦場へ出た」が「一字下げ」、「この告白、心の底ではひそかに喜んでおられる」が「一字下げ」、「ともあれ彼は、長く苦しい包囲戦の末に」が「一字下げ」である。

(12)　一行の中で、ティチュスの「武勇（valeur）」と、アンティオキュスの「恋の狂乱（fureur）」とが対峙される。脚韻としては、直前の行は「誤ち＝思い違い（erreur）」が「狂乱（fureur）」を引き出している。

(13)　ピカールは、この台詞を聞いて、「ベレニスの微笑が予想される」と書いた（プレイヤード旧版）。この種の心理主義的演技の想定は、いかにも一九五〇年代の注である。

(14)　ヨセフス『ユダヤ戦記』が詳細に語る、イェルサレム落城までの戦いである。

(15)　フォレスティエがわざわざ注を付ける必要を感じたほど、誤解の種となってきた一行である。その意味は、「あなたに見捨てられたオリエントで、私の苦しみはどれほどであったか！」であると。形容詞の《désert》が、「砂漠の」という意味ではなく、「人が住まない」の意であり、そこから転じて「愛する人のいなくなった」の意であることは、多少十七世紀の語法に親しんでいれば、誰の目にも明らかである。問題は、さりとて「オリエント」という土地の名と、「人の住まない」という形容詞が結びつき、それが「恋の不毛」を嘆く詩句に組み込まれた時に、「砂漠」とか「荒野」のイメージが全く現れないかどうかという点である。いわば受容論の問題であって、検閲や規制で済むことではない。ここでは、訳者なりに詩句の演奏を試みてみた。ラシーヌ詩句のうちでも絶唱とされ、この前後のアンティオキュスの告白そのものが、ラシーヌ詩句による「恋の言説」の絶品である。

(16)「セザレ(Césarée)」は「カエサレア(Caesarea)」で、パレスティナの地中海に面した都。レバノン山の麓にある。ベレニスの統治する国の都という想定だが、歴史上この時期には、ローマの監督官の駐留地であった。地図や歴史上の知識より、この都も「セザール＝カエサル」の名に因んでいたことが決定的である。地名までも皇帝に、皇帝の恋の記憶に、奪われてしまっている。

(17)「友情のヴェール」が、この悲劇の劇作術上の仕掛けである。そのヴェールが引き裂かれたとき、真実が露呈し、悲劇は大団円を迎える。

(18)この悲劇では、叙情的な美しい詩句は、まずはアンティオキュスが受け持つ。その郷愁に満ちた詩情は、人物の受動性にもよく合致し、悲劇を大きな詩的背景の内部に組み込む効果をもっている。

(19)この「代行的な恋の語らい」は、一方で十七世紀前半の宮廷文芸を支配した「プレシオジテ」の系譜を思わせると同時に、後世から見ると、十八世紀の恋愛喜劇作家マリヴォーの、手のこんだ恋愛ゲームを思わせもするし、さらにはそれらを取り込んだ十九世紀ロマン派の恋の言説に通じるものをも感じてしまう。その男の恋の懊悩について、自分には罪はないと思っている、女の残酷さである。

(20) 恋する者は、恋人の視線によってしか生きていないというのに。見てはいても見ていない視線の残酷さ。

(21)『ブリタニキュス』五幕一場の、ブリタニキュスの台詞が聞こえてくる。

第一幕 第五場

(1) 腹心の者の客観的な目が、この悲劇における最大の禁忌を喚起する。「王」という存在に対する「ローマの憎悪」であり、「王族＝異邦人」との「結婚の禁止」である。その言葉が、「ローマの嫉妬深い眼差し」という様相のもとで語られることで、前場でアンティオキュスが「恋する者の視線」について展開した「視線の呪力」が、政治的なレベルへと接続される。ラシーヌの悲劇的言説の見事な「エコノミー」である。

(2) ここで段落替えの「一字下げ」になる。この「燃え上がる夜」は、ヴェスパジアン帝を「神々の列に加える」儀式である。七日の喪の後で八日目の夜、先帝の遺骸は、火葬台の上に置かれて、ティチュスの松明の点《とも》す炎で火葬に付せられた。フォレスティエは、ラシーヌが、ヘロディアヌスの『ローマ皇帝の歴史(マルクス・アウレリウスからゴルディアヌス三世まで)』(四巻二節）によって、この光景を再構成したと推定する。フォレスティエは、『アンドロマック』三幕八場の「トロイヤ落城の語り」と並ぶ《hypotypose》（活写法）の傑作だとするが、さらに視野を拡げれば、バルトがラシーヌ的な「明暗法」と呼んだ情景の典型である。「明暗法」の光学によって謳い上げられるこのエロス的恍惚の情景が、アンティオキュスの喚起するオリエントの荒野のエロス的不毛性の空間に対比されているからである。「火葬の炎」は、間テクスト的に言えば、「序文」が喚起するカルタゴの女王ディードーの身を焼く炎が、そこに重なってくるだろう。シェレールは、その『ベレニス講義』で、「たんに受け身の女」というベレニス役の通念を批判して、彼女には「攻撃性」も「多弁性」も充分に備わっているとしたが、「多弁」であることは、一幕後半ですでに分かる。

（3）『ブリタニキュス』二幕二場で、ナルシスがネロンにささやいた「視線と映像の帝王学」である。なお、タキトゥスが『同時代史』二巻一節で簡潔に記したところによれば、ティチュスの「顔には、ある種の威厳を備えた魅力」があったと言う。

（4）ティチュスが、「セプティゾニウムに近い惨めな家の、小さく暗い部屋」に生まれたことは、スエトニウス『ローマ皇帝伝』（八巻「ティトゥス」一節）にある。また、幼少時に、ブリタニキュスとティチュスが並んで座っているのを見たさる人相見が、ブリタニキュスが皇帝の位に即くことはないが、ティチュスは確実になるだろうとして、その身体的な力を分析した故事は、同書二─三節にある。フォレスティエは、十七世紀における人相学の普及からして、ラシーヌは彼の観客と同じく、ルイ十四世の「帝王の相」に確信をもっていたはずであり、この詩句は当然に、フランス国王にも当てはまったとする。

(5) 段落替えの「一字下げ」がある。

(6) 以下の二行の初版は、「わたしもお裾分けがいただきたい、これほど素晴らしいお祈りだもの。／フェニスや、二人のために人々が捧げてくれるあの祈願に、わたしたちも加わりましょう」。ヴィラール師の批判する「ベレニスの宗教的立場」を考慮した変更であるが、結果的には、ベレニスの自己犠牲という様相が強くなったと、フォレスティエは説く。

(7) 一幕は、アンティオキュスの暗く沈んだ口調で始まったが、幕切れは、ベレニスの昂揚した、しかも楽観的な口調で終わる。幕切れが希望で終わることはあっても、このような可愛らしい女は、ラシーヌ悲劇では全く例外的である。

第二幕第一場

(1) ここまでは皇帝の公式の行動なのだから、「従者たち」が後に従っている。なお、ポーランは、役の系譜としては『ブリタニキュス』のビュリュスに続くが、ローマの意志の代弁者として、セネカのような哲人宰相が想定されるので、「老け役」で演じることが多い。「女王に嫉妬するローマ」の代弁者として、皇帝を崇拝する親衛隊の若い士官のようにすることも可能ではあるが。

(2) 「王」の呼び名は、「女王」のそれとともに、ティチュスの第一声から不吉なライトモティーフのように立ち現れる。ポーランは、ベレニスをその名で呼ばずに「女王」と呼ぶ。それに対してティチュスも、「ベレニス女王」と呼ぶ。

(3) この悲劇の空間的プロトコルに従えば、アンティオキュス自身が「ベレニスの部屋」に入るはずはない(腹心の部下は別である)。一幕で起きたことを指しているなら、王と女王の会見があったのは、この「小さな部屋」である。

(4) ティチュスが恋人としてのベレニスのことを口にする際には、《princesse》(初版では《Princesse》)つまり「姫君」と呼ぶ。位の差ではなく、心理的距離の近さを表すためであるが、日本語で「女王」と「姫君」が至近距離にあると意味的に混乱するので、意訳してある。

(5) 一幕三場で、ベレニスと会ってきたアルザスの報告を聞く、アンティオキュスの二言目の台詞が“Hélas!”であったように、ティチュスも、ポーランと二言話した後で、“Hélas!”を発する。ヴィラール師が、「懐中に用意の“Hélas”」と言って揶揄した根拠である。日本語に移すに際して、ただ「ああ!」で済むわけはないから——音素が足りない——、訳文では、一幕三場は、「やはりか!」とし、ここは「痛わしい!」とした。

第二幕 第二場

(1) 悲劇の政治的枠組みは、《ローマ》と《女王》の対決であり、それは宗教的な様相を呈するに至る。

(2) 『ブリタニキュス』四幕四場のナルシスは、その最も欺瞞的でシニカルな例であった。『ベレニス』で、ラシーヌは、『ブリタニキュス』のパラダイムを逆転させる方法をシステマティックに行うが、この主題もその一つ。フォレスティエも指摘するように、宮廷に対する批判は、ホラティウス以来、特にルネッサンス悲劇で持てはやされた。

(3) スエトニウスによれば、ティチュスは若年の折、ネロンの悪徳に染まっていたが(「序文」訳注(2)参照)、ネロンがブリタニキュスを毒殺した際、ティチュスも毒薬の一部を飲まされ、一時生死の境を彷徨ったと言う。

(4) ネロンは、その神話的な表象において「演劇的」であった。ティチュスも、「反-ネロン」としての選択をするに際して、「反-演劇的な」視座を取ろうとはしない。「演劇性」は、《帝王学》にとって基底的な問題設定の場である。問われているのは、「演劇的であること」の可否ではなく、その演劇装置=劇場における「観客」の質であり、ティチュスが「もっと高貴な観客」を選ぼうとする謂れである(ギリシア語語源以来、「演劇(théâtre)」はまずもって「観客席(theatron)」であり、「劇場」は「観客」なのであった)。ネロンが、《悪》の鏡に幻惑されているように、ティチュスは《善》の鏡に縛られている。ティチュスにおける「演劇性」は、この役を理解する上できわめて重要なはずだ。

(5) 《ローマ》は、すでにほとんど擬人化された神格である。

(6) 「美しいあのお手」は、ベレニスの唯一の身体的特徴を語る表現であるため——この点はバルトも触れている——十八世紀以来、モデル探しが行われてきた。作品の主題を提供したという伝説もある王弟妃アンリエット・ダングルテールが想定されもしたが、フォレスティエは、むしろ「懇願の仕草の置き換え」であり、この台詞を言うときに、ポーラン役者がそういう仕草をしたのではないかと推定する。しかしポーランの役柄を勘案すると、深読みに過ぎると思う。そもそもこの台詞が問題にされるのは、ラシーヌにおける「目のフェティシズム」と並んで、「手に対するフェティシズム」が認められるからである。おそらくそこには、懇願する仕草が、同時代の舞台に許された悲劇的仕草のうち、「情念＝受苦」の身体行動として、美学的に最も効果的であったことが関わっているだろう（対照的なものとしては、運命を呪詛したり、神に呼びかけたりする仕草を考えてみればよい）。フランス語の《tendre les mains》（手を差し伸べる）という表現が、特にその現在分詞形などでは、音声的に劇的な効果をもったことも、不可分だと思われる。この点を強調したのはクローデルだが、たとえば『フェードル』五幕六場のテラメーヌの語りで、《et me *tendant* la main / Il ouvre un œil mourant, qu'il referme soudain.》（そして私にお手を差し伸べられて、／ようやくお目を開かれますが、たちまち閉じて）や、『アタリー』二幕五場の名高い「アタリーの夢」の最後で、《Et moi, je lui *tendais* les mains pour l'embrasser》（そしてわたしは手を差し伸べて、あの方を抱こうとした）など。それは、ラシーヌ悲劇における「悲劇性《パテティック》」と「涙の効果」とに、相関的に関係するように思う。

(7)　コルネイユはその悲劇『ニコメード』一幕二場で、為政者に外国の女王と結婚することを禁じるこの不文律を、同じく「掟（maximes）」と呼んでいた。

(8)　紀元前五〇九年に、タルクィニウス一族を追放して以来、「王」の称号は、ローマではタブーとなった。

(9)　ユリウス・カエサルは、パルサロスの戦いでポンペイウスを破った後（前四八年）、エジプトに残り、女王クレオパトラと恋におち、一子をもうけた。史実では、前四五年に女王はカエサルとともにローマに来たが、ラシーヌは、殊更このことを消去した。

(10) カエサルの死後、アントニウスは、クレオパトラと恋におち、その同盟者となったが、オクタウィアヌスによってアクティウムの海戦で敗れる。始め、オクタウィアヌスと手を結ぼうとした女王も、果たせず、アントニウスも女王も、ともに自殺した。この悲劇の文脈では、カエサルとアントニウスという二人の英雄の、呪うべき事例の引用は避けられない。

(11) 『ベレニス』は、『ブリタニキュス』における《怪物の誕生》と正反対の誕生、すなわち《美徳の誕生》であろうとする。数行先に、前作では登場しないが、「舞台裏で」きわめて重要な役割を演じていた解放奴隷パラースの名が引かれることで——「回転扉」である——、『ブリタニキュス』の舞台は、『ベレニス』の宿命的な前史、あるいは反面教師として喚起されていく。

(12) フェリックス(ペーリクス)は、クローディユス帝の解放奴隷であったが、ユダヤの地の地方長官として、アグリッパス二世とベレニスの妹に当たるドゥルシッラ一世と結婚し、二人の子供まで作り(フラウィウス・ヨセフス『ユダヤ古代誌』二〇巻一四二―一四三節)、ついで、アントニウスとクレオパトラの孫に当たるドゥルシッラ二世を妻に迎えた。スエトニウスは『ローマ皇帝伝』五巻「クラウディウス」二八節で、「三人の女王の夫」と記し、コルネイユも『オトン』二幕二場で、「クロード帝の御代に、フェリックスは、三人の女王の夫となり」と書いている(タキトゥスは、「あらゆる種類の蛮行をやってのけ、情欲に惑溺する男」(『同時代史』五巻九節)としている)。ラシーヌは、ドゥルシッラの名で呼ばれた二人だけを取り上げているが、それは、三行先で語られるように、二人ともベレニスの血筋であったからである(ドゥルシッラ一世は妹、ルシッラ二世は、タキトゥス『同時代史』(同前)によれば、ベレニスの血筋に当たるクレオパトラの孫)。

(13) ベレニスは、二人のドゥルシッラと同じくクレオパトラの血を引いているから、解放奴隷が妻とした二人の女王に、血が繋がることになる。そうした女王と皇帝が結婚すれば、神聖であるべき皇帝が、卑しむべき解放奴隷と《女》を介して同列になることになり、皇帝の名誉のためにありえない。ポーランの主張は明快である。

(14) イデュメア(イドマエア、エドム)は、ユダヤの南にある地域。ヴェスパジアン帝は、六六年に、ユダヤの反乱軍を制圧するローマ軍の総大将に任じられ、この地に滞在していたが、六九年、ローマにおける皇帝オトン(オト)の死を受け、軍隊によって皇帝に推挙された。ティチュスの長い告白が喚起する「幻想のオリエント」は、ベレニスとの恋が生まれ、生きられた特権的な地であってみれば、アンティオキュスの語ったあの「虚ろなオリエント」の《死と不毛性の空無》とは反対に、青春の夢の生きられた《充満した空間》であった。しかし、運命の皮肉によって、生と権力の最も充満した空間であるはずのローマが、今や空無と死の空間に変容しようとしている。このテクストの理解の足しにはならないが、間-テクスト性の空間のために書いておけば、「イドマエア」は、二世紀後に、かのマラルメの詩篇『エロディアード』の立ち昇る神話的な土地であった(「わたしは君にもたらす、イデュメアの夜の子を、云々」)。

(15) 六八年から六九年十二月にかけての一年余は、ローマ帝国にとって、ネロンの自殺に続くガルバ、オト、ウィテッリウスと、三人もの皇帝が、次々と軍隊の反乱で倒された動乱の時期であった。ヴェスパジアンは、彼の輩下がローマでウィテッリウス帝を倒した後に、皇帝となり、この内乱状態のローマに平和をもたらした。なお、「血まみれのローマ」は「父上の平和の御手《みて》」に委ねられたのだが、そのローマを、ベレニスの「美しい手」が、ティチュスにくれるように求めている。「美しいあのお手」によって布石されていた修辞は、劇的な対部を持っていたわけだ。

(16) バルトは、この告白に、ティチュスにおける潜在的な父親殺しの願望を読んだ。

(17) 以下のティチュスの台詞からも、悲劇の幕が開いた時すでに、彼はベレニスと別れる決心をしていたことは明らかである。問題は、それをいかにベレニスに告げ、受け入れさせるかである。この「決心」から「実行」までの時間差が、序文に言う「無に等しいもの」である。

(18) 主人公同士の身体的接触がないことを原則とするラシーヌ悲劇において、「恋人の涙を拭う」ことだけは許されているが、その涙を拭う「手」が強調されていることに注目すべきだろう。ベレニスの「美しい手」は、修辞を身体化して、活かされてくる。ラシーヌ詩句の見事な《エコノミー》だが、こういう構造体の内部にあるからこそ、「ベレニスの美しい手」についての詮索も起きえたのである。

(19) 一幕で「アンティオキュスの武勇」として話題になった、イェルサレム攻略戦。歴史的に振り返れば、ティチュスによるユダヤ攻略とイェルサレム陥落は、以後二千年にわたるユダヤの民の放浪の歴史の始まりであった。それを考えると、征服者であったローマ皇帝と、被征服者であるユダヤの女王の恋は、別の政治的な倍音をもって立ち上がってくるようにも思える。恋の空間は、視座を変えれば、悲惨な《記憶の場》に他ならなかったのであるから。しかしこれは、二十世紀後半以降の読みである。

(20)　フランス語原文では、「その魅惑に対するこの熱情」となるのだが、フォレスティエが、その「魅惑」は、「栄光＝勲《いさお》しの魅惑」であってベレニスのそれではない、と注に書く必要を感じたのは、次に「この胸に燃え立たせた」という表現があり、「魅惑」を意味する《appas》が、現代フランス語では「女性の胸の官能的魅力」を指すからである。

(21)　「序文」の訳注(2)に書いたように、ティチュスの少年期・青年期は、ネロンの宮廷で育てられ、その悪徳、特に性的放埒に深く染まっていた。それを伝えるスエトニウスの『ローマ皇帝伝』「ティトゥス」の巻は、「ベレニスとの恋愛関係」を、美少年や宦官を相手の淫蕩な生活と同列の「性的悪徳」のうちに数えていた。ラシーヌは、こうしたティチュスの恋の作用を逆転させて、《反－ネロン》としてのティチュスの誕生に、ベレニスが果たした決定的な役割を強調する。

(22)　「ベレニスが心を捉えた(Bérénice me plut)」は、バルトの説く、「恋の出現を画す単純過去形」の例。

(23)　よかれと思って行ったことがすべて禍いとなるという《悲劇的イロニー》が、この作品の構造上の特徴をなす。ティチュスが高徳の皇帝として生まれかわるための《美徳への回心》を可能にしたのはベレニスであったが、まさにこの《回心》が、二人の不幸を作ることとなる。

(24)　本説は、ウェルギリウス『アエネーイス』一一巻六二－六三行の名高い詩句——「大いなる死の喪失には、取るに足らぬ慰め」。典拠であるはずの史書のベレニスの実像などはどうでもよい(この点でも「反－ブリタニキュス」である)。真の本説はウェルギリウスであり、あるいはオウィディウスの『名婦の書簡』である。

(25) 一幕四場のベレニスの台詞(「烈《はげ》しくお慕い申すのは、/〔……〕あの方のお人柄だけ。/〔……〕ただ真実の愛、雄々しいお心、それだけを望みましたのに」の反響。

(26) ベレニスは「ひたすら待つ女」である。この作品の近代的な様相が窺われる。あるいは、日本人好みの、と言ってもよい。「人待つ女」と呼ばれた、在原業平の妻を主人公にした能の『井《い》筒《づつ》』から、誓いの徴《しるし》の扇を抱いて、恋人の再訪をひたすらに待つ『班女《はんじょ》』まで。

(27) 恋の言説の絶頂を行く、同格に連ねる言葉の積み重ね。フォレスティエは、ラ・フォンテーヌ『アドニス』から、同格句の積み重ねによる恋の幸せの喚起を引く。「過ぎ去る日々は瞬間となり、瞬間は絹糸の紡ぎだす時の間、/快い吐息、歓喜の生み出す涙、/願いを立て、誓いを交わす、眼差しと恍惚と、我を忘れて、/こうした想いの入り混じる、恋人たちの幸せ」(一三一―一三四行)。

第二幕 第三場

(1) リュティルは、登場人物表には「ローマ人」とあるが、一般市民のはずがない。ティチュスの親衛隊員であろう。伝達の役を果たすや、姿を消す。

(2) 《parler / reculer》(話す/退く)、《souvienne / vienne》(記憶する/来る)という脚韻の応酬は、場面の切迫を率直に表している。

第二幕 第四場

(1) ポーランのこと。
(2) ベレニスはここで、陛下と呼ぶことをやめて、ティチュスの名で呼ぶ。「ティチュス」の名が心情の吐露の鍵となる。
(3) ベレニスの側からの厭味ではない。本当に意外だと思って言う。
(4) ベレニスの台詞は、ティチュスの演技が従うべきト書きの役割を果たしている。
(5) 「恩知らず」は、通常の恋愛悲劇では、こちらの恋に応えようとしない相手に向かって投げつける言葉である。ここではその言葉を、発語者は自分を非難するために、自分自身に投げつけている。

第二幕 第五場

(1) 一幕で起きた「アンティオキュスの恋の告白」をベレニスは思い出し、それを知ったティチュスが嫉妬したのだろうと解釈をする。この解釈＝誤解が、五幕の大団円を準備する。「告白」が“mis-leading”であったという意味で、「偽りの告白」であり、後世から見れば、同題のマリヴォー喜劇の先取りである。
(2) 原文は、《Si Titus est jaloux, Titus est amoureux.》。「ティチュス」という愛する男の名を繰り返すことで、ベレニスは、恋の再確認をした心地になる。二幕の幕切れのこの台詞は、詩句としてこれ以上は日常語に近づけないと思われるほど簡素であるが、言説上の仕掛けがある。文法的には繰り返す必要がなく、二度目は人称代名詞で置き換えるのが常である二つの文の共通の主語「ティチュス」を、あえて繰り返し、そのことによって十二音節詩句を見事に成立させるからである――実は、人称代名詞で置き換えると十二音節が成立しない。と同時に、恋する男の名を言うことそれ自体が恋の楽しみであり、「言葉に出すこと」自体が「行為」になるという、見事な《発話行為》を成立させている。

第三幕第一場

(1) 一幕、二幕で、まだ出会っていない二人、つまりティチュスとアンティオキュスが出会う。もちろん、二幕最終場のベレニスの誤解は、ティチュスもアンティオキュスも知らぬままにである。ティチュスは、アンティオキュスがベレニスを愛していることさえ知らないのだから、二人の「恋敵」は、三人の関係について持つ情報がずれている。いわば「心ならずも三角関係」に置かれている。登場人物と登場人物同士、登場人物と観客のあいだに共有される情報のズレは、ソポクレースの『オイディプース王』を見れば分かるように、劇作術の根幹である。そのズレの具合によっては、悲劇は喜劇に転じうる。『ベレニス』を、十七世紀末のコメディア・デ・ラルテが、パロディーにしたのも無理はない(一六八三年初演のファトゥーヴィル作『プローテウスのアルルカン』のなかに、アルルカンがティチュス役、コロンビーヌがベレニス役、スカラムーシュがポーラン役で、五場からなるパロディーがある)。

(2)『ブリタニキュス』二幕二場におけるナルシスの「帝王学」が語っていたこと。
(3) ティチュスの凱旋に際しては、捕虜にされた敵将は、「鎖に繋がれて」その戦車に従った。
(4) ティチュスの「別れる」という言葉が、初めて「他者」に向かって発せられる。
(5) ユリウス・カエサルとクレオパトラとの恋。二幕二場で、このタブーの強さの例として語られていた。
(6) ネロンがジュニーを口説く時にも、同じような比喩を用いていた(『ブリタニキュス』二幕二場)。
(7) 史実を巧みに用いている。ティチュスの治世は、この台詞に即して言えば幸いにも短く、わずか二年二カ月と二十日。紀元八一年に、四十一歳で死ぬ。
(8) シリシー(キリキア)。小アジアの東南部にあるローマ領。コマジェーヌの西、シリアの北西に当たる。ティチュスは、ベレニスの領土をシリア全土に拡げたから、ここでも両国は境を接することになる。なお、エウフラテス河は、実際にはコマジェーヌの東側に位置し、シリア、コマジェーヌの両国と、パルティアとの境になる。フォレスティエも指摘するとおり、ラシーヌは地理上の正確さよりも、地名の詩的喚起力を重んじているが、同時代の批判は、どれも地理上の正確さなど問題にしていなかった。

第三幕 第二場

(1) この第二場は、七七一行から八五〇行であり、全一五一九行の悲劇の、ほぼ正確に中央に位置する。運命に弄ばれる恋人の受苦の場面である。

(2)『アンドロマック』一幕一場のオレストの台詞の再現。

(3)「三つの国の王笏」は、パレスティナ、アラビア、シリアのそれ。

(4)アルザスの説得は、「恋の論理」の外では、全く正当である。バルトが言う、「この世界の論理」である。

(5)アンティオキュスは、「恋の論理」に立ち返る。当然の決意だ。しかし、悪意ある運命は、そこにベレニスを登場させる。

第三幕 第三場

(1)初版以来《Enfin, Seigneur, vous n'êtes point parti.》(結局、殿下は、お発ちになりませんでしたの)となっていた。一六九七年版で、《Hé quoi, Seigneur, vous n'êtes point parti?》とわずかな手直しをすることで、自分の部屋から出てティチュスを探しにきたベレニスの、単なる期待外れではなく、ひょっとして自分はティチュスの不興を買っているかもしれない、それなのにこの人は、勝手な恋を告白しておいてまだ出発しないのかという、苛立ちがうまく表現されることとなった。全体としてこの場面は、シェレールの言う「ベレニスの攻撃性」が鮮明に出ており、この冒頭の一句の手直しは、まさにその方向を指し示している。原文では、アンティオキュスに呼びかける際、"Seigneur"という定型を取る場合と、"Prince"と呼ぶ場合とがある。フランス語原文では、"Seigneur"は空々しく、"Prince"のほうが心理的距離が近い。しかし、日本語における「敬称入り呼びかけ」が、フランス古典劇の約束上のそれと、一対一対応ではないから、ここでは、むしろ台詞の口調で、その差異を活かそうと考えた。

(2) 前訳注で書いたように、ベレニスの攻撃性は、こういう台詞に明らかである。訳者にとって、このあたりの日本語の等価物は、泉鏡花が磨き上げた新派の女形の台詞である（たとえば『天守物語』の富姫）。

(3) ティチュスの発すべき「別れる」という言葉は、まずは「代行者」の口から発せられた。ベレニスの驚愕と絶望が、三幕のクライマックスを作る。残されているのは、ティチュス自身が別れの決心をベレニスに告げることだ。四幕への期待が強度を増す。

第三幕 第四場

(1) 『アンドロマック』五幕四場で、エルミオーヌの呪詛を受けたオレストの台詞――「一体、俺の目は？　あれがエルミオーヌか？　今聞かされたことは？」

(2) 劇の振幅を大きくするのは、やはりベレニスの行動である。元来、「不活性」を存在理由にしているかに見えたアンティオキュスの情動が大きく揺り動かされたことで、三幕は大きなサスペンスの内に終わる。

第四幕 第一場

(1) 『アンドロマック』五幕一場のエルミオーヌの錯乱を思い出させる。もっともエルミオーヌの場合は、はるかに危機的であった。オレストにピリュス殺害を命じて、その結果を待っていたのだから。しかし、登場人物の運命を左右する報せを待っているという点では通底する。『ベレニス』を悲劇にするためには、そのくらいの危機感は不可欠であった。
（2）「身内から力が抜けて」は、『フェードル』一幕三場、フェードル登場の台詞を予告する。
（3）「わたしの怒り」を口にするベレニスは、四幕五場の「縁切り場」では、「復讐女神への変貌」を口にする。

第四幕 第二場

（1）『フェードル』一幕三場の「フェードル登場」を、後世は否応なしに思い出す。フェードルは嘆く――「無益の飾り、このヴェールの重いことは！／疎ましい手よ、髪の毛を束ね束ねて／額の上に結いあげる、何故にまた埒《らち》もない心遣い」。乳母のエノーヌは、フェードル自身が身を飾るべく侍女たちに命じたのだと反論する――「あなた様ご自身でございますよ、分別が違っていたと、／先ほどはお身を飾るべく、私どもの手にお命じになった」と。フォレスティエも説くように、ベレニスとフェードルの「化粧」は、意味的には対照的な作用を前提にしている。フェードルが、ともあれ自分で化粧や身繕いを求めたのに対して、ベレニスは、そうした働きそのものを拒否している。「乱れた髪、崩れたヴェール、涙の跡は、法廷での修辞学の《パトス》に属していて、それをベレニスは、「恩知らずのティチュス」の前で展開しようとしている。外見による技法を拒否するのは、雄弁術の技法に身を任せる一つのやり方である」（プレイヤード新版一四七八頁)。十七世紀文学における《法廷の雄弁術》や《修辞学》といった《言説制度》の研究に焦点を当てた、マルク・フマロリ以降の研究者らしい指摘である。

第四幕 第三場

(1) ここは明らかに、場面と場面の繋がりに「空白」がある。ヴィラール師の、ラシーヌは「何度も舞台を空白にした」という批判は当たっている。十七世紀古典主義劇作術においては、場面と場面の間に空白ができることは嫌われた(いかにも「真空恐怖」の世紀である)。しかしここは、シェレール『古典主義劇作術』の用語を借りれば、「一方が他方を避けて、逃げて行く繋ぎ方(liaison de fuite)」であると、フォレスティエは言う。登場したティチュス(あるいはポーラン)が、退場するベレニスとフェニスを、目にせよなんにせよ追う芝居があれば、そうには違いない。しかし、約束事の上ではそうであっても、ここは劇詩人の側からの、意識的な「空白」だと思われる。ベレニス錯乱の後の静まり返った空間において、ティチュスの、自分自身との対決が語られる必要があった。

(2) 腹心の部下によるこの意外な「傍白」は、主人公たちの運命について、劇的な期待感を高める効果をもつ。

第四幕 第四場

(1) 一幕二場の「アンティオキュスの独白」と対をなす、「ティチュスの独白」である。しかも五十四行に及ぶ長い独白である。決定的な行為を選ぶために、主人公は心の準備をしようとし、その内心の昂揚が、独白という言語態を正当化している。この独白の前半部の山場で明らかになるように、ティチュスが自分をさらそうとする「もっと高貴な観客」(二幕二場)とは、結局ティチュスの《良心》であり、《自己》という意識であるから、それは《独白》という孤独な言説によってしか呼び出されないだろう。『ベレニス』という悲劇の《近代性》の鍵の一つは、ここにある。

(2) ピカールも指摘するように、ティチュスは、まず、自分の決断の無償性を強調する。

(3) まさにコルネイユの『ティットとベレニス』で起きることである。

(4) スエトニウス『ローマ皇帝伝』八巻「ティトゥス」五節の記述では、イェルサレム陥落の後で、兵士たちが興奮して、ティチュスを“imperator”(勝チ誇ル将軍)と呼び、ローマへ帰還することに反対した。ティチュスは、父に背いて「オリエントの王国を己が領地となさん」としていると疑われる。その後ほどなくエジプトで、土地の習慣にならい、王冠を戴いて生贄の儀式に臨んだので、一層この疑いは強くなった。ために、ティチュスは父皇帝に会うべく、急遽ローマへ立ち帰った。

(5) スエトニウス同書「ティトゥス」八節は、「ある日、彼は、夕食の折に、この一日、誰にも何もしてやれなかったことを振り返って、次のような見事な言葉を呟いて、当然のことながら、称賛の的となった、すなわち、「友よ、余は己が一日を無駄にしてしまった」と」。この本説の引用。

(6) ここに段落の替わることを意味する「一字下げ」がある。

第四幕 第五場

(1) この台詞は、三場の冒頭にティチュスがポーランに言った言葉、「女王の胸の苦しみを、ポーラン、宥《なだ》めて差し上げるように」から判断すれば、ベレニスの居間で、ベレニスを引き留めようとするポーランに対して言うと考えてよい。ベレニスは我慢ができず飛び出していくのだが、その時、ティチュスの決心は固まったところだった。

(2) ここでティチュスと対面する。

(3) ここに段落の替わることを意味する「一字下げ」がくる。

(4) 『ベレニス』のように「個人の恋」が問題になる悲劇でも、悲劇である以上は、「全世界に対して」演じなければならない。

(5) この「不可能なことへの欲求」によって、ティチュスは悲劇の主人公たりうる。

(6) いかにも十七世紀的な対比である。「生きること」と「統治すること」と。

(7) ベレニスの名高い叙情的な七行の詩句が始まる。初版では、ここは「段落替え」の徴《しるし》として、「一字下げ」になっていたが、フォレスティエによれば、一六七六年版、八七年版、九七年版と、その植字法は廃止され、段落を目立たせる仕組みはなくなる。もはやそのような譜面的な指定の必要はなくなっていたのであろう。もっとも、メナール版もピカール版も、この「一字下げ」を活かしている。フォレスティエに倣って初版で検討してみると、たんなる「段落替え」というよりは、ト書きのないテクストであるから、身体行動の上でなんらかの区切りになる徴が必要な場合に用いられていると考えられる。たとえば、この四幕五場では、すでに指摘したように、ティチュスと顔を会わせたベレニスが、「ではやはり、真実なのでございますね」と対決する台詞が「一字下げ」であり、今問題にしている名高い叙情的な台詞への切り替えがそうであった。五幕幕切れに向かって、この仮説は補強されるように思う。

(8) ベレニスは、別れた後の悲しみを、待つ人のいなくなった不毛の時を、それに耐えるためにまず嚙みしめておきたいとでもいうように、別離の悲劇の喚起に身を任す。「恋唄《マドリガル》」だの「悲歌《エレジー》」だのと批判されたこの悲劇は、こうした宮廷文学の制度を超えて、恋の不可能な空無を、その空しい時空を、悲劇の時間に突然開けた《不可能な未来》として語ってしまう。心理的な芝居ではなく、まさに悲劇の《絶対的な外部》に待ち構えていた《空無》が、悲劇の舞台に侵入して来たように。《Dans un mois, dans un an, comment souffrirons-nous, / Seigneur, que tant de mers me séparent de vous?》は、直訳すれば、「一月が経った後で、一年が経った後で、どのように、二人は苦しむことか、／これほど多くの海が、二人を隔てていることを?」である。

(9) 原文は《Que le jour recommence et que le jour finisse, / Sans que jamais Titus puisse voir Bérénice,》。「一日が始まる」ではなく「また始まる」として、単調な繰り返しをいやというほど味わうように、深く語る。"finisse"と"Bérénice"の脚韻について、それが可能なのはフランス語だけであるとジャック・デリダが語ったというが(演出家ダニエル・メスギッシュの発言)、脚韻の修辞法を超えた意味作用は、ここに限ったことではない。

(10) オウィディウス『名婦の書簡』七「ディードーからアエネーアース」に、「もしもそなたが、妻とするのを恥じるならば、そなたの妻とは呼ばれずとも、そなたに宿かる女でよい。／そなたのものであるならば、ディードーは、どのようなものになろうも構わぬ」（一六七—一六八行）。

(11) ピカールも説いたように、この台詞は、『ブリタニキュス』四幕最終場におけるネロンに対するナルシスの誘惑と、貫く論理を共有している。ここでも二つの皇帝観が対決させられる。

(12) 十八世紀以来、この詩句は、青春時代のルイ十四世の愛人であったマリー・マンシーニ（マザラン枢機卿の姪）が、ルイ十四世と別れるに際して口走った言葉とされる。モットヴィル夫人の『回想録』に、「あなたはお泣きになる、でもあなたはご主人様なのです！」という言葉が読まれるが、この『回想録』は著者の死後一七二三年に刊行されるのであり、著者は一六八九年に死んでいる。したがって、『ベレニス』を見た後で書かれている可能性はあるのだ。それに対して、ジョルジュ・クートンが『ティットとベレニス』の注で引くように、『王宮広場、あるいはラヴァリエール夫人の恋』（一六六五）と題する小冊子には、マリー・マンシーニが「馬車に乗ろうとして、きわめて気の利いた言い方で、恋人に、「あなたはお泣きになる、でも王様です、その間《ま》にも、私は不幸せで、失礼いたします」という一節があった。ヴィラール師が、「皇帝のお身にありながら……」の詩句だけを引いて、「ベレニスが、観客に流させた涙を乾かすために言うこの詩句で、お客はいつも笑ったし、この先もいつも笑うだろう」と書いているのは、上記の小冊子を頭においてのことか、とフォレスティエは書く。あわせて、一六六五年刊の『コルビネッリの殿が当節最良の詩人から引用せる恋の想い』の二巻に、アルカンドルとアマントの別れを語る情景で、跪いたアルカンドルに対しアマントが、「誓いの言葉も、この目に映ることもすべて、信じますわ。／でも、私はやはり発ちます、陛下、そしてあなたは国王さまなのです」と答える詩句があると指摘する。ともあれ、マリー・マンシーニとルイ十四世の別れ話の一情景として、人々に馴染みのある台詞であったことは確かなようだ。三幕一場の訳注(1)で触れた十七世紀末のコメディア・デ・ラルテによるパロディー『プローテウスのアルルカン』が、この情景を逃していないのも、劇場での評判を踏まえたものだろう。ティチュスを演じるアルルカンの台詞、「ああ！　この身を引き裂くそのお言葉！」で、ベレニス役のコロンビーヌが、アルルカンの口を摑んで大きく裂くようにするという見せ場があった。

(13)　ここからの五行は初版にはなく、一六七六年版での加筆。初版では、直前の行から——

つねに彼らは、己れの義務にあくまでも忠実であり、
その他の絆はことごとく忘れ去ったとお分かりのはず。
　浅ましい人々よ！〔……〕

ここに引かれる三つの故事は以下のとおり。第一はレーグルスのことで、カルタゴの捕虜となったが、捕虜交換の交渉のためにローマへ送られ、元老院を説得した後、約束通りにカルタゴへ戻り、そこで殺された(前二四九年)。第二はマーンリウス・トルクアトゥスのことで、自分の命令を待たずに出陣した息子が、勝利を収めて凱旋したが、処刑した(前三四〇年)。第三はルーキウス・ユーニウス・ブルートゥスのことで、前五〇九年にローマの王制を倒した英雄であるが、後に、タルクィニウス王家復興に加担したとして、二人の息子を処刑させた。

(14)　ウェルギリウス『アエネーイス』六巻八二一―八二二行が典拠。「不運な者どもよ、我らの

子孫がどのような形で伝えようとも、／祖国への愛が、つねに勝利を占めてきた、栄光への驚くべき情熱とともに」。ウェルギリウスの詩句は、ブルートゥスの故事の注解の役を果たし、トルクアトゥスのそれへの暗示となっていた。フォレスティエは、ウェルギリウスの詩句の喚起でしかなかったものに、具体的な故事を挿入したのは、自作の読み直しの結果だろうとする。

(15) すべての裏切られた恋人と同じく、ベレニスも復讐女神に変身したいと願う。ただ、その出現する場は、裏切り者の心の内なのだ。五幕に明らかになるベレニス自害の覚悟の予告。七場のアンティオキュスの台詞が、この直後のベレニスの錯乱を伝える。

第四幕 第六場

(1) 悲劇の終局的な危機に際して、ティチュスは自分の「暴虐」について、再度ネロンとの比較をする。悲劇的誇張法であるが、論理的に不可避である。

(2) ティチュスの「勝利」を讃える生贄の煙であり、皇帝に託されている宗教的な機能の修辞的誇張であり、演劇化である。それは、ローマという女神の勝利に他ならない。

第四幕 第七場

(1) アンティオキュスはベレニスの部屋から出てきたのである。

第四幕 第八場

(1) ヴィラール師は、この年の執政官は、ヴェスパジアンとティチュス以外にはありえなかったはずだとして、揚げ足を取った。リュティルは、言うまでもなく「外部」から来る。ティチュスの独白では、「沈黙を守っている」とされた「世論」が、いっせいに声を挙げだしたのだ。

(2) 初版(一六七一)にはこの後に、アンティオキュスとアルザスによる第九場があったが、後のすべての版で削除されている。四幕五場の山場の後、劇的緊張が絶頂に達したところで、話題が再びアンティオキュスに戻るのは感興を削ぐと、判断したからであろう。この削除によって、フォレスティエの言うように、アンティオキュスがアルザスに告げる「消え去る」覚悟や、そこから生じるアルザスの五幕一場の不安が分からなくなるとはいえ、もはや問題はそこにはなかった。

(異本 第四幕 第九場)

アンティオキュス、アルザス

アンティオキュス アルザス、これまでのわたしの行動、どう考える。
最前わたしが出て行くのを、妨げるものはなにもなかった。
ベレニスとティチュスを見れば、この目は傷つくばかり。
永久に別れるつもりだった。それが今はどうだ。
わたしは帰ってきて、涙にくれる女王に、またお目にかかる。

たちまち、わたしの復讐も、あの方の憎しみも忘れ果てて。
恋敵ゆえに流す涙と知りつつも、同情している。
わたしのほうから、あの人を救おうと、恋敵を呼びにいく。
しかも彼が、わたしの熱意を受け入れて急いでくれていたら、
得々としたあの男を、女王のもとへお連れするところだった。
哀れな男ではないか！　自分自身の不幸を作る、そのために
ひたすらわたしは働いている、その熱意は呆れるばかり！
もうたくさんだ。ティチュスの約束は、お前が伝えればよい、あの女《ひと》に、
アルザス。わたしの弱さがことごとく、わたしには恥ずかしい。
絶望し、途方に暮れて、我とわが目にもおぞましい。
一人にしてくれ。お前の目からも、わたしの姿を隠したいのだ。

第五幕 第一場

（1）四幕冒頭に続き、登場人物の独白で幕が開く。この独白は、前掲の四幕九場のアンティオキュスの台詞があるほうが分かりやすい。いずれにせよこの空間が、人物と人物の出会うことの難しさを強調する効果はある。《迷宮》としての悲劇空間。すれ違いと意志の伝達不可能性の場である。

第五幕 第二場

(1) 亡霊のように、アンティオキュスは、この呪われた空間に戻ってくる。

(2) 五場でティチュスが手にする手紙である。

第五幕 第三場

(1) 前場のアルザスの言葉などから、多くの人々が皇帝に従ってきたことが想像できる。皇帝を取り巻く「荘厳」は、皇帝の内心の葛藤を主題とするこの悲劇でも、見せる必要がある。フォレスティエの指摘するように、それが、幕を追って希薄になっていくことも含めて。

(2) ティチュスはベレニスの部屋へ入る。このティチュスの言葉「あれを愛しているか否か」は、ティチュス自身にも分かっていないかも知れない。しかしそれは、アンティオキュスをして、ティチュスとベレニスの結婚が確定したと思わせるに充分な、決断の調子をもっていた。

第五幕 第四場

(1) ベレニスとティチュスが、言い争いをしながら出てくるのを認めて。

(2) アンティオキュスは、アルザスを伴って退場する。したがって、続く五場、六場で、ティチュスとベレニスの間に起きたことは知らぬままに、七場でティチュスに呼び戻される。

第五幕 第五場

（1） ピカールがかつて指摘したように、この場面は、喜劇の「恋の諍《いさか》い」と同じ構成である。人物の身体行動としては、ほとんど動きらしいものがなかったこの悲劇で、恋人二人の「追いつ追われつ」を最後に見せておくのは、悪いことではない。

（2） 原文は《*Ma Princesse*, d'où vient ce changement soudain?》であり、四行前の「なにとぞ、ただ／一言だけ」は《*Madame*, /Un mot》である。ベレニスへの呼びかけの変化は、心理的距離の接近を表している。ここでも日本語として、「奥方」と「姫君」を併用できないから、調子で変えている。

（3） 結婚取りやめの報に、「残忍な歓呼の声」を挙げている群集であり、次の場でティチュスが語る元老院の賛辞である。その意味では「人民」が、ベレニスの退去を不可避にしている。フォレスティエの指摘するように、コルネイユの『ティットとベレニス』五幕五場では、同じ人民が、元老院によるベレニスのローマ市民としての承認に、歓呼の声を挙げる。

（4） 十六、十七世紀フランスの城館の壁に、装飾モティーフとして用いられた紋章の類い。君主とその寵姫あるいは夫人の頭文字を組み合わせて、花や枝の蔓草模様の輪の中に置いたもの。アナクロニズムはともかくも、『フェードル』四幕の「この壁も、云々」と並び、舞台装置の現実を劇的に用いている例。恋する女にとっては、目に映るすべてが《記憶の場》と変じて、堪え難い。

（5） ヴィラール師によれば、初日には、ティチュスはこの手紙を、声に出して読んだと言う。二日目からカットされた。ヴィラール師は、「遺言の恋歌」とか「死の恋文」と嘲笑しておきながら、このカットはよくないとした。ルイ・ラシーヌ「『ベレニス』についての論考」も、初演の演出を伝えている。

(6) 初版以来、ここに段落替えの「一字下げ」がある。

(7) 今やティチュスは、ベレニスの自殺の覚悟を知った。ここでアンティオキュスの不在に気づいたティチュスは、フェニスに命じて、王を探しに行かせる。初めてティチュスとベレニスだけが舞台に残り、最後の対決の場が始まる。

第五幕 第六場

(1) すでに述べたように、ティチュスの懊悩は、《自己》を求めての彷徨だった。ラシーヌは、ローマ的・ストア派的なテーマを、「女王との不可能な恋」に結びつけたのである。

(2) 「一字下げ」による段落替えは、この長台詞では、きわめて細かく指定されている。第一は、「結婚は問題にならない」こと。

(3) 「一字下げ」がここにもある。第二の段落は、皇帝の位を捨てて「恋の奴隷になる気は全くない」こと。コルネイユの『ティットとベレニス』の皇帝ティットは、三幕五場と五幕四場で、二度にわたってこの誘惑に身を任すと言い、そのベレニスはこの「弱さ」を恥じる。

(4) 「一字下げ」がここにもある。第三の段落は、この二つの「否定」に対する解決の道。つまり「自殺する」ことである。

（5）ティチュスによる「自殺」の予告である。「悲劇において血が流れること」は必要ではない。しかし、その分だけ、言葉の上では血が流れる。

第五幕 第七場

（1）注釈者は、アンティオキュスがティチュスに「恋敵」であったことを告白するこの情景の意味をあまり語らない。しかし、第一に、それはティチュスにとって「寝耳に水」の驚きであった。第二に、ベレニスにとっての「アンティオキュス問題」とは、アンティオキュスが自分を愛している男であり、ティチュスもそれゆえに嫉妬していると思い込んだ「三角関係」であったが、それが実はティチュスの知らないところだったことを「初めて知る」点にある。ティチュスの「驚き」が大きかったことは、「恋敵と！」の叫びから後、幕切れまでティチュスは一言も発しないことでも分かる。この「ティチュスの沈黙」の謎を解くのが、演出家の作業である。

（2）アンティオキュスも、ティチュスに向かって自殺の決意を語る。

（3）この詩句で、「一字下げ」の改行となる。アンティオキュスは、ベレニスのほうに向き直る。

（4）ベレニスは、出て行こうとするアンティオキュスを引き留める。アンティオキュスによる「第三の自殺」の脅迫が、ベレニスの決意を決定的にする。この呼びかけは、二人のそれぞれに対して行う。

（5）ベレニスは、ティチュスの決意に向かい合う。この詩句は、「一字下げ」で始まる。

（6）スエトニウスによれば、ティチュスは「人類の愛であり、歓びであると呼ばれた」（『ローマ皇帝伝』八巻「ティトゥス」一節)。

(7) 段落替えの「一字下げ」で始まる。

(8) かの名高い《invitus invitam》(彼ノ意ニ反シ、彼女ノ意ニモ反シ)の、ラシーヌ的な見事な変形。コルネイユは、その『ティットとベレニス』(五幕五場一七二五—一七二六行)で、スエトニウスの散文的な口調に忠実に言わせている——

ティット 恋は、これほど厳しい掟を課すものか?

ベレニス 分別がその掟を、あなたに背き、私にも背いて。

(9) 段落替えを示す「一字下げ」である。

(10) 原文は《Hélas!》である。音素が四つあるこの感嘆詞を訳すのに、日本語の「ああ!」だけではなんとも締まらない。アンティオキュスの詠嘆の対象は、いろいろに取れるが、ここではベレニスの悲恋に同情したという解釈を立てた。もっともヴォルテールは、「ベレニス考」(『コルネイユについての考察』)のなかで「戯曲が"hélas!"で終わるとは、ショックだと言う人もあろう。こういう終わり方をあえてさせるというのは、よほど観客の心を捉えている自信がなくてはなるまい」と記し、ラシーヌ悲劇のうちで最も弱いものとし、悲劇ですらないとした。もっとも、「細部の美しさ、言葉に表されない魅惑が、ほとんどいたるところに君臨しており、特に詩句の朗誦についてそれは言える」と付け加えているのだが。「ルイ十四世の世紀」の《文化的神話》の創設者のこの評は、ほぼ一世紀半君臨したが、ジュリア・バルテのベレニス以降の、二十世紀の受容とは正反対である。殊に「悲歌《エレジー》」としての悲劇の創設については、解題を参照。

解　題

一　ラシーヌの生涯と作品

孤児とポール＝ロワイヤル修道院

フランス古典主義演劇のみならず、一般に十七世紀フランス文学の金字塔であり、その規範的作家とみなされてきたジャン・ラシーヌ(Jean Racine)は、一六三九年十二月に、フランス東北部の町ラ・フェルテ＝ミロンで生まれた。父・母方ともに百年以上もこの町に住み、徴税官などを務める家柄で、その長男であった。しかし一六四一年一月、妹の誕生に際し母が亡くなり、再婚した父も四三年に死亡。ジャンは母方の祖父母に引き取られるが、さらにその祖父も四九年二月には死ぬ。こうして数えで十一歳、満年齢で言えば十歳になるかならずのジャンは、祖母(旧姓デムーラン)とともに、デムーラン家が二十年来縁のあったポール＝ロワイヤル修道院に、身を寄せることとなる(以下年齢は、岩波文庫『フェードル　アンドロマック』の年譜に従い、原則として数え年で表す)。

ポール＝ロワイヤル修道院は尼僧院で、パリとパリ郊外に修道院をもっていた。当時のカトリック教会のなかにあっては、「救霊予定説」に基づく過激な信仰を説くジャンセニスム(jansénisme)の拠点である。救霊予定説は、神の恩寵は無償に与えられると考え、人間の「自由意志」を認めず、ひたすら信仰に身を捧げるべきであるとし、イエズス会の説くように現世における行動によって原罪が贖《あがな》われるとは考えない、きわめて悲観的な世界観に裏付けられていた。こうした熱烈な信仰を抱く尼僧たちは、「隠士たち(Solitaires)」と呼ばれる男性指導者集団の下で信仰の実践を行ったが、重要なことは、これらの隠士たちが、当代随一の知識人であったことである。名高い『一般理性文法』(一六六〇)や『ポール＝ロワイヤル論理学』(一六六二)の共著者アントワーヌ・アルノーをはじめ、『ラテン語教則』(一六四四)、『ギリシア語教則』(一六五五)の著者クロード・ランスロ、『道徳論』(一六七一—七八)の著者ピエール・ニコルなどであり、日本でもよく知られた思想家でいえば、数学者でかつ『瞑想録《パンセ》』の著者ブレーズ・パスカルもその一人であった。彼らは、たんに宗教運動の面だけではなく、同時代の先端的知識人として、パリの新興ブルジョワジーの知的な指標ともなっていた。十六世紀以来、恩寵をめぐる聖アウグスティヌス解釈は論争の的であったが、一六四〇年、オランダの神学者ジャンセニウス(ヤンセン)の『アウグスティヌス』の刊行と、教皇庁によるその断罪の結果、そこに王権の介入もあって、隠士たちはしばしば修道院からの立ち退きを命じられ、修道院も閉鎖される事態にあった。

ポール＝ロワイヤル修道会は、パリの修道院のほかパリ近郊にポール＝ロワイヤル＝デ＝シャンの修道院をもち、後者には小学寮(petites écoles)と呼ばれる学寮があった。その教育には、先に挙げたような先端的な知識人たる隠士たちが当たっていたが、当時の初等・中等教育の主流をなすイエズス会の学寮のラテン語中心主義とは異なり、フランス語による教育とフランス語の教育、ならびにギリシア語の教育に力を注いでいた。

一六四九年から五三年まで、十代前半のラシーヌは、孤児であったがために無料で、当代一流の、しかも先端的な教育を受けることができたわけである。それは、ポール＝ロワイヤル修道会と縁の深いボーヴェ学寮での、十五歳から十七歳までの教育や、その後二十歳までのポール＝ロワイヤルでの教育――ランスロにギリシアの古典を、ニコルにラテンの古典を教えられ、アントワーヌ・ル・メートルによって古典文芸への関心を吹き込まれる――、そして一六五八年から五九年にかけての、パリのアルクール学寮での高等教育についても言える。そうした教育の方向は、将来の法曹家を育てるためのものであり、時代の要請を考えればそれは当然でもあった。

ラシーヌは、一六五九年以降、リュイーヌ公爵家の執事をしていた従兄のニコラ・ヴィタールの縁で、そこに引き取られるが、シュヴルーズ公爵でもあるリュイーヌ公は、ルイ十四世親政以降の宮廷の中心人物となるコルベールの女婿であり、ポール＝ロワイヤルとも縁が深く、二十一歳のラシーヌは、自分を育ててくれたポール＝ロワイヤルと世俗的な関心とを、両立させることができていた。

選択の地平──法廷と劇場

絶対王政の名によって表象される十七世紀フランスについて、その政治と社会と文化の関わり合いを一言で要約するのは難しい。しかし大きな枠組みとして、次のことは記憶しておいてよいだろう。すなわち、中世以来勢力を伸ばしてきていた都市部の「町民階級《ブルジョワジー》」は、たんに商業資本主義の担い手であっただけではなく、法曹家となることで、社会の政治的な力関係に積極的に加わり、さらに買官制度によって貴族の称号を手に入れ、「法服貴族(noblesse de robe)」となるというのが、その社会的上昇の主要なベクトルであった。中世以来の封建領主であった貴族が、剣を帯びているという意味で「帯剣貴族(noblesse d'épée)」と呼ばれたのと、対比的な存在である。十七世紀中葉の「フロンドの乱」は、国王親政による絶対王政成立に決定的な役割を果たす事件なのだが、それは従来の封建貴族たる「帯剣貴族」と、新しい政治・社会体制を求める「法曹階級」との戦いであり、ルイ十四世の親政とは、まさしくこの両者の力関係のバランスの上に成立した。先に名を出したコルベールは法服貴族の典型であり、ルイ十四世親政における、今なら「高級技術官僚《テクノクラート》」とでも呼ぶであろう新しい勢力の頂点に立つのだが、その出自は織物業者であった。

政治的な変革と平行したのが、十七世紀三〇年代以降にめざましい、劇文学の先端的担い手たちの活躍である。彼らは、ピエール・コルネイユにせよジャン・ロトルーにせよ、俗耳に入りやすい「宮廷文学」などというものからはおよそほど遠い、法曹階級出身の作家である。宮廷のサロンが、新しい文学の洗練の上で重要な役割を果したことは確かだが、人はともすると絶対王政などという呼び名に欺かれて、そこに宮廷のサロンの遊戯的洗練や王侯貴族の退廃した遊びしか想像しない。重要なことは、《法廷》の言説と《劇場》のそれとが、同じ法曹家によって担われていたことであり、劇場と法廷が通底していたことである。こういう枠組みのなかで、ミシェル・フーコーの説く「表象のシステム」における分節言語の支配」も起きたのであり、劇場においては、さまざまな「表象のシステム」の内部で、「分節言語」が支配権を握るという権力奪取も可能になった。つまり、劇場そのものの文化的ステータスが向上しても、役者が相変わらず「呪われた職業」とされていたのに対し、作家＝劇詩人は、文化的階梯のきわめて上部に位置することができたのである。

こうした全般的な枠組みの内部で、ラシーヌのような孤児が社会的栄達を望むとしたらどうするのか。法曹階級は、コルベールの例でも分かるように――コルベールがその座を奪ってルイ十四世親政への道を確実にした、かのフーケにしてからが、そもそも法服貴族であった――、すでに目一杯に埋まっているし、パリの文壇の匂いをかいだ若者に、法曹家として地方の行政官などで終わることは考えられないだろう。生活の保証という意味では、聖職者の地位を、在家のままで手に入れるという方法があり、ラシーヌも若い時期にそれを試みて、失敗した。つまり十七世紀の六〇年代という政治的・文化的枠組みの内部では、「文芸」に活路を見いだすことは、たんに個人的な欲望や快楽の問題だけではなかったのだ。

一六六〇年六月、ルイ十四世とマリー＝テレーズ・ドートリッシュ（スペイン王女マリア・テレサ）との成婚に際して、詩人たちは奉祝の詩篇を捧げたが、ラシーヌも『セーヌ河のナンフ』と題する讃歌《オード》を、文壇の大御所シャプランに献じ、太陽王の祝祭を取りしきることになるサン＝テニャンにも認められた。マレルブを規範とする祝典的讃歌による、詩人としてのデビューである。その後、悲劇第一作『アマジー』をマレー座のために書くが採用されず、テクストも伝わらない。翌六一年、オウィディウスを主人公にした第二作をブルゴーニュ座を前提に書くが、これも採用されない。以後、六三年まで、母方の叔父アントワーヌ・スコナンが司祭代理を務めている南仏ユゼスに赴き、在家聖職禄を手に入れようとするが、うまく運ばない。この間パリでは、ルイ十四世の親政が始まり、財務長官フーケが失脚し（一六六一年九月）、コルベールがその後を襲い、新しい高級官僚組織が生まれる。コルベールのもとシャプランを中心に、作家の年金制度が設立され、ラシーヌも、第二の讃歌『国王のご病気平癒のために』によって、年金リストに名を連ねる栄誉を得、翌年から年金六百リーヴルを下賜される（ちなみに一ルイは十二リーヴル、一リーヴルは約十二ユーロだとジョルジュ・フォレスティエはするから（『ジャン・ラシーヌ』一九頁）、六百リーヴルは約七千二百ユーロであり、日本円で約百十五万円に相当する）。続く第三の讃歌『ミューズたちの名声』は、国王のこの恩恵に対する感謝である。ニコラ・ヴィタールの縁で関係をもったシュヴルーズ公爵は、コルベールの女婿であったから、ラシーヌはようやく陽の当たる場所に近づいたと言える。本書に収めた『ブリタニキュス』はシュヴルーズ公爵に献じられており、『ベレニス』はコルベールその人に献じられている。モリエール、ボワローなどの若い文士との交際が始まるのもこの時期である。

劇壇へのデビュー、あるいは二重の裏切り

十七世紀中葉のパリには、三つの常設劇場があった。最も歴史が古く、一五四八年に受難劇同業組合が建てたブルゴーニュ座——ブルゴーニュ公の邸の跡地にあったので、ブルゴーニュ館劇場と呼び、日本では略してブルゴーニュ座と称する——は、後の中央市場の北側に当たり、十七世紀中葉には、「国王陛下の俳優たち」の常設小屋として、悲劇にも喜劇にも優れ、二枚目の悲劇役者フロリドール、熱演で名高い肥った悲劇役者モンフルリー、悲劇のヒロインを得意としたデ・ズイエ嬢などの全盛期であった。歴史的には二番目に古いマレー座は、その名のとおりマレー地区にあり、ピエール・コルネイユの『ル・シッド』初演(一六三七)の歴史的大成功で名高いが、六〇年代になると、機械仕掛けの芝居を売り物にして、役者は二流に下がっていた。第三の劇場はパレ＝ロワイヤル座で、リシュリュー枢機卿が一六四一年に、自分の邸のなかに作らせた機械仕掛けのオペラのための劇場であったが、この時期には新進のモリエール一座が拠点にして、「王弟殿下の劇団」を名乗っていた。ブルゴーニュ座の伝統的で大時代な演技に対して、モリエール一座は喜劇に優れ、写実的な演技で新風を吹き起こしていた。コルネイユの悲劇も演じてはいたが、悲劇はブルゴーニュ座に劣ると言われていた。

ラシーヌが、オイディプースの双子の息子の近親憎悪を主題とした『ラ・テバイッド、

あるいは兄弟は敵同士《かたき》』を初演させることに成功したのは、モリエール一座においてであり、一六六四年六月のことであった。時に、ラシーヌ二十六歳。一つの王座をめぐる《権力への欲望》を、《憎悪の情念》として、純粋に身体的な惑乱の相のもとに捉えたこの悲劇は――ロラン・バルトはこの惑乱を「自己喪失(aliénation)」と呼んだ――、主題においてもその書き方においても、同時代の流行とはほど遠かった。双子の兄弟エテオクルとポリニスの近親憎悪に加えて、その妹のアンティゴーヌをめぐる、叔父のクレオンとその息子のエモンとの三角関係、権力と恋とをともに手に入れようとするクレオンの野望など、筋立ては複雑であり、戯曲の書き方としても、コルネイユよりは、その同時代人で早く世を去ったジャン・ロトルーの、大時代な悲劇を思わせるものであった。しかし『ラ・テバイッド』は、このシーズンに十七回上演されて、新人としては不名誉ではないデビューを飾った。やや後の評判記が、「冬は英雄的な作品に向き、喜劇は夏に君臨する、陽気な季節は同じく陽気な楽しみを求めるからだ」(サミュエル・シャピュゾー『フランス演劇』一六七四)と語るように、この年モリエール一座は、本来『タルチュフ』で勝負をしたかったのである。しかし五月に、ヴェルサイユ宮の大祝典『魔法の島の楽しみ』で初演された直後の勅命による『タルチュフ』上演禁止のために、急遽、新人作家の悲劇を取り上げたという事情もあったと推測される。その作風が、写実的な自分の一座に合わないことを承知の上で取り上げたのかも知れないモリエールの努力は、多とすべきものであった。しかしラシーヌは、上演の成果が期待に背いたのは、モリエールとその劇団の演技のせいだと考えたようだ。

次作『アレクサンドル大王』は、血腥《ちなまぐさ》い『兄弟は敵同士』とは主題も書き方も全く異なり、「英雄的恋愛至上主義」を謳い上げる「祝典性」の濃い作品であった。インドに侵攻したアレクサンドル大王をめぐる、二人のインドの王ポリュスとタクシルの政治的確執に、インドの女王アクシアーヌに対する二人の愛と、アレクサンドルに愛されて、タクシルに征服者との協力を勧めるその妹のクレオフィルが絡む。フォレスティエも説くように、その成功は、アレクサンドルという若く美しく完璧な王のイメージを謳い上げ、それを若きルイ十四世のイメージに重ねようという、この時期の表象の政治的操作に見事に合致したからであろう。

しかし、この作品を名高くしたのは、モリエール一座のために書き下ろしておきながら、ブルゴーニュ座にも渡した、ラシーヌの背信行為であった。しかも、モリエール一座の初日(十二月四日)は、モリエールの公式の庇護者である王弟殿下とその妃アンリエット・ダングルテール(文芸の庇護者として名高かった)をはじめ、宮廷の貴顕の士がきら星のごとく居並び、大成功を収めたにもかかわらず、初日から二週間目の十二月十八日には、同じ作品を、ライヴァル劇団のブルゴーニュ座に上演させて大成功を収め、そのためにモリエール側は、看板を降ろさざるをえなくなったからである。

この時代に、同一の主題の作品を共演することは、異常なことではない。後述するように『ベレニス』は、大コルネイユと同じ主題で、相前後して初演されている。しかし、すでにある劇場で初演すべく戯曲を渡し、その初日の幕が開いていながら、どう考えても当初から仕組んだとしか思えないやり方で、その作品をライヴァル劇団に上演させるのは、やはり背信行為である（すでに十二月十四日には、国王の御前でブルゴーニュ座の役者がこの作品を演じているのだ）。野望に満ちた新進のこの劇詩人には、ブルゴーニュ座の大時代な演技のほうが、悲劇に向いていると思えたのだろう。前作とは対照的に、恋愛至上主義的な英雄祝典悲劇であり、ブルゴーニュ座の長老二枚目役者フロリドールには打ってつけの作品であった。ブルゴーニュ座における上演は大成功であり、同時代の閨秀作家セヴィニェ夫人などは、後に『バジャゼ』の時点でも、『アンドロマック』と並べてラシーヌはこれ以上の作品は書いていない、とするほどである。ラシーヌは、『アレクサンドル大王』によって、新進悲劇詩人として認められたのである。

ラシーヌは、この裏切り行為の上塗りをするような行為もした。モリエール一座の妖艶な女優であり、『アレクサンドル大王』では、インドの女王アクシアーヌ役を演じていたマルキーズ・デュ・パルクを、自らの愛人にして、劇団から引き抜いたのである。

さらにこの時期にラシーヌは、もう一つの決定的な裏切り行為に出る。孤児であった自分を育て、最上の教育を施してくれたポール＝ロワイヤルとの絶縁である。

この事件は、『アレクサンドル大王』の成功の最中に、ポール＝ロワイヤルの隠士の一人ピエール・ニコルと、演劇の功罪についてパンフレットの応酬をし、かつての恩師の一人を徹底的に揶揄するという形で起きた。かつてリシュリュー枢機卿の庇護を受けた往年の文士で、一六四〇年代には『幻視者たち』と題する芝居で評判を取ったこともあるデマレ・ド・サン＝ソルランが、教会側に立って、ポール＝ロワイヤル批判のパンフレットを出したのである。それに対して、ポール＝ロワイヤルの隠士の一人、ピエール・ニコルが、匿名で『想像の異端についての書簡』と題する反論を書き、そのなかで演劇批判論を展開した(その後半十篇は「幻視者たち」の副題をもっていた)。この書簡体パンフレットに反論して、ラシーヌは『「想像の異端」ならびに「幻視者たち」の著者に与える書簡』を書き、ポール＝ロワイヤル批判を展開したのである。

演劇の功罪についての議論は、この時期に始まったものではない。しかもフランスでは、演劇を教化の手段と考えるイエズス会に加えて、リシュリュー、マザランという二代にわたる宰相・枢機卿が、聖職者であるにもかかわらず、大の演劇愛好家であった。

前者は「ル・シッド論争」などで名高いように、十七世紀古典主義演劇の確立に大きな功績があり、後者は、イタリアから「本場のオペラ」を、音楽のみならずトレッルリの大々的な機械仕掛けの装置とともに輸入して、フランス・オペラの成立に道を開いた人物である。しかし宗教界には、演劇を「魂に毒を注ぐもの」として否定する人々は絶えず、それらの人々との抗争は、周期的に繰り返されていた。そもそもラシーヌの処女戯曲『ラ・テバイッド』がモリエール一座で初演された経緯にも、『タルチュフ』に対する宗教界からの圧力が関わっていたし、それに続く『ドン・ジュアン』への、宗教界と宮廷の一部からの批判を考えれば、宗教界の「演劇批判」への反論を書くことは、劇作によって作家としての地位を獲得しようとしているラシーヌにとっても、緊急の課題であったとは言えよう。しかしラシーヌの場合、反論の相手がポール＝ロワイヤルにおけるかつての恩師であり、その反論は必然的に「ポール＝ロワイヤル批判」となるわけだから、事は穏やかでない。しかも、パスカルの『田舎の友への手紙』などからも窺える、ポール＝ロワイヤルの隠士たちの、相手の発言を逆手にとる巧みな論法を、当のポール＝ロワイヤルのかつての恩師の言説に向けて企てたのであるから尚更である。

今や、国王を後ろ盾にもつラシーヌである。彼は、ポール＝ロワイヤルにおける信仰とその庇護という、幼少年期に受けた恩義に絶縁状をつきつけ、劇場と宮廷を野心の標的とし、彼自身の内部に顕在化した演劇への欲望と、その実現のためにも不可欠であった国王の庇護を選びとった。しかもこの背信行為を、きわめて演劇的なものに仕立てているのは、その論争の手口と背景を貫く政治性だけではない。モリエール一座の妖艶な女優マルキーズ・デュ・パルクを、ブルゴーニュ座に引き抜いてしまうという、ちょっとしたスキャンダルも伴っていたことである。「権力」と「エロス」は、今や手を携えて、この新進の野心的劇詩人を誘っている。

情念の悲劇――『アンドロマック』の記念碑的成功

そのラ・デュ・パルクをタイトル・ロールに書いた『アンドロマック』は、一六六七年十一月にブルゴーニュ座で初演され、ピエール・コルネイユの『ル・シッド』初演(一六三七)とモリエールの『女房学校』初演(一六六二)に並び称せられる、十七世紀フランス演劇史上に残る歴史的な成功を収めた。

『アンドロマック』の成功は、悲劇の動因を、人間を捉えて放さない破壊的情念としての恋に置き、それを、トロイヤ戦争の後日談という叙事詩的な枠組みの内部で、トロイヤ戦争の英雄たちの生き残りと、その子供たちの世代の間で繰り拡げられる、いわばトロイヤ戦争の終盤戦《エンド・ゲーム》としたことにある。トロイヤ遠征の総大将アガメムノーンの王子オレストは、メネラーオス王とヘレネーの息女エルミオーヌを愛しているが、彼女はアキレウスの王子でエピールの王ピリュスを愛し、オレストを愛していない。ピリュスは、トロイヤの英雄ヘクトールの寡婦アンドロマックを愛しているが、アンドロマックは亡き夫ヘクトールへの愛を捨て切れず、忘れ形見のアスチアナクスを愛し、ピリュスの愛を拒否し続けている。ピリュスのアンドロマックへの脅迫とアンドロマックの決心の揺らぎによって、この「片想いの連鎖」は、破壊的情念の虜となっている主人公たちを、希望から絶望へ、絶望から破滅へと弄《もてあそ》ぶ。それはまさに、幾何学的ともいえる厳密で残酷な仕掛けである。ピリュスのようなトロイヤ戦争の英雄ですらも、恋に取り憑かれ、ひたすら恋によって生きるという意味では、同時代の、小説的な甘い恋に溺れる人物たちによって成功を博した、フィリップ・キノーの恋愛悲劇と地平を共有するし、それがラシーヌ悲劇の成功を保証もしたのだが、しかしこの恋は、恐るべき「破壊的情念」であり、一度それに捉えられると、もはや抵抗する術のない宿命的な力なのである。主人公たちの自由性は、この情念に対しては何もできないが、しかしなお、この情念によって多くのことをなしうるという、近代的な悲劇性。古代悲劇の背景のなかで、同時代的な至上権を握る《恋》が、近代人の自由性を取り込み、人間存在を破滅させずにはおかない「危険な情念」として猛り狂う。

タイトル・ロールを演じたのは、妖艶なマルキーズ・デュ・パルクであり、その貞節をひたすら亡き夫への想い出に捧げ、夫の敵《かたき》である英雄ピリュスの恋を拒否するアンドロマックの役で絶賛を博した。ブルゴーニュ座の看板悲劇俳優の二人、つまり高貴な二枚目のフロリドールがピリュスを、詩句の最後を張る大時代な台詞まわしと激烈な熱演で知られるモンフルリーがオレストを演じ――彼はオレスト狂乱を熱演のあまり急死したと伝えられる――、一座の悲劇女優デ・ズイエ嬢がエルミオーヌを演じるという、同時代の最高の配役である。『アンドロマック』は、パリ初日に先立ち、王妃殿下のお部屋で国王ご臨席のもとに演じられ、初日の評判を一際高めたのである。その評判には異常なものがあり、半年後にモリエール一座が、三流作家エドム・ブルソー(Edme Boursault)の『狂った諍《いさか》い、あるいは「アンドロマック」批判』を上演しても、なお客が入るほどであった。こうしてラシーヌは、三作目の悲劇で、当代の最も優れた悲劇詩人の一人に数えられるに至ったのである。

一般に劇作は、劇場や劇団との関係で書かれていくという公準は、ラシーヌの場合にも当てはまる。ブルゴーニュ座は喜劇にも優れており、ラシーヌが『アンドロマック』の大成功の後で、喜劇『訴訟狂』を書いたのは、驚くべきことではない。『訴訟狂』は恋の情念の代わりに、訴訟の情念と裁判の情念に取り憑かれた人々の道化芝居であり、ラシーヌとしてはモリエールの得意とする領域でも成功したいと考えたのであろう。そもそも後世のイメージとは違い、十七世紀には悲劇のみを書くということはむしろ例外であった。かの大コルネイユにしても、喜劇を、しかも傑作喜劇を、何篇も書いている。むしろ、モリエールに悲劇が書けなかったのが例外であり、これは自身が俳優であり、劇団をもっていたことも大きく関わっている。『訴訟狂』の初演は不入りだったが、国王陛下の御前上演で好評だったことから、ブルゴーニュ座でも評判を持ち直した。

ローマ物悲劇、あるいはコルネイユとの対決

さて『ブリタニキュス』である。『ブリタニキュス』と『ベレニス』の両作品については、解題の二節と三節で詳しく述べるとして、ここではラシーヌ悲劇全体のなかでの位置づけについて簡単に触れておく。この二作には共通点があり、それは「ローマ物悲劇」であり、コルネイユの得意としたジャンルであったという点である。「フロンドの乱」の世代の劇作家コルネイユにとって、絶対王政へと向かう十七世紀中葉の新興町民階級と、それを代弁するその先端部＝法曹階級が、新しい王政に対して抱く理念、つまり「共同幻想」を描くには、古代ローマの歴史を典拠とするのが最良の方法であった。ローマ史は、その積極的な局面においても、その否定的な局面においても、「政治劇の

教科書」に他ならなかったからである。したがってラシーヌが、コルネイユの得意とした「ローマ物悲劇」を書こうとするにあたっては、当然に、主題や人物や背景の典拠を古代ローマに求めるというだけではなく、ローマ史を本説《ほんぜつ》とする「政治悲劇」を書くことを意味するのだ。

『ブリタニキュス』は、政治悲劇として、歴然とコルネイユの得意とした分野への挑戦であり、『ベレニス』は、その成立事情はともかくも、コルネイユと同じ主題で作品を書いた。つまりこの二作は、コルネイユに対するラシーヌの挑戦があからさまな作品であり、かつ、いずれにおいても、コルネイユを凌駕することに成功したのである。当時にコルネイユは、弱冠三十歳のラシーヌより三十三歳年上の六十三歳。歴史的大当たりを取った『ル・シッド』は、ラシーヌの生まれる二年前に初演されている。言いかえれば、ラシーヌにとっては全く「前代」の作家である。しかし、劇壇にも文壇にも揺るぎない地位を保つコルネイユは、作家として今なお「現役」であり、新作を次々と舞台に掛けていた。自分より三十三歳も年下の駆け出し作家によって、栄光を傷つけられて喜ぶはずはない。しかも、ラシーヌの過激さとは別の意味で狷介であり、その支持者は、劇壇においても文壇においても、うるさ方の理論家から女性ファンまで幅広く、その性格は、モリエールの寛容さとは対照的であった。

その大コルネイユにラシーヌは、独壇場とも言うべきローマ物政治悲劇で戦いを挑んだのである。『アンドロマック』の驚異的な成功にもかかわらず、悲劇詩人ラシーヌには、セラドン、つまりオノレ・デュルフェの通俗恋愛小説『アストレ』の主人公のような、ひたすら恋にふける男女しか描けないという批判は絶えなかった。批判者はコルネイユの信奉者であり、ラシーヌは、それへの反論として、自分も大コルネイユ並みに、権力闘争の場を生きる壮大な英雄たちを主人公にした、政治悲劇が書けることを示す必要があった。しかしラシーヌは、『アンドロマック』での破滅的な恋の情念を放棄するのではない。それを政治の場に接続し、恋と権力への欲望とを、二つながら人間を捉えて放さない情念として描くことで、コルネイユとは異なるローマ物政治悲劇を書いたのである。コルネイユは、どんな悪人・悪女を描いても、そのほとんど人間離れした「偉大さ」によって、人々に畏敬の念を抱かせるような悲劇を書いたが、ラシーヌは、権力への意志までも、恋の欲望と同じく、人間を捉えて放さず、彼を破滅に導く「情念」として描こうとする。人間に共通に備わる「弱さ」に焦点を当てて、コルネイユの英雄的な政治・歴史劇とは視座を異にする、「人間の条件の劇」を書こうとしたのだ。

そのために、ローマの史家タキトゥスの『年代記』を本説に、スエトニウス『ローマ皇帝伝』や擬セネカ『オクターウィア』など、古代ローマの文献を丹念に読み、慎重に用いて、ネロン青年期の宮廷を活写しようとする。コルネイユ悲劇には、たとえば『ロドギューヌ』の女王クレオパートルのような、権力のためには自分の息子を殺害しても恥じない「偉大な悪女」が出現するが、ラシーヌが、ネロンの母后アグリピーヌによって、コルネイユの「偉大な悪女」を凌駕しようとしたことは間違いない。しかし、ラシーヌのアグリピーヌの魅力は、代々の皇帝に連なる権力者として、強いだけの女ではなく、母として、妻として、一人の女としてのその「弱さ」にある。青年皇帝ネロンにしても、一枚岩的な暴君ではなく、自由性と悪のもつれた罠から、彼自身の生き方を選び取ろうとする若者なのである。

一六六九年十二月十三日のブルゴーニュ座初日は、「そこそこの成功」だったというが、詳しくは解題の二節に譲る。ただここで、その「序文」から記憶に留めておきたいのは、コルネイユという大先輩の劇作術の複雑さや奇想天外な筋の運びに対して、ラシーヌが、古代人の教えとして主張する、「単純な筋立て」のことである。

『ブリタニキュス』「第一の序文」は言う。「わずかな材料で作られている単純な筋立て《アクシオン》て、つまり一日のうちに生起し、終局に向かって段階を踏んで進行し、登場人物たちの利害、感情、情念によってのみ支えられているような劇の筋立て《アクシオン》」の代わりに、「一月もかからなければ起こりえないような多くの事件だとか、本当らしさに欠けるだけに、耳目をそばだたしめるような数多くの見せ場だとか、俳優に、彼が言わねばならぬこととはまるで反対のことを言わせるような、無数の大袈裟な台詞だとかによって満たせばよいのだろう」と。この後に引かれる事例からも、この「序文」がコルネイユ晩年の悲劇を頭において書かれていることは明らかだし、同時代人には、なおさらあからさまであったろう。まさにコルネイユの作品では、解決不可能な障害ばかりが出現するように筋が組まれ、劇的サスペンスには事欠かない。それに比べれば、ラシーヌの主張する「単純な筋立て」は、この時点ではきわめて大胆で、芝居書きの王道に背くものでもあった。ラシーヌの「単純な筋立て」の成功した地平では、その革新性がなかなか納得できないのだが、「単純な筋立て」で劇的サスペンスを保つのは相当の力業であろうということを思うだけでもよい。

ともあれ初演時の、というか初日の妨害は、『ブリタニキュス』の評判にそれほど響かなかったようだ。年が明けて一月、サン＝ジェルマン＝アン＝レーの離宮において、国王の御前で音楽とバレエの幕間入りの豪華絢爛な舞台として上演され、国王の評価を得て、作品の評価も定まる。初日から一月足らずのことであった。

『ブリタニキュス』は、ラシーヌ自身「最も念を入れた作品」と言うだけあって、タキトゥス『年代記』を主とする典拠＝本説は、きわめて公汎かつ慎重に活用されている。

それに対して、次作の『ベレニス』は、ローマの史書に拠るところは少ない。コルネイユの『ティットとベレニス』との文字通りの競作の観を呈したこの作品が、王弟妃アンリエット・ダングルテールの仕掛けた競作であったという逸話は、二十世紀初頭にギュスターヴ・ミショーによって否定されながらも、文学史物語として執拗に繰り返されてきたが、後述するように現在では全く斥けられている。だが結果としては、コルネイユの『ティットとベレニス』とラシーヌの『ベレニス』が、競作であったことに変わりはない。とはいえ前者は、コルネイユが自らの独創だと誇る英雄劇であり、後者は悲劇である。ともに、スエトニウスの『ローマ皇帝伝』「ティトゥス」の巻の、「彼ノ意ニ反シ、彼女ノ意ニモ反シ」を典拠とするが、ラシーヌが、ベレニスとティチュスの恋については、典拠をスエトニウスに限っているのに対して、コルネイユは、カシウス・ディオをはじめ他の資料も動員して、ローマに戻ったベレニスが元老院の決定によってローマ人と認められ、法律的にはティチュスと結婚できる段になって、その自負心から、皇帝との結婚を拒否してパレスティナへ帰るという、偉大な女王の英雄的な選択を描く。二人の劇作家においては、同じ主題を扱っても、最初から目標が違っていたのである。

この「競作」は、ラシーヌの圧倒的勝利に終わる。十二月三日付けのイギリス外交官のパリ速報では、コルネイユの作品の上演はまだ三回だが、勝負は決まったとしている。

十二月十四日には、ヌヴェール公とティアンジュ嬢の結婚祝賀の宴がチュイルリ宮で催されたが、その際ラシーヌの『ベレニス』が王の御前で上演された。初日から二ヵ月後の時点で、上演回数は二十五回ほどのはずだが、ラシーヌはすでに「序文」で「三十回目」の公演を口にしていて、初版が刊行される時点でもそれを訂正していないのは、事実が裏付けたからだろう。対してコルネイユの英雄劇は、モリエールの『町人貴族』と交互に上演されながらも、翌春には持ちこたえられなくなっていた。

コルネイユを完全に凌駕して、当代随一の悲劇詩人と認められたラシーヌ。甘い恋愛悲劇で女性客の涙を誘うだけならば、すでにフィリップ・キノーやトマ・コルネイユ（ピエールの歳の離れた弟）の成功があったから、これほどの評価は得られないはずだ。この成功をもたらした一つに、『アレクサンドル大王』以来一貫して称賛されてきた、詩句の見事さがあったことは疑いを容れない。敵の目から見ても、「ラシーヌ殿がひどい詩句を書くことはありえない」のであった。しかし、同時代には、舞台の約束事の表象の陰に隠れてはっきりとは見えていなかったかもしれないが、後世から見て、ラシーヌ悲劇を同時代の恋愛悲劇と截然と分かつものはといえば、権力とエロスの、政治と情念の捉え方であろう。恋が、当事者の全存在を捉えて放さない情念として描かれ、身体のレベルで発動するエロスの力に衝き動かされていること、しかもそのエロスの力は、

《愛する者》と《愛される者》とを繋ぐ不可避的な《権力の関数》でもあり、《権力を持つ者》は愛されず、《愛する者》は権力を持たないという二重の方程式に還元されることを論証したのは、ロラン・バルトである。その論が、すべてのラシーヌ悲劇にそのまま当てはまるとは言い難いが、『ブリタニキュス』と『バジャゼ』には見事に有効であった。ここで注目しておきたいのは、バルトがエロスあるいは性的情念の側から掘り起こしたこの関係式は、権力関係あるいは政治的欲望の面でも、重要な意味をもちうるということだ。十七世紀絶対王政下において、古代神話や古代の歴史の衣裳をまとった悲劇は、当然に同時代の王侯貴族のエートスとその表象に送り返されて受容されていた。ローマの神聖な権利と、それゆえに皇帝の負うべき神聖な義務とは、絶対王権にそのまま重ねられて読まれていたはずなのだから、皇帝ティチュスの恋の「違法性」は、絵空事ではなかったはずである。

『ベレニス』が、たんなる中年男と中年女の別れ話であったなら、三世紀も生き延びるはずはない。それは、皇帝と女王のそれであることによって、「人間の条件の劇」の高みにまで追いつめられている。いかにも「この三人が、世の人すべてに、／またとなく烈《はげ》しくも切ない恋の鑑《かがみ》、／その悲しい物語は、世々の語り草」となるのである。バルトとはいささか異なる意味でも、政治と権力が、恋やエロスや官能に及ぼしている関係は、読み取っておかなければならないだろう。

地平の拡大——エロスと権力

『ベレニス』に続く二作、『バジャゼ』『ミトリダート』において、ラシーヌは古代ローマの政治的情念の世界からは遠ざかるかに見える。一六七二年一月五日初日の『バジャゼ』は、オスマン・トルコ帝国の後宮における、皇妃ロクサーヌと皇帝の弟宮バジャゼと、皇帝の血筋の姫アタリードとのあいだの三角関係が形づくる恋の陰謀劇である。バビローン遠征中の皇帝の留守を預かる皇妃ロクサーヌは、皇帝によって後宮に幽閉されている美しい若者、バジャゼ皇子に恋をしているが、皇子にはアタリード姫という恋人がいて、ロクサーヌの恋をなかなか受け入れない。後宮という閉鎖空間、しかも「言葉を奪われた奴隷たち」が厳重監視の視線を注ぐ「視線の地獄」に捉えられた三人は、「絶対権を持つ、愛する者」は「全く無力な愛される者」には愛されないとバルトが言った、まさにラシーヌ的《権力とエロスの捩じれ関数》を生きている。自分の肉体的魅力を充分心得ている皇子の逡巡と、皇妃と皇子との恋のお使者の役をするアタリード姫の策略の失敗によって、皇妃は、皇帝から託された皇子に対する生殺与奪の絶対権を握りながらも、その心を靡《なび》かすことができないばかりか、二人に裏切られたと知る。皇子扼《やく》殺《さつ》の命を出して裏切り者を殺害するが、彼女自身、皇帝の送り込んだ黒人奴隷によって扼殺される。『ベレニス』の「序文」で、「悲劇において血が流され人が死ぬのは、決して必要なことではない」と高らかに宣言してから、二年である。筋立ては、小説的と呼ぶべき波瀾万丈のどんでん返しに満ち、あらゆる意味で、《反－ベレニス》だと言ってよい。

しかし、まさにその『バジャゼ』こそ、フォレスティエの言葉を借りるならば、「ラシーヌ悲劇のうちで最もラシーヌ的なもの」とみなすこともできるのだ。「前作までの戯曲にばらばらに現れていたその悲劇美学の最も特徴的な要素が、結びついて現れているから」である。すなわち、「恋の情念の破壊的結末、死をもたらさずにはいない権力の誘惑、政治的拘束を前にして、恋の誠実や純潔を語らせることの不可能、取るべき不可能な決心を前にした主人公の孤独」である。ロクサーヌの、恋を賭け金にした脅迫は、エルミオーヌのそれであったし、幼少時からの恋の純潔を守り通そうとする若く純情な恋人二人は、ブリタニキュスとジュニーのそれであった。そして、最も基底的な問いである、「君主は恋の情念を権力のために犠牲にすべきや否や」という問いは、「『ベレニス』問題」であった。全く同じようにしてアタリードは、バジャゼに、「私を捨てて、お即きにならなくては、帝位に」と叫ぶ。『ベレニス』と『バジャゼ』とは、対照的な作品に見えながらも、「恋の情念と権力の関係についての唯一無二の問いに対する正反対の答え」と読むことができるのだ（フォレスティエ『ジャン・ラシーヌ』四二五頁、プレイヤード版注一四九三頁）。すでにロラン・バルトの『ラシーヌ論』においても、最も刺激的な分析は『バジャゼ』のそれであったし、その論考の全体が、このトルコ物悲劇を出発点にしていたように思えるほどであった。

ル・シャンメレーがバジャゼを、ラ・シャンメレーがアタリードを、デヌボー嬢がロクサーヌを演じた初演は、大好評であった。おそらく劇団内のさまざまな駆け引きがあってのことだろう、上演は二十回足らずで打ち切られ、二月にはトマ・コルネイユの『アリアーヌ』に席を譲る。そもそもラシーヌが、トルコ物悲劇を書いた動機は、一六六九年秋から一六七〇年春にかけて、オスマン・トルコ帝国の使節がルイ十四世の拝謁を賜わるなど、フランスとオスマン帝国の間で接触が盛んになり、パリに「トルコ・ブーム」が起きていたからであった。モリエールの『町人貴族』は、その最も早い証言であり、一六七〇年十一月から、モリエールのパレ＝ロワイヤル座を沸かしていた。ラシーヌの選択は、こうした情況を直接に反映しているが、古代ギリシアでも古代ローマでもなく、同時代のトルコを主題にするというのは、ある意味ではかなりの冒険であった。しかしラシーヌは、それまでの作品の本説とは全く異なるコーパスに依りながらも、それまでの悲劇以上に、過激にラシーヌ的な悲劇を書くことに成功したのである。『バジャゼ』は、後宮という「視線の地獄」における、美しい若者の体をめぐって、エロスと権力が濃密に絡み合う残酷劇であった。オリエント的な残酷劇とでも言おうか。受容論的に見ると、西洋世界におけるオリエンタリズムがその幻惑力を拡げていくにつれて『バジャゼ』も復権されてきた。十九世紀前半における女優ラシェルのロクサーヌは、まさにその重要なメルクマールであった。バルトの批評にしてからが、そのバジャゼをめぐるエロス的幻想に、オリエンタリズムの濃厚な影を読まないわけにはいかない。この「残酷なオリエント」は、次作の『ミトリダート』の舞台にもなるのだ。

　ラシーヌ悲劇の主題について、最初の三作を「ギリシア物」、次の二作を「ローマ物」、それに続く二作を「オリエント物」、そして『イフィジェニー』と『フェードル』による「ギリシア物」への回帰、さらに晩年の「聖書物」とみなすことも不可能ではない。しかし、すでにミシェル・ビュトールが、その「ラシーヌと神々」(『レペルトワール』所収)で指摘したように、『バジャゼ』は、そのトルコ趣味の設定にもかかわらず、悲劇の構造としてはローマ的であり、『ミトリダート』に至っては、そもそも典拠はローマ史外伝である。フォレスティエも、『ミトリダート』が「ローマ物」であることを強調して、コルネイユの『ニコメード』(一六五一)の例を挙げるとともに、フランス十六世紀以来のローマ物悲劇を俯瞰したとき、節目になる重要なローマ物悲劇は、いずれも「ローマに対抗して敗れた英雄」の物語であることに気付くとしている（『ジャン・ラシーヌ』四五一頁以下）。

『ミトリダート』の主人公は、ポントスの王ミトリダートである。姦智に長《た》けて残忍な嫉妬深いこのオリエントの暴君は、二人の息子のそれぞれの裏切りを前に、ローマへの侵攻の計画を意気軒昂と語る将軍であり、悲劇に叙事詩的な広がりを与えている。長男のファルナスは、すでにローマに通じて父の敗北を画策しており、父に忠実な次男のクシファレスは、父の若き婚約者であるモニームを愛し彼女からも愛されて、生の瀬戸際にある父王の復讐を怖れつつ、父に従う良き息子である。

ミトリダート敗北の偽りの報せによって幕が開き、専制君主の死によって、それまで隠されていた真実が露呈したところへ、王は生きて帰還する。このきわめて芝居がかった作劇術は、しかし、人物たちの対比的関係、虚実の巧みな錯綜、老王の運命の光と闇、狡猾な暴君の罠の仕掛ける虚実と、フォレスティエに倣うなら、「対照的な要素の均衡」の上に書かれており、この幾何学的構築物の完璧さが、ラシーヌ悲劇の絶頂というイメージを、同時代人に与えたのであろう。《英雄主義的祝典性》が、この作品を、ルイ十四世の特に好んだ悲劇に仕立てていることも疑いを容れない。『アレクサンドル大王』から、人間の深淵を垣間見させる悲劇を経て、ラシーヌが辿りついた一つの境地には違いないが、同時代の評価の高さに比べて後世の関心が低いのも、「ルイ大王の世紀」の志向であり趣好でもあるものを、あまりにも見事に写し取っていたためであるかもしれない。

『ミトリダート』初演の正確な日付は分かっていないが——相変わらず、「反-ラシーヌ」を標榜する評判記作家ロビネ(Robinet)のサボタージュのためである——、おそらく一六七二年の年末ではないかとされている。翌一六七三年という年は、ラシーヌにとって記念すべき年であった。まず一月十二日に、コルベールの強力な推薦があって、前年十二月に満三十三歳になったばかりのラシーヌは、アカデミー=フランセーズの会員に選ばれている。またこの年、それまで出していた戯曲の勅許が切れるために、その改訂に取りかかるが、従来ラシーヌの作品を出版していたクロード・バルバン並びにジャン・リボーの二軒の書店が財政難から立ち直っていなかったため、隣のアンリ・ロワゾン書店から、『アンドロマック』の改訂版を出す。改訂点は五幕三場に限られているが、ギリシア勢によるピリュス殺害の後で、オレストがエルミオーヌにその次第を報告に来る場面で、アンドロマックを虜にして現れ、アンドロマック自身が、ピリュス殺害と、それによって自分の内に生じた変化について長々と語る部分がすべて削除された。初演のアンドロマック役であったラ・デュ・パルクが死んで以降、この役がデヌボー嬢に変わったこと、エルミオーヌに新入りのラ・シャンメレーを当てたこと、そして彼女のエルミオーヌ狂乱が、評判であったらしいことなども関係があるだろう。悲劇の出発点にあったウェルギリウス『アエネーイス』第三巻のアンドロマケーのイメージからはいささか遠ざかるが、悲劇の構成原理《エコノミー》としては、見事な整合性を見いだしている。

またこの年の二月十七日には、モリエールが、新作『気で病む男』の舞台で倒れ、そのまま亡くなるという事件があった。平行して、作曲家ジャン＝バティスト・リュリーが国王から勅許を得ていた「王立音楽アカデミー」が、四月に、ベレールの球技場で最初の本格フランス・オペラ『カドミュスとエルミオーヌ』で爆発的な成功を収め、ルイ十四世自らそれを観て大いに満足し、これがリュリー＝キノーのコンビによるオペラ（「音楽悲劇」と呼んだ）の爆発的流行に火をつけることとなった。そればかりではない、この新しい舞台芸術の振興のために、国王は、モリエールが死んで火が消えたようになったパレ＝ロワイヤル座を、リュリーの音楽悲劇上演の常設小屋に定め、モリエール一座は、そこを立ち退いて、マザリーヌ街とゲネゴー街の角に位置し、始めはリュリーの劇場であったゲネゴー座に依ることとなる。さらに勅令によって六月には、マレー座が閉鎖されて、モリエール一座の残党と合体することになった。こうした一連の動きは、モリエール一座から移ってきた若い役者がいたことも含めて、ブルゴーニュ座には有利な情勢が展開したことを意味している。

反オペラ、あるいはギリシアへの回帰

栄光の絶頂にあったラシーヌにとって、しかし、リュリー＝キノー合作コンビによるオペラは、それが「音楽悲劇」と称して、古代悲劇の現代版であるかのように振る舞っただけに、我慢がならなかったのだろう。翌年に書く『イフィジェニー』の序文は、シャルル・ペローによるリュリー＝キノーのオペラ『アルセスト、あるいはヘラクレスの勝利』の讃辞に対する痛烈な批判であり、オペラに対するラシーヌの憤りをよく物語っている。

ともあれラシーヌは、ここまでの「ローマ物悲劇」を打ち切って、ギリシア悲劇への回帰を企てる。選ばれた本説は、エウリピデースの『アウリスのイーピゲネイア』である。トロイヤ遠征に出発しようとしているギリシア勢は、アルテミス＝ディアーナの怒りを買って風が吹かず、アウリスから出港できないでいる。神託は、総大将アガメムノーンの娘イーピゲネイアをアルテミスに生贄に捧げよと告げている。総大将としての栄光と父としての懊悩、栄光を選べと迫るオデュッセウス、娘を殺してまで栄光を追求し

ようとする夫を批判する王妃クリュタイムネーストラー、イーピゲネイアを救おうとする婚約者アキレウスと、トロイヤ戦争のギリシア方の英雄が勢揃いするこの悲劇は、古代悲劇のうちでは最も複雑な作りであり、さらには大団円で、アルテミスが生贄の祭壇においてイーピゲネイアを救い、その後に子鹿が置かれる。『ラ・テバイッド』にせよ『アンドロマック』にせよ、典拠となっていたのは、ギリシア悲劇そのものではなかった。しかし『イフィジェニー』に関しては、ラシーヌはエウリピデース悲劇の、日本で言えば厳密な「本歌取り」を企てる。叙事詩から悲劇とか、抒情詩から悲劇というのではなく、悲劇という書き方を活かした上での書き直しである。たとえばロトルーが、四十年前にすでにこうした書き換えをしているとはいえ、機械仕掛けのショーが悲劇の内部に入り込んでくることを怖れなかった「バロック時代」の作品であるから、反面教師にしかならないはずだ。

原作においてラシーヌを最も悩ましたはずの要素は、イーピゲネイア＝イフィジェニーの人身御供であったろう。うら若い女性を祭壇で生贄として殺すというのは、いかに虚構でも、また舞台上で行われるものではないにもせよ、受け入れられないだろうからだ。イフィジェニーの代わりに牝鹿がいた、というような細部の問題ではなく、「人身御供」という発想自体が、異教神話からキリスト教的表象へは置き換えにくい。ミシェル・ビュトールが指摘したように、置き換えるとすれば、『旧約』の「アブラハムを生贄に捧げるイサク」という図像に至り着き、さらには人類の贖罪のための「キリストの生贄」という、日々、教会堂のなかでミサ聖餐として行われている神秘を演劇化する恐れさえある。

その上この悲劇には、ラシーヌ悲劇に不可欠の片想いの恋人がいない。王侯たちが、それぞれに権力と野望の情念に燃えてはいても、それらの情念が恋の情念と切り結ぶ《場》がない。したがって、ラシーヌの創作の最も重要な局面は、アキレウスに片想いをする姫君を作り出すことであり――アキレウスとイフィジェニーは相思相愛である――、その姫君がもう一人のイフィジェニーとして生贄に捧げられうるように仕組むことであった。ラシーヌが生み出したのは、レスボスの姫君で、氏素性は定かではないが、アキレウスがレスボスを攻略した際に、この血まみれの征服者に恋をしてしまい、イフィジェニーに従ってアウリスまで来たエリフィールである。その出生の秘密が明らかになる時が彼女の破滅の時だという、まさに「オイディプース型劇作術」によって、この謎の姫君による「生贄のすり替え」を実現するのである。「生贄のすり替え」は、まさに劇作家の腕の見せどころであるし、バルトが、「すべてのエロスが、エリフィール一人に結集している」と書いたのも正しい指摘であった。

異教神話の神々は、しばしば自然現象を伴うか自然現象をその神的表象としているから、この作品では、従来のラシーヌ悲劇に希薄であった「自然」の表象が、一挙に侵入してくる。第一に舞台は、ラシーヌ悲劇における唯一の例外として、室内ではなく、アウリスの港に面したアガメムノーンの天幕であり、「外界」は舞台に顕在している。第二に、伝ロンギノス作の『崇高論』に倣って、神的な存在を前にした緊張感がこの悲劇には漲《みなぎ》っており、特に詩句においてその表現を見るのである。

「人身御供のすり替え」という神秘的な事件を、大団円に据えたこの壮大な王家の悲劇、それは、ラシーヌ悲劇の内部でも最も複雑で手の込んだ書かれ方をされている。古代悲劇の記憶を盛り込んだ詩句といい、壮大な神話的構成といい、「崇高さ(le sublime)」の詩法の実現として、音楽悲劇を言葉の演劇の側から凌駕しようとする、悲劇詩人の意志は明白である。しかもその初演は、一六七四年八月十八日、ヴェルサイユ宮におけるフランシュ＝コンテ平定祝賀の宴であり、その壮麗さは想像を絶するだろう。翌年に書く序文は、シャルル・ペローのオペラ擁護論『オペラの批判、あるいは「アルセスト、別題ヘラクレスの勝利」なる悲劇の検討』に対する、痛烈な反論であった。

『イフィジェニー』のブルゴーニュ座における初演は、一六七四年の十二月である。しかしラシーヌは、この悲劇に先立ってゲネゴー座が上演しようとした、ル・クレール

＝コラス合作の同題の悲劇の初演を遅らせるべく国王に直訴したとされ、次作『フェードルとイポリット』初演の際に、反ーラシーヌ勢を結集させた陰謀《カバル》の遠因となった。ちなみに老コルネイユは、この年、最後の悲劇『シュレナ』をブルゴーニュ座に掛けるが失敗し、劇壇から最終的に引退をする。

一六七四年末が『イフィジェニー』の初演とすれば、一六七七年一月一日初日の『フェードルとイポリット』までは、二年近い歳月が流れたことになる。一六七四年十二月末から、クロード・バルバンとジャン・リボーの二軒の本屋が共同で、『ラシーヌ作品集』と題して、『ラ・テバイッド』から『イフィジェニー』までの作品を二巻にまとめ、小型とはいえ見事な十二折り本として刊行した（『ブリタニキュス』は第一巻、『ベレニス』は第二巻）。コルネイユの四つ折り本（一六六三）の豪華さには及ばないが、その挿絵を担当したフランソワ・ショーヴォーの口絵付きであり、冒頭には名高い画家のシャルル・ルブランによる「ラシーヌの悲劇」と題字する口絵が付いている。七五、七六年という二年の空白の間には、エウリピデースの『タウリケのイーピゲネイア』による『トーリッドのイフィジェニー』のシノプシスを書いていたと考えられるが、実現はしない。そしてラシーヌは、『イフィジェニー』の序文で、古代の規範に再び倣うべく、「きわめて悲劇的なる（τραγικώτατος）」とわざわざギリシア語を引いて強調している悲劇詩人、エウリピデースの『ヒッポリュトス』を取り上げるのである。

ラシーヌ悲劇と古代の本説との関係は、岩波文庫の『フェードル アンドロマック』の訳注で触れたので要約するに留めるが、エウリピデースの『ヒッポリュトス』には、現在伝えられている作品の他にもう一作あり、そのほうが古く、また女主人公の行動も過激だった。現在伝わるのは、『冠を戴くヒッポリュトス』とも呼ばれた作品で、アルテミス女神に貞潔を誓って、自分を崇めない若者ヒッポリュトスを罰しようと、愛の女神アプロディーテーが、アテーナイの王妃パイドラーに、邪《よこしま》な情欲の炎を燃え立たせ、パイドラーは、王子が自分に言い寄ったと手紙に認《したた》めて、自害する。無実の王子は、帰還した父王テーセウスの怒りを買い、王の守護神であるポセイドーンの遣わす怪獣に殺される。エウリピデースの失われたもう一作は、『面《おもて》を覆うヒッポリュトス』とも題され、王妃が積極的に王子を口説き、それを恥じた王子が「面を覆う仕草をする」がゆえにこう呼ばれたとされる。この作品は、ローマ時代までは伝わり、セネカの『パエドラー』はこれに依拠して、女嫌いの男性的な王子と、王子に体で迫って拒絶され、父王に讒訴《ざんそ》してその死を招く悪魔的な義母とを描いた。セネカは、『ブリタニキュス』で語られるネロンの教育係の哲学者であり劇詩人でもあって、ネロンの宮廷に権力を振るったアグリピーヌのような女性をヒントに、パエドラーやメーデーアのような、悪魔的な女性を主人公にした残酷悲劇を書いたとされている。

ラシーヌは、これらの本説を巧みに使いわけているが、それをまとめて言えば、腹違いとはいえわが子にやみ難い恋を抱いた自分の罪を自覚し、自らを滅ぼす王妃フェードルはエウリピデースの現存する悲劇から採り、義理の王子への恋を抑えきれず、夫の死の報せを聞いて、ついに王子を口説いてしまう破壊的なエロスの力の体現者であるフェードルはセネカから、王妃の口説きの対象になりつつも純潔を保つイポリットはエウリピデースから、採っている。しかも、エウリピデースでは、貞潔と狩猟の女神アルテミスに純潔を誓っているという、宗教的な理由づけのあった王子の「女嫌い」が、十七世紀フランスでは、同性愛者としか受け取られないから――セネカの『パエドラー』における王子は、若者集団のコロスを率いている点でも、同性愛集団の長に見える――、王子にアリシー姫という、父王テゼーが滅ぼしたかつてのアテネの王家の生き残りの姫を、「禁じられた恋」の相手として与える。

こうして、古代悲劇では曖昧であったフェードルとイポリットの対称性を、ラシーヌはきわめて厳密に書き込んでいく。初演のタイトルも、たんに『フェードル』ではなく、『フェードルとイポリット』であった。それは、いかなる有徳の人物でも捉えて放さず、破滅へと導く「恋の情念」の猛り狂うさまを、ヴェニュス女神の呪いであるとする古代神話、それを巧みに用いて描き出すための、劇作上の構成原理《エコノミー》であった。しかし、「情欲の女神ヴェニュスが、くわえて放さないのだ、餌食を！」と叫ぶフェードルの告白に窺えるように、フェードルの情念のドラマがあまりに生々しく過激なために、王子イポリットはあたかも去勢されたかのごとくに、女王の情欲の対象と化してしまう。女性の恋人を与えられて男性化したはずにもかかわらず、恋の情念が身体のレベルで引き起こす自己喪失《アリエナシオン》＝他有化によって、イポリットは、快楽の対象《オブジェ》としての若者の体へと、否応なしに送り返されてしまうのだ。

　敵の欠けたことのないラシーヌだが、たとえば風刺パンフレット『いかさま師のアポロン』は、一六七五年七月、つまり『イフィジェニー』がブルゴーニュ座で大当たりを続けている最中に、『ミトリダートを売るアポロン』と題して、ルイ十四世の庇護を受けてのし上がったラシーヌを糞味噌にやっつけている（ちなみに「ミトリダート」は、この老王が解毒剤を用いたことから、一般に「解毒剤」を意味する）。「気まぐれなアポロン〔太陽王〕が／一本の草に、狂った情愛を抱いて、／〔……〕／ヴァイオリンの音も高らか／このひどい根っこ《ラシーヌ》を売り歩いた」。二百八十行からなるこの風刺詩は、その六十行が『イフィジェニー』に当てられ、その他に、『ベレニス』は、「マリオンが叫ぶ、マリオンが泣く、マリオン、結婚してたもれ」（Marion と marions（結婚する）の駄洒落）

に還元され、『バジャゼ』は「トルコ人を舞台に載せるが、トルコ人では微塵もない」等々。昔の師であるアントワーヌ・ル・メートルへの忘恩を、『ラ・テバイッド』に引っ掛け、あるいはラシーヌとラ・シャンメレーの「お騒がしい関係」を揶揄する。

しかし、ラシーヌの『フェードルとイポリット』に対抗して、三流作家プラドンに同題の悲劇を書かせた陰謀《カバル》は、この程度のことでは済まなかった。それは、相手の作品を誹謗するソネ(十四行詩)の応酬となって、「ソネの事件」として語り継がれる。特にラシーヌ＝ボワロー側から出されたソネが、相手方の首領と思しきヌヴェール公とその妹の私生活までもやり玉に挙げるに至って、ラシーヌもボワローも鼻を削いでやるという、穏やかならぬ風評まで立った。いかに国王陛下の庇護が厚いとはいえ、相手は貴族であり、「芝居書き風情」とは身分が違うのだ。宮廷を巻き込んでのスキャンダルに発展しそうになったこの「ソネの事件」は、コルベールの介入で、なんとか一件落着となった。『フェードルとイポリット』の後で、ラシーヌがポール＝ロワイヤルと和解し、それが劇作の筆を折る動機の一つとなったとする説は、ラシーヌ晩年の息子ルイ・ラシーヌの『ジャン・ラシーヌの生涯についての回想』以来、反証もないままに、真実だと考えられてきた。確かにラシーヌは、『フェードルとイポリット』の「序文」で悲劇の教化的役割を強調し、「ここでは、ごく些細な過失までも厳しく罰せられている」、「罪深い思いを抱くだけで、そのような思いは、罪そのものに等しくおぞましいものとみなされている」と宣言しているが、そこに描かれた《悪》そのものの異常さを考え合わせるとき、その賭けの大きさに思いを致さざるをえない。そこから、ラシーヌとポール＝ロワイヤル修道院との和解と、一種の回心とが、『フェードル』の後で起きたという解釈が繰り返されてきた。しかし、最も新しい伝記的研究を行ったジョルジュ・フォレスティエは、従来の説にラディカルな反論を唱えている。特に、ラシーヌの「序文」が語る「悲劇の道徳的作用」は、後にボワローが伝えるように、ボワローから『フェードル』を受け取った大アルノーが、それを読んで、「もし事態が彼〔ラシーヌ〕の言う通りならば、彼は正しい、《悲劇》には罪悪はない」と言ったのを受けているわけではなく、作品の刊行直前に発表された匿名の『「フェードルとイポリット」の悲劇についての議論』の説く、当代流行の「恋愛悲劇」や「音楽悲劇」の有害さに対して、古代悲劇の優越性を語る、ある種の批評家たちの意見を反映しているに過ぎないとする。そしてこれらの批評家は、ジャンセニスムの側に立つ人々ではなく、むしろラパン、ブル、ヴィリエといったジャンセニスムの敵であったことを立証している。フォレスティエによれば、上記の『議論』は一六七七年三月十日に出ているから、『フェードルとイポリット』初版の刊行の五日前であり、ラシーヌは草稿を印刷に降ろす直前に、この部分を書き加えたのだろうとする。

フォレスティエは、回心の神話と深く結びついている結婚の神話をも破壊しようとするが、「芝居の世界から足を洗って、堅気になって身を固めた」式の伝説は、確かに疑ってかかってもよいだろう。しかし、動かすことのできない事実は、この年、一六七七年に国王によって「国王の歴史編纂官(修史官)」の職に、ボワローとともに任命されたことであり、その職が、もはや劇作に時間を割くことを許さない類いのものであったことは、同時代の証言が一致している。

廷臣としての詩人——音楽入り宗教悲劇二篇

レーモン・ピカールは、かつてこの変身を、詩人としての廷臣から、廷臣となった詩人へのそれとしたが、十七世紀における作家のあり方を、十九世紀以降の近代社会におけるそれと混同することの危険を知る世代は、作家の社会的栄達を、作品の読解と同等に重視したのである。ただ、国王の歴史編纂官としてラシーヌとボワローが書いたメモや文書は、十八世紀初頭に、それを保管していた館が火災を出して灰燼と帰したために、後世は残された劇作を中心とするテクストによって、ラシーヌの生き様を判断する他はない。この時期にラシーヌは、一六七九年十一月、宮廷人にも信奉者が多かった女占い師ラ・ヴォワザンによる毒殺事件の特別審問所に、「女優ラ・デュ・パルク毒殺」の容疑で出頭させられそうになるが、国王周辺の介入でそれを免れている。一六八〇年代には、宮廷で催されたいくつかの祝宴のために、オペラ台本などを書くが、残っているのは一六八五年のソーの祝典——コルベールの息子セヌレー侯爵が、国王をパリ郊外のソーの館に招いて催した——に際して書いた『平和の牧歌』のみであり、リュリーの作曲で上演されて、宮廷中の評判となった。しかし何と言っても晩年のテクストとして重要なものは、聖書に題材を取った「音楽入り悲劇」二篇であり、特に第二作『アタリー』によって、後世は、かつての異教的悲劇の詩人が、『旧約聖書』の世界を舞台に、神との闘いを主題とした壮烈な悲劇を完成するのを見るのである。

なおこの間に、パリの劇場では、国王の勅令による劇場＝劇団の再統合が行われたことは書いておくべきだろう。一六八〇年、つまりラシーヌ引退から三年目に、ブルゴーニュ座とゲネゴー座が合体して、コメディ＝フランセーズ（フランス座）となり、コルネイユ、モリエール、ラシーヌなどの、十七世紀の代表的な劇作を、後世に伝えるべき「古典」として上演することが義務づけられた。十七世紀三〇年代における、リシュリューによるアカデミー＝フランセーズの創設と対をなす重要な制度的決定である。その開場公演に選ばれたのが、ラシーヌの『フェードル』であり、つまり悲劇詩人の「聖別化」は、すでにその生前から始まっていたのだ。後世から見ればこの決定は、一六三七年のコルネイユ『ル・シッド』の歴史的成功から、一六七七年のラシーヌ『フェードル』とイポリット』の初演――「陰謀」の騒ぎはあったが、疑いようもなくラシーヌ悲劇の頂点をなす作品――までの四十年間の豊穣な時期は終わり、新しい劇作は、悲劇であれ喜劇であれあまり期待できないという、文化政策的な判断を示すものでもあった。

一六八三年に、王妃マリー＝テレーズ・ドートリッシュが亡くなり――この年コルベールも死んでいる――、翌八四年、ルイ十四世は、王とモンテスパン夫人との間にできた子供の養育係として信任の篤かったマントノン夫人と密かに結婚する。マントノン夫人は、十七世紀初頭のユグノー派(新教徒)の詩人アグリッパ・ドービニェの娘で、喜劇作家スカロンの未亡人であったが、きわめて敬虔なカトリック信仰によって、晩年のルイ十四世とその宮廷の精神風土に強い影響をもつに至っていた。そのマントノン夫人が、貴族の孤児たちを育てているサン＝シール女子学寮の余興のためにと、『聖書』に素材を求めた音楽入り悲劇を、ラシーヌに依頼した。ラシーヌは、一六八八年に、『旧約聖書』「エステル記」に題材を求めた合唱入り三幕の悲劇『エステル』を書き、翌年一月二十六日に宮廷で御前上演が行われ――音楽はジャン＝バティスト・モローである――、国王は大いに気に入り、宮廷中の評判となるのである。

ユダヤ人でありながら、その出自を隠してペルシャ王の妃となっているエステル、エステルによってユダヤの民の復興を謀ろうとするマルドシェ、ユダヤ人を破滅させようと企てるアマン、エステルの失神によるその出自の露呈、こう書いただけでも、『旧約聖書』に忠実に組み立てられた悲劇が、劇的な構造を備えていることは納得できるだろう。同時に、古代悲劇では大前提であった「音楽入り」の悲劇という書き方、それに倣った実験を、かつてのリュリー＝キノーの「音楽悲劇」のような、異教神話のいかがわしい援用によってではなく、『聖書』にふさわしい宗教音楽によって遂行する。貴族の子女による「学芸会」の余興であるから、その規模も三幕であり、劇的展開や演技も控え目であるが、主題的には、ラシーヌの異教的悲劇の人物が現れて、掟と忘恩と反抗の劇を演じる。ただ、教化的な意図が明らかなために、そこで勝ち誇るのは『旧約』の神の掟であり、そうすることで、バルトに倣えば、「幼年期の昇格であり、無責任と幸福の勝ち誇る混同であり、甘美な受動性の選択」を謳い上げることができた。マントノン夫人の後ろ盾を得て、宮廷内におけるラシーヌの地位は大いに向上し、翌一六九〇年には、「王室侍従(Gentilhomme ordinaire de la Chambre du Roi)」の職禄を買い、正式に貴族の身分が確定した。

この成功に気をよくした王もマントノン夫人も、次作をラシーヌに依頼する。ラシーヌは、同じく『旧約聖書』に典拠を求めた『アタリー』を、音楽入り悲劇五幕として書くが、前作とはうって変わって、そこではラシーヌの、かつての「異教的悲劇」の最も過激な形象たちが、突如「宗教悲劇」の空間に侵入する。そもそも「列王記」(下)と「歴代誌」(下)に記されたユダの女王でバアルに仕えるアタリーは、その母イェザベルとともに、『旧約』を通しても名高い「悪女」である。物語的には、ユダヤの民がジョアスの名の下に隠して育てきたオコジアスによって、アタリーの暴虐を打ち破り、ユダヤの神の祭儀を復活させる話には違いない。しかし、「悪女」でありながらも、夢に見た少年の幻惑によって文字通りに自己喪失に陥っているアタリーをはじめ――名高い「アタリーの夢」である――、その手先であるバアルの神官マタンは、かつての「異教悲劇」の裏切り者の系譜に連なり、イェホバの大神官ジョアードにしても、三幕七場での「やがて卑しい鉛に、純粋な黄金が変じる」という文字通りの幻視によって、イスラエルの民の堕落を予言する幻視者である。そこに活躍する人物たちは、いずれも純粋に信仰の劇に捉えられているのではない。民族分裂とそれに基づく信仰の分裂という、巨大な政治的機械仕掛けと変じた宗教の内部で、それを《情念》として生きている強烈な性格の者ばかりである。コロス=合唱隊が清らかなイスラエルの少女たちであるとはいえ、劇部分の強度と厚みは、とうてい貴族の女子学寮の少女たちに演じられるレベルのものではない。より外面的な点からいえば、大詰めでイェホバの神殿の扉が開き、なかからユダヤの兵士が現れてアタリーを拉致し殺害するといった、まさにオペラが売り物にした大掛かりな舞台的スペクタークルについては、言うまでもないだろう。ちなみに、こうした劇作術上の仕掛けは、『旧約』の典拠に基づくものではなく、その本説を、フラウィウス・ヨセフスの『ユダヤ古代誌』に仰ぐものであった。

前作『エステル』とはうって変わり、『アタリー』は、宮中で衣裳なしの御前稽古を含む稽古が三回行われただけで、沙汰止みとなる。かつてはこれは、『フェードル』の挫折に続くラシーヌ二度目の挫折であり、これで決定的に「回心」をしたという説も行われたが、そもそも『フェードル』初演が、失敗でも挫折でもなかったのであるから、この説は現在では行われない。ただ、ラシーヌが完全に宮廷人となってしまった後で——五十三歳である——、なおこのような恐るべき悲劇を書いていることは、近代的な文学の把え方の臨界をも示すものであろう。『アタリー』は、一六九一年三月に刊行されるが、コメディ＝フランセーズにおける初演は、二十五年後の一七一六年三月であった。

以後のラシーヌは、ジャンセニスムを嫌う国王には秘密に、『ポール＝ロワイヤル史概要』を書き、また一六九四年には、詩篇『聖歌（*Cantiques spirituels*）』がモローの作曲により、国王の御前で演奏される。一六九七年には、ティエリー書店等から二巻の『全集』を刊行し、これが生前最後の版となる。晩年、ポール＝ロワイヤルに対する国王の弾圧は強まるが、ラシーヌ自身はかろうじて寵を失わずに済む。一六九八年には、かつての主演女優ラ・シャンメレーが没し、翌九九年四月二十一日に、ラシーヌはパリで没する。六十一歳、満年齢で言えば五十九歳四カ月。肝臓腫瘍が原因であった。

二　『ブリタニキュス』

挑戦と挑発――一六六九年十二月十三日金曜日

本書収録のラシーヌ悲劇第四作『ブリタニキュス』は、一六六九年十二月十三日金曜日に、ブルゴーニュ座で初演された。『アレクサンドル大王』以来、ラシーヌの劇作を上演してきた「国王陛下の俳優たち」による上演であり、『アンドロマック』のあの驚異的な成功によって、新進悲劇詩人としての地歩を築いてから二年。十日足らずで、ラシーヌは満三十歳の誕生日を迎えようとしている。

大コルネイユならば『ル・シッド』、モリエール喜劇ならば『女房学校』、あるいは、後世に忘れられたとはいえ十七世紀の劇場で最も興行成績のよかった作品として、トマ・コルネイユの『ティモクラート』、これらの記念碑的な成功に匹敵する『アンドロマック』の大評判。その後に初めて書かれる悲劇であれば、作者の期するところも、観客の期待も、ともにきわめて大きかったはずである。事実、初日を前にしたラシーヌの意気込みには、異常なものがあった。

大コルネイユの「英雄主義的政治悲劇」に、己が青春の情熱の結晶を見た旧世代——サン＝テヴルモン(Saint-Evremond)はその著名な代弁者であったが——、彼らとはものの考え方も感受性も異にする新しい世代。その新世代の熱狂的な支持を受けながらも、劇壇にも文壇にも今なお君臨するコルネイユ派からは、当時はやりの恋愛小説『アストレ』の主人公セラドンのような甘ったるい恋に溺れた人物しか書けないという、執拗な非難と嘲笑を浴びせられてきたラシーヌ。極言すれば、恋愛至上主義的お涙頂戴の悲劇作家フィリップ・キノーの亜流程度だとみなす評者も多かった。それに対する反論は、すでに『アンドロマック』の「序文」に激烈な形で現れていたが、喜劇『訴訟狂』の後で再び悲劇の筆を取るにあたっては、大コルネイユとその支持者たちのぐうの音も出ないような作品を書く必要があった。

その際、大コルネイユにはどうしてもできないことをやってのけるという作戦もあろう(次作の『ベレニス』がそれだ)。しかしラシーヌは、大コルネイユの悲劇の主題・設定・書き方をそのまま用い、大コルネイユの武器によって、その本陣を襲おうとした。すなわち、主題は政治劇、舞台は古代ローマ、異常なまでの政治的野心に取り憑かれた歴史上の巨大な人物たちが、帝国の命運の賭けられた権力の劇を演じる。本説は、タキトゥスの『年代記』。この本説にできるだけ忠実に、帝国の運命を握る皇帝をはじめ権力者たちの赤裸々な内心の劇が、ローマ史の壮大な壁画に書き込まれる。輪郭の鮮明な、男性的造形力に貫かれたラテン語の響きが、劇空間の言語的等価物として最大限に追求される。ラシーヌ自身、一六七五年の再版の「序文」で、自作のうち「最も念を入れた作品」と認める周到な手続きである。コルネイユ派は、文句の付けようもないはずであった。

二時からと予告されていた初日は、慣例どおり遅れて始まり、終わったのは、「パリ中の時計が七時を打った後」だった。その初日の模様について、コルネイユ派の作家ブルソーは、「芝居に手を染める輩《やから》は誰彼の容赦なくぶった切りだ」と言わんばかりのラシーヌの興奮した様子を語っているが、大コルネイユとその党派に対する新進作家の意気込みは、誰の目にも明らかであった。コルネイユ側は、普段は結集して野次を飛ばすところを――そのような連中の座る席を、ブルゴーニュ座では「情け無用のベンチ」と呼び、その野次か拍手かで芝居の成否が決まると言われた――、この夜は、客席の四方に散らばって様子を窺うという作戦に出た。コルネイユはと言えば、当年六十三歳、今なお劇壇と文壇に大御所としての地位を守り続けるその人が、ただ一人、桟敷を借り切り、辺りを睥睨《へいげい》し、芝居が始まるや恥も外聞もあらばこそ、三十三歳年下の新進作家の初日の舞台に、野次と罵声を浴びせて憚らなかった。初版に付した「序文」でラシーヌは、老いたこの大詩人の大人気ないやり口への憤懣を、テレンティウスの語る「悪意に満ちた老詩人」を引いて、痛烈に揶揄することでぶちまけている――「上演ガ始マッタ。／彼ハワメキ散ラシテ、云々」。寸鉄詩の名手は、こう付け加えることを忘れない――「物ヲ知ラヌ奴ホド、不公平ナ者ハアリハセヌ」。

レーモン・ピカールも指摘するように、『ブリタニキュス』初日のブルゴーニュ座の客席は、コルネイユとラシーヌという、以後三世紀にわたって劇文学のみならず文芸の原理の二大対立として継承され、中等教育の作文の古典的テーマとなる対決が、現実の場で起きた記念すべき事件であった。言いかえればそれは、作家の側からも観客の側からも、新旧両世代のチャンピオンの決定的な勝負が演じられる瞬間とみなされていたのである。

しかしそれは、さまざまな喧噪を引き起こしたものの、ラシーヌが期待したほどの熱狂にも対決にも至らなかった。運の悪いことには、この日グレーヴ広場――市庁舎前の処刑場である——において、大逆罪に問われたユグノー派の貴族ド・クルボワイエ侯爵の斬首刑があり、常にはブルゴーニュ座の初日を満員にする常連のサン＝ドニ通りの商人たちが、現実の血腥いショーに惹かれて、劇場には現れなかったのである。ラシーヌ自身も再版の「序文」で、当初の評判が自分の期待を裏切ったことを認めているが、近年の研究は、むしろ「さくら」を雇って芝居を盛り上げようとして失敗したのは、ラシーヌ側であったとする。とはいえ、十八世紀の二つの証言、ド・レリス『携帯劇場辞典』(一七五四)やリュノー・ド・ボワジェルマン『ブリタニキュス解題』(一七六八)に倣って、八回とか五回で初演が打ち切られたという説は、近年では否定されている。初日から一カ月後の翌年一月に、サン＝ジェルマン＝アン＝レーの離宮で、音楽とバレエの幕間入りで、華々しく御前上演が行われたことは訳注でも触れた。近年の研究者は、初日の不入りをもって初演の失敗とは考えていない。しかし、傷つきやすいラシーヌが、大コルネイユの態度に我慢がならなかったことは確かであり、それを戦略的に逆手に取ったとも受け取れる。再版の「序文」が出る一六七五年には——すでにアカデミー入りを果たし、『ミトリダート』『イフィジェニー』によって、揺るぎない地位を確立した後である——、「しかし、結局は、何らかの美点を具えた作品には必ず起きることが、この戯曲についても起こった。批判は消え失せ、戯曲が残った」のであり、「今や宮廷でも劇場でも、私の作品のうちで人々の最も見たがるもの」となったと、自負するに至っている。

確かなことは、『ブリタニキュス』初演が、『アンドロマック』のそれのようには運ばなかったことであり、それは作品そのものに、観客の判断を迷わせるような要因があったからではないか。まずは議論の前提となる枠組みを浮き立たせるために、同時代の評判記の評価に、それが党派的であればなおさら、付き合ってみる必要がありそうである。『ブリタニキュス』初演の模様について、現在我々がかなり詳しい情報をもつのは、コルネイユ派の作家エドム・ブルソーによるブルゴーニュ座観劇記のお蔭であり、彼はそれを、自作の小説『アルテミーズとポリアント』の冒頭十六ページにわたって載せている。加えて、軽薄な評判記作者ロビネの『韻文体書簡』や――彼は二日目の舞台を、十二月十五日日曜日に観た。なお土曜日は休演日である――、サン＝テヴルモンが残した書簡などから、この新作初演に対する反対派の批判が再構成できるのである。これらの多くが、活字になるのは後のことであっても、その主要な言い分がサロンや劇場で口伝えに語られていたには違いなく、事実ラシーヌの「序文」における反駁も、これらの批判を意識して取り上げている。

コルネイユにおもねり、ラシーヌを揶揄することばかり心がけるブルソーは、この新作に対する批判を際立たせるために、観客のなかでも特に愚かしい貴族を、ラシーヌの礼賛者として描き出す。この貴族は、役者の台詞の一言一言に一喜一憂して、「情念の性格のカタログ」を見るようであり、「カメレオンさながらに」顔色を変え、青二才のブリタニキュスの運命の変転に、歓声を挙げ、あるいはよよと泣き崩れるのであった。タイトル・ロールへの観客の感情移入が、愚劣なものとして描かれていることは、この悲劇の受容を考える上で重要であり、解釈の面からも重大な指摘であるが、フォレスティエは、むしろこの貴族などが、ラシーヌによって雇われた「さくら」ではなかったかとしている。

ブルソーによれば、ラシーヌの脅迫に怖れをなした芝居通たちは、「最初の二幕は、殺されるぞと言っても、よくできているから文句のつけようはなかったが、三幕目で〔出来の悪さに〕ややほっとし、続く四幕目はお情けを賜わるようにはとうてい見えず、五幕になってあまりのひどさに生き返る思い」であった。彼らの言うところでは、「詩句はなかなか洗練されている」が、「アグリピーヌは謂れもなく高慢、ビュリュスは訳も分からず徳の塊り、ブリタニキュスは分別もなくただ恋に溺れ、ナルシスは口実もなくただ卑劣漢、ジュニーは堅固なところもなくただ貞女、ネロンは悪辣さもなくただ残忍」であるに過ぎない。そもそもジュニー姫が、恋するブリタニキュスが毒殺されたからといって、「ヴェスタの修道女」になるというのは、時代錯誤も甚だしい。いかにも「キリスト教的悲劇」といった解決ではないか。確かに詩句は見事だが、それは「ラシーヌ氏が、ひどい詩句など作ることはありえない」からに過ぎず、「美しい詩作」のなかにはあまり入らない類いの、「わたしとしたことが」とか「なんと言おうか」「とにもかくにも」などが乱用されるのも、「ラシーヌ氏が、最も厳密な天才からも洩れ、またきわめて純化された文体のなかにも現れうる自然な話し方」と考えているからであろう。劇全体の運びについて言えば、「一幕は、なにか大変素晴らしいものを予感させ、二幕目もその期待を裏切らないが、三幕目になると、どうやら作者は書くのに疲れてきたようで、四幕目には、ローマ史の一部が含まれているが、フロールスやコワフトーによって知りうる以上のことを教えてはくれず、前の幕で退屈したことを忘れさせてくれるには、第五幕でブリタニキュスが毒殺され、ジュニーがヴェスタの斎女《いつきめ》になるやり方が、ああお粗末であっては困るのだが、これはどうにも致し方ない」と。そしてブルソーは、当時の評判記の定石通り、戯曲をけなして役者を褒め、役者たちは「それぞれの役で大評判」と記している。

　韻文評判記の作者ロビネも、二十一日付けの『韻文体書簡』で、この「壮大な文体の、政治に満ち満ちた詩句による」作品について語り、その詩句が、『アンドロマック』のそれよりも「はるかにまし」で、それはシュブリニーの批判を取り入れたお蔭だとほのめかすと同時に、作品が役者に負うところ大であると付け加えるのを忘れてはいない。しかしながら、党派的言説の不当さを端無くも露呈するばかりか、それが前提とする枠組みとの関係で、批判の対象となる悲劇そのものの位置づけをも可能にするような言説がある。サン＝テヴルモンの『ブリタニキュス』評とは、そのような言説であった。コルネイユのこの忠実な支持者は、ラシーヌの新作が、『アレクサンドル大王』や『アンドロマック』よりも優れていること、特に「詩句がより壮大である」ことを指摘しながらも、「快い上演には耐ええぬような主題に、かくも健気に心血を注いだ若い作家の不幸」に同情せざるをえないとして、こう述べている――

事実、ナルシス、アグリピーヌ、ネロンといったイメージ、すなわち彼らの犯罪に人々が抱くあれほど陰惨かつ恐るべきイメージが、観客の記憶から消え去ることはありえず、観客が、これらの人物の残忍さを忘れようと努力しても、その残忍さに抱く嫌悪の情は、どうしても作品を損なってしまう。

こう書いた上で、「『アレクサンドル』について書いておいたことが、この新しい才能を正すのに役に立ったのだから、自分は、彼に絶望してはいないし」、「登場人物たちの性格については、『ブリタニキュス』で見事に表現したのだから、これからも彼が変わらずに従順であることを望まずにはいられない。いつの日か、コルネイユ殿にかなり近いところまで行けるのではないかと期待されるところだ」としている（リオンヌ子爵宛、一六七〇年三―四月）。

コルネイユの『ロドギュース』の擁護者の口から、極悪人は悲劇の主題にはふさわしくないという宣告を聞くのは奇怪なことではある。ラシーヌが、アグリピーヌの造形にあたって先行モデルの一つにしたと思われる『ロドギュース』の女主人公、シリアの女王クレオパートルは、王冠への執着を貫くために夫を倒し、己が息子の一人を屠り、息子の恋人を毒殺しようとして果たせず、ついには自らが毒杯を仰いで死ぬという、「偉大な極悪人」だったからである。

すでにピカールが指摘していたように、サン＝テヴルモンのコルネイユ評価で矛盾と映る要素は、コルネイユの作品を、自己の青春の情熱として体験し、この二つが分かち難いものとなってしまっている世代の正直な告白である。同じく「極悪人」と言い「おぞましい罪」と言っても、コルネイユ悲劇におけるそれと『ブリタニキュス』におけるそれとは、截然と違うと主張しているのだ。では、どこが違うのか。

かつてベルナール・ドルトは、コルネイユの「偉大な悪人」の成立に、法曹家が君主と手を携えて政治を行うという、法服貴族の政治的・社会的野望が、絶対王政の成立とその現実によって、次第に裏切られていく劇を見た(『劇作家ピエール・コルネイユ』ラルシュ、一九五七)。コルネイユ悲劇の「悪」の形象が、超人間的な「力への意志」の体現とその顕揚によって、つねに偉大な形象であったことの、政治的・社会学的な解釈である。それに対してラシーヌ悲劇の「悪」は、赤裸にされた人間の魂の悲惨とでも呼ぶべきものへと下降する、血腥い顔立ちをもつ。それが悲劇『ブリタニキュス』を、悲運の皇子の受難物語から離脱させる、抗い難いベクトルに他ならない。

ジョルジュ・フォレスティエは、その大著『ジャン・ラシーヌ』において、サン＝テヴルモンの立場を分析して、次のように述べている——

この三人の人物(ナルシス、アグリピーヌ、ネロン)が、サン＝テヴルモンの留保の動機となったのは、彼らの極悪さのためではない。この陰惨さが、コルネイユにおけるように、登場人物と衝突して、彼の英雄的な抵抗が、恐怖と憐憫の情に讃嘆の念を、密接に合体させることがないからである。(三六七頁)

フォレスティエはさらに、コルネイユがブリタニキュスの死を主題に選んだならば、その年齢をラシーヌよりもさらに引き上げて、思慮分別のある皇位継承者に仕立てたはずだと主張する。分別もつかない若者を悲劇の主人公にするのは、「スキャンダル」である。しかしラシーヌは、あえて「十七歳の若者」——純粋な犠牲者——の悲劇として描くために、年齢をそれ以上に引き上げることはしなかったのだ。

「純粋な犠牲者の悲劇」という、コルネイユ悲劇にはありえない書き方。同じような逸脱は、ネロンの造形にも見られる。コルネイユ悲劇の暴君は、つねにその極限的な姿で表される。性格描写の完璧さが、まさに観客の讃嘆を呼ぶのである。コルネイユの『ロドギューヌ』におけるシリアの女王クレオパートル、『テオドール』のマルセル、『エラクリユス』のフォカース、そして最も近いところでは『アッチラ』のタイトル・ロールがそれである。ネロンにしても、『ブリタニキュス』に先立つトリスタン・レルミットの『セネカの死』(一六四五)のネロンは、冒頭からオクタヴィーの死をポッペアと喜んでいる。ラシーヌ悲劇におけるネロンの、治世当初の仁政と、予想される暴虐の宙吊りあるいは登場人物の両義性は、悲劇の書き方としては異例なのだとフォレスティエは説く。まさにこのラシーヌ的逸脱をこそ、問い直さなければならないのだ。

視線と権力——怪物の誕生

『ブリタニキュス』についてラシーヌは、二つの「序文」を書いている。「第一の序文」は一六七〇年の初版に付けたものであり、「第二の序文」は、一六七五―七六年に発行される初めての個人全集(『ラシーヌ作品集』、『ブリタニキュス』は七五年の第一巻に所収)のために書き直したものである。

「第一の序文」は、初演時におけるコルネイユ派の策謀や批判に直接答えたものであり、批判の問題点を整理し、それをコルネイユその人の、初日における恥ずかし気もない野次り方への痛烈な批判へと繋げている。

すなわち、ネロンの性格についてなされた相矛盾する二つの批判、善良に過ぎるという批判と、悪逆に過ぎるという批判――ちなみにこの手の批判は、『アンドロマック』のピリュスの残酷さについてもなされていた――は、《monstre naissant》という表現によってともに封じるとともに、ネロンの両義性に定義を与えている。裏切り者のナルシスの役割は、タキトゥスによって裏付ける。タイトル・ロールである皇子ブリタニキュスの性格と行動は、年齢を十七歳に引き上げたことを正当化すると同時に――反面教師として引き合いに出されるのは、ここでもコルネイユである――アリストテレスの「悲劇の主人公の性格の中庸性」の論を引く。ジュニーのモデルに関しては、再びローマ史を掘り起こすことによってその根拠を示し、ジュニーをヴェスタの巫女に加えた史実の改変を正当化することも忘れてはいない。

それに対して、「第二の序文」は、すでにアカデミー＝フランセーズ入りを果たし、『ミトリダート』と『イフィジェニー』の輝かしい成功によって、悲劇詩人として栄光の絶頂にあったラシーヌが、自作に包括的な目を向けた個人全集のそれであり、「第一の序文」の論争的な口調や、コルネイユに対する痛烈な揶揄はすべて削除している。他方、悲劇詩人としての理論的主張と典拠＝本説の解説は、はるかに緻密かつ広範なものとなっている。「第一の序文」と比べて重要な差異は、ネロンの定義に用いられた《monstre naissant》の意味を明確にしていることと、アグリピーヌの役割を強調している点である。「この悲劇は、ブリタニキュスの死と同じくらい、アグリピーヌの失寵が主題」であり、作者が「なかんずくうまく表現しようと努めたのも彼女である」と。

ラシーヌの序文の論争的な口調や運び、また時期によるその変化を踏まえた上で、ここでは、悲劇『ブリタニキュス』の劇的事件と、それを担う登場人物の特異性について見ておこう。いずれの「序文」でも、まっさきに取り上げられているのは、ネロンの両義的な定位である。ブルゴーニュ座初演では、一座きっての高貴な二枚目として名高いフロリドール（一六〇八―七一）がネロンを演じており、劇団内の役の配分としてこの役が最も重要なことは、誰の目にも明らかだった。すでに書いたようにフロリドールは『アンドロマック』でピリュスを演じているが、その演技には、『イーリアス』などに歌われているアキレウスの息子としての、「英雄の残酷さ」が欠けていると批判されたことも思い出しておこう。ネロンを演じるフロリドールは六十一歳、次作『ベレニス』のティテュスを演じた後で引退する老二枚目であった。「第二の序文」のもう一つの大きな変更は、「アグリピーヌの失寵」の主題を、「ブリタニキュスの死」と同じく重視したことである。そして最後に、悲運の皇子ブリタニキュスとその恋人ジュニーの受難劇の典拠である。

二つの「序文」でラシーヌが、この悲劇に登場するネロンの特異性を強調するのに用いた《monstre naissant》という表現。これは、序文の文脈においても、悲劇そのものの構造の内部でも、ラシーヌのネロンの両義性を見事に言い表しており、《怪物の誕生》という劇的主題に直接繫がるものである。

「第一の序文」でこの表現が用いられている文脈は、明解である。ラシーヌは、自作のネロンが、暴君ネロンとしては善良に過ぎるという批判——これは、どのようなローマ史の常識から言ってもそうであろうし、劇場の記憶で言えば、トリスタン・レルミットの『セネカの死』は、四半世紀以前の作品であったとはいえ、全く忘れ去られているわけではない——と、それとは反対に、史実によれば、治世当初は「名君の誉れが高かったネロン」の面影がないという批判とに、同時に答えている。その論駁の要として、この《monstre naissant》という表現を提出しているのだ。

すなわち、治世当初の数年は、善政の鑑と謳われたネロンであるが、私生活ではすでに悪に染まっていた。しかし、まだ母親殺しとかローマ炎上といった恐るべき行為は行っていない。劇中にも何度か用いられる《naissant》──「〔皇帝として〕生まれたばかりのネロン様は、／神君オーギュスト帝晩年のご高徳を、あまねく備えて」いるといった表現など──、「怪物としては、生まれたばかりの、幼児の」、未だ「未完成の怪物」に過ぎないというわけである。

しかし、訳注にも書いたように、この《naissant》という現在分詞を転用した形容詞そのものが、ある種の両義性をはらんでいる。フュルティエールの辞典（一六九〇年版）には、「この世に生まれ始めた」の意で、「新生児」、「新芽の緑」、「曙の光」などの意に用いる例に加えて、「若い」と、紋章学的用例が示されている。この最後のものは、「獅子や猪などの上半身のみが描かれている図柄」を指すというから、即物的に「生まれかけの」の意である。一六九四年版のアカデミー＝フランセーズの辞典もほぼ同じで、「生まれたての、姿を現しかけた」の意を与え、リトレ辞典も同様である。なお、ロベール小辞典には、一六三八年以降の用例として、「姿を現し始めた、発展過程の」の意が挙げられ、フランス大作家叢書の『ラシーヌ』の「語彙」の巻には、「若い」の意はプレシオジテの作家の用例に倣ったもの、という指摘があることも付け加えておく。ラシーヌ悲劇でも、この最後の意味での用例は多いからだ。ロベール辞典の引くパスカルの

『恋の情念叙説』が、「恋に年齢はない。つねに《naissant》(生まれたばかり)である。詩人も言っているではないか。だからこそ詩人はそれを幼児の姿〔エロス＝キューピッドの姿〕で表すのだ」を引いていることも付け加えておこうか。したがって、「第一の序文」で、この語によってラシーヌが強調していることは、ピカールの指摘にもあるとおり、ネロンの性格が「未成年」のものであること、言いかえれば、「その《怪物性》が未完成であること」にあった。その意味では、「生まれて間もない、幼い怪物」とでも訳すのが適切であろう。怪物としては「半人前」なのである。

「第二の序文」の文脈においても、そのことは基本的には変わらない。「第一の序文」の怪物の《幼児性》は、一つの危機的な宙吊り状態、両義的な情況として明確にされ、はるかにダイナミックで劇的な文脈に置き直されている――

彼はまだ、母を、妻を、後見役たちを殺してはいない。だが、彼のなかには、これらすべての罪の種子をすでに宿している。彼は軛《くびき》を振りほどきたいと思い始めている。彼は彼らを憎んでいるが、その憎しみを偽りの愛撫の下に隠している。〔……〕一言で言えば、ここでは《monstre naissant》であるが、この怪物はまだあえてその本性を現しえず、己れの悪行を偽るための外見・口実を探し求めている。

原文では、《un monstre naissant》の後をカンマで切って、しかも直接に関係節を繫げずに、《mais qui…》と逆説の接続詞を挟んでいることから、《naissant》という形容詞をさらに意味的に限定していると考えることができる。たんに「幼い、半人前の」ということではなく、現在分詞から転じたこの形容詞のもつ本来の動詞的価値を取り返して、「姿を現し始めた」怪物、比喩的に「生まれ始めた」怪物なのである。すでに怪物として姿を現し始めているが、しかしまだ完全に本性を現すには至っていないということだ。

《怪物の誕生》の比喩は、多くの注釈者によって、『ブリタニキュス』を解く鍵として提示されてきた。古くは、「ネロンの突然の恋に怪物の誕生を結びつけた」と述べたアントワーヌ・アダン（『十七世紀フランス文学史』）、「ネロンは生まれたのだ」、「変身は完了した。怪物は血の洗礼を受けた」と記したレーモン・ピカール（プレイヤード旧版『全集I』）、そして「ネロンの問題は誕生することだ」と書いたロラン・バルト（『ラシーヌ論』）まで、この点はいずれも一致している。

もっとも十七世紀学者のアントワーヌ・アダンは、この悲劇を「怪物の漸進的誕生」という生成の相の下で捉えたり、変身の主題と受け取るのは十七世紀的ではなく、隠されていたものの露呈だとする。善人が徐々に悪に蝕まれていくというような意味での変身ではない。しかし《仮象》と《実体》、《仮面》と《本性》の危険で両義的な遊戯の演じられる場として、ネロン的演劇の時間の特異性を否定する必要はあるまい。《覆われたものの露呈》という視座からしても、「姿を現し始めた」という意味での《naissant》であり、この《露呈＝出現》は、《誕生》の比喩で語るにふさわしい劇的なものとして世界の目に映るはずだ。タキトゥスを引いて、「偽リノ愛撫ノ下ニ、自ラノ憎シミヲ蔽イ隠ス術《スベ》ニ生マレナガラ長《タ》ケタル」と書くラシーヌにとっては、たんに私人としてのネロンがすでに怪物だったことが問題なのではない。ネロンによる《怪物性》の隠蔽の演戯と、それにもかかわらず一連の不可逆的な行為によって、その内在的・潜在的怪物性が、公の場に、一つのまごうかたなき現実として確立することにこそ、劇の主題があった。ネロンにとっては、己が運命のすべてを賭け金とする《変身》に他ならず、しかもネロンが万能の皇帝であることによって、この《変身》に、全世界の運命が賭けられてもいた。

《仮象》と《実体》との、両義的で危険な遊戯と書いた。こうした言説をそそるほどに、一見実存主義的な選択の劇として、ネロンの行動には、人間の自由性とその両義性が慎重に保有されている。ピカールのような実存主義世代の解釈は、そのことをよく物語っている。ネロンの時間は、演戯的に宙吊りにされているのである。しかし同時に、ネロンの体内を流れる《呪われた血》と、《守護霊(génie)》にまつわる古代地中海世界の信仰と、そして母后アグリピーヌに対してなされた《ネロンによる母殺し》の不吉な予言とが、ネロンの自由性の劇を、のっぴきならぬ宿命の力のひしめく場に組み込む枠組みを作る。ラシーヌの発明した悲劇の力関係とは、まさにこういうものであった。

一幕冒頭の母后アグリピーヌの長大な台詞に始まり、悲劇は随所で、ネロンの体内に流れる《血》の両義性を呼び覚ます。ネロンには、母后の父方ジェルマニキュスの高貴・剛胆な血と、先夫ドミシュス・エノバルビュスの残忍・凶暴な血とが流れている。その《呪われた血》こそが、《怪物ネロン》の誕生を不可逆的に担う力であるが、しかしこの力が発動するのは、まさにこの力の解放を妨げる外力の支配下においてであった。一つは、ネロンを帝位に即けるためには、あらゆる悪行を犯すことを恥じなかった母后アグリピーヌの、恩義をおしつける《視線》の呪力であり、もう一つは、理念化された皇帝のイメージを映して見せる、武人ビュリュスによる《全世界の眼差し》という《鏡》の呪力である。

母后の視線の呪力と書いたが、これは批評的言説の捏造ではない。ネロン自身が、「己れの務めをそこに読み取るべき眼差し」として語る母后の《目》は、たんに倫理的な次元の比喩ではなく、彼が、自分の身体をも拘束すると受け取る、一つの呪術的な力なのである。《母の目》から離れれば反抗もできるが、いったん母の目の前へ出れば――

おれの守護霊は、母上の守護霊を前にして、雷に撃たれたごとく震えおののく。

のである。

息子である皇帝を自分の傀儡《かいらい》とし、帝国の権力を自らの手に掌握したいという、権力意志の権化である母后は、息子を恩義の絆で縛り、ひたすら過去へと繋ぎ止める。『アンドロマック』のエルミオーヌがピリュスに対して代弁した「過去の絆」と根を一つにするが、アグリピーヌは裏切られた恋人ではなく、まずは母である。しかし、ラシーヌ固有の情念の論理によって、母は、裏切られた恋人に限りなく接近し、しかも母である限りにおいて、息子を過去の時間へと繋ぎ止め、一人前の男となることを拒否する。精神分析が十七世紀には存在しなかったからといって、ラシーヌのアグリピーヌから《去勢する母》を思わないことは不可能であろう。この母は権力の中枢にいて、それを息子に形の上だけで譲渡した気になっている、権力への野望の権化である。《女》であり《母》であるこの《権力への意志》は、その欲望が閉塞されているがゆえに、権力への欲望を、《情念》として、極限的には呪術的な場においてしか生きることができない。まさに《政治》と《エロス》は、母后の《情念》において奇怪な双頭の鷲となるのだ。

権力場は、なによりも《視線》の呪力の演じられる場であり、そのようなものとして、ラシーヌ悲劇に固有の《情念》の劇は展開する。バルトの見事な定義を借りれば、それは自己喪失《アリエナシオン》＝錯乱の空間に他ならず、コルネイユの「偉大な悪女」の強烈な意志の遂行とは全く正反対であることを、『ブリタニキュス』のテクストそのものが語っている。

コルネイユ悲劇と、物語的典拠においても劇的主題においても共通するかのごとく思われたラシーヌのローマ物政治悲劇は、そうした外面的な共通点ゆえに、逆にラシーヌ悲劇の特性をあからさまに見せている。この点は、おそらく最も「コルネイユ的」な人物と言える武人ビュリュスにもあてはまる。というのも、ネロンの隷属状態を作り出すもう一つの《視線》の権力場は、ビュリュスによって準備されているが、その権力場とは、美徳の皇帝の映像を映す《世界という鏡》であった。しかしビュリュスの「コルネイユ的映像」は、ネロンの《欲望》にとっては、全く内実のない、色褪せた、抽象的なものであり、母后の《眼差し》の与える恐怖とは正反対の、影の影でしかない。「人々は何と申しましょう」という問いに集約される世間の評判、世論への、弱気で未練な配慮を生むだけの実感のない映像である。実感としてありうるのは、この《鏡》によって己れの肉の欲望を封じられ、快楽への道を断たれ、自分自身を奪い去られるという、もう一つの被剝奪感だけである。ビュリュスの差し出す《世界という鏡》も、アグリピーヌの烈火のごとき眼差しが突きつける、あのネロンをネロン自身から奪い去る自己喪失の、破壊的な力の色褪せた変奏に過ぎない。

しかもこの《鏡》は、アグリピーヌの《眼差し》とは異なり、そこに身体的現前としてはない。純粋に《言説》の次元において再現される映像に過ぎない。バルトが、ラシーヌ悲劇において《言説》が力をもちうるのは、それがエロス的力関係を担う限りにおいてだと強調したのは正しい。ビュリュスの言説は、エロスの外にいる。三幕で、ネロンがビュリュスに軽蔑的に言うように、「恋はまた別の思慮《おもんばかり》」なのであり、四幕で、ネロンの殺意を翻させようとするビュリュスが、一度はその説得に成功するかに見えるのは、「身を投げ出す」という身体的暴力へと、言説の次元から飛び込むことによってであった。ビュリュス的帝王学の要請は、言説であるこの《鏡》によって、有徳の皇帝を産み出すことであった。しかし『ブリタニキュス』の悲劇的イロニーは、まさにこの「出産術」の逆用が、一つの誕生を実現することにあった。バルトが「弁証法的」と呼んだ、ナルシスの煽動の言説がそれである。ナルシスは、まさにビュリュスの提示する《世界という鏡》の言説を逆手に取る。そこにネロンの姿を、愚劣な「大根役者」として、その身体的演戯の実体において映し出し、《鏡》の拒否ではなくその破壊によって、自律的な欲望として己れ自身を生きることを選ばせるのである。《鏡の言説》はその内実を失って四散し、ネロン自身が帝国の神聖な言説そのものとなればよい。こうして、ブリタニキュスを毒殺し、母后の権力の最後の拠点を抹殺したネロンは、母のあの《視線》の権力場からも脱出しうる。ピカールに倣って言えば、「ネロンはネロンになった」のである。しかしこの血の洗礼による《怪物の誕生》の完成は、同時に彼自身の断罪の始まりであった。

言語と演戯――運命の視座

ラシーヌ悲劇は、閉鎖空間における力関係の劇であり、その劇行為を支え構成するのは《言葉》である。こう指摘したのはロラン・バルトであった。ミシェル・フーコーに倣って言えば、分節言語が普遍的な再現＝表象のシステムとして自律するという、十七世紀の決定的な選択の一つの記念碑的体現でもあるラシーヌ悲劇では、原則としてすべての劇行為は分節言語によって表される。しかしバルトの独創は、この分節言語の編み出す空間が、実は役者たちの《身体》を場とした幻惑＝被幻惑の力関係に貫かれていること、しかもその力関係は、「権力を握って愛する者は愛されず、愛される者には権力がない」という二重の関係式に貫かれていることを指摘した点にあった（『ラシーヌ論』邦訳四四頁）。暴君は囚われの姫君に邪《よこしま》な恋を仕掛けるが、決して姫君に自分を愛させるようにはすることができない。この高度に人工的な悲劇の空間は、恋する相手の《身体》を前に、自分の《身体》が覚える幻惑と、そこから生まれる錯乱＝自己喪失にもかかわらず、《言葉》にすべてが託されて、ぎりぎりまでその肉体に暴力的に手を出すことをしない、異常な、特権的な場なのである。囚われ人は、脅迫されつつも語ることができる限りにおいて、死から、破滅から免れている。黙ることは、自らをこの悲劇的力関係の外に置く行為に他ならず、ネロンのような暴君か、ティチュスのような臨界的な情況でしか起きえない行為なのである。

アグリピーヌにとって、己が《視線の権力場》にネロンを引き出すことは、《身体》の現前を介した《言語の権力場》で、彼と渡り合おうという意志を示す。しかしネロンは、まさにこれを怖れ、避ける。四幕二場の名高い対決の場まで、少なくとも舞台上ではこの二人の怪物が出会わないのは、ネロンが、アグリピーヌの仕掛ける権力ゲームを拒否しているからだ。ついにそれを承知して母后に会ったこの忘恩の息子は、どのような態度を取るのか。ピカールが、「攻撃を表す修辞学的形態のうちで最も特権的なもの」と呼び、この悲劇の至るところに仕組まれていると説いた、あの「皮肉」の他に、ネロンが武器とするのは、「偽りの仮面」であった。ここでも、《沈黙》の場合と同じく、悲劇はその臨界に接近し――喜劇ならば、タルチュフであれドン・ジュアンであれ、それは定石であった――、悲劇『ブリタニキュス』に固有の言語場をも露呈させている。《言語》による《権力ゲーム》それ自体が、必ずその場の形成の契機として《身体》を選ぶがゆえに、一つの演戯＝擬態として組織される時点があるからである。

ネロンをして、《母の視線》と《世界の鏡》という二つの権力ゲームの場に組み込まれることを拒否させた決定的な動機、それはジュニーへの突然の恋であった。ジュニー誘拐の直接の動機は、母后の策謀を挫くための政治的決断であったが、この悲劇の幕が上がった時には、誘拐から引き起こされた予想もしない事態が起きている。ネロンの突然の恋である。他のラシーヌ悲劇の主人公たちとは異なり、ネロンは五幕の間中、恋に憂き身をやつす皇子ではないが、しかしこの悲劇に筋＝事件の統一を与えているのは、まさにネロンの、ジュニーに対する恋の情念である。

荒くれ武者に、夜の最中、寝乱れ姿で引き立てられてきた処女の、天を仰いで涙を流す瞳。その瞳に、松明《たいまつ》の炎と武器の耀《かがよ》いが映り、燦《きら》めく。「エロス的明暗法」の空間における、あの凌辱の絵画的幻想こそ、怪物ネロンの仮面に決定的な亀裂を生じせしめ、その《肉》の深層を一挙に露呈せしめる特権的な事件であった。

恋人の瞳が濡れるのは、悲しみや苦しみのためだけではない。バロックの殉教図などによって、その表象の両義的な意味は広く共有されていたとされる、「性的オルガスム」の表象としての「涙に濡れた瞳」。「見開いて天を仰ぐ瞳が、涙に潤む」のが、強度にエロス的な映像であってみれば、「ネロンの告白」は、一つの視姦の置き換えでもあった。二幕二場の前半で、ネロンがナルシスに語るこの出会いのエロス的恍惚は、まさに《視線》の果たすエロス的作用の告白として、後半の、アグリピーヌの恐るべき《目の呪力》――《去勢する母》のそれである――についての告白と対をなしている。「ネロンの問題」とは、母后の去勢する《視線》と、世界という空無化の《鏡》というこの二重の被剝奪の体験を、ジュニーのエロス的《眼差し》の所有によって、己れの新しい肉体の誕生へと乗り越えることであった。その限りにおいて、ネロンの恋は正当化される。この青年というよりは少年と言ったほうが正しいような若々しい皇帝の、生きる希望が、思春期の少年の肉体を全的に捉え変容させた性的官能の力の烈しさとともに、驚くほどみずみずしく語られる。それは、ブリタニキュスとジュニーの、牧歌的ではあるが宮廷的恋愛の典礼の言葉でしか語られえぬ浄らかな恋とは比較にならない、エロス的強度の表現であった。

しかし、彼は不幸にして「皇帝ネロン」であり、母后と世界という二重の視線の厳重監視の下にある。しかもジュニーがブリタニキュスを見捨てて自分に靡《なび》くかどうかは覚束ない。ネロンにとっての「悪の意識」(ピカール)であるナルシスが、その役割を明らかにするのはこの時である。彼は言う、姫が皇子を愛したのは、仄《ほの》暗がりに似た境遇のなかで、他の恋を知らなかったからだ。今やあなたが、全世界の眼差しの光の源ともいえる皇帝の栄華を身にまとい、高御座《たかみくら》から彼女のいる仄暗がりへと降りて行かれれば、彼女の目も眩み、必ずあなたに靡くでしょう、と。これは一つの「帝王学」の言説である。彼ルイ十四世の宮廷を支配する神話形象である「太陽神話」を、ローマ皇帝の栄光を顕揚するために活用しつつ、まだ不器用な大根役者に過ぎないかも知れぬネロンに、演技指導をする演出家であるナルシス。彼は、十七世紀初頭イギリスの、道化の変身であることが歴然としているイアーゴーのように、権力装置の部品そのものを組み替えることはできない。サイプラス島の総督と、ローマ帝国の絶対権力とでは、操作の余地も当然に異なっていた。しかし少なくともナルシスには、演出家として、演技の指導をすることで、それが組み込まれている劇の関係構造《エコノミー》の最も本質的な部分の意味を、狂わせることはできる。ナルシスの「帝王学」の言説は、それが、怪物ネロンの欲望の充足のために説かれるのでなければ、それなりに、たとえば『ベレニス』におけるベレニスの恍惚、つまり、ヴェスパジアン帝葬儀の夜の、ティチュスの栄華を喚起する名場面にも匹敵しえたはずである。そして事実ラシーヌは、次作『ベレニス』で、このパラダイムの意味的変換を企てるのだ。

　弟子のネロンは、師匠にして演出家の解放奴隷に言われるままに、皇帝の太陽神的光輝を演じてみせる。悲劇の高貴な二枚目フロリドールのためにこの役を書いたラシーヌである。恋の言説の最も魅惑的な例を、そこでは聞くことができる。モリエールの『タルチュフ』三幕における、タルチュフによるエルミールの口説きが、劇の全体構造を外せば、恋の言説の見事な例となった以上に、である。ラシーヌ悲劇の文脈で言えば、それが、言説による権力場の特権的情景であることは多言を要すまい。すでに『アンドロマック』で見た、暴君が囚われの女を靡かせようとして脅迫する言説的暴力の、さらに見事な例である。少なくともネロンは、《視線》と《言説》による権力ゲームを、今度は自分のために取り返すことができる。そしてこの取り返しが、成功を目指せば目指すほど演戯的になるというずれ。これこそが、ネロンの行動においてその演劇性が最も顕著に現れる局面である。そのような《演戯》は、ネロンの側からは誠実なものであっても、ジュニーの拒絶によって、それもナルシスの描く「ネロン的太陽神話」と「明暗法」に基づく権力関係の修辞学を、そのままなぞって返すようなジュニーの拒絶によって、光芒は不吉な黒々しい光背へと変じ、演戯そのもののグロテスクも、一気に露呈されてしまう。

ジュニーに拒絶されたネロンにできることは、沈黙と服従を命じることだが、しかし演劇的人間ネロンは、それでは満足しない。自らを、「ローマの神権」、「運命の意志」と同一視することを要求している以上、ネロンの占める空間そのものが、ネロンの意を体した《監視の場》に変じなければならない。「声のない眼差しをも、見て聞き取る壁」だというこの空間の暴力、それによるジュニーへの脅迫。それは、己れの権力場をその宮殿全体に押し拡げ、さらには「全世界」こそがその権力場であると宣言する一つの方法でもあった。ネロンもまた、自分の身体の可能な呪縛力を保証する、権力である限りの己れの視線を仮託すべき超越者の視線を、演劇的に必要としていた。

ところで、ネロンにおける「怪物の誕生」とアグリピーヌの「失脚」とは、完全に対称的であり相関的である。権勢欲の権化たるこの母后が求めるものは、決して典礼的な尊敬や名誉などではない。その求めるものは、元老院を宮中に召集すること、自らは帷《とばり》の蔭に隠れていても全員にその存在が意識されること、偉大なる集団に身体に対する魂のごとくに君臨すること、自分の意志で賞罰を決することであって、決して皇帝と等しく鷲の旗印を儀仗に用いたり、母后の名にかけて誓うというような、演劇的外見＝虚構ではなかった。演戯性において息子に勝るとも劣らないこの母后には、きわめて即物的な現実主義者《レアリスト》の面があり、彼女にとって《権力》とは、手触りの確実な具体的権能であって、それは息子の演劇癖とは際立った対照を示すように見える。しかしその権力が、今や忘恩の息子による演劇的虚構の押しつけの下で、尊敬と名誉の策略によって、奪い去られようとしている。「名誉は増す、しかしその分だけ、わたしの権威は堕ちてゆく」のであり、己が権力が「日に夜をついで、ただひたすら、破滅の道を堕ちてゆく」光景を、恐怖の想いで、この現実主義者は見つめている。

いささか同時代のブルジョワジーの先端部を思わせなくもないこの現実主義者に、演劇性が欠けているというのではない。今、一部を引いた詩句が、本文においてもつ劇的な修辞にしてからが、彼女が一個の演劇的怪物であることを雄弁に物語っている。しかしそのような演劇性は、まさに彼女自身の権力への情念を掻き立てるために動員されている。いかにもアグリピーヌにおける《権力》とは、他のラシーヌ悲劇において、破滅的な恋に身を焼く女が、恋する男の肉体を欲するのと同質の《欲望》の対象として求められ、所有への欲望が果たされぬがゆえに、《情念》となって彼女を所有し、彼女に取り憑くのである。アグリピーヌは、ラシーヌ悲劇に出現する、あれら悪霊的な恋の情念に取り憑かれた偉大な女主人公の頂点の一つであり、初演に際してこの役を、二年前の『アンドロマック』でエルミオーヌを演じたデ・ズイエ嬢が演じたのは、役の系譜として当然であった。ジュニーへのネロンの恋を知らされて、「わたしの場所が奪われた」と叫び、「わたしに恋敵《リヴァル》が立てられている」と口走るのも、たんなる比喩的言辞ではない。ジュニーはまさしく恋敵なのである。精神分析ならば、「息子を所有しようとする母」と言うでもあろうこの異常さは、しかしラシーヌの発明ではない。タキトゥス『年代記』やスエトニウス『ローマ皇帝伝』によって広く知られたアグリピーヌの、息子に対する「近親相姦」の企みを、ラシーヌは、十七世紀の劇場のぎりぎりの節度を守りつつも、忠実に写し取っている。《性》が権力ゲームの最も有効な駒の一つであることを確信しているこの情念の女にとっては、近親相姦といえども、己が作戦として、必要かつ必然的な選択なのであった。

おそらくこの点が、コルネイユの「極悪人」との決定的な違いであったろう。『ロドギューヌ』のシリアの女王クレオパートルの王権への執着は、いかにそれが狂気じみた様相を呈していようとも、偉大なる意志の発露であった。それに反して、皇帝の「娘であり妻であり、妹でも母でもある」と自負するアグリピーヌの偉大さと倨傲は、たちまちに母として、女としての、あられもない弱さを露呈してしまう。しかしこの弱さゆえに、ネロンの宮廷の権力の劇は、我々の深層の舞台にも接続されうるのだ（ちなみに、ルイ十四世が、一六九八年に孫のブルゴーニュ公に初めて見せた芝居は、この政治悲劇であった。数日後に同公妃のために上演させた作品が『バジャゼ』だったことと併せ、この二つの悲劇の「教育的効果」が、当時の帝王学の上でどのように評価されていたかを物語っている）。

ネロンという、自分にとって究極の敵を牽制するために、己れの公式の敵であり、ネロンにとっても危険なブリタニキュスを支持する。いわば弁証法的な牽制の上に、己が権力を保持しようとするアグリピーヌ。しかしこの怪物も、ネロンによって己れの武器がことごとく奪い去られて、己れ自身の破滅を幻視者のようにして見てしまった時には、自らが「運命の視座」に立つことで、最後の挑戦を試みる。母親の視線をもはや怖れなくなった息子に対し、己れを《復讐の鬼女》と見立てて、暴君の誕生を完成させたネロンの血腥い未来を予言するのだ。

ネロンによって破滅の淵へと突き落とされる母后は、この時初めて、運命の言葉を発する。情念は怨念となり怨霊となって、復讐の鬼女を呼び出さずにはおかない。それまであまりにも人間的であったこの怪物的な母親は、その絶望の淵から挙げる《明視》の言葉によって、突如、古代悲劇の偉大な「仮面」を思わせるなにものかに変容する。後に『アタリー』のあの偉大な背教者たる女王の、最後の呪詛と予言の叫びに聴くことができる悲劇の言葉が、『ブリタニキュス』を一つの終末的ヴィジョンへと接続しつつ、ここに鳴り響くのである。

受苦と情念──悲劇の根拠

すでに明らかなように、この悲劇の劇作術上の異常さは、表題をなすブリタニキュスの「受苦と死」という主題と、彼を代理戦争の場として抗争するネロンとアグリピーヌという二人の《怪物》の、「権力への情念の劇」との不均衡にあった。真の主題は前者にはなく、後者にあるように見えてしまうからだ。初日のブルソーの評判記が、ブリタニキュスに感情移入する観客を嘲笑していたように、初演当時からこの点は明らかであったように見える。しかしラシーヌは、悲劇の主人公がネロンであってブリタニキュスではない、などとは一度も宣言していない。「第二の序文」における修正も、「アグリピーヌの失寵」を、「ブリタニキュスの死」と同列に置くという訂正であった。

十七世紀の悲劇の約束として、その運命が主要関心事となる人物がタイトル・ロールに選ばれるのは驚くべきことではなく、ラシーヌの場合もそこに固有名詞が書き込まれていれば、その人物の運命が悲劇の主題となるはずである。『アレクサンドル大王』然り、『アンドロマック』然り、以後『ベレニス』『バジャゼ』『ミトリダート』『イフィジェニー』『フェードルとイポリット』『エステル』『アタリー』と、ほぼそれは適用される。ただ、すでに『アンドロマック』においても、初演時はタイトル・ロールを演じたマルキーズ・デュ・パルクの存在によって、主役はアンドロマックであったものの、それは、他の役が悲劇的ではないとか重要ではないことを毫《ごう》も意味しなかった。『アンドロマック』における《宿命の恋の連鎖》、その発端に位置するヘクトールの若く美しい未亡人は「囚われの女」であり、権力の関係では無力である。彼女は、最も受動的な極に位置しながらも、その美貌によって征服者ピリュスの恋の対象となり、ピリュスの愛を拒否することで、恋の情念の力関係における強みを保有する。その決心が、破滅的な情念の連鎖を左右したのである。悲運の皇子ブリタニキュスの位置も、似ていなくはない。そもそも『アンドロマック』にしても初演時には、ピリュスは高貴な二枚目の看板役者フロリドールが演じ、オレストはやはりこの一座の看板役者で激烈な演技で知られていたモンフルリーが演じて、熱演のあまり死んだと言われている(モンフルリーは悲劇『アドリュバルの死』(一六四七)の作者でもあり、肥った体軀に台詞尻を張る独特の台詞回しで人気があったが、なにしろ一六〇〇年生まれであり、『アンドロマック』の年には六十七歳であった)。エルミオーヌを演じたデ・ズイエ嬢も一座きっての悲劇女優であり、その役の強度はアンドロマックを上回っただろう。ラ・デュ・パルクの死後、ラシーヌは、五幕でアンドロマックが登場する演出を削除するから、以後はともするとオレスト、エルミオーヌのカップルに焦点が当たることになり、この傾向は十九世紀ロマン派によって決定的になる。

にもかかわらず、アンドロマックには、タイトル・ロールとしての位や色気が要求されてきた。それに比べると、『ブリタニキュス』の皇子ブリタニキュスの位置は問題をはらむ。アンドロマックのように、権力関係の内部では無力であるが、恋の力関係のなかでは決定的な強みを持つという役は、むしろジュニー姫であって、ブリタニキュスにはそうした武器も与えられていない。二幕二場で、ブリタニキュスの腹心の部下であるはずのナルシスが、ネロンの間諜であることが知らされてしまってからは、皇子の行動に分がないことが、観客の目にあまりにも明らかになってしまうからだ。とはいえ、劇中における皇子の量的な重みは、必ずしも小さくはない。全五幕のうち第四幕を除く全幕で、計九場に登場し、ほぼジュニーと同じ重要さを与えられている。ことに三幕八場のネロンとの対決は、まさに悲劇全体の中心にあって、ブリタニキュスのために書かれている。

初演にブリタニキュスを演じていたのはブレクールで、当時三十歳。他の役者に比べて歴然と若かった。モンフルリーの死によって、若手を起用することができるようになったからだろうとされる。それに対して女優陣は、ベテランのデ・ズイエ嬢がアグリピーヌを、モンフルリーの娘のデヌボー嬢がジュニーを演じているから、この点でもブリタニキュスは不利であった。『ブリタニキュス』の上演史をひもとくと、とりわけ十九世紀ロマン派以降、タルマからムネ＝シュリー、二十世紀のド・マックスまで、いわゆる《聖なる怪物》たちが、破滅的情念に取り憑かれた人物に、彼らの演劇的想像力と美学に見合った「悲劇性」を読み取っていった。さまざまな芝居評判記が伝えるように、これらのネロンは、もはや「幼い怪物」などではない。放蕩と奢侈の限りを尽くし、倒錯的官能の追求のなかで、「爛熟した怪物」へと傾斜していく。文学的教養のあったムネ

＝シュリーは、ことにスエトニウスに拠って史実に忠実であろうとしたし、ド・マックスはさらに進んで、完全に精神異常の暴君を造形した。こうした解釈の起源は、十八世紀中葉に活躍した名優ラカンに発すると言われるが、しかし十七世紀後半から十八世紀初頭までは、ネロンの役は、初演のフロリドールにもかかわらず、一種の敵役とみなされていたようだ。たとえばモリエール一座でデビューし、後にブルゴーニュ座に移ったバロンは、美少年の誉れ高い俳優であったが、彼がネロンの役を演じようとしたところ、国王の命令によって、「怪物」はまかりならぬ、皇子ブリタニキュスを演ずべしとされたという逸話は、この間の事情をよく物語っていよう。

ネロンとブリタニキュスの対比は、三世紀にわたる舞台の記憶が、初演当時の了解を分からなくしている例だと思われる。しかし少なくともラシーヌが、二つの「序文」を書いている時点では、ネロンを悲劇の主役とする発想はなく――悲劇というジャンルの要請からしてそれは無理であり、「アグリピーヌの失寵」が限界であった――、「皇子ブリタニキュスの受難と死」を、悲劇の主題としない謂れはなかった。ネロンの「怪物」としての両義性が、六十歳を超えた悲劇の二枚目フロリドールの、高貴な芸に依るのと同じく、ブリタニキュスの悲劇が、観客の恐怖と憐憫を呼ぶのは、同時代の劇場の文法通りなのであった。

ヤウスの受容理論に倣って、テクストに書き込まれた「期待の地平」という観点から読み直せば、ブリタニキュスという役には、「期待の地平」が希薄であったのかもしれない。ネロンやアグリピーヌ、ナルシスやビュリュス、ジュニーでさえも、後世にとって「期待の地平」はもっと豊かであった。それは二十世紀後半の演出においても顕著である。古典の読み直しと呼ぶが、十七世紀の古典を、現代の知に照らして同時代の集団的「表象」との関係で読み直す作業であり、それがテクストそのものの言語態をもう一度取り返す作業へと接続された時に、刺激的な舞台を作ることができたのである。

ネロンについての二十世紀後半の読みについて言えば、まずはネロンを少年皇帝へと引き戻し、ロマン派的な「完成した怪物」の悪魔祓いをすることであった。第二次大戦前のオデオン座で演出家アントワーヌが、二人の女優にネロンとブリタニキュスを演じさせたという実験は、以後繰り返されていないが、ネロンを若返らせるという点では、先駆的であったと言える。第二次大戦後に関して言えば、レーモン・ジェローム――彼は後にアラバル作品の演出で知られる――が、両大戦間の「聖なる怪物」の一人マルグリット・ジャモワのアグリピーヌに、国立民衆劇場のジェラール・フィリップ演出・主演の『ロレンザッチョ』でメディチ家の若き暴君を演じていたダニエル・イヴェルネルのネロンを配するという舞台があった。しかし何と言っても、一九六〇年に、ミシェル・ヴィトルドがコメディ゠フランセーズにおいて、ロベール・イルシュをネロンに起用した演出は、それが保守的な国立劇場で行われたこともあって評判になったが――これは、コメディ゠フランセーズの第一回訪日公演の際にも上演された――、小柄で敏捷な、しかもオリエント地中海的な官能性を漂わすこのスカパン役者は、彼の演戯的才能と肉感性を手がかりに、見事にこの悲劇の仮面を演じてのけた。ネロンの欲望は、幼児的な強度と残酷さにおいて全身体的に表現され、《母》と《息子》の権力をめぐる愛憎の劇は、精神分析的な《性の深層》へと根を下ろしつつ、ほとんどドストエフスキー的な深層の劇の重みを獲得していたのである。『ブリタニキュス』の精神分析的な読みを押し進めれば、一九六八年の五月革命の後に、ミシェル・エルモンが演出・主演した「裸の『ブリタニキュス』」に辿り着くのは必然的でもあった。そこではネロンとナルシスはたんなる主従ではなく、男色的な関係で結ばれた共犯者であり、また四幕二場のアグリピーヌの長台詞は、出産の仕草をするアグリピーヌと、そこで産み出されるネロンの演技によって表されていた。しかし青年皇帝ネロンの「悪」や「狂気」を演じるのであるならば、『ブリタニキュス』に先立つこと四半世紀の、トリスタン・レルミット作『セネカの死』を演じればよいだろう。事実、イルシュ以後の最も魅力的なネロン役者であったリシャール・フォンタナは、このバロック悲劇を見事に現代に甦らせた舞台を作っている。

しかしこうした新しい演出でも、ブリタニキュスの問題は残る。アグリピーヌによる近親相姦の誘いは、四幕二場の二人の対決の後で演じられる和解の抱擁によって暗示されていたが、ネロンとブリタニキュスの関係についても、タキトゥスにおけるブリタニキュス凌辱の記載を伏線に持ち出す必要があるはずだ。すなわち、「ネロは、殺す前から、ブリタンニクスの少年の体を、たびたび弄んでいたという。〔……〕クラウディウス家の最後の血筋も、その血は、毒で犯される前に、すでに凌辱されていたのだ」（『年代記』一三－17）。バルトは、完全に対称的な二人の間のエロティックな関係を強調しつつ、ネロンはブリタニキュスを幻惑しているとしたが、むしろネロンが、ジュニーだけでなくブリタニキュスに幻惑を覚える局面があってもよいのではないかと思われる。

それはおそらく、「神聖な身体」の委託者としての王家の悲劇を語る上で、ラシーヌ詩句が前提とした、役者の《身体性》に関わる問題ではないか。ジュニーとの関係で、ネロンがブリタニキュスに取って代わろうとして企てた、「栄光」の演戯的幻惑力についてはすでに語った。しかしこの演劇的虚構が、虚構として暴かれ挫折した時、そのようなものとは異なる、本来的な《栄光の肉体》の持ち主として、ブリタニキュスは立てられるはずだ。「嫉妬を起こしてただでは済まさぬ」ネロンが嫉妬し、抹殺しようとするブリタニキュスの肉体は、この点だけでも、ネロンをその深層で幻惑しているとは考えられまいか。

このような三角関係におけるエロス的幻惑・被幻惑の構造には、《血》という形で表されるブリタニキュスの身体の決定的優位が、付け加わっている。皇帝の正統な皇子として、それは「神聖な身体」の持ち主なのである。ラシーヌは、ネロンの《血》の呪いをことあるごとに強調しているが、それと同じくらいの注意を払って、ブリタニキュスの《血》については、その母で、姦婦として名高いメッサーリーナの名を、登場人物表から詩句に至るまで完全に消去している。しかも悲劇の終局では、神君オーギュスト帝の御像に救いを求めるジュニーをして、「ご子孫のうちただ一人、陛下の再来ともなりえた方」が殺されたと言わしめているのだ。ジュニーがオーギュスト帝の末裔であることについての指摘と、系図的にも照応するこの表現は、ブリタニキュスの《血》を、したがってその《身体》を、「聖なるもの」の受託者として立て、ネロンにとっての「淨らかな分身」をつきつけようとする作者の配慮だと考えられはしまいか。

皇帝や、それが表象する王の身体が、神聖不可侵であるという発想は、大革命による「王殺し」を果たして近代国家となって以降のフランスでは、もはや実感としては分からない。この点では、ラシーヌ悲劇を日本語で演じる場合に、不可避的に付きまとう言説や所作のプロトコルを考えてみてもよいだろう。あるいは、その重みが希薄になっているとはいえ、歌舞伎などで主人を殺すことがどれほどの重みを持ちえていたかを、考えてみるのも一案である。

ネロンによるブリタニキュス毒殺は、ジュニーにとってもローマにとっても、《聖なるもの》の侵犯の相を呈する。それは一つの宗教的な危機なのであり、ジュニーは、「ヴエスタの火」、つまり「ローマの神聖な火」を斎《いつ》き守る巫女となるという捨身の業《わざ》によって、「ローマの神聖な権利」を救おうとするのである。初演当時には、暴君に口説かれた貴族の娘が修道院に逃げ込むようだと言ってあげつらわれたこの結末は、ラシーヌにとって、何層もの意味で必然的な解決であった。ネロンの「怪物への決定的変身」と、やがてローマを焼き払う業火の未来形の記憶は、ジュニーの神への献身、つまり回心《コンヴェルシオン》と、ローマの神聖な火の保有とに、宗教的でもあれば神話的でもある対部を見出すからである。このような劇作術上の関係構造《エコノミー》を、舞台の上の現実として納得させる重要な契機として、皇子ブリタニキュスの身体の幻惑力は考えられてもよい。皇子の神聖な身体の及ぼすべき幻惑力は、やがて『バジャゼ』の中心的な命題となる。それは、バルト的なエロスと権力の捩じれ構造の内部でも、再考されて然るべき問いであり、『フェードルとイポリット』におけるイポリットの造形にも関わる問題なのであった。

本来、《情念《パッシオン》》は《受苦《パッシオン》》であった。しかしラシーヌ悲劇の力点を決定するのは、客観的な文脈における《受苦》の大きさではなく、《情念》に憑かれた《肉体》における《受苦》であり、その《情念》の烈しさ、強度であった。いかに運命に翻弄されるように見えようとも、己が《情念》によって生きる決意をしたあれらの人物たちにとって、情念とは、逆説的に一つの「自由性の体験」の審級であった。そのような両義的な作用をはらむ情念によってのみ、悲惨の底で、悲劇の人物たちは偉大でありうるのであった。

悲劇『ブリタニキュス』が、悲運の皇子ブリタニキュスの《受苦》の悲劇には留まらず、それをはるかに超えた次元で、政治的権力闘争の場におけるネロンとアグリピーヌという二人の《怪物》の《情念》の劇として受け取られてきたことが、それをなによりも物語っている。

三 『ベレニス』

「涙」の大当たり——競作の神話

『ブリタニキュス』の初演から十一カ月後、一六七〇年十一月二十一日金曜日、ラシーヌの悲劇第五作『ベレニス』が、ブルゴーニュ座で初演された。ヴィラール師の評は、

「悲劇ではなく恋唄《マドリガル》であり、悲歌《エレジー》」だとしながらも、まさにそれゆえの「涙の大成功」であったとしている。その一週間後、モリエールのパレ＝ロワイヤル座において、老コルネイユの『ティットとベレニス』が上演される。「英雄劇（Comédie héroïque）」と銘打ったこの作品は——ここでの「コメディー」は喜劇の意ではなく、「真面目なドラマ」を指す——、モリエールの『町人貴族』と交互に、翌春まで二十四回上演されているのだから、初演としては恥ずかしい出来ではなかった。しかし、興行成績でも評判でも、結果はラシーヌの圧勝に終わる。

『ブリタニキュス』初日のあの不穏な情景や、初版の「序文」に窺われる、コルネイユとラシーヌ双方のむき出しの敵意を考えれば、同じ主題を扱ったライヴァル同士の作品が、なんらかの競作の仕掛けに組み入れられていたと考えるのは自然である。事実、十八世紀以降、競作をめぐるさまざまな説が提出されており、その最も名高いものは、王弟妃で宮廷における文芸の最大の理解者であったアンリエット・ダングルテールが、二人の詩人に、競作を奨めたというものであった。この説は、すでにギュスターヴ・ミショーによって、一九〇七年刊の『ラシーヌの「ベレニス」』によって根拠のないものとされながらも、二十世紀中葉までその支持者を失わなかった（Gustave Michaut, *La Bérénice de Racine*, Société française d'imprimerie et de librairie, 1907）。レーモン・ピカールが、『ジャン・ラシーヌの栄達の経歴』(一九五六)において行った検証が、当時としては最も信頼性の高いものであったが、それにもかかわらず、以後もこの説は、コルネイユ学者や十七世紀文学史家によって執拗に繰り返されてきた。訳者も、白水社の『ラシーヌ戯曲全集Ⅱ』(一九七九)の時点では、これらの諸説とその論拠を紹介する必要を感じていたので、煩瑣を承知の上でそれを行ったのであるが、現在のラシーヌ研究の先端的な部分を示すジョルジュ・フォレスティエ氏のプレイヤード版『ラシーヌ全集Ⅰ』の注とその大著『ジャン・ラシーヌ』によって、競作の神話には一応の決着がついたものと判断した。したがって、ここでは、氏の説を基本に、「二つの『ベレニス』」の問題を考えていくこととする。

まずは、一六七〇年十一月二十一日の初日以来の作品の受容、特にヴィラール師の評と、それに対するラシーヌの反論を見ておこう。ヴィラール師は書く——

作者は、コルネイユ氏の書き方から遠ざかる口実として、始まりから終わりまで、「恋歌《マドリガル》」と「悲歌《エレジー》」の優美な織物に過ぎない劇作を書いた。というのも、貴婦人たち、宮廷の若い人々、口説《くぜつ》の名作集を作って楽しむご連中のお楽しみのためなのだ。

この『ベレニス批判』と題するヴィラール師の文書は、初日から数日後には刊行されているが、『ブリタニキュス』で、大コルネイユのローマ物政治悲劇の向こうを張ったラシーヌとしては、『アレクサンドル大王』以来の支持者、つまり自作の「恋愛悲劇」を熱狂的に支えてくれた観客の期待に応える必要もあっただろう。さまざまな意味で『ブリタニキュス』の逆転であろうとする『ベレニス』は、ヴィラール師がやや先で批判するように、「ローマ的英雄」などではなく、「(『アストレ』の牧童)セラドン風の完璧な恋を紡ぎだす、忠実な恋人に過ぎない」と受け取られている。しかし『ベレニス』は、皇帝が恋にふけってその務めを忘れるという物語ではない。確かに「「恋」が、悲劇の政治的賭け金」(フォレスティエ)となっているという意味では、同時代において他に類がない。しかもそこで語られる恋は、『アンドロマック』から『フェードル』まで、ラシーヌ悲劇を貫く狂気に臨接した破壊的情念とは異なり、純粋さと情念の統合を主題としている。いわば、コルネイユ的な問題提起を、ラシーヌ固有の美学に適合させようとする賭けである。典拠としたスエトニウスの一句《invitus invitam dimisit》(彼ノ意ニ反シ、彼女ノ意ニモ反シテ、送リ返シタ)を、ウェルギリウス『アエネーイス』におけるアエネーアースとディードーの別れに繋ぎ、さらにはオウィディウスの『名婦の書簡』のそれに接続して、同時に、ラシーヌ自身とコルネイユの作品を乗り越えること。

ヴィラール師の批判は言う——「この戯曲は、よく考えてみれば、ティチュスがベレニスと別れるという一場の素材でしかない。余計な事件で筋を錯綜させるかわりに、この場面だけを取り出して、それを五幕に仕組んだほうが、巧かったのではないか」と。ラシーヌはその「序文」で、ヴィラール師の批判を嘲笑しつつも、まさにこの批判から、自分の悲劇論の根幹を引き出している――

すべて創意工夫とは、〔……〕無に等しいものから、何か意味のあるものを作り出すことにあり、ああいう夥しい数の事件とは、いつでもきまって、五幕の間中、情念の烈しさと感情の美しさと表現の優雅さの支える単純な筋によって観客を惹きつけておくには、自分の才能は充分な豊かさも充分な力もないと思っているような詩人たちの逃げ場なのだ。

「無に等しいもの」によって作品を書くのは、修辞学における《chrie〔クリエ〕》の技法であり、まさに「無に等しいものから何かを作り出す」のだと、ジル・ドクレールは説く。「クリエ」とはラテン語で「クリーア」、ギリシア語で「クレイア」と呼ばれる古典修辞学の術語であり、学習したいくつかの通念的命題に基づいて思考を展開する訓練を言う。日本語では「訓語引用」とか「逸話引用」と訳すが、まさに内容空疎な、「無に等しいもの」の上に立つ言説の術なのであり、それをラシーヌは韻文悲劇を書くという実践において、「創意工夫」に変容させたのである。『ベレニス』という悲劇の特性として、劇的事件がことごとく「言説」に還元されているのも、この言説のアクロバットによっている。

ラシーヌ悲劇の「序文」のなかでも『ベレニス』のそれは、最も「方法叙説」の観の強いものだが、今引いた「無に等しいものから、何か意味のあるものを作り出す」という主張は、古典修辞学という文化的枠組みを取り払って読めば、十九世紀後半のステファヌ・マラルメの詩法にすら接近する。しかし、焦点を悲劇という言語態に当てて読めば、後世に名高い、「悲劇の楽しみ」を語った「序文」の次の段を引かねばなるまい――

悲劇において血が流され人が死ぬのは、決して必要なことではない。その事件が偉大であり、登場人物たちが英雄的であり、情念がそこで烈しく掻き立てられて、悲劇の楽しみのすべてであるあの荘重な悲しみが、あらゆるところに感じられさえすれば、それで充分なのだ。

アリストテレスによって悲劇の規範的効果とされてきた「恐怖と憐憫の情が掻き立てられ、そのような情念の浄化を果たす」を規範とするはずのラシーヌが、ここでは、涙の効果や悲しみの美学を正当化するために、「荘重な悲しみ (tristesse majestueuse)」の論を立てているのだ。悲劇詩人として、涙の成功を否定はしない。しかし悲しみにも「位」があると主張するのだ。

こうして、ラシーヌの戦略は、真に「臨界的な」と呼びうる作品を書かせることとなった。コルネイユへの対抗があったことは疑いようはないが、その実態は、三世紀にわたる競作の神話が語り継いできたようなものであったかどうか。

モリエール一座が一週間遅れで初日を開けたコルネイユの作品も、印刷される前はたんに『ベレニス』の表題で知られていた。劇壇の大御所と気鋭の若手の競作として、同時代がさまざまな評判を流してもよさそうなものである。しかし、後年、ル・クレールとコラスの合作コンビが、ラシーヌの後で同じ表題の『イフィジェニー』を上演させた折にも、二つの『ベレニス』について起こったのと同様にこれは偶然であるとしている。逆にプラドンの『フェードル』については、コルネイユ兄弟に近いドノー・ド・ヴィゼが、「誰でも知っているように、二つの『ベレニス』について起きたような偶然の一致とは違う」と宣言しているのだ(『メルキュール・ギャラン』一六七七年五月)。つまり同時代は、二つの『ベレニス』の上演を、企んだ競作ではなく、偶然の一致だとみなしていたことは、同時代の受容態度からはほぼ確実だと言える。

競作の神話、特に、「王弟妃アンリエット・ダングルテールが、ラシーヌとコルネイユに同じ主題で悲劇を書くように提案した」という逸話は、十七世紀には全く行われていなかった。それが初めて現れるのは、一七一九年刊のデュ・ボス『詩と絵画に関する批判的省察』においてであり、その第一部一六章で、ボワローの――もちろん、晩年のボワローである――証言として引かれている逸話である。その言うところでは、「ラシーヌ氏は、その主題の選び方を誤った、よりはっきり言えば、さるやんごとなきお妃様のご執心から、自信もないのにこの主題を選ぶお約束をしてしまったのだ。彼がこのお約束をした時には、折悪しく、いつもその忠告が有効であった友〔ボワローのこと〕が不在であった。デプレオー〔ボワロー〕は、幾度も繰り返し語ったものである、『ベレニス』ほど悲劇に向いていない主題に心血を注ぐような真似はさせなかったであろう、もしも彼が、そうするという約束を撤回することができたならば」と。もっともこのテクストによる限り、少なくとも、コルネイユがすでに選んでいた主題を、王弟妃がラシーヌに奨めた、という仮定は否定できないのであるが。

十八世紀は、一般にコルネイユへの情熱が醒め、一方的にラシーヌがもてはやされるようになる時代である。したがってこの伝説も、ラシーヌに有利に展開する。デュ・ボスから十年後に、コルネイユの甥であったフォントネルが、その『コルネイユの生涯』（オリヴィエ師『アカデミー＝フランセーズの歴史』所載、一七二九）に記した事情は、決定的であった。

『ベレニス』は、誰でも知っているように、決闘であった。さるお妃が、精神の事物には非常に心動かされるお方であり、それを野蛮な国に流行らせることがおできになるお方であったが、この時ばかりは、二人の闘士を同じ戦いの場に導いて、しかも二人ともその結果がどうなるかを知らないようにするために、なかなか大変なご苦労を遊ばした。

フォントネルの説は、デュ・ボスのそれを、コルネイユに好都合に書き換えてはいるが、「誰でも知っているように」と、それを世論の共通理解のごとくに仕立て、さらには作家の心理からしても、コルネイユの行動が納得のいくものになるようにしている。というのも、コルネイユは、自作の主題の選択にはきわめて自信があり、他人の追従を許さないという独自の選択を誇っていたからであり、自分のほうから、まだ名声の確立していない若い詩人と張り合うなどということはありえなかったからである。

フォントネルの説は、ルイ・ラシーヌによってさらに美化された後、ヴォルテールによってもう一つの伝説が付け加えられる。若きルイ十四世とマリー・マンシーニとの別れである。王がスペイン王女マリア・テレサと結婚するに際して、恋人のマリー・マンシーニと涙の別れをしたという逸話こそ、『ベレニス』の種だというのである。

ラシーヌとコルネイユの同時代人が、二人の『ベレニス』は偶然であったとする証言はすでに引いた。評判記作家のロビネも、「王弟妃殿下への書簡」で、妃殿下が仕掛けた競作などという逸話には全く触れていない。伝説の支持者は、この「競作」事件の直後に王弟妃が急死しているから、直後の証言がないのは当然だとするが、それもドノー・ド・ヴィゼの七年後の発言には適用されないだろう。しかも彼は、『メルキュール・ギャラン』の編集長であり、ピエール・コルネイユの弟のトマ・コルネイユは、この雑誌の最も近い協力者であったのだから。

王弟妃による二大作家の競作という逸話は、こうしてみると、後世の作り上げた伝説と考えてよさそうである。しかしそれでも、どちらが先に主題を見つけて制作にかかったのか、また同じ時期に同じ主題で二人の人気作家が作品を書き、それをライヴァル劇団が上演するには、仕掛人がいなかったのか、という疑問は残る。

フォレスティエが主張するように、ヴィラール師への反論として書かれたサン＝テュッサン師によるとされる『某氏によるベレニス批判への解答』（一六七一）は、事件直後の証言として重要である。ヴィラール師の『批判』が、コルネイユと同じ闘技場（日本語なら「コルネイユの土俵」と言うだろう）に入ったラシーヌを批判して、ウェルギリウスを引きつつ、「アキレウスに歯向かうだけの背丈もない哀れな子供」に譬えているのを受けて、ラシーヌはコルネイユと同じ主題を扱ったわけではなく、コルネイユの戯曲とはいかなる共通点もないのだから、コルネイユと同じ闘技場に入ったとは言えない、と反論している。フォレスティエは、この表現を、コルネイユが先に手をつけた明確な証言とした上で、競作の仕掛人がいたかどうかを追究するのである。

『ベレニス』初演に先立つブルゴーニュ座とモリエール一座の情況を見ると、モリエール一座は、一六六七年のコルネイユ『アッチラ』の成功で、悲劇も悪くはないという評判を取り、さらに一六六九年の『タルチュフ』解禁によって、ブルゴーニュ座を引き離していた。ブルゴーニュ座の研究としては基本的な、ディエルコーフ＝オルスボエル(S.-W. Deierkauf-Holsboer, *Le Théâtre de l'Hôtel de Bourgogne*, t. II)を引いてフォレスティエが強調するように(プレイヤード版一四五一頁)、ブルゴーニュ座の役者たちは、自分たちの一座が脅かされると見るや、作家たちにライヴァル劇場と——ここではモリエール一座——同じ主題で作品を書いて上演できるように頼むのが常であった。したがって、コルネイユがモリエール一座のために『ベレニス』を書くと知ったならば、即刻対抗策を講じたに違いない、と。さらには、モリエール一座に渡す前に、コルネイユ自身が、ブルゴーニュ座に話を持ち掛けた可能性も否定できない。こうした情況で、同じ主題で悲劇を書くことを依頼されたラシーヌが迷っているところを、王弟妃が積極的に奨めたということは、考えられなくもない、と言うのである。

ところで、サン＝テュッサン師の『ベレニス批判への解答』が明確に述べていたように、ラシーヌの『ベレニス』とコルネイユの『ベレニス』とでは、共通するのは表題だけであり、主題は違う。ラシーヌの悲劇は、スエトニウスの『ローマ皇帝伝』「ティトゥス」の巻を本説に、ウェルギリウスやオウィディウスからディードーとアエネーアースの別れの悲歌を加えた作りである。紋章的な《dimisit invitus invitam》が、まさに劇的内実を要約している。一方コルネイユは、スエトニウスだけではなく、ギリシアの歴史家カシウス・ディオを要約したクシフィリヌス（十一世紀末のギリシアの歴史家、コンスタンチノープルの僧院に暮らす）の『カシウス・ディオの要約』のラテン語訳によって、女王ベレニスが、ヴェスパジアン皇帝の治世下で一度ローマから退去させられ、ティチュス戴冠とともに再びローマに来たが、最終的に別れたことを語る。当時どこにでもあったコワフトーの『ローマ史』（一六二三）も、この最初の別離を省いてはいないから、コルネイユのほうがむしろ史実には忠実であり、ラシーヌが本説として、スエトニウスのみに拠ったのが特殊であったと言える。

そのコルネイユの『ティットとベレニス』の筋立てであるが、父皇帝ヴェスパジアンの治世下で、熱烈に愛しながらも別れねばならなかったティチュスとベレニスの恋は、ティチュス戴冠の後に、再びベレニスをローマに迎えることで新しい局面を迎える。留守中に、ティチュスにはコルビュロンの娘ドミシアとの恋があるが、ドミシアに対しては、ティチュスの弟ドミシアンが熱烈に恋をしている。こういうもつれた関係のなかで、ティチュスはローマにベレニスを迎え入れても決断ができない。元老院が、ベレニスにローマ市民権を認める決議をしたおかげで、皇帝と女王の結婚には障害がなくなったが、ベレニスはその解決を拒否して、誇らかにローマを去り、ドミシアンとドミシアは結婚する。不決断の皇帝ティチュスに対して、女王の「英雄的決断」が劇の幕を下ろすのである。

すでに触れたように、コルネイユの作品は、「悲劇」ではなく「英雄劇」と題されていた。「英雄劇(Comédie hèroïque)」とは、コルネイユが『アラゴンのドン・サンシュ』(一六五〇)によって創始したジャンルであり、『ティットとベレニス』がその第二作に当たるのだ。悲劇の位はもっていないが、たんなる喜劇よりは上に位する。一六六〇年の『劇的詩篇についての叙説』では、こう述べられている——「作品に国家の重大な利害が描かれ、王たる身分の人物が栄光のために取るべき配慮が、その情念を黙らせるような場合、『アラゴンのドン・サンシュ』がまさにそうである。彼がそこで、生命の危険や、国家の壊滅や、追放といった危険に出会わない場合、喜劇より高貴な名称を取る権利があると考える。しかし、その作品がその行動を表すべき人物たちの高貴さになんらかの形で応えるために、そこに英雄的という形容詞を付け加えて、通常の劇からは区別したのである」と。まさに『ティットとベレニス』は、この要請に応える作品であった。この点でも、コルネイユの選択はその劇詩人としての作業の延長線上にあり、この主題を先に選んで、作業にかかっていたと考えてよさそうである。

対するラシーヌは、「恋の情念の狂乱」という『アンドロマック』の主人公たちによって成功を収めた主題の扱いを考えれば、それまでの書き方を抜本的に変えなければならなかった。本説において、主人公たちは一人も、絶望して狂乱に陥ったり、死をもたらしたりしない。つまりアリストテレスの良き弟子としては、「恐怖と憐憫の情を掻き立てる」動機が見いだせないのだ。これは、主題を選んだ時点におけるラシーヌにとっては、由々しい欠落であり、「非アリストテレス的悲劇」という、未知の世界に踏み込まねばならぬ思いであったはずだ。しかも「悲劇」に仕立てなければならない。「序文」の前半部が、文字通りの「方法叙説」の観を呈しているのは、謂れのないことではなかった。

反 - 『ブリタニキュス』——変形の枠組み

悲劇『ベレニス』の主題は、ローマ皇帝ティチュスとパレスティナの女王ベレニスとの悲恋である。紀元前五〇九年のタルクィニウス追放以来、ローマは「王」の称号を国家の根幹に関わるタブーとし、皇帝と王族の娘——それは必然的に異邦人である——との結婚を認めない。したがって、女王を愛してしまったティチュスは、皇帝の位に即いて、万能の権力を手にした途端に、その恋を諦めねばならなかった。スエトニウスの『ローマ皇帝伝』の一節、「ティトゥスは女王ベレニーケーを、結婚まで約束したと言われていたにもかかわらず、直ちに都より、己が意に反し、かの人の意にも反して、送り返した」という事件が、悲劇の筋の素材として、ラシーヌによって主張される理由である。

この物語は、「歴史上に名高いもの」であったと、作者は言う。しかし、ローマ史の典拠と、ラシーヌ悲劇をつき合わせた者は、史実と悲劇における扱いとの、著しい乖離に気付いてきた。

初演時に、すでにヴィラール師は、ベレニスを、兄との近親相姦によって名高い「姦婦」であり、「美貌の大年増」だと揶揄し、以後も考証好きの批評家や研究者は、ベレニスの年齢や性格をあげつらうことに飽きなかった。歴史上の典拠というならば、彼女はスエトニウスばかりでなく、タキトゥスの『同時代史』二巻八一節にも現れ、ヴェスパジアン帝とティチュスのユダヤ攻略を語ったフラウィウス・ヨセフス(三七―一〇〇)の『ユダヤ戦記』と、同じくヨセフス『ユダヤ古代誌』二〇巻にも、あるいはクシフィリヌスの要約したカシウス・ディオの『ローマ史』や、さらにはユウェナリスの『風刺詩』にも語られている。これらの記録に登場するベレニスは、多くの場合、ラシーヌ悲劇のひたすら恋に生きる女とは似ても似つかぬ女政治家であり、ヴェスパジアンがユダヤ攻略の指揮官となった時には、すでに四十歳、三度も結婚の経験があった。大ヘロデ王の曾孫にあたり、ユダヤ独立運動に対抗してローマ側に付き、贈りものによってヴェスパジアンを籠絡し、やがてヴェスパジアンが皇帝に選ばれて、全軍の指揮を息子のティチュスに任せてローマへ帰るや、ティチュスを誘惑し、十二歳も年下の青年将校の情婦となった。ティチュスは紀元七〇年、イェルサレムを陥落させ、ユダヤの地を平定してローマに帰るが、その際にベレニスとは縁を切る。ところが後に、ベレニスのほうからローマを訪れ、新帝とよりを戻そうとして失敗する……。十八世紀にピエール・ベールが、『歴史・批評辞典』の「ベレニス」の項で算定したように、ティチュスと最初に別れた時、ベレニスはすでに四十四歳のはずであり、ラシーヌ悲劇の設定のように、ティチュス即位直後のこととすれば、さらに歳を取らせなければならない。そこから、タキトゥス『同時代史』の語る「盛りの花」のベレニスは、アグリッパ一世の息女ではなく、彼女の姉妹の一人のミリアムの息女で、やはりアグリッピヌスあるいはアグリッパの名の兄を持つ、別のベレニスだと主張されもした(クラヴィエ『万国人物史誌』「ベレニス」)。

　ポール・メナールが「フランス大作家叢書」の『ラシーヌ』の『ベレニス』の注で整

理したように、史実を追っていけばこのような議論が生まれてくるのだが、それがラシーヌ悲劇の理解にさして役に立たないことも事実である。歴史的典拠の詮索に関しては、コルネイユの『ティットとベレニス』のほうが熱心であり、ラシーヌは、スエトニウスの記述から、紋章的な一句を抜き出して、それをディードーとアエネーアースの悲恋に繋げることで、主題を設定したのである。その意味では、典拠の用い方においても『ベレニス』は、『ブリタニキュス』の逆転だと言えるのだ。しかし、スエトニウスの記述で、作品中に用いられているものには、紋章的な抜き書きから落ちている部分がある。劇作の上でのエコノミーと言おうか、それは、きわめて有効な「変形の枠組み」を想定させている。

スエトニウスの本説とラシーヌ悲劇とをつき合わせて読む時、まっさきに立ち現れる共通点は、ティチュスの過去の「悪行」と、即位してからの「善政」との、同時代人をも驚かせたという際立った対照である。幼少年期はブリタニキュスとともに育てられ、ブリタニキュス毒殺の際には、危うく毒を飲まされて殺されるところであったというこの少年。小柄で小肥りの体軀にもかかわらず、威厳と優美さとを併せもつ、類い稀な美貌の持ち主であり、抜群の記憶力とその才能によって、人々の讃嘆の的であった。武芸に秀でて乗馬に巧みであり、ラテン語とギリシア語とを問わず演説や詩作に長じ、歌も竪琴も規則にかなった才能を見せ、あまつさえ秘書と速さを競うほど筆記術にも長けていた。早熟な才人であり、帝位に即いた父ヴェスパジアンをよく補佐したが、同時にその頃すでに、罪人の処罰に見せた残酷さは、人々の眉をひそめさせていた。ことは残忍さには留まらなかった。人々の不安を募らせたのは、「友人のうちの最も放埒な者たちと、深更に及ぶ酒宴を催し」、「美少年や宦官の群」に囲まれて淫蕩な快楽に耽るその放蕩三昧であったが、スエトニウスは、こうした性的な放蕩の一つに、「ベレニス女王との、かの名高い恋」を挙げている。また人々がティチュスを非難したのは、裁判に際して賄賂を取るといった貪欲さであって、つまり「すべての人々は、彼を第二のネロンとみなし、公然とそのような人物だと言い合っていた」(傍点筆者)のである。

　ところがこのような悪評は、彼が帝位に即くや、そこには悪徳の影はなく美徳ばかりであると人々が知ったとき、たちまち称賛の声に変わったのである。そして、そのような善行の一つとして、スエトニウスは、他ならぬ「ベレニス追放」を挙げている。「ベレニスについて言えば、彼はすぐさま、都から遠くへ、彼の意志に反し、彼女の意志にも反して、送り返したのである」と。

　ラシーヌがスエトニウスの原文を引用するに際して、どのような変形を行ったかは、「序文」の該当部分の訳注に書いたが、ラシーヌが「序文」には残さず本文に使った重要な典拠は、この《ティチュスの変身》である。「第二のネロン」と怖れられていたティチュスの《変身》は、ラシーヌ悲劇の構造の内部で言えば、『ブリタニキュス』におけるネロンの《怪物の誕生》と正確に対をなす、《善帝の誕生》なのである。事実作者は、ティチュス自身の口から、ティチュスの「ネロン的過去」、あるいは過去の「ネロン性」を強調してこう言わせている——

お前とて知らぬではあるまい。今と同じ輝きをもって
わたしの名声が世にもてはやされていたわけではない。
わたしの青春は、ネロンの宮廷に育てられ、
悪い手本に惑わされて、正しい道を踏みはずし、
快楽の、あまりといえば容易な道を、ひたすらに降っていった。　（二幕二場）

そのティチュスの心を、ベレニスが捉えた。それ以来、すべてが変わったのだとティチュスは言う。「己れを捉えたその心を、手に入れるためには、人は何でもする」のだ。この告白は、二幕冒頭で初めて姿を現したティチュスの、長い告白の頂点に置かれているが、ネロンの名は、腹心の部下ポーランが代弁するローマの声に、カリギュラとともに「その名を引くのさえ憚られるあの獣たち」として引かれ、これらの《怪物》たちでさえ、異邦人である女王との結婚を禁じるタブーだけは犯さなかったと語られる。

ラシーヌがティチュスを、《反《アンティ》－ネロン》として設定することから始めたであろうことは、ここからだけでも想像がつく。しかも、スエトニウスでは詳らかにされていないティチュスの《変身》、その悪徳から美徳への回心の動機を、ラシーヌは、他ならぬベレニスとの恋に置く。スエトニウスの伝える、死に臨んだティチュスの言葉、「生涯に一つだけ悔やまれることをした」を、ラシーヌのロマネスクな想像力が活かしたのかもしれない。ともあれ、スエトニウスを本説とすることは、第二のネロンたるティチュスの悪徳に深く結びついていたベレニスを、彼の悪徳からの解放、美徳への回心の決定的動機とするというパラダイム変換を企てたことを意味する。典拠は、たんなる援用ではなく、その「変形」によって意味をもったのである。母親に対するネロンの忘恩と、恋人に対するティチュスの忘恩とは、こうして正確に対応するのだが、ティチュスのそれが彼の《美徳》の誕生のためであってみれば、ネロンの《怪物の誕生》のドラマより、悲劇性がはるかに深められていると言わねばならない。

ネロンの美徳の仮面に決定的な亀裂を作り、その《怪物性》を露呈せしめたのが、ジュニーの《眼差し》であったように、ティチュスの《美徳》への回心も、ベレニスの《眼差し》の関数であった。ポーランへの告白――

幸せだった〔……〕

わたしの徳の行いが、かち得た無数の心を担い、
満足したベレニスの目の前に立った時の、そのわたしは！ （二幕二場）

この意味でも、『ブリタニキュス』と『ベレニス』は正確に逆転した対応関係にある。しかも、『ブリタニキュス』では、ビュリュスとナルシスという二つの対比的な言説に代弁されて、ダイナミックに劇の仕組みに加わっていた世論という《鏡》──「人々は何と申しましょう」──が、ここでは、王族＝異邦人の女との結婚を禁ずるタブーとして、ローマの「神権」を代弁している。ために、それとの関係で行う選択は、世界の内部で行う選択というばかりでなく、宗教的な掟を前にした決断の様相を帯びてくる。この点はすでに五十年以上も前に、ミシェル・ビュトールが「ラシーヌと神々」で強調したことだが、ティチュスが向かい合わねばならないのは、たんに世論としての、ティチュスの言葉を借りれば、「へつらうばかりの宮廷」といった、《世界の眼差し》ではなかったのである──

ポーラン、もっと高貴な観客を、わたしは選ぶ。 （二幕二場）

四幕四場の、別れの決意を、ついにベレニスに告げる覚悟を固めたティチュスの独白は、訳注にも書いたように、ティチュスの探し求めているものが、彼の「自己」に他ならぬことを示している点で、「近代性」の地平における《主体の問い》に、驚くほど通底

している。しかもそれが発せられるのは、ローマ人としての典型を生きるべき皇帝の口を通してなのである――

というのも、一体ローマは、己が望みを、明らかにしたのか？

この宮殿の周囲にも、ローマの叫びが聞こえると？

〔……〕

すべては、ただ沈黙している。

奇妙な知覚的二分法によって、あたかもここでは、「聞く」のはひたすら冷徹な理性の声であり、「見る」ことだけが、感覚的であり官能的であって、恋の快楽を掻き立てることができるかのようである。ティチュスの「エロス的不毛」を表現するのは、この対比構造に他ならない（その限りでは、バルトが、「ティチュスはもはや愛してはいず」、「エロスはすべてベレニスに託されている」と書いたのは間違いではなかった）。

『ベレニス』という、「愛し合いながらも、心ならずも別れる女」の涙の悲劇は、こうして、ローマ皇帝の引き受けるべき《至上の義務》についての、きわめて政治的な問いに貫かれた悲劇なのであった。そこでは皇帝は、十七世紀の絶対君主と重ねられ、いずれの場合も、万能の権利を所有し、己れの欲望の成就には何も障害はない。ただし、自然法の命ずる掟と、その権力の根拠をなす掟を守る限りにおいての話である。ネロンが犯した暴虐は、先帝の、元来は正統な後継者であった皇子の身体を殺害するという、「聖なる身体への侵犯」であり、あるいは、不吉な予感のように語られる「母親殺し」である。ジュニーへの突然の恋は、それ自体では《悪》を構成せず、それを「聖なる権利の侵犯」と変じさせるには、彼女自身のヴェスタの巫女への変身と、それに怖れ気もなく手を出したナルシスの瀆神の行為が必要であった。

ティチュスにおける「自己」の探求は、その政治的な責任を前提としている。執拗に繰り返される「女王との婚姻のタブー」は、ローマ帝国の根拠に関わる禁忌であって、絶対君主といえども、いや絶対君主であるがゆえに、それを犯すことはできないのだ。ティチュスの抱える問題のこの政治的な局面を見落としては、『ベレニス』という悲劇の根底が分からなくなる。一見、ひたすら恋に生きる女主人公の不運に観客の涙をそそることを目的としているかに見えるこの「ローマ物恋愛悲劇」は、『ブリタニキュス』の対部として、それに劣らず「ローマ物政治悲劇」であり、「政治」と「恋」とが、同じ問題形成の場に組み込まれたドラマなのである。

フランス人の注釈では出会うことがないのだが、『ベレニス』における「ローマ」は、当然に女性名詞で語られるから、文脈によっては、それ自体が一つの「女性的神格」のように聞こえてくる。たとえば、ベレニスの侍女フェニスが、「ローマはあなた様を、嫉妬の眼で見ている」と語る場合などだ。「無に等しいもの」にすべてを賭ける結果、劇行為が言葉に切り詰められ、ラシーヌ悲劇のなかでも最も《言説》の肥大したこの悲劇では、言葉の微分的な効果までが活きてしまうからだ。しかしこの「ローマという神格」の顔立ちは定かではない。宗教的な典礼といっても、神聖で不滅の火を斎き祀るヴェスタの巫女が存在するだけであり、ただそこにあって断罪する、恐るべき神である。「政治」が、皇帝の絶対権において問われるとき、その神聖な根拠が呼び出されずにはすまない。しかも、その神の声は、沈黙している。「至高の観客」たる神は、隠れているのだ。

「恋愛悲劇」を「政治悲劇」へと接続して超えたラシーヌの『ベレニス』。二十世紀の批評ならば、「悲歌」の存在論的な地平とでも言うであろう「乏しさの時」に、十七世紀の臨界的な悲劇は、すでに接近している。

砂漠と劇場──悲歌《エレジー》の定位

ティチュスが、視覚に、視覚的記憶に訴えるのは、ベレニスとの恋を喚起する台詞においてである──

わたしを愛し、ただ恋より他に望みはなく、

ローマにあっては異邦人、宮廷にては知る人もない、
日々を送るその頼りは、ポーラン、ただひたすらに
わたしと逢う瀬のわずかな時、その余の時はただひとり、待って過ごす。
（二幕二場）

そして、「涙」をめぐる、きわめてラシーヌ的な「恋の快楽」の喚起——
その涙を拭うのに、この手は長く時を費やす。
そうなのだ、恋の織りなす、世にも堅い絆のすべて、
責める言葉までも甘く、絶えず新たな悦びに我を忘れ、
手管《てくだ》もなしに喜んでもらおう、だが不安の想いはいつもある、
艶《あで》やかな美しさ、勲しも美徳も、すべてをあれのうちに見た。
（二幕二場）

失語症の淵に張りかかげられたこの「別離の悲劇」において、エロス的な力がことごとく託されているとも言えるベレニスの台詞が、視覚的映像に満ちているのは不思議ではない。ジュニー誘拐の夜の「明暗法」（バルト）に匹敵する、もう一つの情景を喚起するのは、他ならぬベレニスの台詞である——

昨日《きのう》の夜のあの輝かしい祝典を、フェニス、お前も見たでしょう。（一幕五場）
バルトの魅惑的な指摘にあるように、そこには、明暗法の画面を構成するのに必要な、

ローマ物固有の光源も（「あの夥しい松明《たいまつ》の群、火葬の焔《ほのお》、夜を焦がして赫々《あかあか》と」）、その装置となる小道具や衣裳、群衆も（「ひしめく鷲の旗印、煌《きら》めく束桿《そっかん》、あの民衆の群、あの軍隊、／群がり寄せる諸国の王、執政官、元老院の議員たち」）、つまり光り輝くもののすべてが動員されるばかりではない。それらは、本来的には皇帝の神権の光学的等価物であるティチュスの輝き（「あの緋の衣、あの黄金、それをひときわ輝かす、お身を包む栄誉の光、／そして月桂樹の冠が、すべての上にあの方の勝利を告げて！」）を受けて煌めき、この光学場を支えているのが、皇帝の《眼差し》とそれを求める群衆の《眼差し》との、ほとんどエロティックと呼んでもよい帰属関係であるのだが、それは、すでにナルシスがあけすけに提示していた「帝王学」の根拠に他ならなかった。壮麗な明暗法的画面として喚起されるヴェスパジアン帝の葬儀の夜は、ベレニスにとってもティチュスにとっても、恋の生まれた情景ではないが、その恋が最も壮麗なヴィジョンに等価物を見いだす特権的な時空には違いなく、少なくともベレニスにとっては、その恋の味わいえた最後の至福の、恍惚の瞬間であった。

しかし『ベレニス』には、先帝火葬のローマの夜の壮麗さとは対照的な、もう一つの詩《ポエジー》がある。一幕でアンティオキュスが追懐し、四幕で別離の深淵の眩暈《めまい》のなかでベレニスが幻に見る、愛する人の去ったあのオリエントの、荒涼たる風景のそれである。遥かなオリエントの地で、恋の不毛は地理学的不毛に重ねられ、あたかも愛されぬ者たちの苦しみは、近代の倦怠《アンニュイ》へと接近するかの錯覚を与える。

『ベレニス』においてのみならず、ラシーヌ悲劇を通じても名高い詩句の一つ──

Dans l'Orient désert quel devint mon ennui!

君まさぬオリエントの地は、ただ、悲しみの荒野!（一幕四場）

訳注に書いたように、形容詞の《désert》は、「砂漠の」を意味するわけではない。「荒涼として人住まぬ」であり、「虚ろな」であり、ここでは「愛する人がいなくなったために荒涼として虚ろな」である。しかしこの形容詞が、この文脈で「オリエント」に結びつけられると、直前に、廃墟と化したイェルサレムの城塞が語られていることも作用して、オリエントの不毛と死の荒野＝砂漠のイメージが、蜃気楼のように現れてくるのは否定できまい。かつてのソルボンヌでの、ジェラルド・アントワーヌ教授の文体論的分析でも、あるいはジャック・シェレール教授の劇作術的読解でも、そのことは聞き取れていたように思う。

「オリエント」は、アンティオキュスにとっては、五年前に恋が生まれ、失われた、二重に空しい時空であった（「久しくも、セザレの都《まち》に、彷徨《さまよい》の日々を送る、／あなたを焦がれ恋い慕った、思えば美しい惑いの都《まち》」）。しかしティチュスとベレニスにとっては、二人の恋が生まれ、生きられた幸運な時空に他ならない。恋の不在による《空無の場》と、青春の夢が生きられ叶えられた《生の充満した空間》との見事な対比構造。『ベレニス』第一幕は、アンティオキュスによる「愛する人なきオリエント」の切々たる告白によって、ローマ帝国の中心にあるティチュスとベレニスの恋の密室へ、不毛な恋の砂漠を持ち込んでいる。愛し合う二人の時間と空間の《充満》は、愛されぬ男の《空無》によって取り囲まれ、やがてこの部屋の過去の充満を、まさしく過去のものとして、一挙に空無化してしまうのである。

だからこそティチュスは、「エロス的充足の空間」に他ならない《オリエント》を、二幕二場の長台詞で、これを最後と追懐する。アンティオキュスにおける《オリエント》とティチュスにおける《オリエント》とは、意味論的に記号が逆転し、ティチュス＝ローマの中心的な価値観からすれば、それは、帝国の周縁部にあって、ローマ人には不可能な恋の成立する場所、ひとり解放奴隷のみが性愛の快楽を追求することができるような「不可能な恋」の生きられる場所である。だからこそ、《オリエント》という空間の形式そのものが、ティチュスの郷愁を誘ってやまないのである。

《オリエント》の空間の二重の両義性は、『ベレニス』という悲劇の詩情《ポエジー》にとって、文字通り回転扉の役を果たす。と同時に、そのような詩情をして、悲劇の深層を展開させるための回転扉の働きもさせている。

四幕五場の、ティチュスの別れの決心を聞かされた後の、名高い台詞——

一月が経つ、一年が経つ、どう耐えればよろしいのです、

陛下、八重の潮路に二人が遠く、離れ離れにされますのを。

一日がまた始まる、そして一日が終わります、それなのに

ティチュス様はベレニスを、ついに訪《おとな》い給うことなく、

長い一日、私には、ティチュス様のお顔を見ることも、叶いませぬとは！

会わずにいる長い時の間は、そのままローマとオリエントを隔てる距離である。しかし堪えがたいのは、オリエントにいる日々の単調な繰り返しだと、女は訴える。ただ「一日が始まる」のではなく、「一日がまた始まる(recommence)」と、繰り返しの接頭語“re-”を見事に聴かせるラシーヌの詩句。この台詞が発せられる情況を仔細に読めば、ティチュスの別離の決心を、その口から聞かされた逆上の最中、あたかも、ローマにおける幸せな恋が崩壊するや、その「充満した時間」を窺っていた外部の「空無の空間」へと、一瞬ベレニスの意識そのものが吸い込まれてしまい、壮麗な帝国の中心部に、果てしない繰り返しでしかない「死と不毛の砂漠」が侵入してきたかのような印象を受けるのである。死と空無という《強度》である。

ラシーヌが、「序文」で、「悲劇の楽しみ」として主張する「荘重な悲しみ(tristesse majestueuse)」は、ヴィラール師の揶揄する「恋唄《マドリガル》」とか「悲歌《エレジー》」といった初日以来の批判に答えるというよりは、それを逆手に取って、新作の、従来の悲劇とは截然と異なる効果を正当化しようとしたものであろう。『ベレニス』が目指す悲しみは、「荘重」でなければならなかった。その「荘重さ」は、たんに青年王ルイ十四世とマリー・マンシーニとの果たされぬ恋といった、宮廷的恋愛の典礼によって荘厳化しうるような次元のことではない。確かにブルゴーニュ座の女性観客は、高貴で哀切な物語に涙したのであろう。しかし、ラシーヌ悲劇が悲劇である限りにおいて、ローマ物としての別の強度が仕掛けられているはずだ。いわば、ローマ帝国の栄華が、この世の果てのオリエントの不毛な空間、乾ききった広大な不毛な砂漠の風景と二重写しになり、そのような荒涼たる空間に、皇帝と女王のまたとなく烈しく切ない恋が、代々に語り継がれるべき廃墟の記念碑として、立ち現れることが必要なのであった。

死の影に覆われた時に発せられるベレニスの最後の台詞、それは、昇華の努力が、他ならぬ演劇的な荘厳化としてのみ成立することを語ってはいまいか。バルトは、『ベレニス』を取り囲む「反－悲劇性」に触れて、ティチュスがベレニスとともにオリエントへ送り返すのは悲劇そのものであり、それは、オリエントの空間が「持続と沈黙」によって「反－悲劇」の空間に他ならないからだとしたが、いかにも悲劇『ベレニス』が悲劇の否定であるその対部と保つ関係は、この作品が、ラシーヌ悲劇の内部で臨界的な作品であることを深く物語っている。

ところで、オリエントの詩情《ポエジー》を担って登場していたのは、不運な王アンティオキュスであった。その役回りが、筋の説明に留まるとする批判に始まって、この人物についての評価は、多くの場合厳しい。しかし、彼は二人の恋人の間の、ご都合的な取り持ち役ではない。量的にも、十四場に登場し(ティチュスは十五場、ベレニスは十一場)、台詞の行数は三百五十行、ベレニスより五十行少ないだけである。しかも、「愛しても報われない」という、ラシーヌ悲劇を恋の情念の悲劇たらしめているものの系譜を担っているのは、彼一人である。フォレスティエは、三幕三場でティチュスの離別の意志をベレニスに伝える情景は、『アンドロマック』三幕のオレストと同じく、恋敵の動揺につけ込んで不実な恋人を引き戻そうとするという情景が、作者の頭にあったのではないかとする。確かにオレストの逆転としてアンティオキュスを考えることは、可能であろう(カードを裏返すという意味でなら、五幕五場で、錯乱状態のベレニスが、「明日発《た》てとのご命令でした。／私のほうは、今すぐ発つことにいたしました。／ですから発ちます」と、唐突に出発の意志を述べるのも、コルネイユの英雄劇の幕切れの逆転かもしれない）。しかし、アンティオキュスの役割は、劇作術上のご都合主義だけでは測り切れないものがある。

ともすれば人は、ラシーヌの説く「荘重な悲しみ」に気を取られて、幕切れの劇作術的な仕掛けを考えないきらいがある。しかし、劇の運びを考えるならば、アンティオキュスが一幕でベレニスにした恋の告白は、五年間もの沈黙の挙げ句の告白であり、この三人の関係においては、どうでもよい告白ではなかったはずである。事実、ベレニスはそれを聞いた後で、怒りに近い感情を押し殺したと侍女に言い、二幕におけるティチュスの冷たさを意外に思った彼女は、その理由を、アンティオキュスの恋を知って嫉妬したからだろうと語る。二幕幕切れの名高い台詞、「ティチュスが嫉妬をしているなら、ティチュスは愛してくれている」が、それを観客にも印象づけている。この「アンティオキュスに対するティチュスの嫉妬」の疑念は、以後晴らされることがないまま、アンティオキュスは、三幕で再びティチュスの別れる決意をベレニスに伝える役目を負わされる。その上で、五幕終局において、ティチュスとベレニスの間で別れ話が決定的な次元に突入し、ティチュスが自殺という解決を取るかもしれないところまで追い詰められた時点で、彼自身も死を決して二人の前に現れ、ティチュスに「自分は実はあなたの恋敵であった」と告白するのである。この「アンティオキュスの恋に対するティチュスの嫉妬」の筋は、下手をすれば喜劇におけるミス・リーディングな告白の仕掛けになってしまうのだが、ラシーヌは、ティチュスとベレニスの別れ話の動機の深刻さによって、巧みにそれを避けている。そのために、二幕が終わるとティチュスの嫉妬は話題にならず、誰も哀れなアンティオキュスの恋には関心を払わなくなる。コマジェーヌの王に託されてきた役割が、《オリエント》の詩的喚起であっただけに、純粋に人間関係における葛藤から、王は排除されているという印象を人はもつのである。

しかし、五幕大詰めでのアンティオキュスの行動は、「機械仕掛けの神」にも近い何ものかなのではないか。少なくとも、アンティオキュスが「あなたの恋敵であった」と告白するのを聞いたティチュスの驚きは大きかったはずだ。その驚きは、言葉で表されないほどのものであって、その証拠には、「恋敵と！」と叫んだティチュスは、以後幕切れまで一言も発さないのである。

これは、ベレニスの「私たち三人が、全世界に規範となる」という、荘重な台詞の発せられる場としては、いかにも異常ではないか。オペラのフィナーレで想像してもよい。主役が一言も発さずに幕が下りてしまうというのは、彼が死なない限りありえないからだ。実際に舞台を見ていると、この最後のティチュスの沈黙が、少なくとも心ある演出家を悩ましたに違いないことが分かる。近年の例だと、ラシーヌ演出に画期的な方法を取り入れたアントワーヌ・ヴィテーズは、この場面で、「幼児的なティチュス」を、肘掛け椅子の上で眠らせてしまったし、アンヌ・デルベは、公務のために呼び出された皇帝が、二人の「感動的な台詞」のあいだ席を外しているという途方もない解決策を取った。コメディ＝フランセーズが初めて招いた西ベルリン・シャウビューネの演出家クラウス・ミヒャエル・グリューバーは、怪物的なネロン役者として『ブリタニキュス』でも『セネカの死』でも刺激的な演技を見せたリシャール・フォンタナをティチュスに起用して、派手な演技を一切封じた結果——日本のある種の観客には通じるであろう比喩を用いれば、太田省吾で『ベレニス』をやるようなと言ったらよいか——、ここでティチュスが驚いて、以後沈黙を守っても誰も訝《いぶか》らないという文脈を作っていた。いずれにせよ、ベレニスの退場を、「荘重な悲しみ」のエッセンスのようにしようとすればするほど、「荘重な悲しみ」は逃げていく。私としては、自分の演出に際して、今述べてきたような、劇作術上の仕組みをもう一度謙虚に受け止めて、アンティオキュスの告白が、ティチュスに与えた衝撃を取り返すことにした。ティチュスにしてみれば、帝国の存亡を賭けて悩んだ女王との恋が、なんのことはない、オリエントの一国王が悩んだ恋と同じであったのだ。それを初めて実感し、ティチュスは、それまでの悲劇的な懊悩が突然馬鹿げたものに思われて、悲劇という世界の壁がいきなり崩壊するのを見て、哄笑し、以後は沈黙を守ることにしたのである。幸いこの異常な行為は、アンティオキュスを演じる役者の情念の強度によって、舞台上の緊張を破ることはなく、ティチュスの哄笑も沈黙も異化効果の作用をもつことなく、緊張を高める効果をもってくれた。

そこでは、アンティオキュスを演じる役者の身体的な強度に貫かれた「報われぬ恋」の現前があり、彼が、オリエントの「彷徨い」と「空無」の土地の精霊のようにして、悲劇の恋の重要なベクトルをつねに舞台上に現前させ、たんに空無を舞台に持ち込む男ではなかったこともあずかって大きかったと思われる。「悲歌」と「政治」とが最も烈しくせめぎ合うのがティチュスにおいてであるとすれば、ベレニスは、「政治」を切り捨てて「悲歌」の女にならざるをえなかった。とはいえ、なお希望の残されている前半では、その恋は、「恋唄」と「悲歌」の回転扉のように歌われている。これに対して、冒頭から望みも絶えたアンティオキュスは、ひたすら「悲歌」のパートを受け持つ役である。まさに彼に託された最後の台詞は、“Hélas!”なのである。

フォレスティエは、若きルイ十四世とマリー・マンシーニとの別れの言葉が、同時代の恋愛名言集に早くから入っていたことや、ラシーヌ戯曲の版元クロード・バルバン書店が、匿名のベスト・セラー『ぽるとがる文《ぶみ》』の版元でもあったことに注目して、時代の流行に敏感な悲劇詩人が、悲歌の流行をいち早く取り入れたのではないかと記している。同書の作者ギユラーグ（Guilleragues）は、本物の手紙だという設定を生かすべく匿名を装ったのであるが、その典拠は、ラシーヌと同じオウィディウスの悲歌的書簡集『名婦の書簡』であり、ラシーヌがスエトニウスを、ウェルギリウスにおけるディードーの悲痛な叫びへと変換しえたのも、まさにこのオウィディウスの回路を通ってなのであった。こうした時流は、ラシーヌ自身も自覚していて、数年後にギユラーグに、彼がラシーヌ悲劇にいくばくかの影響をもった由を書き送っている。『ベレニス』という、ラシーヌ悲劇の臨界的作品が書かれたのは、たんにコルネイユに対する競作意識の結果だけではなかったのである。

女優シャンメレー――ベレニスの系譜

ところでラシーヌの個人史の上でも、『ベレニス』は記念すべき作品であった。女優ラ・シャンメレー（本名マリー・デマール、一六四二―九八）との出会いである。

当時の慣習として、女優の名には、定冠詞女性形の「ラ」をつけて呼ぶ――男優のほうは、男性定冠詞をつけてル・シャンメレーという――が、そのラ・シャンメレーがブルゴーニュ座に登場するのは、ラ・デュ・パルク亡き後の、『アンドロマック』再演の折であり、エルミオーヌ役によってであった。夫のル・シャンメレーとともに、ルーアン地方の劇場でデビューした後、パリへ出てマレー座に所属していたが、この頃ブルゴーニュ座に移り、一六七〇年十月二十五日にデ・ズイエ嬢が急死したため、再演の『アンドロマック』でエルミオーヌの役を演じたのである。この時のラシーヌの興奮――「楽屋に駆けつけて跪き、感謝した」というような情景――は、十八世紀に初めて『フランス演劇史』を書いたパルフェ兄弟によって伝えられているが、現在では小説的な脚色だろうとされている。同じく、当時から語られていた宮廷人や作家たちとの浮名についても、主としてセヴィニェ夫人がその息子のシャルル・ド・セヴィニェの恋愛遍歴の一こまとして面白おかしく語っているせいもあって――ラシーヌが、自分の息子と愛人を共有したことから、「私の息子」と呼んでいるなど――、現在では否定的な意見をもつ研究者もいる。しかし一方で、ラシーヌの息子たちが、父と女優との関係を躍起になって打ち消していることからも、ラシーヌがその愛人の一人であったことは疑いようはないだろう。息子の一人の言葉――彼女は美しい以外には取り得がなく、とりわけ教養がなかったため詩句の読み方から教えなければならなかった――よりは、逆に、「近くで見るとむしろ醜い」というセヴィニェ夫人の証言のほうが正しいようだ。ともあれ舞台栄えのする容姿、響きのよい声に、朗誦法にも長けており、初演のベレニス役以後、『バジャゼ』のアタリード、『ミトリダート』のモニーム、『イフィジェニー』のイフィジェニー、『フェードル』のフェードルと、ラシーヌ悲劇のヒロインを演じて、一世を風靡することになるのである。

ところでベレニスは、二つの点で、他のラシーヌ悲劇の主人公とは異なっている。第一には、相思相愛の仲であるにもかかわらず、自らの意志で別れねばならぬ「悲恋のヒロイン」という点であり、ティチュスの台詞にも窺えるように、ひたすら恋に生きる、いじらしく、かつ可愛い女というイメージがあって、この役の「色気」は、ともすれば悪霊的な破壊の力に取り憑かれている他のラシーヌ悲劇のヒロインとは大いに異なっている。第二は、『ベレニス』という悲劇の魅力は、何はともあれヒロインのベレニスに懸かっており、そればかりかベレニス一人に懸かっているという通念までも生まれている点である。『アンドロマック』にせよ『ブリタニキュス』にせよ、主要人物を優れた役者が演じなければ成立しないことは言うまでもない。『フェードル』の場合は、ラシーヌによる「フェードルの筋」と「イポリットの筋」との均衡の努力にもかかわらず、フェードルの役があまりにも重いために、サラ・ベルナールが好んでしたように、フェードルの「告白」や「口説き」だけを独立させて「フェードル・ショー」に仕立ててしまうことすら可能であった（プルーストの『ゲルマントの方』における名女優ベルマのガラのモデルである）。確かにフェードルがフェードルでなければ、この悲劇は成立しないのだが、ベレニスの場合はいささか意味が違う。

詩的な台詞を受け持つアンティオキュスにせよ、政治と恋の葛藤を、「自己の探求」のレベルにまで突き詰めて生きるティチュスにせよ、あるいはその分身でありローマ帝国の「声」を聞かせるポーランにせよ、アンティオキュスの分身としてオリエントの政治的利害と主人の恋との関係を測るアルザスにせよ、それぞれに鮮明な造形がなされねばならないし、人物と人物の関係も、抒情的に見えるだけに、厳密に計量されなければならない。しかしそのような、「無に等しいものから、何か意味のあるものを作り出そう」とするこの悲劇の場——そこでは、「無」に等しい距離を支えるのはまさに《言説》であった——、この禁欲的な空間において、いじらしくも幸せへの権利を主張する艶やかな花にも似たベレニスは、やはり通常の悲劇女優にはきわめて演じにくい何かをもっているようだ。それがこの悲劇を、初演の圧倒的な評判にもかかわらず、後世には演じ難いという印象を与え、ラシーヌ悲劇のなかでも上演回数の少ないものにさせている。ラ・シャンメレーの初演以後、この悲劇で名声を博した女優といえば、十九世紀末から二十世紀初頭にかけて活躍したジュリア・バルテに尽きるのであって、彼女は一八九三年十二月二十一日、ギュスターヴ・モローの指示に基づくデザインの、オリエント風薄絹の衣裳に身を包み、憂愁のオリエントの女王を演じて絶賛を博したのである。内的でニュアンスに富む演技で高く評価されたバルテは、生涯に八十回もこの役を演じることになった。

しかし、ベレニスのいじらしくもまた憂愁に満ちた色気を手がかりに、ベレニスをめぐる「悲歌」のようにしてこの役を演じれば、それでよいのだろうか。

この悲劇の真の読み直しは、一九六二年に、ロジェ・プランションが演出した『ベレニス』を以て嚆矢《こうし》とする。プランションは、この悲劇を、幻想のローマにも、また現実のヴェルサイユの宮廷にも設定せず、かのルイ十四世とマリー・マンシーニの別れに重ねて見せる。衣装としては、絶対王政成立以前、ルイ十三世時代のフランスの宮廷という――分かりやすく言えば、ダルタニヤンであり三銃士である――、悲劇初演時の一六七〇年代から見れば、まだ夢も希望もみずみずしく体験されていたと幻想される時代の、若々しい王と姫君との別離の劇とした。舞台は、「反省意識」と「世界の視線」との典礼的等価物である《鏡》の装置が映し出す空間であり、ヴェルサイユ宮の鏡の間を予感させる「鏡」に閉ざされた反映の空間とし、従者たちの出入りや行動もきわめて典礼的なプロトコルを感じさせるように様式化して見せた。テクストの読みを厳密にし、発語においても、古典アレクサンドランの朗誦法を再発見しようとする努力は、以後二十世紀後半の、フランスにおける古典の読み直しの先駆的な事例となった。それから二十年後に、コメディ＝フランセーズにおいて、主人公たちが金縛りにあったように不動のまま、ひたすら台詞をつぶやくという、先述のグリューバー演出がもてはやされたのである。しかし、と翻訳者でもあり演出家でもある筆者は考えてしまう。確かに『ベレニス』は、劇の表象が言説に収斂し、悲劇の作用が「悲歌」の作用に転じる、臨界的な作品である。にもかかわらず、この「悲歌」を、舞台の上で生きたものとしている劇作のエコノミーというものはあるはずだ。たとえば、一九五〇年代にソルボンヌで、ジャック・シェレール教授の『ベレニス』講義が、通念となったベレニスの捉え方を覆して、ベレニスは単に涙に暮れる受身の女性ではないと説かれていたことが思い出される。ベレニスの「多弁的な様相(volubilité)」と「攻撃性(agressivité)」についてのその分析は、三十数年を経て、グリューバーと相前後する時期に、日本語の『ベレニス』を創った者には、貴重な示唆であった。

ジル・ドゥルーズが「強度の永劫回帰」について指摘したように、「強度」とは、たんに「力強い」ことを意味するのではない。「空無の強度」というものも存在するのである。「無に等しいものから、何か意味のあるものを作り出す」という韻文悲劇の構造体。それは、世にありうる別れ話を無限に照らし出す、シャンデリアのごとき光芒を放って、今も虚空に懸かっている。

あとがき

ここに収録したのは、ジャン・ラシーヌのローマ物悲劇の代表作二篇であり、いずれも古代ローマ史に典拠を求めた韻文悲劇である。

『ブリタニキュス』は、青年皇帝ネロンが、義理の弟の皇子ブリタニキュスへの嫉妬から、皇子を毒殺し、母后アグリピーヌの桎梏から自由になり、暴君としての道を突き進むに至る、危機的な一日を描く壮大な政治悲劇として名高い。また『ベレニス』は、帝位に即いた途端に、異国の女王との結婚を禁じるローマの掟のために、愛し愛されているベレニスと別れねばならなくなる皇帝ティチュスと女王ベレニスとの、哀切な悲歌とも言うべき悲劇である。『ブリタニキュス』は、ラシーヌ劇の内部では、『フェードル』『アンドロマック』に次いで上演頻度の高い代表作であり、『ベレニス』は、初演の大成功に比して、後世では上演される度合いは低かったが、ラシーヌ悲劇の臨界的な美学を体現する作品として、二十世紀後半以降、注目されてきた悲劇である。ある意味では、ラシーヌ悲劇の両極端をなす作品だと言える。

『ブリタニキュス』を最初に翻訳したのは一九六五年であり、筑摩書房『世界古典文学全集』のためであったが、ラシーヌ悲劇としては、おそらく日本で最初の韻文分かち書きの翻訳であった。後に白水社版個人訳『ラシーヌ戯曲全集Ⅱ』(一九七九)に、『ベレニス』『バジャゼ』『ミトリダート』とともに収めるために手を入れた。『ベレニス』も、この白水社版のために訳したのが最初であり、その時は、坂東玉三郎をイメージしていたと記憶する。いずれも、次に述べる演出作業の際の上演台本を経て、今回全面的に見直した。また訳注と解題も、近年の研究成果や上演の現実を踏まえて、新たに書きおろした。

私自身の手がけた演出について一言触れておけば、『ブリタニキュス』は、一九七一年に、桐朋学園芸術短期大学演劇専攻科のために行ったのが最初であり、次いで一九八〇年に、演劇集団「円」の公演として、紀伊國屋ホールで行った(この折には、付属演劇研究所の研究生による『ブリタニキュス変奏』も上演した)。

しかし、プロセニアム舞台におけるラシーヌ悲劇の上演に強い疑いを抱いた私は、幸い演劇集団「円」が、西新宿の稽古場に、鉄工場を改装したスペースである「ステージ円」を作ったので、以後、『バジャゼ』(一九八二)、『アンドロマック』(一九八三)、『ベレニス』(一九八四)と、この「何もない空間」に「客席貫通型」の舞台を組んで、文字通りに実験的なラシーヌ悲劇の上演を行った。『バジャゼ』の皇妃ロクサーヌ役で、その声の存在感と台詞の強度を発見した後藤加代を中心とした座組みが続いたのだが、彼女はこの『ベレニス』のヒロイン役で、その年の芸術祭優秀賞に輝いた。また一九八六年に、有史以来初めての、日本人による日本語の『フェードル』のパリ公演が実現したのは、当時、パリ国立シャイヨー宮劇場の総支配人であった、友人の演出家アントワーヌ・ヴィテーズの招きがあったからだが、それは、現代におけるラシーヌ悲劇の演出を追究する演劇人として、我々の「ラシーヌ読み」に、強い関心を抱いてくれたからに他ならなかった。

したがって、ここに載せる二作は、すでに岩波文庫に収められている『フェードル』『アンドロマック』と同じく、現実の俳優の身体と声の訓練を介して舞台において発せられた日本語台本である。言うは易しいが行うのはなかなか大変な作業に協力してくれた全ての人々に──その中には、すでに故人となってしまった人々もいるのだが──深い感謝の念とともに、これを捧げたい。

またこの岩波文庫版を作るにあたって、多くの友人たちのご教示を得た。そのお名を記すことはしないが、ここに感謝の意を表したい。

最後に、岩波書店文庫編集部の清水愛理氏には、ポール・クローデルの大作戯曲『繻子の靴』（上・下）以来の面倒な編集作業をしていただいたことに、厚くお礼を申し上げたい。

二〇〇七年師走

渡辺守章

参考文献

伊吹武彦・佐藤朔編『ラシーヌ戯曲全集』全二巻、一九六五、人文書院

鈴木力衛編『ラシーヌ』(『世界古典文学全集48』)、一九六五、筑摩書房

『ラシーヌ戯曲全集Ⅱ』(全三巻のうち)、渡辺守章訳、一九七九、白水社

戸張智雄著『ラシーヌとギリシャ悲劇』一九六七、東京大学出版会

渡辺守章著「ラシーヌ悲劇の構造」(『虚構の身体』所収)、一九七八、中央公論社

渡辺守章・鈴木康司編『フランス文学講座4　演劇』一九七七、大修館書店

アラン・ニデール著『ラシーヌと古典悲劇』今野一雄訳、文庫クセジュ、一九八二、白水社

渡辺守章編著『フェードルの軌跡』一九八八、新書館

『フェードル　アンドロマック』渡辺守章訳、一九九三、岩波文庫

Œuvres de J. Racine, par Paul Mesnard, Hachette, 1865-1873(1886)(Coll. «Les Grands Ecrivains de la France», 9 vol.)

Racine, *Œuvres complètes I, II*, par Raymond Picard, «Bibliothèque de la Pléiade», Gallimard, 1950(vol. I), 1952(vol. II)

Racine, *Œuvres complètes I*, par Georges Forestier, «Bibliothèque de la Pléiade», Galli-

mard 1999 (2004)
Raymond Picard, *La Carrière de Jean Racine*, Gallimard, 1956
Jean Pommier, *Aspects de Racine*, Nizet, 1954
Lucien Goldmann, *Le Dieu caché, Etude sur la vision tragique dans «les Pensées» de Pascal et dans le théâtre de Racine*, Gallimard, 1955
Charles Mauron, *L'Inconscient dans l'œuvre et la vie de Jean Racine*, Université d'Aix-en-Provence, 1957 (nouvelle éd., José Corti, 1969)
René Jasinski, *Vers le vrai Racine*, A. Colin, 1958
Roland Barthes, *Sur Racine*, Seuil, 1963 (ロラン・バルト著『ラシーヌ論』渡辺守章訳・解題、二〇〇六、みすず書房)
François Mauriac, *La Vie de Jean Racine*, Plon, 1928
Gustave Michaut, *La Bérénice de Racine*, Société française d'imprimerie et de librairie, 1907
Jean-Louis Barrault, *Phèdre*, Seuil, 1946
Georges Forestier, *Jean Racine*, «Biographies», Gallimard, 2006
Gilles Declercq, «Alchimie de la douleur: l'élégiaque dans *Bérénice*, ou la tragédie éthique», *Littératures classiques*, 26, 1996, pp. 139-165

ブリタニキュス　ベレニス　ラシーヌ作

2008年2月15日　第1刷発行
2018年7月13日　第2刷発行

訳　者　渡辺守章《わたなべもりあき》

発行者　岡本　厚

発行所　株式会社　岩波書店
〒101-8002 東京都千代田区一ツ橋 2-5-5
案内 03-5210-4000　営業部 03-5210-4111
文庫編集部 03-5210-4051
http://www.iwanami.co.jp/

印刷 製本・法令印刷　カバー・精興社

ISBN 978-4-00-325115-7　Printed in Japan

読書子に寄す

――岩波文庫発刊に際して――

岩波茂雄

　真理は万人によって求められることを自ら欲し、芸術は万人によって愛されることを自ら望む。かつては民を愚昧ならしめるために学芸が最も狭き堂宇に閉鎖されたことがあった。今や知識と美とを特権階級の独占より奪い返すことはつねに進取的なる民衆の切実なる要求である。岩波文庫はこの要求に応じそれに励まされて生まれた。それは生命ある不朽の書を少数者の書斎と研究室とより解放して街頭にくまなく立たしめ民衆に伍せしめるであろう。近時大量生産予約出版の流行を見る。その広告宣伝の狂態はしばらくおくも、後代にのこすと誇称する全集がその編集に万全の用意をなしたるか。千古の典籍の翻訳企図に敬虔の態度を欠かざりしか。さらに分売を許さず読者を繋縛して数十冊を強うるがごとき、はたしてその揚言する学芸解放のゆえんなりや。吾人は天下の名士の声に和してこれを推挙するに躊躇するものである。このときにあたって、岩波書店は自己の責務のいよいよ重大なるを思い、従来の方針の徹底を期するため、すでに十数年以前より志して来た計画を慎重審議この際断然実行することにした。吾人は範をかのレクラム文庫にとり、古今東西にわたって文芸・哲学・社会科学・自然科学等種類のいかんを問わず、いやしくも万人の必読すべき真に古典的価値ある書をきわめて簡易なる形式において逐次刊行し、あらゆる人間に須要なる生活向上の資料、生活批判の原理を提供せんと欲する。この文庫は予約出版の方法を排したるがゆえに、読者は自己の欲する時に自己の欲する書物を各個に自由に選択することができる。携帯に便にして価格の低きを最主とするがゆえに、外観を顧みざるも内容に至っては厳選最も力を尽くし、従来の岩波出版物の特色をますます発揮せしめようとする。この計画たるや世間の一時の投機的なるものと異なり、永遠の事業として吾人は微力を傾倒し、あらゆる犠牲を忍んで今後永久に継続発展せしめ、もって文庫の使命を遺憾なく果たさしめることを期する。芸術を愛し知識を求むる士の自ら進んでこの挙に参加し、希望と忠言とを寄せられることは吾人の熱望するところである。その性質上経済的には最も困難多きこの事業にあえて当たらんとする吾人の志を諒として、その達成のため世の読書子とのうるわしき共同を期待する。

昭和二年七月

《ドイツ文学》〔赤〕

- ニーベルンゲンの歌 全二冊　相良守峯訳
- 若きウェルテルの悩み　ゲーテ 竹山道雄訳
- ヴィルヘルム・マイスターの修業時代 全三冊　ゲーテ 山崎章甫訳
- イタリア紀行 全三冊　ゲーテ 相良守峯訳
- ファウスト 全二冊　ゲーテ 相良守峯訳
- ゲーテとの対話 全三冊　エッカーマン 山下肇訳
- ヴィルヘルム・テル　シラー 桜井政隆・桜井国隆訳
- ヘルダーリン詩集　川村二郎訳
- 青い花　ノヴァーリス 青山隆夫訳
- 夜の讃歌・サイスの弟子たち 他一篇　ノヴァーリス 今泉文子訳
- 完訳 グリム童話集 全五冊　金田鬼一訳
- 水妖記（ウンディーネ）　フーケー 柴田治三郎訳
- O侯爵夫人 他六篇　クライスト 相良守峯訳
- 影をなくした男　シャミッソー 池内紀訳
- ハイネ 歌の本 全二冊　井上正蔵訳
- 流刑の神々・精霊物語　ハイネ 小沢俊夫訳
- 冬物語 —ドイツ—　ハイネ 井汲越次訳
- ユーディット 他一篇　ヘッベル 吹田順助訳
- 芸術と革命 他四篇　ワーグナー 北村義男訳
- ブリギッタ・森の泉 他一篇　シュティフター 宇多五郎・高安国世訳
- みずうみ 他四篇　シュトルム 関泰祐訳
- 美しき誘い 他一篇　シュトルム 国松孝二訳
- 聖ユルゲンにて・後見人カルステン 他一篇　シュトルム 国松孝二訳
- 村のロメオとユリア　ケラー 草間平作訳
- 夢小説・闇への逃走 他一篇　シュニッツラー 池内紀・武村知子訳
- 花・死人に口なし 他七篇　シュニッツラー 番匠谷英一・山本有三訳
- リルケ詩集　高安国世訳
- ドゥイノの悲歌　リルケ 手塚富雄訳
- ブッデンブローク家の人びと 全三冊　トーマス・マン 望月市恵訳
- トオマス・マン短篇集　実吉捷郎訳
- 魔の山 全二冊　トーマス・マン 関泰祐・望月市恵訳
- トニオ・クレエゲル　トオマス・マン 実吉捷郎訳
- ヴェニスに死す　トオマス・マン 実吉捷郎訳
- 講演集 ドイツとドイツ人 他五篇　トーマス・マン 青木順三訳
- 車輪の下　ヘルマン・ヘッセ 実吉捷郎訳
- デミアン　ヘルマン・ヘッセ 実吉捷郎訳
- シッダルタ　ヘッセ 手塚富雄訳
- 美しき惑いの年　カロッサ 手塚富雄訳
- 若き日の変転　カロッサ 斎藤栄治訳
- 幼年時代　カロッサ 斎藤栄治訳
- 指導と信従　カロッサ 国松孝二訳
- マリー・アントワネット 全二冊　シュテファン・ツワイク 高橋禎二・秋山英夫訳
- ジョゼフ・フーシェ —ある政治的人間の肖像　シュテファン・ツワイク 高橋禎二・秋山英夫訳
- 変身・断食芸人　カフカ 山下肇・山下萬里訳
- 審判　カフカ 辻瑆訳
- カフカ短篇集　池内紀編訳
- カフカ寓話集　池内紀編訳
- 肝っ玉おっ母とその子どもたち　ブレヒト 岩淵達治訳
- 天と地との間　オットー・ルートヴィヒ 黒川武敏訳
- ほらふき男爵の冒険　ビュルガー 新井皓士訳編

憂愁夫人　ズーデルマン　相良守峯訳
短篇集 死神とのインタヴュー　ノサック　神品芳夫訳
悪童物語　ルウドキヒ・トオマ　実吉捷郎訳
芸術を愛する一修道僧の真情の披瀝　ヴァッケンローダー　江川英一訳
大理石像・デュランデ城悲歌　アイヒェンドルフ　関泰祐訳
改訳 愉しき放浪児　アイヒェンドルフ　関泰祐訳
ホフマンスタール詩集　川村二郎訳
陽気なヴッツ先生 他一篇　ジャン・パウル　岩田行一訳
蜜蜂マアヤ　ボンゼルス　実吉捷郎訳
インド紀行 全二冊　ボンゼルス　実吉捷郎訳
ドイツ名詩選　生野幸吉・檜山哲彦編
蝶の生活　シュナック　岡田朝雄訳
聖なる酔っぱらいの伝説 他四篇　ヨーゼフ・ロート　池内紀訳
ラデツキー行進曲 全二冊　ヨーゼフ・ロート　平田達治訳
暴力批判論 他十篇 ―ベンヤミンの仕事1　ヴァルター・ベンヤミン　野村修編訳
ボードレール 他五篇 ―ベンヤミンの仕事2　ヴァルター・ベンヤミン　野村修編訳
人生処方詩集　エーリヒ・ケストナー　小松太郎訳

三十歳　インゲボルク・バッハマン　松永美穂訳

《フランス文学》〔赤〕

ラブレー第一之書 ガルガンチュワ物語　渡辺一夫訳
ラブレー第二之書 パンタグリュエル物語　渡辺一夫訳
ラブレー第三之書 パンタグリュエル物語　渡辺一夫訳
ラブレー第四之書 パンタグリュエル物語　渡辺一夫訳
ラブレー第五之書 パンタグリュエル物語　渡辺一夫訳
トリスタン・イズー物語　ベディエ編　佐藤輝夫訳
ピエール・パトラン先生　渡辺一夫訳
日月両世界旅行記　シラノ・ド・ベルジュラック　赤木昭三訳
ロンサール詩集　ロンサール　井上究一郎訳
エセー 全六冊　モンテーニュ　原二郎訳
ラ・ロシュフコー箴言集　二宮フサ訳
ドン・ジュアン ―石像の宴　モリエール　鈴木力衛訳
完訳 ペロー童話集　新倉朗子訳
クレーヴの奥方 他二篇　ラファイエット夫人　生島遼一訳
カラクテール ―当世風俗誌 全三冊　ラ・ブリュイエール　関根秀雄訳

偽りの告白　マリヴォー　鈴木力衛訳
贋の侍女・愛の勝利　マリヴォー　佐藤実枝・井村順一訳
カンディード 他五篇　ヴォルテール　植田祐次訳
哲学書簡　ヴォルテール　林達夫訳
孤独な散歩者の夢想　ルソー　今野一雄訳
危険な関係 全二冊　ラクロ　伊吹武彦訳
美味礼讃 全二冊　ブリア-サヴァラン　関根秀雄・戸部松実訳
恋愛論 全二冊　スタンダール　杉本圭子訳
赤と黒 全二冊　スタンダール　桑原武夫・生島遼一訳
パルムの僧院 全二冊　スタンダール　生島遼一訳
ヴァニナ・ヴァニニ 他四篇　スタンダール　生島遼一訳
知られざる傑作 他五篇　バルザック　水野亮訳
サラジーヌ 他三篇　バルザック　芳川泰久訳
艶笑滑稽譚 全三冊　バルザック　石井晴一訳
レ・ミゼラブル 全四冊　ユーゴー　豊島与志雄訳
死刑囚最後の日　ユーゴー　豊島与志雄訳
ライン河幻想紀行　ユーゴー　榊原晃三編訳

- ノートル＝ダム・ド・パリ 全二冊　ユーゴー　辻昶・松下和則訳
- エルナニ　ユーゴー　稲垣直樹訳
- モンテ・クリスト伯 全七冊　アレクサンドル・デュマ　山内義雄訳
- 三銃士 全二冊　デュマ　生島遼一訳
- カルメン　メリメ　杉捷夫訳
- メリメ怪奇小説選　杉捷夫編訳
- 愛の妖精（プチット・ファデット）　ジョルジュ・サンド　宮崎嶺雄訳
- ボオドレール 悪の華　鈴木信太郎訳
- ボヴァリー夫人 全二冊　フローベール　伊吹武彦訳
- 感情教育 全二冊　フローベール　生島遼一訳
- 紋切型辞典　フローベール　小倉孝誠訳
- 椿姫　デュマ・フィス　吉村正一郎訳
- パリ風俗 サフォ　ドーデー　朝倉季雄訳
- プチ・ショーズ ―ある少年の物語　ドーデー　原千代海訳
- 神々は渇く　アナトール・フランス　大塚幸男訳
- ジェルミナール 全三冊　エミール・ゾラ　安士正夫訳
- 水車小屋攻撃 他七篇　エミール・ゾラ　朝比奈弘治訳

- 氷島の漁夫　ピエール・ロチ　吉氷清訳
- マラルメ詩集　渡辺守章訳
- ベラミ 全二冊　モーパッサン　杉捷夫訳
- 脂肪のかたまり　モーパッサン　高山鉄男訳
- モーパッサン短篇選　高山鉄男編訳
- 地獄の季節　ランボオ　小林秀雄訳
- にんじん　ルナアル　岸田国士訳
- ぶどう畑のぶどう作り　ルナアル　岸田国士訳
- 博物誌　ルナール　辻昶訳
- ジャン・クリストフ 全四冊　ロマン・ローラン　豊島与志雄訳
- ベートーヴェンの生涯　ロマン・ロラン　片山敏彦訳
- ミケランジェロの生涯　ロマン・ロラン　高田博厚訳
- フランシス・ジャム詩集　手塚伸一訳
- 三人の乙女たち　フランシス・ジャム　手塚伸一訳
- 背徳者　アンドレ・ジイド　川口篤訳
- 贋金つくり 全二冊　アンドレ・ジイド　川口篤訳
- 続コンゴ紀行 ―チャド湖より還る　アンドレ・ジイド　杉捷夫訳

- レオナルド・ダ・ヴィンチの方法　ポール・ヴァレリー　山田九朗訳
- ムッシュー・テスト　ポール・ヴァレリー　清水徹訳
- 精神の危機 他十五篇　ポール・ヴァレリー　恒川邦夫訳
- 若き日の手紙　フィリップ　外山楢夫訳
- 朝のコント　フィリップ　淀野隆三訳
- 海の沈黙・星への歩み　ヴェルコール　河野與一・加藤周一訳
- 恐るべき子供たち　コクトー　鈴木力衛訳
- 地底旅行　ジュール・ヴェルヌ　朝比奈弘治訳
- 八十日間世界一周　ジュール・ヴェルヌ　鈴木啓二訳
- 海底二万里 全二冊　ジュール・ヴェルヌ　朝比奈美知子訳
- プロヴァンスの少女（ミレイユ）　ミストラル　杉冨士雄訳
- 結婚十五の歓び　新倉俊一訳
- モーパン嬢 全二冊　テオフィル・ゴーチエ　井村実名子訳
- 死都ブリュージュ　ローデンバック　窪田般彌訳
- シェリ　コレット　工藤庸子訳
- 生きている過去　レニエ　窪田般彌訳
- シュルレアリスム宣言・溶ける魚　アンドレ・ブルトン　巌谷國士訳

ナジャ アンドレ・ブルトン 巖谷國士訳
不遇なる一天才の手記 ヴォーヴナルグ 関根秀雄訳
ジェルミニィ・ラセルトゥウ ゴンクウル兄弟 大西克和訳
ゴンクールの日記 全二冊 斎藤一郎編訳
D・G・ロセッティ作品集 南條竹則 松村伸一編訳
フランス名詩選 安藤元雄 入沢康夫 渋沢孝輔編
繻子の靴 全二冊 ポール・クローデル 渡辺守章訳
A・O・バルナブース全集 全二冊 ヴァレリー・ラルボー 岩崎力訳
自由への道 全六冊 サルトル 海老坂武 澤田直訳
物質的恍惚 ル・クレジオ 豊崎光一訳
悪魔祓い ル・クレジオ 高山鉄男訳
女中たち バルコン ジャン・ジュネ 渡辺守章訳
楽しみと日々 プルースト 岩崎力訳
失われた時を求めて 全十四冊(既刊十冊) プルースト 吉川一義訳
丘 ジャン・ジオノ 山本省訳
子ども 全二冊 ジュール・ヴァレス 朝比奈弘治訳
シルトの岸辺 ジュリアン・グラック 安藤元雄訳

冗談 ミラン・クンデラ 西永良成訳

《東洋文学》〔赤〕

杜甫詩選　黒川洋一編
李白詩選　松浦友久編訳
蘇東坡詩選　小川環樹・山本和義選訳
陶淵明全集　全二冊　松枝茂夫・和田武司訳注
唐詩選　全三冊　前野直彬注解
玉台新詠集　全三冊　鈴木虎雄訳解
完訳三国志　全八冊　小川環樹・金田純一郎訳
金瓶梅　全十冊　小野忍・千田九一訳
完訳水滸伝　全十冊　吉川幸次郎・清水茂訳
西遊記　全十冊　中野美代子訳
菜根譚　洪自誠・今井宇三郎訳注
浮生六記—浮生夢のごとし　沈復・松枝茂夫訳
野草　魯迅・竹内好訳
阿Q正伝・狂人日記　他十二篇（吶喊）　魯迅・竹内好訳
寒い夜　巴金・立間祥介訳
駱駝祥子—らくだのシアンツ　老舎・立間祥介訳

新編中国名詩選　全三冊　川合康三編訳
聊斎志異　全二冊　蒲松齢・立間祥介編訳
李商隠詩選　川合康三選訳
柳宗元詩選　下定雅弘編訳
白楽天詩選　全二冊　川合康三訳注
タゴール詩集（ギーターンジャリ）　タゴール・渡辺照宏訳
マハーバーラタ ナラ王物語—ダマヤンティー姫の数奇な生涯　鎧淳訳
バガヴァッド・ギーター　上村勝彦訳
朝鮮民謡選　金素雲訳編
朝鮮短篇小説選　全二冊　大村益夫・長璋吉・三枝壽勝編訳
尹東柱詩集 空と風と星と詩　金時鐘編訳
アイヌ神謡集　知里幸惠編訳
アイヌ民譚集　付 えぞおばけ列伝　知里真志保編訳
サキャ格言集　今枝由郎訳

《ギリシア・ラテン文学》〔赤〕

ホメロス イリアス　全二冊　松平千秋訳
ホメロス オデュッセイア　全二冊　松平千秋訳
イソップ寓話集　中務哲郎訳
アンティゴネー　ソポクレース・中務哲郎訳
ソポクレス オイディプス王　藤沢令夫訳
ヒッポリュトス—パイドラーの恋　エウリーピデース・松平千秋訳
バッカイ—バッコスに憑かれた女たち　エウリーピデース・逸身喜一郎訳
ヘシオドス 神統記　廣川洋一訳
アリストパネース 蜂　高津春繁訳
アポロドーロス ギリシア神話　高津春繁訳
黄金の驢馬　アープレーイユス・呉茂一・国原吉之助訳
アベラールとエロイーズ 愛の往復書簡　沓掛良彦・横山安由美訳
オウィディウス 変身物語　全二冊　中村善也訳
恋愛指南—アルス・アマトリア　オウィディウス・沓掛良彦訳
ギリシア奇談集　アイリアノス・松平千秋・中務哲郎訳
ギリシア・ローマ神話　付 インド・北欧神話　ブルフィンチ・野上弥生子訳
ギリシア・ローマ名言集　柳沼重剛編
ローマ諷刺詩集　ペルシウス・ユウェナーリス・国原吉之助訳
内乱—パルサリア　全二冊　ルーカーヌス・大西英文訳

《南北ヨーロッパ他文学》(赤)

- ダンテ 神曲 全三冊 — 山川丙三郎訳
- ダンテ 新生 — 山川丙三郎訳
- 抜目のない未亡人 — ゴルドーニ 平川祐弘訳
- 珈琲店・恋人たち — ゴルドーニ 平川祐弘訳
- 夢のなかの夢 — タブッキ 和田忠彦訳
- ルネッサンス巷談集 — フランコ・サケッティ 杉浦明平訳
- カルヴィーノ イタリア民話集 全二冊 — 河島英昭編訳
- むずかしい愛 — カルヴィーノ 和田忠彦訳
- パロマー — カルヴィーノ 和田忠彦訳
- カルヴィーノ アメリカ講義 ―新たな千年紀のための六つのメモ — 米川良夫 和田忠彦訳
- 愛神の戯れ ―牧歌劇『アミンタ』 — トルクァート・タッソ 鷲平京子訳
- タッソ エルサレム解放 — A.ジュリアーニ編 鷲平京子訳
- わが秘密 — ペトラルカ 近藤恒一訳
- ペトラルカ 無知について — 近藤恒一訳
- 無関心な人びと 全二冊 — モラーヴィア 河島英昭訳
- 流刑 — パヴェーゼ 河島英昭訳
- 祭の夜 — パヴェーゼ 河島英昭訳
- 月と篝火 — パヴェーゼ 河島英昭訳
- シチリアでの会話 — ヴィットリーニ 鷲平京子訳
- 休戦 — プリーモ・レーヴィ 竹山博英訳
- ウンベルト・エーコ 小説の森散策 — 和田忠彦訳
- タタール人の砂漠 — ブッツァーティ 脇功訳
- 七人の使者・神を見た犬 他十三篇 — ブッツァーティ 脇功訳
- キリストはエボリで止まった — カルロ・レーヴィ 竹山博英訳
- ラサリーリョ・デ・トルメスの生涯 — 会田由訳
- ドン・キホーテ 前篇 全三冊 — セルバンテス 牛島信明訳
- ドン・キホーテ 後篇 全三冊 — セルバンテス 牛島信明訳
- セルバンテス短篇集 — 牛島信明編訳
- ドン・フワン・テノーリオ — ホセ・ソリーリャ 高橋正武訳
- 葦と泥 付バレンシア物語 — ブラスコ・イバニェス 高橋正武訳
- 人の世は夢・サラメアの村長 — カルデロン 高橋正武訳
- 恐ろしき媒 — ホセ・エチェガライ 永田寛定訳
- 作り上げた利害 — ベナベンテ 永田寛定訳
- エスピノーサ スペイン民話集 — 三原幸久編訳
- エル・シードの歌 — 長南実訳
- プラテーロとわたし — J.R.ヒメーネス 長南実訳
- オルメードの騎士 — ロペ・デ・ベガ 長南実訳
- 父の死に寄せる詩 — ホルヘ・マンリーケ 佐竹謙一訳
- サラマンカの学生 他六篇 — エスプロンセーダ 佐竹謙一訳
- セビーリャの色事師と石の招客 他一篇 — ティルソ・デ・モリーナ 佐竹謙一訳
- ティラン・ロ・ブラン 全四冊 — J.マルトゥレイ M.J.ダ・ガルバ 田澤耕訳
- 完訳アンデルセン童話集 全七冊 — 大畑末吉訳
- 即興詩人 全二冊 — アンデルセン 大畑末吉訳
- 絵のない絵本 — アンデルセン 大畑末吉訳
- ヴィクトリア — クヌート・ハムスン 冨原眞弓訳
- フィンランド叙事詩 カレワラ 全二冊 — リョンロット編 小泉保訳
- イプセン 人形の家 — 原千代海訳
- イプセン ヘッダ・ガーブレル — 原千代海訳
- ポルトガリヤの皇帝さん — ラーゲルレーヴ イシガオサム訳
- スイスのロビンソン 全二冊 — ウィース 宇多五郎訳

クオ・ワディス 全三冊　シェンキェーヴィチ 木村彰一訳
おばあさん　ニェムツォヴァー 栗栖継訳
兵士シュヴェイクの冒険 全四冊　ハシェク 栗栖継訳
山椒魚戦争　カレル・チャペック 栗栖継訳
ロボット（R・U・R）　チャペック 千野栄一訳
絞首台からのレポート　ユリウス・フチーク 栗栖継訳
尼僧ヨアンナ　イヴァシュキェヴィッチ 関口時正訳
灰とダイヤモンド 全二冊　アンジェイェフスキ 川上洸訳
牛乳屋テヴィエ　ショレム・アレイヘム 西成彦訳
冗談　ミラン・クンデラ 西永良成訳
小説の技法　ミラン・クンデラ 西永良成訳
ルバイヤート　オマル・ハイヤーム 小川亮作訳
中世騎士物語　ブルフィンチ 野上弥生子訳
王書 ―古代ペルシャの神話・伝説　フェルドウスィー 岡田恵美子訳
コルタサル短篇集 悪魔の涎・追い求める男 他八篇　木村榮一訳
遊戯の終わり　コルタサル 木村榮一訳
ペドロ・パラモ　ファン・ルルフォ 杉山晃 増田義郎訳

伝奇集　J・L・ボルヘス 鼓直訳
創造者　J・L・ボルヘス 鼓直訳
続審問　J・L・ボルヘス 中村健二訳
七つの夜　J・L・ボルヘス 野谷文昭訳
詩という仕事について　J・L・ボルヘス 鼓直訳
汚辱の世界史　J・L・ボルヘス 中村健二訳
ブロディーの報告書　J・L・ボルヘス 鼓直訳
アレフ　J・L・ボルヘス 鼓直訳
グアテマラ伝説集　M・A・アストゥリアス 牛島信明訳
緑の家 全二冊　バルガス＝リョサ 木村榮一訳
密林の語り部　バルガス＝リョサ 西村英一郎訳
弓と竪琴　オクタビオ・パス 牛島信明訳
失われた足跡　カルペンティエル 牛島信明訳
やし酒飲み　エイモス・チュツオーラ 土屋哲訳
薬草まじない　エイモス・チュツオーラ 土屋哲訳
ジャンプ 他十一篇　ナディン・ゴーディマ 柳沢由実子訳
マイケル・K　J・M・クッツェー くぼたのぞみ訳

《ロシア文学》〔赤〕

オネーギン	プーシキン 池田健太郎訳
スペードの女王・ベールキン物語	プーシキン 神西清訳
狂人日記 他二篇	ゴーゴリ 横田瑞穂訳
外套・鼻	ゴーゴリ 平井肇訳
死せる魂 全三冊	ゴーゴリ 平井肇 横田瑞穂訳
ディカーニカ近郷夜話 全二冊	ゴーゴリ 平井肇訳
平凡物語 全二冊	ゴンチャロフ 井上満訳
初恋	ツルゲーネフ 米川正夫訳
ツルゲーネフ 散文詩	神西清 池田健太郎訳
オブローモフ主義とは何か? 他一篇	ドブロリューボフ 金子幸彦訳
二重人格	ドストエフスキー 小沼文彦訳
罪と罰 全三冊	ドストエフスキー 江川卓訳
白痴 全二冊	ドストエーフスキイ 米川正夫訳
カラマーゾフの兄弟 全四冊	ドストエーフスキイ 米川正夫訳
家族の記録	アクサーコフ 黒田辰男訳
釣魚雑筆	アクサーコフ 貝沼一郎訳

アンナ・カレーニナ 全三冊	トルストイ 中村融訳
幼年時代	トルストイ 藤沼貴訳
少年時代	トルストイ 藤沼貴訳
戦争と平和 全六冊	トルストイ 藤沼貴訳
トルストイ民話集 人はなんで生きるか 他四篇	中村白葉訳
トルストイ民話集 イワンのばか 他八篇	中村白葉訳
イワン・イリッチの死	トルストイ 米川正夫訳
クロイツェル・ソナタ	トルストイ 米川正夫訳
復活 全二冊	トルストイ 藤沼貴訳
人生論	トルストイ 中村融訳
セヴァストーポリ	トルストイ 中村白葉訳
生ける屍	トルストイ 米川正夫訳
かもめ	チェーホフ 浦雅春訳
桜の園	チェーホフ 小野理子訳
六号病棟・退屈な話 他五篇	チェーホフ 松下裕訳
サハリン島 全二冊	チェーホフ 中村融訳
シベリヤの旅 他三篇	チェーホフ 神西清訳

チェーホフ 妻への手紙 全二冊	湯浅芳子訳
ともしび・谷間 他七篇	チェーホフ 松下裕訳
サーニン 全二冊	アルツィバーシェフ 中村白葉訳
どん底	ゴーリキイ 中村白葉訳
芸術におけるわが生涯 全三冊	スタニスラフスキー 蔵原惟人 江川卓訳
魅せられた旅人	レスコーフ 木村彰一訳
かくれんぼ・毒の園 他五篇	ソログープ 中山省三郎 昇曙夢訳
ベリンスキー ロシヤ文学評論集 全二冊	除村吉太郎訳
プラトーノフ作品集	原卓也訳
巨匠とマルガリータ 全二冊	ブルガーコフ 水野忠夫訳

《イギリス文学》〔赤〕

書名	著者	訳者・編者
ユートピア	トマス・モア	平井正穂訳
完訳カンタベリー物語 全三冊	チョーサー	桝井迪夫訳
ヴェニスの商人	シェイクスピア	中野好夫訳
ジュリアス・シーザー	シェイクスピア	中野好夫訳
十二夜	シェイクスピア	小津次郎訳
ハムレット	シェイクスピア	野島秀勝訳
オセロウ	シェイクスピア	菅泰男訳
リア王	シェイクスピア	野島秀勝訳
マクベス	シェイクスピア	木下順二訳
ソネット集	シェイクスピア	高松雄一訳
ロミオとジューリエット	シェイクスピア	平井正穂訳
リチャード三世	シェイクスピア	木下順二訳
対訳シェイクスピア詩集 —イギリス詩人選(1)		柴田稔彦編
失楽園 全二冊	ミルトン	平井正穂訳
ロビンソン・クルーソー 全二冊	デフォー	平井正穂訳
ガリヴァー旅行記	スウィフト	平井正穂訳
ジョウゼフ・アンドルーズ 全二冊	フィールディング	朱牟田夏雄訳
トリストラム・シャンディ 全三冊	ロレンス・スターン	朱牟田夏雄訳
ウェイクフィールドの牧師 —むだばなし	ゴールドスミス	小野寺健訳
幸福の探求 —アビシニアの王子ラセラスの物語	サミュエル・ジョンソン	朱牟田夏雄訳
対訳バイロン詩集 —イギリス詩人選(8)		笠原順路編
対訳ブレイク詩集 —イギリス詩人選(4)		松島正一編
ブレイク詩集		寿岳文章訳
ワーズワース詩集		田部重治選訳
対訳ワーズワス詩集 —イギリス詩人選(3)		山内久明編
キプリング短篇集		橋本槙矩編訳
高慢と偏見 全二冊	ジェーン・オースティン	富田彬訳
説きふせられて	ジェーン・オースティン	富田彬訳
エマ 全二冊	ジェーン・オースティン	工藤政司訳
対訳テニスン詩集 —イギリス詩人選(5)		西前美巳編
虚栄の市 全四冊	サッカリー	中島賢二訳
床屋コックスの日記・馬丁粋語録	サッカレ	平井呈一訳
デイヴィッド・コパフィールド 全五冊	ディケンズ	石塚裕子訳
ディケンズ短篇集		小池滋 石塚裕子訳
オリヴァ・ツウィスト 全二冊	ディケンズ	本多季子訳
大いなる遺産 全二冊	ディケンズ	石塚裕子訳
鎖を解かれたプロメテウス	シェリー	石川重俊訳
対訳シエリー詩集 —イギリス詩人選(9)		アルヴィ宮本なほ子編
ジェイン・エア 全二冊	シャーロット・ブロンテ	河島弘美訳
嵐が丘 全二冊	エミリー・ブロンテ	河島弘美訳
教養と無秩序	マシュー・アーノルド	多田英次訳
アルプス登攀記 全二冊	ウィンパー	浦松佐美太郎訳
ハーディ テス 全二冊		井上宗次 石田英二訳
ハーディ短篇集		井出弘之編訳
緑の木蔭 和蘭派田園画	トマス・ハーディ	阿部知二訳
緑の館 —熱帯林のロマンス	ハドソン	柏倉俊三訳
宝島	スティーヴンスン	阿部知二訳
ジーキル博士とハイド氏	スティーヴンスン	海保眞夫訳
プリンス・オットー	スティーヴンスン	小川和夫訳
新アラビヤ夜話	スティーヴンスン	佐藤緑葉訳

- 南海千一夜物語 スティーヴンスン 中村徳三郎訳
- 若い人々のために 他十一篇 スティーヴンスン 岩田良吉訳
- マーカイム・壜の小鬼 他五篇 スティーヴンソン 高松雄一・高松禎子訳
- 怪談 —不思議なことの物語と研究 ラフカディオ・ハーン 平井呈一訳
- サロメ ワイルド 福田恆存訳
- 人と超人 バーナド・ショー 市川又彦訳
- ヘンリ・ライクロフトの私記 ギッシング 平井正穂訳
- 闇の奥 コンラッド 中野好夫訳
- コンラッド短篇集 中島賢二編訳
- 対訳 イェイツ詩集 高松雄一編
- 月と六ペンス モーム 行方昭夫訳
- 読書案内 —世界文学 W・S・モーム 西川正身訳
- 世界の十大小説 全二冊 W・S・モーム 西川正身訳
- 人間の絆 全三冊 モーム 行方昭夫訳
- 夫が多すぎて モーム 海保眞夫訳
- サミング・アップ モーム 行方昭夫訳
- モーム短篇選 全二冊 行方昭夫編訳

- お菓子とビール モーム 行方昭夫訳
- 荒地 T・S・エリオット 岩崎宗治訳
- 悪口学校 シェリダン 菅泰男訳
- パリ・ロンドン放浪記 ジョージ・オーウェル 小野寺健訳
- 動物農場 —おとぎばなし ジョージ・オーウェル 川端康雄訳
- 対訳 キーツ詩集 —イギリス詩人選(10) 宮崎雄行編
- キーツ詩集 中村健二訳
- 20世紀イギリス短篇選 全二冊 小野寺健編訳
- イギリス名詩選 平井正穂編
- タイム・マシン 他九篇 H・G・ウエルズ 橋本槇矩訳
- 透明人間 H・G・ウエルズ 橋本槇矩訳
- モロー博士の島 他九篇 H・G・ウエルズ 橋本槇矩・鈴木万里訳
- トーノ・バンゲイ 全二冊 ウエルズ 中西信太郎訳
- 回想のブライズヘッド 全二冊 イーヴリン・ウォー 小野寺健訳
- 愛されたもの イーヴリン・ウォー 中村健二・出淵博訳
- イギリス民話集 河野一郎編訳
- 白衣の女 全三冊 ウィルキー・コリンズ 中島賢二訳

- 夢の女・恐怖のベッド 他六篇 ウィルキー・コリンズ 中島賢二訳
- 対訳 英米童謡集 河野一郎編訳
- 完訳 ナンセンスの絵本 エドワード・リア 柳瀬尚紀訳
- 灯台へ ヴァージニア・ウルフ 御輿哲也訳
- 船出 全二冊 ヴァージニア・ウルフ 川西進訳
- 夜の来訪者 プリーストリー 安藤貞雄訳
- イングランド紀行 全二冊 プリーストリー 橋本槇矩訳
- アーネスト・ダウスン作品集 南條竹則編訳
- スコットランド紀行 エドウィン・ミュア 橋本槇矩訳
- 狐になった奥様 ガーネット 安藤貞雄訳
- ヘリック詩鈔 森亮訳
- たいした問題じゃないが —イギリス・コラム傑作選 行方昭夫編訳
- 英国ルネサンス恋愛ソネット集 岩崎宗治編訳
- 文学とは何か —現代批評理論への招待 全二冊 テリー・イーグルトン 大橋洋一訳
- D・G・ロセッティ作品集 南條竹則・松村伸一編訳

岩波文庫の最新刊

大江健三郎
キルプの軍団
高校生の「僕」は、刑事の叔父さんとディケンズの『骨董屋』を原文で読み進めていくうちに、とてつもない「事件」に巻きこまれてしまう……。(解説＝小野正嗣)〔緑一九七-三〕 本体九一〇円

壺井栄
二十四の瞳
日本人に読み継がれる反戦文学の名作。若い女性教師と十二人の生徒の二十数年に及ぶふれあいを通して、戦争への抗議が語られる。(解説＝鷺只雄)〔緑二二一-一〕 本体七〇〇円

ファン・ルルフォ／杉山晃訳
燃える平原
焼けつくような陽射しが照りつけるメキシコの荒涼とした大地に生きる農民たちの寡黙な力強さや愛憎、暴力や欲望を、修辞を排した喚起力に富む文体で描く。〔赤七九一-二〕 本体七八〇円

プルースト／吉川一義訳
失われた時を求めて12
消え去ったアルベルチーヌ
アルベルチーヌの突然の出奔と事故死——。絶望から忘却にいたる語り手の心理の移ろいを、ヴェネツィアの旅、初恋相手の結婚への感慨を交えつつ繊細に描く。〔赤N五一一-一二〕 本体一二六〇円

……今月の重版再開……

ジョージ・オーウェル／都築忠七訳
カタロニア讃歌
〔赤二六二-三〕 本体九二〇円

スエトニウス／国原吉之助訳
ローマ皇帝伝(上)(下)
〔青四四〇-一〕〔青四四〇-二〕 本体(上)九七〇円・(下)一一三〇円

矢羽勝幸校注
一茶 父の終焉日記・おらが春 他一篇
〔黄二二三-四〕 本体九〇〇円

定価は表示価格に消費税が加算されます　2018.5

岩波文庫の最新刊

大岡信、谷川俊太郎著
詩の誕生

詩とは何か、詩が生まれ死ぬとはどういうことか――。詩に関する万古不易のトピックをめぐって、現代詩の巨人が切りこむ、緊迫感に満ちた白熱の対話による詩論。
〔緑二一五-一〕 本体六〇〇円

アンナ・ゼーガース作／山下肇、新村浩訳
第七の十字架（上）

ナチの強制収容所から七人の囚人が脱走。全員を磔にすべく捜索が開始された。脱走者、そして周囲の人間の運命は？ 息づまる一週間の物語。（全二冊）
〔赤四七三-一〕 本体九二〇円

バルガス＝リョサ作／旦敬介訳
ラ・カテドラルでの対話（上）

独裁者批判、ブルジョアジー批判、父と子の確執、同性愛――。独裁政権下ペルーの腐敗しきった社会の現実を多面的に描き出すノーベル賞作家の代表作。（全二冊）
〔赤七九六-四〕 本体一三二〇円

ジョン・ロック著／加藤節、李静和訳
寛容についての手紙

信仰を異にする人びとへの寛容は、なぜ護られるべきか？ 本書はこの難問に対するロックの最終到達点であり、後世に甚大な影響を与えた政教分離論の原典。
〔白七-八〕 本体六六〇円

今月の重版再開

小野寺健編訳
フォースター評論集
〔赤二八三-三〕 本体七八〇円

コルタサル作／木村榮一訳
秘密の武器
〔赤七九〇-三〕 本体八四〇円

小川環樹著
唐詩概説
〔青N一〇九-一〕 本体九七〇円

ブレヒト作／岩淵達治訳
三文オペラ
〔赤四三九-一〕 本体七八〇円